아무도 찾지 않는
자들의 죽음 1

아무도 찾지 않는 자들의 죽음1

1판 1쇄 | 2017년 8월 21일

지은이 | 미카엘 요르트 · 한스 로센펠트
옮긴이 | 홍이정

펴낸이 | 모계영
펴낸곳 | 가치창조

등 록 | 제406-2012-000041호
주 소 | 서울시 종로구 사직로 8길 34, 1104호(경희궁의아침 3단지 오피스텔)
전 화 | 070-7733-3227
팩 스 | 02-303-2375
이메일 | shwimbook@hanmail.net

ISBN 978-89-6301-155-4 04850
     978-89-6301-157-8 (세트)

가치창조 공식 블로그 http://blog.naver.com/gachi2012

아무도 찾지 않는 자들의 죽음

FJÄLLGRAVEN 1

미카엘 요르트 · 한스 로센펠트 지음 | 홍이정 옮김

가치창조

이번 여자의 이름은 파트리시아다.

파트리시아 웰튼.

새로운 장소들, 새로운 이름들.

처음에 호텔 관리인과 택시기사가 그녀의 이름을 불렀을 때 그녀는 어떻게 반응해야 할지 몰라 난감했다.

하지만 그런 어려움은 오래가지 않았다. 그사이 그녀는 새 이름을 받으면 바로바로 새 서류철에 기록했기 때문이다. 이번 여행에서는 그녀의 이름을 부른 사람이 외스테르순드 지역의 렌터카 업자 하나밖에 없었다. 그녀가 주문한 렌터카 정비가 다 끝났으니 그 차를 찾아가도 좋다고 그가 연락해온 것이다.

그녀는 수요일 오후 5시가 조금 넘었을 무렵에 정확히 도착했다. 그리고 스톡홀름 시내로 가는 알란다 익스프레스를 탔다. 스웨덴 수도는 이것이 첫 방문이었지만 근방의 레스토랑 쪽만 구경하기로 했다. 그곳에서 그녀는 상당히 맛없는 이른 저녁을 먹었다.

9시가 지나자마자 그녀는 외스테르순드로 향하는 밤기차에 올랐다. 침대차 객실 한 칸을 통째로 예약했다. 왜 그랬을까? 그녀의 인상착의가 경찰서와 다른 기관에 연달아 알려진다면 경찰의 추적을 받을 수 있다는 우려 때문에 그런 것만은 아니었다. 그녀는 단지 남들과 같은 방에서 자고 싶지 않았을 뿐이다. 그것은 그전에도 절대 하지 않았던 일이다.

어린 시절 배구대회에 나갔을 때에도 그런 일은 없었다. 학생이었을 때에도, 훈련에 나갔을 때에도 그런 일은 전혀 없었다.

그리고 임무를 맡았을 때에도.

기차가 출발하자, 그녀는 간이식당 칸으로 향했다. 그곳에서 작은 와인 한 병과 땅콩 한 봉지를 사 들고 객실로 돌아왔다. 그녀는 책을 읽었다. ≪I know what you're thinking(당신이 무슨 생각을 하는지 나는 알아요)≫이라는 신간 서적이었다. 제목 밑에는 'Reading Body Language like a Trial Lawer(변호사처럼 보디랭귀지 이해하기)'라는 이상한 부제가 달려 있었다. 파트리시아 웰톤이라는 이름의 여인은 보디랭귀지를 이해하는 데 왜 하필 변호사 같은 특별한 능력이 필요한지 전혀 알 수가 없었다. 그녀는 이 분야에서 뛰어난 사람을 한 번도 만나본 적이 없었기 때문이다. 이 책은 교훈뿐 아니라 엄청난 재미도 주는 책이었다. 새벽 1시가 지나자 그녀는 깨끗하고 하얀 침대보 속으로 파고들어 가 불을 껐다.

다섯 시간 후 그녀는 외스테르순드에서 내렸다. 한 호텔에 들러 제대로 된 아침을 시켜 먹은 뒤 자동차가 있는 에이비스 지사에 갔다. 하지만 아직 자동차가 준비되지 않았기에 그녀는 좀 더 기다리며 커피 한잔을 받아 마셨다.

렌터카는 검은색의 신형 도요타 어벤시스였다. 그녀는 그 차로 100킬로미터 가까이 운전해서 아래 지역에 이르렀다. 주행하는 내내 딱지를 떼이지 않도록 속도제한을 준수했다. 벌금을 무는 일이 생겨도 문제가 될 것은 아무것도 없을 테지만. 그녀가 경험한 바로, 스웨덴 경찰은 사소한 교통법규를 위반했다고 곧바로 자동차와 배낭을 수색하지는 않는다. 그렇더라도 만약 총이 발견된다면 어떻게 될까? 그녀의 임무가 위험해질지 모른다. 스웨덴에서 무기를 소지해도 된다는 허가증이 없었기 때문이다. 경찰들이 베레타 M9을 발견한다면, 그들은 샅샅이 조사할 테고 그 결과 파트리시아 웰톤이 지금 여기 말고는 그 어떤 곳에도 존재하지 않는 사람이라는 것을 알아낼 것이다. 그래서 그녀는 과속하지 않았다. 여유 있게 풀빛 스키 활강대를 지나 작은 호수가 펼쳐진 도시로 들어갔다.

그녀는 잠시 동안 산책을 했다. 다행히도 한 커피집에 들어갈 수 있어서 파니노(둥그런 작은 빵_옮긴이)와 콜라를 주문했다. 그녀는 파니노를 먹는 동안 그곳 지도를 꼼꼼히 살펴보았다. 그곳에서 출발해서 차를 주차하려면 E14번 도로 쪽으로 50킬로미터를 더 가야 한다. 그러고도 약 20킬로미터를 더 달려야 한다. 그 장소에 가려면 족히 세 시간은 걸릴 것이다. 게다가 그녀의 흔적을 없애려면 한 시간은 걸릴 것이고 다시 자동차로 돌아와 보고를 하려면 두 시간은 걸릴 것……. 그런 다음에야 저녁때쯤 정확히 트론헤임에 도착할 수 있을 것이다. 그곳에서 비행기를 타고 먼저 오슬로로 갈 테니까 금요일이면 집으로 돌아갈 수 있을 것이다.

그녀는 아래 마을을 쭉 둘러보며 산책을 마친 후 서쪽으로 줄곧 차를 몰고 달려갔다. 일 때문에 이미 수없이 돌아다녔음에도 불구하고 여태껏 이런 풍경은 처음 본다. 완만하고 부드러운 산맥, 또렷한 나무의 생육경계선, 계곡물에 반짝이는 햇살. 여기라면 그녀는 정말로 행복할 것 같았다. 이러한 황야라면. 고요한 풍경. 맑은 공기. 여기라면 기꺼이 인적이 드문 오두막을 빌려서 세월 가는 줄 모르고 유유자적하게 도보여행을 하고 싶다. 낚시도 하고. 여름에는 햇살을 만끽하고 겨울에는 따뜻한 난롯가에 앉아 책을 읽고 싶다.

아마도 언젠가 한번쯤은.

아니, 어쩌면 그런 일은 절대로 일어나지 않을지도 모른다.

좌회전해서 룬드회겐 방면으로 가라는 교통표지판이 나오자 그녀는 E14번 도로를 벗어났다. 그리고 잠시 후 렌터카에서 내렸다. 배낭을 집어 든 그녀는 그 지역 산악지도를 꺼내자마자 빠른 속도로 달리기 시작했다.

122분 후에 그녀는 멈춰 섰다. 헉헉 숨이 찼지만 몸은 가벼웠다. 힘을 낼 수 있는 만큼 최대한 빨리 달린 것은 아니었다. 그 긴 구간을 달리는 동안 처음부터 힘을 골고루 분산하여 달린 것이다. 그녀는 산비탈 쪽에 앉아 물을 벌컥벌컥 들이마셨다. 호흡이 다시 정상으로 돌아왔다. 연이어 그녀는 망원경을 꺼내 들고 300킬로미터쯤 떨어져 있는 작은 나무집을 찾았다. 목적지에 정확히 도착한 것이다. 오두막의 모습은 정보 제공자로부터 받은 사진 속 모습과 정확히 일치했다.

그녀가 알기로 산맥 끝자락 쪽, 즉 작은 오두막이 있는 자리에는 오늘날 더 이상 집을 지을 수가 없었다. 하지만 이 작은 오두막은 건축된 지 30년은 족히 되었을 것이다. 왕실과 인맥이 좋은 한 교장이 이 오두막을 대피소로 만들었다. 그가 이 지역에서 사냥할 때 따뜻한 휴식처로 삼고자 마련한 것이다. 애당초 이 건물은 집이라고 할 수도, 오두막이라고 할 수도 없어 보였다. 그 터는 얼마쯤 될까? 18제곱미터? 아니면 20제곱미터쯤? 방 둘레를 막은 벽, 작은 창문, 지붕 위 보잘것없는 굴뚝. 좁다란 벽 쪽에는 문이 나 있었는데 두 계단을 올라가야 했다. 그 옆으로 10미터쯤 긴 벽 쪽에는 공간을 둘로 나눈 칸막이방이 있었다. 한 칸막이에는 문이 나 있었는데 그 방은 간이식 화장실 같아 보였다. 다른 칸막이에는 문이 없었다. 그 앞에 장작 패는 받침대가 있는 것을 보니 헛간이 아닐까 싶다.

창문에 덧단 푸른색 방충망 안쪽으로 누군가 움직이는 것이 보였다. 그가 집에 있었다.

그녀는 망원경을 내려놓고 배낭 속으로 손을 쑥 집어넣었다. 그러고는 총기를 꺼내 빠르고 숙련된 손놀림으로 소음장치를 조립했다. 그런 다음 자리에서 일어나 총기 보관을 위해 그녀가 직접 만든 윗도리 주머니에 총을 밀어 넣었다. 그리고 다시 배낭을 메고는 앞으로 걷기 시작했다. 여기저기 둘러보고 또 둘러보았지만 그 어디에서도 작은 움직임 하나 느낄 수 없었다. 오두막이 있는 장소는 지도에 표시된 길에서 조금 더 떨어져 있었다. 지금 10월의 마지막 날, 이 지역을 도보로 여행하는 사람들이 별로 보이지 않았다. 그녀가 자동차에서 내린 뒤 만난 여행자는 고작 두 사람 정도였다.

목표 지점까지 채 50미터도 안 되는 곳에 이르러 그녀는 주머니에서 총을 빼 들었다. 여러 가지 가능성을 생각해보았다. 그녀가 문을 두드린다면? 그가 문을 열고 나올 테니 그때 바로 방아쇠를 당기는 것은 어떨까? 그게 아니고 문이 열려 있다면? 살살 기어 들어가서 그를 놀래줄까? 바로 그때 그녀는 몸이 얼어붙는 듯했지만 순간적으로 무릎을 굽히고 앉았다. 40세가량의 한 남자가 작은 계단 위쪽으로 모습을 나타낸 것이다. 탁 트인 땅에는 몸을 숨길 데가 아무데도 없어 보였다. 그녀가 할 수 있는 유일한 일은 가능한 한 조용히 앉아 있는 것뿐이었다. 까딱 잘못 움직였다가는 그의 관심을 끌 수 있었기 때문이다. 그녀는 총을 좀 더 꽉 쥐었다. 그가 그녀를 보고 달아난다 해도 그에게 몸을 날려 충분히 총을 겨눌 수 있었다. 그와 떨어진 거리가 40미터도 채 안 되어 보였다. 어차피 그를 만나게 되면 죽일 테지만 이런 식으로 일을 시작하는 것은 최선이 아닐 것이다. 최악의 경우는 상처를 입은 남자가 오두막으로 기어 들어가 무기를 가지고 나오는 것이다.

하지만 그는 아무것도 알아차리지 못했다. 문을 닫고 나온 그는 두 계단을 다 내려왔다. 그러고는 오른쪽으로 방향을 틀어 헛간으로 향했다. 그녀는 그가 받침대에 꽂힌 도끼를 뽑아 올려 장작 패는 모습을 하나하나 지켜보았다.

아주 천천히 그녀는 자리에서 일어섰다. 그리고 아주 조금 오른쪽으로 물러섰다. 그가 하던 일을 잠시 멈추고 허리를 편 채로 아름다운 경치 쪽을 돌아보았으면 싶었다. 그녀의 모습이 집 뒤로 살짝 가려질 수 있을 테니까.

도끼. 도끼가 문제가 될까? 아마도 그렇지는 않을 것이다. 그러한 도끼 같은 무기로는 그녀를 위협할 수 없을 것이다.

그녀는 곧장 집 뒤로 가서 멈춰 섰다. 숨을 한 번 길게 내쉬며 몇 초간 정신을 가다듬고 난 뒤 집 모퉁이 쪽으로 살금살금 기어갔다.

남자는 그녀를 보자마자 뭔가를 보았다는 사실 그 이상으로 소스라치게 놀랐다. 그는 뭐라 말하고 싶은지 입을 쩍 벌렸다. 그녀가 누군지, 여기서 뭘 찾고 있는지 묻고 싶은 모양이었다. 이 옘틀란드 산악지대 한가운데에서. 그리고 그가 도울 것이 있는지에 관해서도. 하지만 아무런 소용이 없었다.

그녀는 스웨덴어를 할 줄 모른다. 그러므로 그는 한마디 대답도 들을 수 없을 것이다.

소리가 거의 나지 않는 총구에서 총알이 침방울처럼 튀어 날아가자마자 남자의 모든 행동은 꽁꽁 얼어붙었다. 마치 한 편의 영화가 흐르는데 누군가 정지 버튼을 누른 것처럼. 그의 손에서 도끼가 미끄러져 떨어졌고 왼쪽 무릎부터 풀썩 꺾이더니 몸뚱이가 오른쪽으로 기울었다. 80킬로그램에 달하는 몸이 쓰러질 때에는 둔탁하게 쿵 소리가 났다. 그는 이미 죽었다. 그가 도끼질하려고 몸을 폈을 때 총알이 심장에 구멍을 낸 것이다. 마치 보이지 않는 손이 그를 아주 야비하고 처참하게 딱딱한 바닥으로 내동댕이친 것처럼 말이다.

그녀는 브레타를 도로 주머니에 넣고는 핏자국을 치워야 할지, 아니면 자연의 법칙에 맡겨야 할지 골똘히 생각해보았다. 이 죽은 자를 그리워하는 누군가가 작은 오두막으로 찾아온다 하더라도 결코 그의 시신을 찾지 못하게 될 것이다. 만약 핏자국을 본다면? 아마도 남자에게 무슨 일이 생겼음을 알게 될 것이다. 하지만 그 이상은 아니다. 최악의 상황을 우려하며 이곳을 찾아온 사람이 있더라도 증거를 찾진 못할 것이다. 남자는 영원히 사라질 테니까.

"아빠?"

그녀는 무기를 다시 빼 들었다. 그러고는 휙 뒤를 돌아보았다. 한 가지 생각이 머리를 스쳐 갔다.

아이들이 있었다니. 여기에 아이들이 있으면 안 되는데!

✠

그는 어깨를 살짝 떨었다. 그러자 머리가 약간 흔들렸다. 이상한 일이다. 이러한 동작은 꿈에서 한 거라고 볼 수 없다. 그렇다면 지금 꿈을 꾸고 있는 것일까? 어찌 됐든 이것은 늘 있는 일이 아니다. 그의 손을 잡고 있는 작은 손 때문도 아니다. 무자비하게 몰려오는 우르릉 쿵쾅 천둥 번개도 없다. 빠르게 소용돌이치는 혼란스러움도 없다. 하지만 누군가 그의 이름을 부르는 것을 보면 그는 지금 꿈을 꾸는 것이 틀림없다.

세바스찬.

하지만 그가 실제로 꿈을 꿨다고 하더라도 그것이 정말로 꿈이었는지는 확신할 수 없었다. 여하튼 이런 꿈을 꿀 때에는 그랬다. 이 암흑 속에서는.

그는 눈을 떴다. 눈앞으로 다른 사람의 눈이 보였다. 파란 눈이. 그 위로는 검은 머리와 짧게 자른 곱슬 머리카락이 보였다. 그 아래로는 곧게 뻗은 작은 코와 미소 짓는 입이.

"잘 잤어요? 미안하지만 나가기 전에 당신을 깨우고 싶었어요."

세바스찬은 안간힘을 쓰며 팔꿈치로 침대를 짚고 일어났다. 그를 깨운 여자는 그가 애써 일어나려는 모습에 만족하는 눈치였다. 여자는 침대 발치 쪽으로 가더니 전신거울 앞에 섰다. 그러고는 좀 전에 벽 쪽 작은 책꽂이에서 집어 온 귀고리 한 쌍을 귀에 달았다.

세바스찬은 곧 몽롱한 상태에서 완전히 깨어났다. 그리고 어제저녁 일을 떠올렸다.

구닐라는 47세 간호사였다. 카롤린스카 병원에서 그녀를 몇 번 만난 적이 있었다. 그 병원은 세바스찬이 크게 다쳤을 때 이송된 대학병원이었다. 어제는 통원 치료차 마지막으로 병원에 다녀온 날이었다. 치료가 끝난 후에는 그녀가 그를 데려다주었다. 병원을 나온 그들은 먼저 그녀의 집부터 들렀다. 생각지도 못한 흡족한 섹스였다.

"벌써 일어났군요?"

그는 이 질문이 별로 적합하지 않다고 느꼈다. 지금의 상황이 그에게는 불편한 상황이었다. 그와 밤을 보낸 여자는 이미 옷을 입고서 그 앞에 서 있는데, 자신은 여전히 벗은 채로 침대에 누워 있었으니. 평소 그는 파트너보다 먼저 잠자리에서 일어나는 편이었다. 가장 좋은 것은 파트너를 절대로 깨우지 않는 것이다.

"전 일하러 가야만 해요." 그녀가 전신거울을 통해 그를 흘낏 쳐다보았다.

"뭐라고요? 지금요?"

"예, 지금요. 사실은 좀 지각이에요."

세바스찬은 오른쪽으로 몸을 죽 뻗어 침대 옆 협탁에 놓인 손목시계를 집었다. 8시 30분이 조금 안 된 시각이었다. 구닐라는 귀걸이를 단 후 가느다란 은목걸이를 목에 걸었다. 세바스찬은 믿을 수 없다는 눈빛으로 그녀를 쳐다보았다. 이 여자는 나이가 47세였으며 스톡홀름 한가운데에 산다. 그런데도 어떻게 이렇듯 순진하게 사람을 믿을 수가 있을까?

"당신, 제정신 아니죠?" 그가 질문을 던지면서 일어나 앉았다. "나를 언제 봤다고? 내가 당신 집을 다 털 수도 있을 텐데."

구닐라는 전신거울을 통해 다시 그를 바라보며 싱긋 웃었다.

"우리 집을 다 털어 가시겠다?"

"물론 아닙니다만. 그럴 수도 있다는 말이죠."

그동안에 구닐라는 온갖 보석으로 몸을 치장했다. 그리고 전신거울을 들여다보며 마지막으로 차림새를 훑어보는 눈빛을 던지고는 세바스찬이 누운 침대 쪽으로 다가갔다. 침대 모서리에 앉은 그녀는 그의 가슴에 손을 댔다.

"내가 당신을 본 건 어제가 처음은 아니잖아요. 어제 처음으로 당신과 외출을 하긴 했지만요. 일하면서 당신에 대한 정보는 이미 다 알고 있었어요. 일테면 당신이 우리 집 TV를 가져갔다 해도 나는 어디로 가면 당신을 찾을지 다 안단 얘기죠."

순식간에 세바스찬의 머릿속으로 엘리노 생각이 떠올랐지만 이내 그녀 생각을 떨쳐버렸다. 그는 어차피 곧 그녀를 위해 상당한 시간과 에너지를 소모해야만 한다. 하지만 지금은 아니다. 구닐라는 다시 한 번 그를 향해 싱긋 웃었다. 방금 그녀가 한 말은 농담이다. 세바스찬은 어제의 랑데부를 떠올렸다.

그래, 그녀는 많이 웃었다.

명랑한 사람이었고.

어제는 참 편안한 밤이었다.

구닐라는 잠시 몸을 숙이더니 재빨리 그의 입에 키스를 했다. 순식간에 일어난 일이어서 그는 제대로 방어할 수 없을 정도였다. 그녀는 침대에서 일어섰다. 방문 쪽으로 가다 말고 그녀가 말했다.

"그리고 요케가 당신을 보게 될 거예요."

"요케?" 세바스찬은 기억을 더듬어 요케가 누군지 집요하게 파고들었다. 그녀와 관계가 있는 사람 중에. 뭔가 낌새가 이상했다.

"요케요. 우리 아들이에요. 원한다면 우리 아이랑 같이 아침 먹어도 괜찮아요."

세바스찬은 그녀의 얼굴만 빤히 올려다보았다. 그녀의 말은 진심일까? 아들이라고? 이 집에? 아들은 도대체 몇 살일까? 집에는 얼마나 오랫동안 있었던 것일까? 밤새도록? 세바스찬의 기억으로는 밤새도록 그녀와 점잖게 보내진 않았다.

"어쨌든 이제 그만 가봐야 해요. 정말 멋진 밤이었어요. 고마워요."

"나도 고마워요." 구닐라가 방을 나가면서 문을 닫기 전, 세바스찬이 조그만 목소리로 중얼거리듯 말했다. 그는 베개에 기댄 채로 그녀가 누군가와 인사를 나누고 밖으로 나가는 소리를 들었다. 아마도 아들인 듯싶었다. 그러고는 다른 문이 닫히는 소리가 들려왔다. 마침내 집 안이 조용해졌다.

세바스찬은 팔다리를 쭉 펴보았다. 아무 데도 아픈 구석이 없었다. 사실 몇 주 전부터 통증이 사라졌는데, 통증 없이 다시 몸을 움직일 수 있다니 그 느낌을 새삼 즐긴 것이다.

두 달 훨씬 전에 그는 연쇄살인범이자 사이코패스인 에드워드 힌데가 휘두르는 칼에 찔렸다. 정강이와 복부를. 세바스찬은 곧바로 수술을 받았다. 다행히도 회복이 잘되었지만 합병증이 생겼다. 폐 손상으로 인해 한 주 이상 배농관을 몸에 삽입해야 했다. 배농관 제거는 시간문제라고 했다. 하지만 염증이 생기는 바람에 폐에 물이 차게 되었다. 그래서 의사들은 또 그의 몸에 구멍을 내고 폐에서 물을 뺀 후 도로 봉합했다. 그는 갖가지 과제와 주의사항을 들은 다음에야 집으로 돌아올 수 있었다. 그것들을 그대로 따르기에는 너무나 포괄적이고 너무나 힘들고 너무나 지루했다. 그래서 그런지 그는 연이어 폐렴에 걸렸다. 아마도 화를 자초한 것 같았다. 하지만 마침내 완치 소식을 들었다. 어제 공식적으로.

몸이 다시 건강해지긴 했지만 힌데 사건은 머리에서 지워지지 않았다.

여기에는 그럴 만한 이유가 있었다. 힌데가 그에게 복수한 사건이기 때문이다. 세바스찬과 섹스를 한 여자들을 힌데가 연쇄적으로 살해한 것이다. 세바스찬이 힌데의 감옥행을 추진했을 때가 1996년이었다. 이때부터 뢰브하가 교도소에서 보안이 가장 철저한 건물에 수감된 힌데는 살인을 감행할 처지가 아니었다. 그런데도 그곳에서 일하는 청소부의 도움으로 복수혈전을 부분적으로 치를 수 있었던 것이다.

여성들 네 명이 생명을 잃었다.

단 한 가지 공통된 특징을 지닌 여자들이. 그것은 바로 세바스찬 베르크만과 성관계를 가졌다는 것.

그가 그 여자들의 죽음에 책임이 있다고 생각하는 것은 비이성적이지만 그럼에도 불구하고 그 생각을 완전히 떨쳐버릴 수 없었다.

특별살인사건전담반이 청소부를 체포하자 힌데는 교도소를 탈출했다. 그런 뒤 반야 리트너를 납치했다. 이 또한 결코 우연이 아니었다. 그녀가 세바스찬과 함께 특별살인사건전담반에서 일했다는 사실 때문에 납치된 것은 아니었다. 그것이 아니라 힌데는 뭔가 눈치를 챈 것이다. 그녀가 세바스찬의 딸이라는 사실을.

에드워드 힌데는 이제 이 세상 사람이 아니다. 하지만 이따금씩 세바스찬은 한 가지 질문 때문에 골머리를 앓았다. 힌데가 그와 반야의 관계를 알아냈다면 다른 사람들도 이 관계를 알고 있지나 않을까 하는 것. 그는 그리되기를 결코 바라지 않는다. 그동안에 반야와 그는 사이가 좋아졌다. 예전보다 훨씬 더.

그가 반야의 목숨을 구했다. 힌데가 그녀를 납치해 간, 그곳의 쓸쓸한 집 밖에서. 물론 이는 중요한 이유였다. 오로지 고맙다는 이유만으로 그녀가 그와 좋은 사이를 유지한다 해도 세바스찬은 신경 쓰지 않았다. 중요한 것은 그녀가 보여주는 행동이었다. 더욱이 그녀는 행동 그 이상을 보여준 것 같다. 극적인 사건 이후로 그녀는 두 번씩이나 제 발로 그를 찾아온 것이다. 처음에 그녀는 그가 입원한 병원으로 왔다. 그리고 그가 마침내 퇴원했을 때 그녀는 커피 한잔을 제안하기도 했다.

세바스찬은 그 제안을 들었을 때 기분이 얼마나 좋았는지 아직도 생각이 난다.

그는 딸과 만났을 때 무슨 말을 나누었는지 기억도 못 할 정도였다. 원래는 아주 세세한 것까지, 그녀의 뉘앙스까지 모두 기억하고 싶었지만 그 순간에 너무 압도되고 말았다. 상황 자체가 너무 크게 느껴졌던 것이다. 한 시간 반가량 그들은 커피집에 앉아 있었다. 오로지 그와 그녀 단둘만이. 그들이 원했기에. 곤란한 말은 한마디도 하지 않았다. 싸움도 없었다. 2004년 크리스마스 이래로 그렇게 생기 있고, 그렇게 살아 있다는 느낌을 받은 적이 없었다. 그는 그들이 함께 보낸 시간, 90분에 대해 자꾸만 생각하게 된다.

그리고 그들은 더 많은 시간을 가질 것이다. 솔직히 말하면 더 많은 시간을 가져야 한다. 그가 다시 일하기를 갈망하고 있기 때문이다. 가끔씩 일하는 것이 그립기까지 했다. 어딘가에 속해 있다는 것도 중요한 사실이었다. 하지만 가장 중요한 것은 그가 반야 근처에 있을 수 있다는 것이다. 이로써 그는 그녀의 아버지가 될 수 있음을 거부하지 않는다. 이런 역할을 발데마르 리트너에게 빼앗으려고 갖가지 시도를 한다면 모든 것이 수포로 돌아갈지도 모른다. 어차피 지금까지 세바스찬이 아버지로서 할 수 있는 일은 그다지 많지 않았지만 자칫 잘못하면 그마저 파괴되고 말 테니까. 병문안과 90분간의 커피타임 같은 시간이.

받아들이자.

어느 정도는 그녀를 돌봐줄 수 있을 것이다.

어쩌면 그녀와 우정이 싹틀지도 모를 일이고.

이불을 옆으로 걷어차고서 세바스찬은 침대에서 일어났다. 그는 바닥에서 통 넓은 사각팬티를 찾았다. 그러고는 아홉 시간 전쯤에 획 벗어 던진 나머지 옷가지를 의자 팔걸이에서 찾을 수 있었다. 거울을 보며 그는 머리칼을 매만졌다. 그런 뒤 방문을 열고 거실로 가만가만 걸어 나갔다. 잠시 동안 그는 문가에 서서 무슨 소리가 나는지 귀를 기울여보았다. 거실 한쪽 끝 부엌에서 소음이 들려왔다. 음악 소리였다. 접시에 부딪치는 숟가락 소리도 났다. 분명 요케가 아침을 먹고 있을 것이다. 욕실 쪽으로 걸어간 세바스찬은 후다닥 안으로 들어갔다. 그러고는 문을 걸어 잠갔다. 그는 너무나 샤워가 하고 싶었다. 하지만 벽 하나를 사이에 두고 구닐라의 아들과 함께 옷을 벗고 있다는 생각에 샤워하고 싶다는 생각이 싹 달아났다. 그는 세면대 수도꼭지를 틀고는 손과 얼굴을 씻고서 다시 밖으로 나왔다.

현관문으로 가다가 그는 화들짝 놀랐다. 반드시 부엌 옆을 지나가야 했기 때문이다. 그는 아무 말 없이 지나가고 싶었다. 거기에 앉아 있는 아들이 아침 먹다가 고개를 들더라도 기껏해야 그의 등짝만 보이도록. 부엌을 지나간 세바스찬은 현관 쪽에 놓인 신발을 보았다. 신발을 신은 뒤 그는 벽면 옷걸이에 걸렸을 재킷을 찾았지만 아무 데도 보이지 않았다.

"아저씨 재킷 여기 있어요." 부엌에서 톤이 낮은 목소리가 들려왔다. 세바스찬은 눈을 꽉 감고는 나지막이 자신에게 저주를 퍼부었다. 맞아, 그랬다. 신발은 현관에 벗어놓았지만 재킷은 아니었다. 이집에 들어설 때부터 뭔가 조급하다는 인상을 주고 싶었던 것이다. 구닐라와 세바스찬, 둘 다 서로 뭘 원하는지 정확히 알고 있었지만 함께 있을 시간이 충분치 않다는 것을 그는 보여주고 싶었다. 부엌

에 가서야 재킷을 벗었던 것이다. 구닐라가 와인 한 병을 따는 동안
에 말이다.

세바스찬은 한숨을 푹 내쉬며 부엌으로 터벅터벅 걸어 들어갔다.
식탁 앞에 한 젊은이가 앉아 있었다. 얼추 스무 살쯤 돼 보였다. 젊
은이는 요구르트 그릇과 전자책을 앞에 두고 있었다. 그는 맞은편
쪽 의자를 고갯짓으로 가리켰다. 전자책에서 눈을 떼지 않고서.

"저쪽요."

세바스찬은 젊은이가 가리킨 대로 걸어가서는 의자 팔걸이에 걸
린 재킷을 집었다.

"고맙구나."

"별말씀을요. 뭐 좀 드실래요?"

"아니, 됐다."

"그럼, 더 볼일은 없으시겠네요?"

젊은이는 식탁 위, 그의 앞에 놓인 전자책 단말기만 줄곧 들여다
보았다. 세바스찬은 그를 내려다보았다. 어쩌면 그의 말을 무시하고
그냥 가는 것이 가장 쉬웠을 것이다. 하지만 왜 그렇게 말했던 걸까?

"커피 좀 마실 수 있을까?" 세바스찬이 재킷 소매에 팔을 쓱쓱 끼
며 물었다. 구닐라의 아들은 그와 함께 있고 싶지 않았는데 세바스
찬은 기꺼이 잠시 동안만 앉았다 가려고 했다. 어찌 됐든 손해 볼 것
이 없었기 때문이다. 이해할 수 없다는 듯이 젊은이가 전자책에서
눈을 들고 그를 빤히 올려다보았다.

"식기세척기 옆이요." 그가 또 한 번 고갯짓으로 가리키며 말했다.
커피가 세바스찬의 등 뒤에 있음을 알려주려고. 세바스찬은 고개를

돌려 보았지만 커피포트나 보온주전자 혹은 그가 원하는 그 어떤 것
도 찾을 수 없었다. 그 대신에 검은색 반원 모양의 괴물 같은 물건
이 눈에 띄었다. 왠지 미래학파의 오토바이 헬멧이 연상되는 물건이
었다. 하지만 자세히 보니 작은 쇠꼭지가 삐죽 나와 있었고, 바닥 쪽
에는 격자무늬 받침대가 있었다. 그리고 옆쪽에는 버튼이 달려 있었
다. 위쪽에는 쇠장식이 더욱 많이 보였다. 그 물건 옆으로는 작은 유
리잔 세 개가 놓여 있었다. 그제야 세바스찬은 그 기계가 뭔가 음료
를 내릴 때 쓰는 물건이라는 것을 깨달았다.

"그거 다룰 줄 아시죠?" 세바스찬이 커피머신 쪽으로 다가갈 엄두
도 못 내자 아들이 물었다.

"아니."

요케는 의자를 뒤로 밀어 빼고는 세바스찬 곁을 지나서 커피머신
이 있는 곳으로 갔다.

"어떤 걸로 드시고 싶으세요?"

"좀 진한 걸로."

요케는 피곤하다는 눈빛으로 그를 쳐다보며 커피머신 옆 선반에
서 작은 캡슐을 꺼냈다. 캡슐을 커피머신에 넣은 요케는 유리잔 하
나를 받침대 위에 놓고는 버튼을 눌렀다.

"제가 뭐 하나 물어봐도 될까요? 아저씨 누구세요?" 요케가 관심
없다는 눈빛으로 세바스찬 쪽을 향해 퉁명스럽게 물었다.

"네 새아빠다."

"굉장한걸요. 농담도 하시고. 엄마가 아저씨를 잘 데리고 있어야
할 텐데……"

그런 다음 요케는 몸을 돌려 다시 식탁 쪽으로 갔다. 세바스찬은 요아킴이 아주 많은 낯선 남자와 함께 아주 많은 아침을 이 부엌에서 맞았을 거라고 짐작했다. 아무 말 없이 그는 작은 유리잔을 집어 들었다. 커피는 정말로 진했다. 그리고 뜨거웠다. 그는 혀를 데었다. 커피를 다 마신 후에도 아무 말 없이 잔을 내려놓았다.

2분 후 그는 밖으로 나왔다. 흐린 가을 아침에.

도로에 도착하자 그는 먼저 어디로 가야 할지 그것부터 정했다. 그리고 가장 빨리 집으로 갈 수 있는 방법을 알아냈다. 그레브 마그니가탄 거리에 있는 집까지.

엘리노 베르크비스트에게. 혹은 그의 집 세입자에게. 그는 매번 그녀를 그런 식으로 불렀다. 그녀가 왜 그렇게 되었는지, 하필 왜 그의 집에 들어와 살게 되었는지 이 모든 것은 여전히 의문투성이였다.

그들이 함께 지내게 된 때는, 힌데가 세바스찬의 섹스 파트너를 살해하기 시작할 때였다. 그는 경고해줄 생각으로 엘리노에게 달려갔다. 결국 이 일을 계기로 그녀가 그의 집에 들어와 살게 된 것이다. 그때 그는 그녀를 집 밖으로 내쳐야만 했다. 하지만 그녀는 아직도 그의 집에 머물고 있다.

세바스찬은 엘리노와의 관계로 골머리를 앓느라 너무 많은 시간을 소모했다. 그는 많은 사실을 확실히 알게 되었다.

그가 그녀를 사랑하지 않는다는 것을.

그녀를 좋아한 적이나 있었던 걸까? 아니다, 단 한 번도 그런 적이 없었다. 하지만 그녀가 초대 받지 않은 손님이 된 뒤로 그의 삶에 어떤 영향을 주었는지는 평가해볼 수 있다. 그녀는 삶에서 평범함이란 것이 무엇인지 알려주었다. 모든 저항에도 불구하고 세바스찬은 그녀와 함께하면서 편안함이 무엇인지 우연히 알게 된 것이다. 그들은 함께 요리도 하고 침대에 누워 TV도 보았다. 함께 잠도 잤다. 자주. 그녀는 즐거우면 휘파람을 불기도 했고 너무 좋으면 킥킥거리며 웃기도 했다. 그가 집에 들어설 때면 그녀는 보고 싶었다는 말을 서슴지 않고 했다. 이 말에 나도 그랬노라고 그가 맞장구칠 필요는 없었다. 왜냐면 그랬던 일은 애당초 존재하지 않았기 때문이다. 엘리노는 아니었다. 하지만 그는 그녀와 함께 산 뒤 처음으로 집을 가정이라고 여기게 되었다.

기능에는 무리가 있지만 그럼에도 불구하고 그의 집은 가정다운 모습을 띠어갔다.

그가 그녀를 악용하고 있는 것은 아닐까? 이 점에 대해서는 논쟁의 여지가 없다. 애당초 그는 그녀의 주변 일에 상관하지 않았으니 말이다. 그녀가 떠들어대는 모든 얘기가 그의 입장에서는 한 귀로 듣고 한 귀로 흘릴 그런 얘기였다. 그녀는 그저 소음 덩어리였다. 하지만 재활치료 기간에 그녀는 그에게 정말로 없으면 안 될 사람이었다. 그도 알다시피 그가 폐렴을 앓았던 주간에 그녀가 없었더라면 어떻게 회복했을지 모를 일이다. 그녀는 백화점 일도 다 접어둔 채로 그의 곁을 떠나지 않았다. 얼마나 고마운 일이었는지! 그 혼자서는 절대로 일어나지 못했을 것이다.

엘리노는 가정부이자 섹스 파트너였다. 그녀는 헌신적으로 모든 일을 도맡아 했다. 그녀의 감탄은 한도 끝도 없었고 지나칠 정도였다. 그의 삶이 여러 면에서 볼 때 그녀로 인해 더 수월해지고 더 편안해진 것은 사실이었지만 그는 그 관계를 영원히 지속할 생각은 없었다. 그녀가 마련해준 평범함과 일상적인 것은 단지 키메라[식물, 두개 또는 그 이상의 다른 조직이 합착(合着)하여 하나의 식물체를 이룬 것_옮긴이]에 불과했다. 그녀와의 관계는 이제 더 이상 지속될 수 없다.

그는 건강을 되찾았다. 그리고 조심스럽게 반야에게 다가가기 시작했다. 앞일을 생각하여 다시 일자리를 구한 것이다. 정확히 말하자면 새로운 삶이 전개될 수 있도록 뭔가를 시작한 셈이다.

그에게는 더 이상 엘리노가 필요하지 않다.

그녀는 이제 나가야만 한다.

하지만 그녀를 내보내는 일이 그리 쉽지 않다는 걸, 그는 잘 알고 있다.

✣

쉬베카 칸은 기다렸다. 언제나 그랬던 것처럼. 그녀는 린케뷔 지역에 위치한 낡은 고층 건물 4층 집 부엌 창가에 앉아 있었다. 창밖으로 보이는 나뭇잎들이 서서히 노란색, 붉은색으로 물들어갔다. 건물 사이 공터에서는 아이들이 시끄럽게 떠들며 뛰놀고 있었다. 쉬베카는 벌써 몇 년째 이곳에 앉아 아이들이 뛰노는 모습을 지켜보았는지 이제는 더 이상 헤아릴 수가 없었다. 똑같은 창문들, 똑같은 집, 새로운 아이들. 이 네 군데 벽 밖에서는 시간이 너무나 빠르게 흘러갔다. 그런데 이 안에 있는 그녀는 그냥 정지한 것처럼 느껴졌다.

그녀는 아이들이 학교에 간 후 한낮이 되기 전, 남은 시간을 즐겼다. 그녀는 아주 활동적이었고 친구도 많았다. 직업은 간병인이었다. 스웨덴어 고급반을 들었으며 작년부터는 간호사 교육과정을 다니고 있었다. 하지만 아침나절 일이 없는 날에는 창가에 앉아 지나가는 사람들을 관찰했다. 엄밀히 말하자면 이는 그녀의 또 다른 삶이었다. 그녀가 하미드에 대한 사랑과 존경을 입증하는 시간이기도 했다.

그녀가 다시 옛날을 헤아려본다면 몇 년 전부터 여기에 이렇게 앉아 있었는지 정확히 기억할지도 모른다. 그 점에 대해서는 스스로 잘 알고 있었다. 하지만 이 순간에는 그렇게 할 필요가 없었다. 그녀는 기억하고 싶지 않았던 것이다. 두 아들이 잃어버린 시간을 나타내는 가장 분명한 상징이기 때문이다. 메란은 이미 9학년이 되었다. 에이어는 힘들게 7학년을 다닌다. 학습 면에서는 형보다 잘 따라가지 못했다. 하미드가 사라졌을 때가 에이어는 네 살이었고 메란은 막 여섯 살이 되던 해였다. 큰아들이 남편에게 맨 처음 책가방 선물을 받고는 얼마나 좋아했는지 쉬베카는 아직도 그 기억이 생생했다. 가을 학기 입학 첫날, 메란은 검은색에 푸른색 줄무늬가 두 줄로 쳐진 가방을 어깨에 멨다. 자랑스러운 마음으로 인해 큰아들의 검고 맑은 두 눈이 얼마나 반짝였던지! 남편과 큰아들은 서로 꼭 껴안았다. 일주일이 지난 후 하미드는 사라졌다. 지진이 그를 삼켜버린 것처럼. 그 일이 있던 날은 목요일이었다. 그 목요일에!

이상하게도 그녀는 해가 갈수록 남편이 더욱더 그리웠다. 그녀가 처음에 느꼈던 그런 강렬한 감정은 아니었으나 오히려 더 슬프고, 더 고통스러웠다.

갑자기 쉬베카는 자기 자신에게 미친 듯이 화가 치밀었다. 이제는 기억 속에서 똑같은 상황이 번복되었다. 그녀는 그러한 기억 때문에 견딜 수가 없었다. 생각하지 않으려 했으나 생각은 언제나 과거로 다시 돌아가곤 했다. 그 당시 남편을 찾도록 도와준 친구들 생각으로. 두 아들의 질문과 절망에 대한 생각으로. 세탁소에서 찾아다 놓았으나 그날부터 덧없이 남편을 기다리는 제일 좋은 양복 생각으로. 희망은 사라졌다. 그녀는 자신이 간과했던 어떤 일이나, 뭔가 설명해야 할 어떤 일을 포기할 수도 있었을 것이다. 모든 세세한 것까지 이미 천만번도 넘게 생각해보았다. 모든 얼굴이 그녀가 아는 얼굴이었다. 생각만 갖고는 아무 소용이 없었다.

이렇듯 끝없는 소용돌이에서 빠져나오려면 쉬베카는 뭔가 다른 것을 생각해야만 했다. 그때는 금요일이었다. 그리고 그녀는 그가 곧 돌아올 것으로 알았다. 그런데 이틀이 지나도 그는 돌아오지 않았다. 애당초 그녀는 답변을 듣게 될 거라고 믿지는 않았지만 포기하지도 않았다. 그래서 그들에게 편지를 보내고 또 보냈다. 스웨덴어가 날이 갈수록 늘었고 손글씨로 쓸 수 있었다. 또한 사무적인 언어도 익혔다. 그동안 그녀는 관청에 편지를 보낼 수 있을 만큼 능숙했으며 수많은 친구들이 그녀에게 도움을 주었다.

그 후 그녀는 그를 보았다. 우편배달부를. 언제나 그는 인도를 따라 자전거를 타고 왔다. 2번가를 한 바퀴 돌아 4번가와 6번가까지 왔다. 그러고는 마지막으로 8번가에 도달했다. 그녀의 집 주소까지.

그녀는 6번가에서 나오는 그의 모습이 보일 때까지 기다렸다. 그러다 천천히 일어나 현관 쪽으로 걸어갔다. 그녀는 가능한 한 조용히 기다리려고 애썼다. 반드시 그래야 할 이유는 없었다. 하지만 조용히 기다리면 뭔가 더 좋은 기회가 생길지도 모른다고 믿었기 때문이다.

지금까지 조용히 기다린다고 별다른 성과는 없었지만 말이다.

그녀는 현관문에 귀를 대고는 바깥 소리를 엿들었다. 두 가지 소리가 들려왔다. 하나는 바깥, 저 멀리서 들려오는 소리였고, 다른 하나는 그녀 자신의 숨소리와 냉장고가 돌아가는 윙윙 소리였다. 서로 다른 두 세계가 현관문과 강철 우편함을 사이에 두고 분리되어 있었다. 어느덧 발소리가 점점 크게 들려왔다. 그녀는 현관문에 귀를 더 바짝 댔다. 이 순간이야말로 그녀에게는 축복 받은 순간이었다.

이것은 알라신의 뜻이거나, 아니거나 둘 중 하나일 것이다.

그저 단순히 그렇게.

쉬베카가 듣기에는 거의 귀가 먹먹해질 만큼 크게 탁 치는 소리와 함께 우편함 덮개가 안쪽으로 열렸다. 그러더니 여러 가지 화려한 광고지가 그녀 앞, 바닥에 툭 떨어졌다. 그녀는 카펫에 떨어진 광고지 더미 위로 허리를 굽힌 채 빤히 내려다보았다. 그러자 소음과 바깥 세계가 사라졌다. 슈퍼마켓의 주말 세일 광고지 밑에 흰색 편지 봉투가 깔려 있었다.

스웨덴 TV로부터.

이번에는 알라신의 뜻이다.

✢

이것은 그녀의 잘못이 아니었다.

아니, 어쩌면 잘못이라고 할 수도 있었다. 애당초 이것은 그녀의 잘못이긴 했지만 실수였다. 누구나 실수할 때가 있지 않은가? 마리아의 분노는 적절하지 않았다. 물론 그녀는 피곤했다고 했지만 누구는 안 그런가? 카린이 우회로를 일부러 간 것은 아니지 않는가?

이것은 실수였다.

게다가 몇 시간 전만 하더라도 모든 것이 다 아주 좋지 않았는가? 비가 오는데도 불구하고.

7월에 마리아가 쉰 살 생일을 맞았다. 카린은 그녀에게 프옐 도보 여행을 선물했다. 이른바 스토르본, 블로하마렌, 시라르나를 연결하는 옘틀란드 삼각지대 여행이었다.

카린의 의견에 따라 여행은 생각했던 것보다 훨씬 더 럭셔리했다. 이곳 지명은 모두 이국적인 느낌을 주었다. 산지여행이기는 하지만 단순한 도보여행일 거라는 식으로, 카린은 상상했다. 너무 힘든 일은 없을 거라고. 거리도 짧고 쉽게 다닐 수 있는 투어 코스라고 믿었다. 그뿐만 아니라 프옐 스테이션에 도착할 때마다 샤워, 사우나, 맛있는 음식과 와인을 즐길 수 있었다. 카린은 몇 년 전에 이미 와본 적이 있어서 이러한 즐길 거리와 결합된 여행을 정말로 괜찮은 여행이라고 느꼈다. 강렬한 자연 체험이지만 뭔가 럭셔리한 것이라고.

친구와 서로 얘기를 나누기에도 충분한 시간을 가질 수 있다.

그야말로 아름다운 선물이었다. 그리고 값이 비싼. 두 사람이 4박을 할 호텔과 저녁 정식이 제공되는 여행이었다. 가격이 상당히 셌지만 마리아를 위해서라면 그만큼도 못 해주랴 싶었다. 마리아는 수년 전부터 그녀의 절친한 친구였으며 언제나 그녀 옆에 있어주었다. 다른 친구들이 떠나버렸을 때에도. 그녀가 유방암에 걸렸을 때, 이혼했을 때 그리고 어머니가 돌아가셨을 때에도. 그들은 같이 어려움을 헤쳐나갔다. 물론 아름다운 일도 꽤 많이 경험했지만 아직 프옐 도보여행은 함께하지 못했다. 마리아는 지금까지 칼스타드를 벗어나 더 북쪽으로는 여행해본 적이 없었다. 그래서 이번이 적기였다.

카린은 지난 주말을 출발일로 선택했다. 왜냐면 비수기에는 프옐 스테이션이 문을 닫기 때문이다. 그래서 그들은 혼잡한 여름철을 피해서 날짜를 잡았다. 마리아도 다른 때에는 시간을 내기 힘들었는데 지금이 시간이 딱 맞았다. 카린은 그동안 가을이 좀 더 무르익었으면 하고 바랐다. 높고 청명한 하늘과 다채로운 색상의 자연을 만끽하고 싶었다. 그래야 좋은 친구에게 아름다운 산을 보여줄 수 있을 테니 말이다.

에나포르스에 도착하면 폭우가 기다리고 있을 줄 그녀는 미처 예측하지 못했다.

"다음 주에는 날씨가 좀 좋아질 거라고 하던데요." 그들이 역에서 스토르본 스테이션으로 가는 버스에 올라 날씨를 묻자 기사가 이렇게 대답했다.

"주말 내내 비가 온다고 하나요?" 마리아가 약간 실망한 어조로 물었다.

"예, 그런가 봐요." 버스기사가 고개를 끄덕이며 답변해주었다.

"이곳 프옐은 날씨가 꽤 변덕스러워." 버스에서 내려야 할 즈음 카린이 실망한 마리아를 달래며 말했다. "기다려 봐. 반드시 날씨가 좋아질 거야."

그러고는 정말로 날씨가 좋아지기 시작했다. 스테이션에서 내린 그들은 호텔로 들어갔다. 방 구조는 단순했지만 무척이나 편안해 보였다. 그들은 근처에 산책을 나갔다 돌아와 잠시 동안 낮잠을 자고 일어났다. 그리고 사우나를 하고 나서는 차가운 물로 샤워를 했다. 해가 질 무렵에는 스테이션의 레스토랑으로 가서 맛있는 저녁을 먹었다. 저녁에 곁들여 와인과 리큐르술이 들어간 커피도 마셨다.

오늘 그들은 아침 7시에 일어났다. 아침 식사를 마친 후 도보여행을 하기 위해 비상식량을 싸고 보온병에 커피를 담았다. 8시 30분쯤 그들은 호텔을 나섰다. 하늘에서는 비가 내렸지만 여행길에 방해가 될 정도는 아니었다. 둘은 비옷에 장화를 신고 갈아입을 여벌의 따뜻한 옷도 준비했다.

그들은 스토르본을 가로질러 갔다. 초록빛 계곡을 따라 걷기 시작한 것이다. 이 계곡은 지도에서 보면 파르켄이라고 부르는 곳이다. 그들은 슬슬 걸어 다녔다. 수다를 떨며 가다가 사진을 찍기 위해 멈춰 서기도 했다. 혹은 그저 주변 경치를 즐기기 위해 걸음을 멈추기도 했다. 서둘 필요가 없었다. 스토르본 스테이션에서 다음 휴식처인 블로하마렌까지 거리는 12킬로미터밖에 안 된다. 3킬로미터쯤 걷자 자작나무 숲이 나왔다. 숲을 지나 산꼭대기 위, 울보트예른 대피소까지 올라가기로 했다. 그곳에 올랐을 때에도 그들은 여전히 비가 온다는 사실을 거의 잊고 있었다. 다리쉼을 한 뒤 그들은 다음 스테이션까지 한참 더 올라가야 한다는 것을 알았다. 그래서 한동안 음식도 먹고 커피도 마셨다. 그들은 훗날 이런 뜻밖의 궂은 날씨에 대해 웃으면서 말할 날이 올 거라고 서로 얘기했다. 언젠가 훗날에, 한참 후에…….

커피타임을 마친 뒤 그들은 다시 도보여행에 나섰다. 한동안 말 한마디 하지 않다가, 어느새 다시 이야기꽃을 피우며 걸었다. 이렇듯 몇 시간을 올라가 조금만 더 가면 산등성이에 프옐 스테이션, 블로하마렌이 있었다. 그곳에 당도하면 그들은 먼저 사우나부터 하기로 했다. 힘을 더 비축해야 나무의 생육경계선 위로 더 올라가 척박한 흙산에 다다를 수 있을 테니까.

몇 킬로미터 남지 않았을 때 그들은 캠핑용 컵을 꺼내 졸졸 흐르는 개울에서 물을 떠 마셨다. 나중에 카린은 그때 왜 예약증이 든 비닐지갑을 배낭에서 꺼냈는지 기억하지 못했다. 그녀는 간식을 꺼내려고 배낭을 열었다. 그러고는 왠지 예약증을 힐끗 쳐다보았다.

그녀가 본 것이 무엇인지 처음에는 깨닫지 못했다. 전혀. 그녀는 다시 한 번 예약증을 보고 그제야 무슨 일이 생겼는지 이해하게 되었다. 그녀는 자신이 알게 된 사실을 마리아에게 어떻게 설명해야 할지 곰곰이 생각하면서 지갑을 도로 배낭에 넣었다. 적당한 좋은 설명도 없었고, 나쁜 설명도 없었다. 그저 진실이 있었을 뿐이다.

"이런, 미치겠네." 그녀는 방금 알게 된 사실에 관해 자신도 당황스럽다는 점을 분명히 하려고 힘주어 말했다.

"왜 그래?" 캐슈너트를 한입 가득 넣은 채로 마리아가 물었다. "깜박하고 두고 온 물건 있으면 너 혼자 갔다 와. 난 맥주 한잔하면서 사우나 할 생각밖에 없으니까."

"그게 아니야. 내가 방금 우리 예약증을 봤는데……."

"그런데?" 마리아가 노란색 플라스틱 컵에 물을 떠서는 한 모금 꿀꺽 마셨다. 그러더니 남은 물을 쏟아 버렸다.

"우리가…… 안타깝게도 약간 잘못 온 것 같아."

"왜? 우리가 가려던 스테이션은 저 위잖아. 오는 길에 뭐 잊어버린 거야?"

마리아는 컵을 배낭에 단단히 걸며 출발할 준비를 마쳤다. 카린은 생각을 가다듬었다.

"그래, 맞아. 블로하마렌은 저기 위쪽이야. 근데 우리는 오늘 시라르나로 가야만 해."

마리아는 눈 한번 깜빡하지 않고서 어이가 없다는 듯이 그녀를 빤히 쳐다보았다.

"하지만 여태까지 블로하마렌으로 가야 한다며. 스토르본에서 블로하마렌으로, 거기서 시라르나로. 네가 내내 그렇게 말했잖니?"

"맞아, 나도 알아. 머리로는 계속 이렇게 생각한 거야. 오늘 저녁 예약한 데는 시라르나이고 내일은 블로하마렌이라고."

마리아는 정말 어이가 없었다. 이제 와서 이 길이 아니라니. 방금 올라온 이곳이 아니라니. 카린이 지금 농담한 것인지도 모른다. 그렇지 않다면 이것은 있을 수 없는 일이다.

"미안해!"

마리아는 카린의 눈빛을 보자마자 친구가 농담 삼아 한 말이 아니라는 것을 깨달았다. 하지만 어쩌면 이 상황은 그렇게 심각한 것이 아닐지도 모른다. 길을 잘못 왔다 해도 얼마나 되랴 싶었다. 몇 킬로미터만 다시 돌아가면 될지도 모를 일이다.

"그럼 여기서부터 시라르나까지 얼마나 가면 되지?"

카린은 머뭇거렸다. 마리아의 목소리에서 그녀가 몹시 흥분하고 있다는 것을 알 수 있었다. 그러니 지금 '조금' 혹은 '안 멀어'라고 대답하는 것은 해결책 제시가 아닐 것이다. 오직 진실만 말해야 한다.

"19킬로미터."

"19킬로미터라고? 너 지금 농담하자는 거니?"

"블로하마렌이랑 시라르나랑 사이가 19킬로미터야. 하지만 우리가 아직 블로하마렌에 도착한 건 아니니까 아마 18킬로미터쯤 될 거야. 아니면 17킬로미터만 가면 될지도 모르고."

"그럼 적어도 네 시간은 걸리겠네."

"미안해."

"날은 언제쯤 저무는데?"

"그건 나도 몰라."

"젠장! 말도 안 돼! 그럼 오늘 밤 여기서 자고 내일 시라르나로 갈 수 없을까? 예약을 변경하면 되니까. 그게 가능할지도 모르잖아?"

잠시 카린은 마음이 가벼워지는 것을 느꼈다. 당연히 가능해 보였다. 그것은 좋은 생각이었다. 현명한 마리아. 문제를 해결할 수 있겠다는 확신으로 카린은 배낭에서 예약증을 다시 꺼내 들었다. 그리고 핸드폰도.

대답으로 돌아온 것은 예약 변경이 불가능하다는 것이었다. 이미 다 예약이 끝난 상태였다. 왜냐면 요즘 계절이 특히나 인기가 많은 철이기 때문이다. 그 대신에 에어매트리스나 침낭이 있으니 창고에서 잘 수 있다는 소리를 들었다. 21시 30분이 지나면 레스토랑에 두 자리가 난다는 소리도 들었다. 이 대안을 놓고 카린은 곰곰이 생각해보았으나 마리아가 단박에 싫다고 말했다. 그런 불편한 창고에서는 잘 수 없다는 것이었다. 할 수 없이 그들은 다시 배낭을 어깨에 메고 행군을 시작했다.

처음에 마리아는 카린과 말하고 싶지 않았지만 나중에는 하고 싶어도 할 수가 없었다. 비가 계속 쏟아지는 데다 맞바람이 얼굴을 채찍질하듯 불었기 때문이다. 마리아의 얼굴이 허옇게 떠 보였다. 피부는 밑으로 축 처졌다. 마치 모든 얼굴 근육이 갑자기 제 기능을 못하는 것처럼. 그녀는 완전히 끝장이라는 생각이 들었다. 어떤 말을 들어도 반응 한번 할 수 없었기 때문이다. 카린은 기분을 밝게 하려고 애썼지만 그녀도 점점 힘이 빠졌다.

"잠깐만. 우리 조금만 쉬자." 1시간 30분 내리 걷기만 하다가 카린이 먼저 말했다.

"쉬어 봤자 뭐 해? 짜증만 나지. 한 발이라도 더 가는 게 나을 거야. 그래야 빨리 도착할 거 아냐?"

"우리 캐슈너트라도 좀 먹자. 에너지도 보충하고. 난 물병을 채워야 되겠어."

카린이 고갯짓으로 폭포를 가리켰다. 그들이 막 지나온 절벽에서 폭포가 수 미터가량 밑으로 쏟아져 내렸다.

"너, 그쪽 밑으로 내려가면 안 돼."

"왜 안 된다는 거야?"

카린은 마리아의 참견에 마음 쓰지 않겠다는 뜻을 나타냄과 동시에 긍정적인 분위기로 바꿔보려고 생각보다 더 자신 있게 말했다. 그녀는 비탈진 쪽으로 몇 발자국 다가갔다. 그사이에 속으로는 친구가 근사한 저녁과 조용한 밤을 보내고 나면 다시 기분이 좋아지길 바랐다. 이번 여행을 완전히 망치지 않도록 말이다.

마리아의 말이 맞았다. 밑으로 내려가는 것이 쉬운 일은 아닌 것 같았다. 비탈이 너무 가팔랐다. 위험해 보였지만 그래도 불가능하지는 않아 보였다.

카린이 조금 더 용기를 내어 움직이자마자 발밑이 무너져 내렸다. 그녀는 괴성을 지르며 비탈에서 추락했다. 이대로 끝인가 하며 떨어지지 않으려고 버둥거렸다. 왼손으로 방금 무너져 내린 뭔가를 겨우 붙잡았다. 그렇게 그녀는 흙과 진흙과 돌과 뒤범벅이 되어 비탈을 타고 데굴데굴 굴러떨어졌다. 오른쪽 무릎이 찔렸을 때에만 해도 시라르나까지 꼭 가야지 싶었다. 하지만 그녀는 폭포에서 몇 미터가량 떨어진 곳까지 더 굴렀다. 작은 돌들도 그녀를 따라 굴렀고 마침내 그녀는 진흙으로 범벅이 되었다.

"악, 세상에! 괜찮니? 안 다쳤어?" 위쪽에서 마리아의 걱정스런 목소리가 들려왔다.

카린은 애써 정신을 차리고는 조심스레 온몸을 움직여보았다. 밝은색 비옷을 보니 마치 진흙밭에 열 번 정도 구른 것 같았다. 다행히도 다친 데는 없었다. 무릎에 조금 상처가 났을 뿐 다 정상이었다.

"다 괜찮은 것 같아! 별 탈 없어!"

"근데 네 손에 든 그 막대 같은 건 뭐니?"

그녀가 뭔가를 손에 들고 있었던가? 카린은 손에 든 것을 보다가 소스라치게 놀라 고래고래 비명을 지르며 던져버렸다.

손이었다.

뼈만 남은 손.

막대 같은 것은 팔꿈치 관절 부위에서 떨어져 나온 것이었다. 그녀는 방금 굴러떨어진 비탈면을 올려다보았다. 마리아가 서 있는 곳 위로 몇 미터쯤인가에, 나머지 팔 부위가 불룩 솟아 있었다. 그 옆에는 해골이 진흙 사이에 파묻혀 있었다.

이제야 카린은 이번 여행을 완전히 망치고 말았음을 확신했다.

✤

엘리노 베르크비스트.

발데마르 리트너는 크게 한숨을 내쉬었다. 그의 앞에 그녀가 처음으로 모습을 드러낸 것은 두 달 전쯤이었다. 회사로 전화를 걸어 시간 약속을 잡았다. 그녀는 무턱대고 그를 만나러 오겠다고 말했다. 하지만 그가 보기에 그녀가 방문한 목적은 좀 불분명했다. 그다음에 그녀를 만났을 때에도 그 불분명함은 여전했다. 그녀는 어떤 회사를 하나 세우려고 한다며 그에게 도움을 청했다. 하지만 그가 상담해주었음에도 불구하고 (그가 가능한 한 잘해주었는데도) 그녀는 그 어떤 회사도 세우지 않았다. 그가 첫 번째 상담에서 느낀 것처럼 엘리노는 창업과 거리가 먼 사람으로 보였다. 그러므로 그는 왜 하필 자기에게 상담을 신청했는지 그녀에게 물어보았다. 그녀는 지인의 권유였노라고 대답했다. 발데마르는 누가 자기를 소개한 것인지 재차 물어보았지만 그녀는 즉답을 피하며 애매한 반응만 보였다. 이런 반응은 이것이 처음은 아니었다. 그가 수많은 질문을 던졌지만 그녀의 대답 태반이 엉뚱했다. 예를 들어 창업한다면 어떤 업종을 선택할 거냐고 물어도 그녀는 제대로 된 대답을 하지 않았다.

오늘이 그녀를 마지막으로 보게 되는 날이다. 오늘 이후로 그는 엘리노 베르크비스트란 여자를 영원히 잊어버릴 것이다. 사무실 문 쪽으로 가다 말고 그는 아픈 허리를 양손으로 짚고는 몸을 쭉 폈다. 그리고 그런 자세로 걸어갔다. 그는 작은 대기실 쪽 문을 열었다. 그가 보이자 그녀가 검은색 소파에 앉아 있다가 황급히 일어섰다.

"안녕하세요, 베르크비스트 씨. 안으로 들어오시죠."

"고맙습니다."

그녀는 그와 악수를 나누며 그를 향해 방긋 웃었다. 그는 사무실 안으로 그녀를 맞아들였다. 그녀는 빨간색 코트를 벗은 후 책상 맞은편 쪽 의자에 앉았다. 그리고 무릎에 커다란 가방을 올려놓았다.

"저번에 준 신청서들 가져왔어요……." 그녀가 가방을 마구 뒤적거리며 말문을 뗐다.

"베르크비스트 씨." 발데마르가 그녀의 말허리를 끊었다. 그의 억양으로 인해 그녀는 곧바로 손을 놓고는 그를 빤히 쳐다보았다.

"앞으로 계속해서 제가 상담해드릴 수 없을 것 같습니다."

엘리노는 갑자기 온몸이 굳어버렸다. 그가 의심하는 것일까? 그녀가 뭘 잘못한 것일까? 그녀가 상담 받기 위해 오는 것이 아니란 것을 그가 눈치챈 거라면……. 그렇다면 그녀는 도대체 무엇 때문에 오는 것일까? 그녀는 애당초 그가 어떤 사람인지 보러 온 것이었다. 그녀의 남자를 위협했던 장본인 앞에 앉아 있다는 것이 약간 흥분되었다. 경제사범에 연루되어 있으며 어쩌면 살인에도 관련되어 있을지 모를 남자 앞에서.

그녀는 애인인 세바스찬의 집에 들어가게 된 날, 우연히 플라스틱 서류철을 보았다. 그것 때문에 세바스찬은 아주 예민하게 굴더니 그 서류철을 버려달라고 부탁했다. 서류를 없애달라고.

물론 그녀는 그렇게 하지 않았다.

그녀는 서류를 읽어보았다. 읽고 또 읽었다. 닥테아 인베스트라는 이름 하나가 눈에 들어왔다. 그리고 발데마르 리트너에게 최종 혐의가 있다는 것도 알게 되었다. 몇 년 전 복잡한 닥테아 사건에 연루된 사람 중 신문에 상세히 보도된 사람은 하나도 없었다. 그 사람들 중 죄 없는 사람은 하나도 없었는데 말이다.

세바스찬이 폐렴으로 앓아누웠을 때 그녀는 발데마르에 관해 물어본 적이 있었다. 그가 누군지 그것만 물어보았다. 세바스찬은 흥분했다. 그녀에게 어디에서 그 이름을 듣게 되었고 어디까지 알고 있는지 캐물었다. 그녀는 곧이곧대로 사실을 말했다. 그가 버려달라고 부탁한 플라스틱 서류철을 열어 보았다고 말이다. 그리고 그것을 다 버렸다고 거짓말로 대답했다.

그의 잇따른 질문에도. 그녀는 플라스틱 서류철을 휴지통에 버렸다고 대답했다.

그와 동시에 그녀는 매우 기뻤다. 세바스찬의 격렬한 반응으로 보자면 그녀가 제대로 추적하고 있다는 것이 증명된 셈이었으니까 말이다. 세바스찬은 이 리트너가 겁이 나는 모양이었다. 그녀가 혼자 힘으로 리트너의 행방을 탐색한다면 그 결과는 세바스찬에게 크게 도움이 될 것이다. 하지만 여기서 이렇게 탐정 일이 끝나고 마는 것은 아닐까 싶다.

"왜 상담해줄 수 없다는 거죠?" 엘리노는 질문을 던지면서 앞으로 약간 미끄러지듯 의자 끝에 걸터앉았다. 발데마르가 폭력적으로 나올 경우에 도망갈 만반의 준비를 한 것이다.

"제가 도울 수 있는 게 없다는 생각이 들어서요. 우리가 벌써 네 번이나 만났는데요. 고객님은 회사를 한 번도 세우지 못했잖습니까."

"그동안에 몇 가지 진전은 있었는데……."

"제가 뭘 제안하려는지 아십니까? 고객님은 창업 아이템부터 찾으셔야 한다는 겁니다. 그리고 그럴 준비가 되고 모든 형식이 갖추어지면 그때 다시 찾아오십시오. 그때에는 제가 고객님을 위해 할 수 있는 일이라면 무엇이든 알아볼 테니까요."

그의 제안에 엘리노는 고개를 끄떡이고는 자리에서 일어섰다.

발데마르도 자리에서 일어섰다. 왠지 그는 그녀의 저항이 상당히 크리라고 짐작했다. 매번 그녀는 여섯 시간 이상씩 상담을 받고 갔기 때문이다. 물론 그에 대한 상담료를 지불했지만 결과가 좋지는 않았다. 그는 그녀가 좀 더 물고 늘어지길 기대했다. 왜 그랬을까? 그 이유는 잘 모르겠다. 그냥 그게 그녀다운 행동일 것 같아서였다.

그는 그녀가 의자에 걸어놓은 코트를 집어 들고 문 쪽으로 걸어가는 모습을 유심히 관찰했다.

"여러모로 감사합니다. 아주 유익했습니다."라고 말한 그녀는 문손잡이를 잡았다.

"도움이 되었다니 저 또한 매우 기쁩니다. 감사합니다."

엘리노는 다시 한 번 그를 향해 방긋 웃고는 밖으로 나간 뒤 문을 닫았다. 대기실에서 코트를 입는 도중 그녀는 한 가지 생각이 번뜩 떠올랐다. 그가 그녀를 지켜보고 있는 것은 아닐까?

그녀는 숨을 길게 내쉬었다. 마음을 안정시키며 좀 더 냉정하게 생각하기로 했다. 그녀가 아직 주소지를 변경하지 않았으니 세바스찬과 그녀의 관계는 발각되지 않을 것이다. 리트너가 그녀를 뒤쫓지 않는 한 말이다. 그가 한 말은 맞았다. 그는 그녀를 도울 수 없었다. 그러니까 이제 다시 그녀는 여기에 오지 않을 것이다. 드디어 프로가 이 사건을 맡을 때가 왔다. 발데마르가 더 이상 나타나지 못하도록 그녀가 처리했다는 걸, 세바스찬은 알 필요가 없다. 이는 그녀가 그에게 주는 비밀스런 선물이니까. 그녀의 사랑을 증명할 수 있는.

그리고 이제는 그 어떤 것도 그녀의 사랑을 위험에 빠트리지 못할 것이다.

✣

쉬베카는 집 안 곳곳을 돌아다녔다. 너무 기쁜 나머지 흥분을 억누를 수가 없었으며 이런 결과가 오기를 정말 오랫동안 기다려왔다. 마침내 그녀가 바라던 일이 이루어진 지금, 오히려 덜컥 겁이 났다. 그녀는 자리에 앉아 탁자에 놓인 편지를 다시 한 번 찬찬히 살펴보았다. 글은 편지지 반절도 다 채워 있지 않았다. 정말 기이한 일이다. 이렇게 중요한 일에 대해서 이렇게 짧은 글을 써서 보내다니.

안녕하세요, 칸 씨.
편지를 보내주셔서 대단히 감사합니다. 답변을 늦게 보내드린 데 대해서는 널리 양해해주시기 바랍니다. 보내주신 정보는 편집국 내에서 검토해보았습니다. 그래서 기꺼이 칸 씨를 한번 뵙고 싶습니다. 보내주신 이야기 내용을 좀 더 평가하고 남편분 행방불명에 관해 좀 더 알아볼 수 있으려면 서로 구속력이 없는 만남이 가장 좋을 것 같습니다.
다시 한 번 연락 주시기 바랍니다.

친애하는 레나르트 스트리드
리포터 리서치 편집국

편지글 아래쪽에는 주소와 몇몇 전화번호가 적혀 있었다. 아마도 편집국 직통 번호인 듯했다. 그녀는 편지를 다시 조심스레 탁자에 내려놓았다. 아들에게 전화해서 설명해야 하는 것일까? 안 하는 편이 나을지도 모른다. 희망이 커졌다가 다시 사그라지는 일을 이미 경험했기 때문이다. 그녀는 몇 년 전부터 이런 일을 하루가 멀다고 겪어왔다. 하지만 아이들은 보호가 필요했다. 아버지 없이 자란다는 것이 아이들에게는 얼마나 가슴 아픈 일인지. 그럼에도 불구하고 그녀는 불안했다. 정말로 혼자 이 일을 해낼 수 있을까? 그녀는 그가 뭐라고 답장을 썼는지 다시 읽어보았다. 하지만 그는 너무 많은 질문을 던지고 있었다. 도대체 '서로 구속력이 없는'이란 무슨 뜻일까? 어떠한 책임도 떠안지 않겠다는 형식적인 말일까? 편집국 내에서는 그녀의 이야기 내용을 어떻게 평가할까? 이야기는 사실이다, 그러니 그것으로 그만인 것일까? 정말로 혼자 이 남자를 만나러 가도 되는 것일까? 친척과 지인들이 알면 만류할 것이다. 그들의 말이 옳다면 어떻게 해야 할까? 다른 측면에서 보자면 그들 중 그 누구와도 동행하고 싶지 않다. 그들은 방해만 될 뿐이다. 자기들 입장에서 말할 테고 그러면 그녀는 꿀 먹은 벙어리처럼 앉아만 있어야 한다. 그렇다면 모든 것이 수포로 돌아가게 될 것이다. 그녀는 그것을 원치 않는다. 그녀는 자신의 목소리를 내고 싶다. 처음부터 끝까지. 그녀가 어떻게 싸워왔고, 앞으로도 절대 포기하지 않을 거란 것을 친구들은 이미 잘 알고 있다. 하지만 스웨덴에서 동행인 없이 여자인 그녀 혼자 남자를 만나러 간다고 하면 친구들이 이해할 수 있을까? 그녀는 나락에 떨어진 기분이 들었다.

그렇다면 이 일은 아무도 알면 안 된다. 그녀는 통로로 가서 검은색 무선전화기 옆에 앉았다. 전화기는 협탁에 놓여 있었다. 그녀는 하미드와 이 전화기를 사게 된 일이 떠올랐다. 대형 브롬마 블록 쇼핑몰에서 전화기를 구입했다. 그날 쇼핑몰에 갔더니 다양한 전자제

품을 믿을 수 없을 만큼 싼값에 팔고 있었다. 한쪽 벽을 가득 채운 큰 TV 화면에서는 영상이 흘러나왔다. 그 밖에 다양한 제품이 넘쳐났다. 그 아랫줄에는 박스들이 있었는데 이어폰부터 DVD플레이어에 이르기까지 없는 것이 없었다. 하미드와 그녀는 서로 마주 보며 웃음을 터트렸다. 왜냐면 그동안에 둘 다 돈이 많다고 생각은 했지만 실제로는 가진 것이 거의 없었기 때문이다.

그들은 전화기를 샀다. 그리고 고르고 골라 가장 값이 싼 TV도 한 대 샀다. 자이드가 그 새 제품들을 차에 실어 집까지 날라다주었다. 그녀는 그날이 아직도 기억에 생생하다. 의자에 앉아 전화기가 그려진 하얀색 포장지를 손으로 어루만지며 얼마나 기뻤는지를. 그녀는 바로 포장을 풀고 싶었다. 전화기를 빨리 손에 잡아보고 싶었기에.

밤만 되면 그들은 전화통에 매달려 아프가니스탄에 사는 칸다하르 친척과 지인에게 전화를 걸고는 했다. 하지만 매번 연결이 쉽지 않았다. 그쪽 연결 상태가 고르지 않았기 때문이다. 신호가 간다 싶으면 어느 순간 다시 끊겨버렸다. 그럼에도 불구하고 그녀는 그 순간이 생각날 때마다 마음이 훈훈해지는 것을 느꼈다.

고향으로 전화를 걸면 전화기에서 다정한 목소리가 흘러나온다.

그들은 이곳에 함께 앉아 저녁을 먹었다. 하미드와 그녀가 아주 가깝게 앉아서. 그녀는 차를 끓였고 그는 전화번호를 눌렀다. 그리고 그들은 함께 빌었다. 통화 연결이 쉽지 않았다. 그러다 통화가 된다 싶으면 그들은 너무 기뻐서 소리를 질렀다. 그녀는 옛 고향 사람의 목소리를 한마디라도 더 듣기 위해 그가 잡은 전화기에 귀를 바짝 붙였다. 그녀가 그렇게 하도록 그는 가만두었다. 그녀가 같이 들을 수 있도록. 그녀가 조용히 그의 옆에 앉아 오로지 듣기만 하는 사이에 그는 그녀를 향해 웃으며 그녀의 손을 어루만져주었다.

하미드. 그녀의 남편.

그녀는 전화기를 손에 들었다. 하지만 온몸이 꽁꽁 얼어붙는 것 같았다. 그동안 전화기는 자리만 지키고 있었다. 드물긴 하나 가끔씩 옛 고향에서 전화가 오더라도 대부분 남자만 받을 수 있는 전화였다. 그녀가 직접 전화를 걸 수도 없었다. 왜냐면 다들 남자하고만 대화를 나누려고 했지 그녀하고 대화를 나누려는 사람은 없었기 때문이다. 지금도 마찬가지다.

그녀는 편지에 써놓은 전화번호 중 하나를 선택했다. 핸드폰 번호를. 스웨덴 사람들은 주로 핸드폰으로 연락한다는 것을, 그녀는 잘 알고 있었다. 그래서 먼저 이 번호로 걸어보았다. 두 번쯤 연결음이 울리고 나자 한 남자 목소리가 들려왔다.

"예, 레나르트 스트리드입니다."

처음에 그녀는 뭔가 얘기할 엄두조차 나지 않았다. 앞서 그녀는 그가 전화를 늦게, 늦게 받기를 바랐다. 왜냐면 뭐라고 얘기해야 할지 머릿속으로 준비하고 있었기 때문이다. 남자는 대답을 기다렸다.

"여보세요? 레나르트입니다!"

그녀는 대답을 해야만 한다고 생각하면서도 목소리가 자꾸 기어들어갔다.

"여보세요. 제 이름은 쉬베카 칸이에요. 저한테 편지 주신 분이죠?"

"미안합니다. 무슨 말씀인지 잘 안 들립니다."

그녀는 다시 말하기 시작했다. 그렇게 하지 않으면 남자가 곧 인내심을 잃을 것만 같았다.

"편지요. 보내주신 편지 잘 받았어요. 쉬베카 칸이 제 이름이에요."

그녀는 그의 호기심이 발동했음을 알 수 있었다.

"예. 안녕하세요. 전화를 주셨군요? 정말로 감사합니다." 그가 활기찬 목소리로 말했다. "편지에 쓴 것처럼 우리는 남편분 행방불명에 관심이 있습니다. 아무것도 약속드릴 순 없지만 이 일은 좀 더 조사해볼 만한 가치가 있다고 생각합니다."

남자의 말이 워낙 빨라서 그녀는 모든 내용을 다 알아듣지 못했다. 하지만 '관심이 있'다는 말이 귀에 쏙 들어왔다. 그 덕분에 그녀는 다른 내용을 모두 이해한 것처럼 통화를 했다. 그에게 냉대 받지 않도록 하는 것이 중요하다고 느꼈기에.

"좋아요."

"만날 수 있을까요?"

"지금요?"

"아니요, 지금은 안 되고요. 하지만……."

조용해졌다. 그가 달력을 넘기는 소리가 전화기 너머로 들려왔다.

"월요일 11시쯤. 괜찮으세요?"

괜찮다는 단어. 그녀는 곰곰이 생각해보았다. 동료들이 자주 '괜찮아'란 말을 썼다. 그렇다. 그 말은 '좋아'란 말과 뜻이 비슷할 것 같았다. 그녀는 그 단어의 뜻을 이해했다. 하지만 갑자기 몸이 덜덜 떨리기 시작했다.

"잘 모르겠어요."

남자는 잠시 아무 말도 하지 않다가 이렇게 물었다. "말 그대로 모른다는 뜻인가요? 안 된다는 뜻인가요?"

"나도 잘 모르겠어요. 내 생각에는." 쉬베카는 어떤 식으로 설명해야 할지 눈앞이 아득했다. 뭐라고 설명하고 싶었지만 생각이 뒤죽박죽이었다.

"나만 말하는 건가요? 우리 두 사람만 만나는 거예요?"

"통역사가 필요한 게 아니라면요. 하지만 내 생각에는 통역사가 필요 없을 것 같은데요. 스웨덴어를 아주 잘하시니까요."

"고맙습니다. 한번 생각해볼게요."

그녀는 머뭇거렸다. 레나르트의 세계에서는 혼자 된 여자가 외간 남자를 만난다 해도 그다지 특별할 것은 없었다. 이 나라에서는 그 점에 대해 뭐라고 할 사람이 아무도 없다. 그런데 그녀는 이 나라 사람이 아니다. 쉬베카는 숨을 깊게 들이마시고 용기를 내어 말했다.

"어디에서요?"

"T센터 옆, 올렌스 시티 맞은편에 카페가 하나 있어요. 볼레로라고 하는."

카페라고? 당연하다. 스웨덴 사람들은 항상 커피를 마신다. 미리 볼펜과 메모지를 가져올걸 그랬다. 메모를 해두려면 말이다. 하지만 카페와 B로 시작하는 단어쯤은 기억할 수 있다.

"카페 이름이 뭐라고 했죠?"

"볼레로요. 올렌스 시티 근처에 있어요."

"고마워요."

"11시 괜찮으시죠?"

"11시. 예, 좋아요." 그녀는 자신이 바보 같다고 느껴졌다. 남자가 했던 말을 되묻거나 되풀이해서 말했기 때문이다. 하지만 남자는 아무런 눈치도 못 챈 것 같았다.

"그럼 거기서 만납시다. 그때 뵙지요." 그가 이렇게 말하고는 통화를 끝냈다.

쉬베카는 잠시 동안 아무 말 없이 그대로 앉아 있었다. 그런 후 그녀도 전화를 끊었다. 이 일은 그녀가 기대했던 것보다 더 잘 진행되었다.

✤

이 집은 같은 집이다. 아니, 어쩌면 아닐지도 모른다. 모든 물건이 언제나 그랬던 것처럼 같은 자리에 그대로 있다. 가구도 있던 자리에 그대로. 부엌 앞, 나무 마룻바닥은 그녀가 부엌을 들락거릴 때마다 삐거덕거렸듯이 지금도 같은 소리가 났다. 창문가 식물조차 아무일도 일어나지 않았다는 듯이 잘 자라고 있었다. 하지만 우르줄라는 더 이상 집이라는 느낌이 들지 않았다. 마치 낯선 곳에 있는 것 같았다. 집 구석구석을 다 알고 있음에도 불구하고. 아마도 소음이 그리울지 모르겠다. 아니면 그녀가 집에 들어설 때마다 갈색 안락의자 위에 아무렇게나 놓여 있는 그의 양복이나, 커피머신이 돌아가는 소리가 그리울지도 모르겠다. 그녀는 자신의 집에서 낯선 느낌을 받다니 너무 화가 났다. 논리적 자아는 그녀에게 좀 더 용감해질 것을 요구했다. 저항하면서도 그녀 앞에 일어난 일을 이해하려고 했다. 무사히 그 일을 넘기기 위해서.

그렇게 큰 차이는 없었다.

어차피 벨라가 웁살라로 이사 가면서 집은 거의 조용했다. 그 당시 그녀는 딸이 이사하는 것을 아무렇지 않은 척 생각하려고 애썼다. 그리고 지난 몇 년 동안 미카엘과 그녀 사이는 어차피 공허한 관계의 연속이었다. 솔직히 말하자면 누가 봐도 그들은 남남 같았다. 항상 따로 살거나 각자 다른 곳에서 새로운 파트너를 찾았다. 이는 이상한 일이 아니었으며 항상 있는 일이었다.

하지만 세상 모든 논리를 동원해도 그녀의 마음속에서 용솟음치는 아픔을 밀어낼 수는 없었다. 그녀가 고통스러워하는 것은 외로움이 아니었다. 미카엘과 그녀 사이에 발생하면 안 될 일 때문이었다. 그가 떠나갔다는 것. 그것은 그녀가 감내하기에 너무도 힘들고 가혹한 시련이었다. 그는 그녀를 위해 좀 더 싸워주었어야 했다.

단순히 떠나가지 말고.

미카엘은 그러면 안 되는 거였다.

그중 한 사람이 떠난다면 그 사람은 단연코 그녀였어야 했다.

그럼에도 불구하고 그가 먼저 떠났다. 도와주려고 시도하지도 않고서. 그러고 나서 후회하지도 않고서. 그가 내린 결정이라고는 믿을 수 없을 만큼 신속하면서도 분명하게.

그는 다른 여자와의 관계를 중단했다고 말했다. 중단했다고. 끝낸 것이 아니었다. 잠시 중단한 것은 그만한 이유가 있었다. 그가 새로운 길을 가기 전에 우르줄라에게 먼저 모든 것을 해명하고 싶었기 때문이다. 하지만 실제로 그는 그렇게 하지 않았다. 아무것도 밝히려 하지 않았다. 그는 그저 설명만 하려 들었다. 좀 미안하다는 얘기를 끝으로 떠나가버렸다.

그 여자에게로.

아만다.

그는 이성적이고 부드럽지만 태도가 분명한 사람이었다. 우르줄라가 그의 가슴속으로 다시 들어갈 수 있는 여지는 전혀 없었다. 그에게 다가갈 수 있는 문이 이제 영원히 닫혀버렸다. 그는 피할 수 없는 상황을 설명하기 위해 그녀의 손을 잡고 위로했다. 그녀가 상처받지 않도록 가급적 자세한 얘기는 피하는 것 같았다. 그와 동시에 그 사실 앞에서 그녀가 너무 놀라지 않도록 하려고.

그 순간 우르줄라는 그를 사랑했다.

그게 아니면 적어도 그를 사랑한다고 믿었을지 모른다. 그녀가 예전에는 전혀 느끼지 못했던 감정이었다. 강렬하면서도 거부할 수 없는. 그 감정에 대해 듣도 보도 못한 단어가 새로 만들어져야 할 것 같다는 생각이 들었다.

그녀는 마구 소리 지르고 싶었다. 그를 향해 물건도 던지고 싶었다. 그에게 키스하며 와락 그를 안고 싶었다. 하지만 그 어떠한 것도 행동에 옮길 준비가 되어 있지 않았다. 그녀는 사랑과 분노를 느꼈다. 그리고 경악했다. 그래서 그녀는 그저 그와 마주 앉아 고개를 끄덕거렸다. 그의 손을 잡은 채로 말했다. 그의 심정을 이해할 수 있다고. 물론 아무것도 이해할 수 없었는데 말이다.

한동안 그는 그녀와 함께 살았다. 하지만 그의 물건이 한 가지씩 없어지더니 그가 집에 들어오는 횟수가 점점 줄어들었다. 그러다가 어느 날부터는 아예 들어오지 않았다. 그가 이사를 나간 것이다.

그녀를 떠난 것이다.

미카엘과 그녀는 이미 수도 없이 힘겨운 일을 극복해야만 했다. 그의 알코올 중독과 친밀한 관계를 유지하지 못하는 그녀의 성격은 그들이 넘어야만 했던 가장 큰 장애물이었다. 예전에 그들은 함께 해결책을 찾았다. 그들이 다시 가까워질 수 있었던 시기에는. 그때 그들의 다양성은 제자리에 맞추어야 하는 퍼즐 조각처럼 다 맞추면 하나의 그림으로 완성되었다.

하지만 이번에는 완전히 달랐다.

사랑에 빠졌다고 그가 말했다.

그의 삶에서 두 번째로. 이번에는 받은 만큼 더 많은 것을 그에게 베풀 줄 아는 여자를 사랑하게 됐다고.

우르줄라는 이에 대항할 기회가 없다는 것을 알았다.

그래서 결국 그녀는 그가 이사를 나가더라도 어찌할 수 없었다.

미케와 대화를 나눈 후 며칠 동안 우르줄라는 집 밖을 나가지 않았다. 그럴 만한 힘이 없었다. 첫 번째 쇼크를 받은 후에 해결해야만 하는 수많은 질문과 일이 있었다. 가장 큰 두려움은 벨라에게 이 일을 어떻게 설명해야 할지 하는 거였다. 특히나 누가 딸에게 말해야 할지 그것이 관건이었다. 그녀는 이 일에 대해 오랫동안 생각하면 할수록 자신이 해야만 한다는 생각이 들었다. 그렇게 하지 않는다면 그녀는 남편을 잃은 후 딸마저도 잃고 말 것이다. 벨라는 항상 아빠를 좋아했다. 미케와 벨라는 수년간 문제없이 잘 지내왔다. 물론 우르줄라도 그 옆에 있었다. 약간은 거리감을 둔 채로. 가끔씩.

그녀가 일을 하지 않았을 때에도.

그녀와 벨라 사이에 빈번한 갈등이 해소되지 않았을 때에도.

우르줄라 스스로 나서서 갈등 해소에 노력을 기울였을 때에도. 그런 후에는?

언제나 그녀는 그때그때의 사정과 상황에 따라 움직였다.

그녀는 이런 생각을 가능한 한 빨리 떨쳐버리고 싶었지만 텅 빈, 낯선 집에 있다 보니 자꾸 이런 생각만 하게 됐다.

갑자기 우르줄라는 벨라와 새로운 관계를 쌓아야 할 것 같은 필요성을 느꼈다. 한 가지 일은 확실했다. 미카엘에게 얻을 것이 없다는 것이다. 더 이상 그의 뒤에 숨을 수는 없었다.

이제는 그녀 혼자였다.

딸에게 사실 그대로 설명하는 것이 어쩌면 좋은 시작일 수도 있을 것이다. 어찌 됐든 그녀는 그렇게 믿고 싶었다. 우르줄라는 미카엘에게 전화를 걸었다. 그러고는 그녀가 먼저 딸에게 말해도 되겠느냐고 그의 의견을 물었다. 그는 그 말을 듣자마자 곧바로 찬성하며 아주 좋은 생각이라고 말해주었다.

결국 그녀는 쉰 살이란 나이에 그동안 그다지 잘 처리하지 못했던 한 가지 과제를 해결해야만 했다.

딸을 인간으로서 만나야 한다는 것.

어머니로서.

진실 되게.

벨라에게 전화를 걸기 전에 자기 자신부터 극복해야만 했다.

그들은 대학에서 도보로 그리 멀지 않은 어느 한 카페에서 만났다. 벨라는 큼직한 케이크와 종이컵에 담긴 커피를 파는, 현대적이고 미국식 분위기가 물씬 나는 곳을 골랐다. 우르줄라는 약속 시간보다 일찍 그곳에 도착했다. 먼저 마키아토를 주문하고는 창가 자리에 앉아 밖을 내다보았다. 거리를 바삐 지나가는 사람들과 자동차를 유심히 관찰했다. 때는 늦은 아침나절이었고 카페 안은 반쯤 비어 있었다. 우르줄라는 따뜻한 커피를 한 모금 두 모금 마시면서 사방으로 흩어진 생각을 가다듬으려고 했다. 하지만 아무리 해도 한 가지 일만 생각났다. 바로 벨라를 잃어버릴지도 모른다는 것. 모든 것이 다 그녀의 잘못은 아니었을까? 왜 그녀는 다른 엄마들처럼 살지 못했던 것일까? 그럴 수 없었던 이유는 뭘까?

그사이에 벨라가 그녀 뒤로 다가왔다. 우르줄라는 그녀가 오는 것을 보지 못했다.

"오셨어요, 엄마?"

우르줄라는 뒤를 돌아보며 웃으려고 해보았지만 마음 같지 않은 것 같았다. 벨라는 곧바로 심각한 얼굴빛으로 자리에 앉았다.

"도대체 무슨 일이에요? 엄마 얼굴이 아주 창백해요."

그래서 우르줄라는 설명하기 시작했다. 미카엘에게 책임을 돌리지 않으려고 객관적으로 설명했다. 그녀는 마치 자신이 그런 결정을 내린 것처럼 이혼 사실을 털어놓았다. 그녀와 그가 성숙한 어른답게 행동한 것처럼. 어쩌면 그녀의 말이 썩 진실 되게 들리지는 않았을 지 모른다. 하지만 우르줄라는 이것이야말로 올바른 길이었다는 생각을 했다. 그녀는 엄마 아빠 중 누구 하나를 택하라고 벨라에게 강요하진 않았다. 왜냐면 딸이 누구를 선택할지, 그녀도 너무 잘 알고 있었기 때문이다.

그들은 함께 시내로 산책을 나갔다. 엄마와 딸이. 우르줄라는 딸과 함께 마지막으로 산책을 나갔던 때가 언제였는지 기억나지 않았다. 이제 딸은 다 컸다. 영리하고 재능이 있는 성인으로. 그녀는 딸과 함께하는 이 시간으로 인해서 좀 전까지 느꼈던 긴장감이 눈 녹듯 사라지고 그 순간을 즐길 수 있었다. 지금처럼 딸이 이렇게 가깝게 느껴졌던 때는 없었던 것 같았다.

우르줄라가 다시 스톡홀름으로 가는 기차 옆, 승강장에 서 있었을 때에도.

기차역에 들어서기 바로 전쯤 벨라는 자고 가지 않겠냐고 그녀에게 물었다. 방에 손님용 간이침대를 마련할 수 있다고. 1초간 우르줄라는 고민해보았다. '그래'라는 대답으로 딸을 놀라게 할까. 하지만 그녀는 그럴 만한 용기가 나지 않았다. 딸에게 부담을 주거나 귀찮게 하고 싶지 않았던 것이다. 그녀는 또 보러 오겠다고 벨라에게 약속했다. 일을 미루고서라도. 조만간에.

"너, 잘 지낼 수 있지?" 우르줄라가 딸에게 물었다. 그러고는 딸의 볼을 쓰다듬었다.

"그럼요, 물론이죠."

벨라가 허리를 숙여 그녀를 꼭 껴안아주었다. 이렇듯 딸과 언제

서로 안아봤는지 우르줄라는 기억도 나지 않았다. 어찌 됐든 아주 오래전 일이었을 것이다.

"엄마가 생각하는 것만큼 나 별로 안 놀랐어요." 벨라가 말했다.

우르줄라는 온몸이 얼어붙었다. 마음속에서 나지막한 목소리가 들려오는 것 같았다. 대꾸하지 말고 그저 웃기만 하라고. 웃으며 기차에 올라타라고 말이다. 이대로 기분 좋게 있으라고. 하지만 그녀는 그러한 경고의 목소리에 귀 기울이지 않았다.

"도대체 무슨 말이야?"

"그러니까…… 아빠랑 가끔 얘기했거든요."

벨라는 눈길을 옆으로 돌렸다. 분명히 상황이 불편하다는 것을 느낀 것이다. 우르줄라는 벨라의 대답이 무엇을 의미하는지 이해하기 시작했다. 여기에는 오로지 한 가지 설명만 가능했다.

"아빠한테 다른 여자가 있다는 걸 안단 말이지?"

"아니요, 그건 아니에요."

"하지만 네 말은 아빠가 떠날 걸 이미 알고 있었다는 얘기잖아?"

"아니, 아니야, 엄마. 절대로 아니야. 난 전혀 몰랐어요. 정말로 맹세코."

"하지만 네가 방금 말했잖아. 별로 놀라지 않았다고. 이건 네가 이미 그 사실을 알고 있었다는 거 아니니?"

"엄마……."

"넌 아빠가 떠나는 걸 이해할 수 있겠구나? 내가 그런…… 같이 살기 힘든 사람이니까."

"엄마, 그게 아니에요. 내 말뜻은 그게 아니야. 엄마가 내 말을 잘

못 이해한 거예요."

우르줄라는 벨라의 눈에서 눈물이 흘러내리는 것을 보았다. 그녀는 우르줄라 앞으로 손을 뻗었지만 우르줄라는 너무 놀란 나머지 한 발짝 뒤로 물러섰다. 그리고 마지막으로 딸을 슬쩍 쳐다보고는 등을 돌리고 기차에 올랐다.

"제발 더 있다 가, 엄마!" 벨라가 그녀의 뒤에서 소리쳤다. "다음번 기차 타요. 그럼 우리 속 시원하게 다 말할 수 있을 거예요."

하지만 그녀는 머물지 않았다. 다음번 기차를 타지 않은 것이다. 아무것도 하지 않았다. 마음속 깊은 곳에서는 나직한 목소리가 들려왔다. 벨라의 말이 진짜 맞는다고.

우르줄라는 언제나 그랬듯 그 길로 곧장 일터로 향했다. 하지만 아무에게도 설명하지 않았다. 그녀가 무엇을 말할 수 있단 말인가? 남편이 떠났다고 말할 수 있을까? 결코 하지 못할 것이다. 그녀는 다른 사람들 앞에서 커피와 케이크를 먹으며 자신의 문제와 생각을 늘어놓는 그런 사람이 전혀 아니다. 그녀와 가장 가까운 동료이자 상관이고 애인인 토르켈에게도 입조차 열 수 없었다. 그는 모든 것을 잘못 받아들일지도 모른다. 불륜 관계에서 뭔가 더 발전할 수 있다는 희망을 품을지도 모른다. 미카엘이 그녀의 삶이었던 기간에 토르켈은 그녀와 더 친밀한 관계를 갖지 않도록 거리를 두었다. 만약 그가 미카엘이 떠났다는 것을 알게 된다면 지금과 같은 적당한 거리 두기를 하지 않을 것이다.

그녀는 일에 집중하려고 노력했지만 어려웠다. 당장 사건이 발생하지 않으면 팀은 대기 상태에 있었다. 그럼에도 불구하고 우르줄라는 매일 아침 일찍 사무실에 나왔다. 책상을 정리하거나 서류를 분류하고 옛 서류를 서고로 옮겼다. 이런 일로 그녀는 일주일을 보냈다. 그리고 났더니 다시 공허한 상태가 되었다.

우르줄라가 알다시피 반야도 잠시 쉬는 내내 좌절감에 빠져 그다지 편안한 삶을 누리지 못했다. 하지만 그녀는 미국 FBI에서 공모한, 3년간의 범죄 심리분석관 훈련과정에 지원했다. 그래서 어려운 입학시험 준비에 온종일 매달렸다. 우르줄라는 그녀의 얼굴을 제대로 보지도 못했다. 만약 그녀 모습을 본다고 해도 그녀는 책에 얼굴을 파묻고 있거나 컴퓨터 앞에 딱 붙어 있었다.

빌리는 치명적인 에드워드 힌데 발포 사건을 내부적으로 수사하란 명령을 받은 후 일선에 나섰지만 사무실에는 얼굴도 비치지 않았다. 소문으로는 새로운 여자 친구가 생겼다고 한다.

우르줄라가 도움을 받을 수 있었던 사람은 국립 범죄학 연구소에서 함께 일했던 동료 스벤 달렌이었다. 그는 대중에게 크게 주목 받은 바 있는, 새로 건립된 사법경찰 소속 'cold case' 팀의 일원이 되었다. 이미 이러한 통합은 존중 받고 있었다. 수사관 여섯 명이 하나의 큰 부서로 묶였는데 거기에 스벤도 들어갔다. 지금은 전국적으로 큰 성공을 거두기 위해 모두 고군분투하고 있다. 그리고 스벤은 범죄학 분야에서 핵심 책임자로 임명되었다.

그가 일하는 새 사무실이 특별살인사건전담반 아래층에 있어서 그들은 실험실이나 검사실을 함께 사용했다.

우르줄라는 좀 번거롭더라도 아래층을 드나들기 시작했다. 그러다 그녀는 스벤의 방으로 산책을 갔다. 그가 커피타임을 함께할 생각이 있는지 물어보았다.

그는 수다를 떨었다.

자그마한 사건에 흥미를 보이며 조언도 해주었다.

어느 순간부터 그는 그녀가 일정한 시간에 사무실을 오가도록 배려해주었다.

그리고 처음으로 물어보았다.

하닝에 지역에서 일어났던 살인사건. 8년 전에 일어난 사건이었다. 그를 도와줄 수 있는지?

당연히 그녀는 도와줄 수 있다고 대답했다.

토르켈은 그녀가 무슨 일을 계획하는지 일일이 주시하고 있었으나 아무런 말도 하지 않았다. 수사가 진행될 때, 공격하기 쉬운 가장 가까운 희생자만 기다리거나 좁디좁은 우리에 갇힌 호랑이만 줄곧 노리는 그런 사람보다는 우르줄라가 훨씬 더 유능했다. 그러므로 그는 그녀가 물어보지도 않고 스벤의 부서에서 일하기 시작했을 때 아무런 반대를 하지 않았다.

한동안 그녀는 늦게 퇴근했고 일찍 출근했다. 하루 종일 일만 하기도 했고.

스벤은 그녀에게 물어보았다. 집에 가야만 하는 게 아니냐고. 식구들을 돌봐야 하는 게 아닌지에 대해서도. 우르줄라는 거짓말로 둘러댔다. 그런 것은 아무런 문제가 안 된다는 식으로 대답했다. 아이와 남편 미케가 다 이해하고 있다고.

남편은 늘 그래 왔다고 그녀가 웃으며 말했다.

결국 그녀는 쉬지 않고 일했다. 그녀에게 일이란 다른 모든 것을 방어하기 위한 방패막이라는 것을 스스로 잘 알고 있었다.

✤

알레산더 쇠더링은 인체공학적인 값비싼 사무용 의자에 앉아 있다가 벌떡 일어나 창가로 걸어갔다. 늦은 시긱임에도 불구하고 드로트닝가탄 거리에는 산책하는 사람들이 몇몇 있었다. 그는 시계를 힐끔 쳐다보았다. 아이들은 자고 있을 것이다. 헬레나도. 집안 식구 중 누구 하나 자지 않고 있다가 그를 맞아주는 사람은 없을 것이다.

하루 종일 상담이 줄을 이었다. 사업이 활기를 띠었다. 한참 전부터. 회사는 성장했지만 이 덕분에 일에 대한 부담감도 함께 늘었다.

저녁 6시쯤 그는 다시 사무실로 돌아왔다. 저녁에는 그냥 아무것도 하고 싶지 않아서 곰곰이 생각해보았다. 집에 가는 것은 어떨까? 오늘만 특별히 셀마를 승마 수업하는 곳으로 데려다주고 그 옆에서 기다리면서 지켜보는 것은 어떨까? 잠들기 전까지 헬레나와 시간을 좀 보내는 것은 어떨까? 이러한 생각은 유혹적으로 느껴졌지만 그는 절충안을 찾기로 했다. 주말이 되기 전에 여비서가 책상에 갖다 놓고 간 서류 꾸러미는 그대로 두고 메일이 새로 왔는지 그것만 확인하기로 한 것이다. 길어야 30분 정도. 이런 식으로 앉아 있다가는 어쩌면 승마 수업을 놓칠지도 모른다. 아내와의 시간도.

45분쯤 후 그는 일을 다 끝냈다. 매우 만족스러웠다. 그는 인터넷에 막 올라온 뉴스만 서둘러 보고 일어나기로 했다.

첫 페이지 맨 윗줄에 다음과 같은 머리기사가 떴다.

'프엘에서 집단무덤 발견'

자세한 내용은 없었다. 도보여행을 하던 두 여성이 말 그대로 무덤 위에서 넘어졌다는 내용 정도였다. 오래전부터 방치돼왔던 시신이 여러 구 나왔다고 한다. 알렉산더는 계속해서 다른 온라인 뉴스를 찾아보았다. 동일한 정보뿐 기사는 아직 준비 중이었다. 그 어느 곳에도 정확한 내용은 나와 있지 않았다. 희생자는 누구인지? 시신은 몇 구나 되며 정확히 언제 매장되었는지? 알렉산더는 무의식적으로 귀밑까지 어깨를 추어올렸다가 내리고는 의자에 등을 기댔다. 숨을 길게 내쉰 그는 마음을 진정시키며 애써 생각을 정리해보았다.

그들을 찾았다는 뜻일까?

그게 아니면?

그래, 그럴지도 모른다. 옘틀란드에 집단무덤이 얼마나 많겠는가?

그는 커피 한 잔을 타 왔다. 이제는 집에 갈 수 없었다. 창가에 서서 그는 드로트닝가탄 거리 쪽을 내려다보면서 커피를 마셨다. 그러고는 다시 컴퓨터 앞에 앉았다. 그는 한 시간 동안 인터넷을 검색했다. 동일한 사건에 대한 정보가 더 있는지 보기 위해서 검색했으나 아무 데도 없었다. 내일이나 되어야 이에 대한 정확한 정보가 올라올 것이다. 그렇다면 이제 그는 무엇을 해야 할지 그것이 문제였다. 전화를 할까? 보고를 할까? 아마도 그들은 이미 이 사실을 알고 있을 것이다. 하지만 그가 아무런 소식도 전하지 않는다면 일처리 면에서 자칫 태만한 것으로 취급될지도 모른다. 그래서 그는 결정을 내렸다. 접촉을 시도한다는 것이 잘못일 수 있을 테지만, 아무런 행동도 취하지 않는다면 그것은 자칫 더 큰 잘못이 될 수도 있을 테니까.

그는 자리에서 벌떡 일어나 창가로 갔다. 밖에는 비가 오기 시작했다. 아직도 보이는 몇몇 행인들이 점점 세게 부는 바람에 맞서 몸을 움츠린 채로 서둘러 걸어갔다. 알렉산더는 주머니에서 핸드폰을 꺼내 들고는 전화번호를 눌렀다. 세 번쯤 연결음이 울리자 누군가의 목소리가 들려왔다.

"여보세요?"

여자는 더 이상 말하지 않았다. 핸드폰 너머로 음악 소리가 들려왔다. 알렉산더가 아는 멜로디였다. 리케 리의 'Possibility'라는 곡이었다. 사무실에서도 항상 리케 리의 노래를 틀어놓았다.

"알렉산더입니다. 쇠더링요." 그가 조심스럽게 성까지 말했다. 왜냐면 지난번 전화를 건 뒤로 시간이 제법 많이 흘렀기 때문이다.

"예, 예, 알아요."

연이어 알렉산더는 정중하게 안부를 묻고 싶었다. 하지만 그녀의 짧은 대답을 듣고 안부 따위는 적합하지 않다는 것을 눈치챘다. 그래서 그는 곧장 본론으로 들어갔다.

"뉴스 봤습니까?"

"뭘 봐야만 하는데요?"

"엠틀란드에서 시체가 발견됐습니다."

"아니, 그런 뉴스 못 봤는데요."

"뉴스마다 난립니다."

"아하, 그런가?"

알렉산더는 그만 입을 다물고 밖을 내다보았다. 창문에 빗방울이 들이쳤고 그 모양이 뭔가를 연상시켰다. 그는 다른 질문이 나오기를 기다렸다. 예를 들자면 정확히 어떤 내용이 실렸는지. 하지만 여자는 아무 말도 하지 않았다.

"그들일지도 모른다는 생각이 듭니다." 알렉산더가 분명한 어조로 말했다. 이 말은 뭔가 불필요한 말인 것 같았다. 좀 전에 생각했듯이 옘틀란드에 얼마나 많은 무덤이 있겠는가?

"아하."

이번에도 그녀는 더 이상 다른 말을 하지 않았다. 분명했다. 그녀가 통화를 계속하고 싶은 마음이 없다는 것이. 그녀는 그다지 관심이 없어 보였고 약간 산만한 것 같았다. 차츰 알렉산더는 괜히 전화를 걸었다는 것을 깨닫게 되었다.

"그들의 정체를 경찰이 파악했는지, 제가 알아보겠습니다." 그가 약간 결단력 있게 보이기 위해 연달아 말했다.

"그래야 하나?"

"그래도 더 큰 위험은 없을 거라고 봅니다……. 모든 게 아주…… 척척 진행되었으니까요."

"그럼 우리가 뭘 해야 하지?" 여자는 잠시 동안 아무 말도 하지 않았다. 그러다 다시 이렇게 물었다. "아니면 그쪽에서 뭘 해야겠다고 말해도 좋고……."

"지금 상황에서는 할 게 아무것도 없습니다."

"아무것도 없다고?"

"예. 그게 지금으로서는 최선입니다."

"그렇다면 왜 전화했죠?"

"나는 그저…… 이 사실을 알고 싶어 하실 것 같았어요. 그들이 무덤을 발견했다는 걸요."

"내가 관심 있는 것은, 우리한테 문제가 생겼느냐 하는 거예요. 우리한테 무슨 문제가 생겼나요?"

"아니요." 알렉산더가 대답했다.

"그렇다면 나는 아무것도 알고 싶지 않아요."

다시 아무 말소리도 들리지 않았다. 완전한 침묵이었다. 노랫소리조차 들리지 않았다. 통화가 끝난 것이다. 알렉산더는 핸드폰을 주머니에 넣고는 공허한 눈빛으로 거리를 멍하니 내려다보았다.

무슨 문제가 생긴 것일까?

아니다. 아직은 아니다. 하지만 알렉산더는 확신할 수 있었다. 오래지 않아 곧 문제가 생길 거란 것을.

✤

전화는 월요일 7시 반이 조금 지난 후에 걸려왔다. 모닝커피 첫 잔을 가지고 막 자리에 앉은 토르켈은 컴퓨터의 절전모드를 켜기 위해 마우스를 움직였다. 그러면서 뜨거운 커피를 한 모금 마시고는 전화기를 들었다.

"토르켈 회글룬트입니다."

전화를 걸어온 여자는 자신을 지방 경찰서장 헤드빅 헤드만이라고 밝혔다. 토르켈은 그녀가 옘틀란드 주 소속 경찰이라는 것을 바로 알아차렸다. 스웨덴에 있는 모든 지방 서장의 이름을 다 기억하고 있는 것은 아니지만 헤드빅 헤드만을 기억하는 것은 그녀가 법무부 장관에 의해 고발된 사람이었기 때문이다. 그녀의 대원들 중 한 대원에 대한 발언이 계기가 된 고발이었다. 아마도 소송까지 번지지는 않겠지만 토르켈은 그 일로 인해 그녀의 이름을 잘 기억하고 있었다.

"무엇을 도와드릴까요?" 그는 질문한 후 커피를 한 모금 더 마시고서 의자에 앉았다.

몇 분 후 그는 전화를 끊었다.

시신 여섯 구가 발견되었다는 것.

산속에서.

아마도 시신은 상당히 오래전부터 그곳에 묻혀 있었을 것이다.

헤드빅 헤드만은 말문을 열자마자 집단무덤을 발견했다고 설명했다. 토르켈은 여섯 구의 시신을 그런 식으로 표현하는 것이 정당한 표현인지 대놓고 물어보았다. 대형 신문사가 모두 이 단어를 사용하는 것으로 봐서는 아마도 맞는 표현일지 모르겠다. 어찌 됐든 그러거나 말거나. 여섯 구의 시신이 발견되었다는 사실 하나만으로도 토르켈의 팀이 그곳으로 갈 만한 사안이었다.

그는 일어나 방을 나왔다. 비서인 크리스텔이 자리에 없었다. 그래서 그는 그녀에게 쪽지를 남겼다. 출근하자마자 외스테르순드로 가는 비행기가 있는지 찾아달라는 쪽지였다.

다시 방으로 들어온 그는 의자에 앉아 커피를 마저 마시고는 골똘히 생각에 잠겼다.

팀을 출동시켜야 하지만 두 가지 문제가 머리를 아프게 했다.

반야가 USA의 FBI 교육에 지원했다는 것. 그녀는 이미 선발 과정을 통과하기 위해 몇몇 수업에 참여했으며 현재는 마지막 여덟 명 중 한 명에 들었다. 최종 선발 자리는 세 자리였다. 토르켈은 반야가 그중 한 자리를 차지할 거라고 100퍼센트 확신했다. 그는 할 수 있는 한 최고점을 주었다. 물론 자신의 속내를 어떻게 토로해야 할지 뭔가 복합적인 감정을 갖고 있었다. 그는 반야를 매우 높게 평가한다. 그녀는 환상적인 경찰관이자 중요한 팀원이다. 그리고 자기 계발을 지속적으로 잘하고 있었으며 경력 사다리를 잘 타고 올라가고 있었다. 하지만 이는 무엇을 의미하는가? 그녀를 품에서 떠나보내야 한다는 뜻이다. 3년 동안 그녀가 자리를 비울지도 모른다.

최고의 수사관이 없는 3년! 토르켈은 이미 대리자나 보충 인력을 찾고 있었다. 반야가 USA에서 복무를 마친 후 팀에 복귀하거나 다른 길을 선택하거나 할 경우 그에 대비하려는 것이다. 하지만 그는 그녀 자리를 대신하는 인력 공고를 내지 않았다. 인력이 더 필요하다는 식으로 좀 다르게 표현했다. 이런 표현을 쓴 이유는 무엇인가? 한 가지 이유로는, 반야가 3인 선발대에 뽑히지 않을지도 모른다는 아주 희박한 경우 때문이었다. 다른 한 가지 이유로는, 최악의 경우 100명이 지원할지도 모르는 힘든 선발 과정을 피하고 싶기 때문이었다. 토르켈은 복무 기간과 형식적인 자격증, 비타민 B, 그리고 이 모든 일을 고의적으로 무시하기로 마음먹었다. 이로써 그는 분명히 수많은 절차와 규칙을 어긴 셈이 되겠지만 이 또한 염두에 두지 않기로 했다.

특별살인사건전담반은 한 팀이다.

그의 팀.

그는 누가 팀에 소속되면 좋을지 스스로 선택하고 싶었다. 그래서 결국 어떤 성과를 냈느냐 하는 것보다 어떤 사람이냐 하는 것에 더 주안점을 두기로 했다. 그렇다. 당연히 아주 좋은 경찰관이어야 하지만 이것만으로는 충분치 않다. 뭔가 말로 규정하기는 어렵지만 다른 자격이 필요하다. 그러한 사람만이 팀에 적합할 것이다. 토르켈은 개인적으로 좋은 경찰관들을 많이 알고 있었다. 이미 5년, 10년, 20년 근속은 물론 객관적으로 보더라도 탁월하게 일을 잘하는 그런 사람들 말이다. 하지만 그는 그중 그 어떤 사람도 팀원으로 부르고 싶지 않았다. 게다가 그들은 대부분 남자였다. 토르켈은 나름대로 소신이 있었다. 반야를 대신할 사람으로 여성을 뽑아야 한다는 것. 이는 동일 자격 요건에 해당하는 여성을 어느 정도 배분해야겠다는 뜻이 아니었다. 단순한 이유 때문이었다. 경험상으로 볼 때 남녀가 섞인 팀이 더 잘 돌아간다는 것. 그는 그의 생각이 누구에게 향하고 있는지 아주 잘 알고 있었다. 매번 머릿속에서 한 젊은 여성 지원자가 떠올랐다. 그녀는 시그투나에서 실습을 마친 사람이었다.

제니퍼 홀름그렌.

그녀가 몇 주 전에 편지를 보내왔다. 자발적으로. 그녀가 특별살인사건전담반에서 얼마나 일하고 싶은지, 그리고 그 이유가 무엇인지를 설명한 편지였다. 그 편지를 보자마자 토르켈은 뭔가 흡족했다. 그녀의 편지는 앙가주망과 의지력으로 빛났다. 조직 내에서 위로만 올라가려고 한다거나 관료의 길로 들어서 성공을 거두려고 하는 소망이 아니었다. 자기 계발을 원한 것이었다. 성장해서 최고의 팀원들과 일하며 뭔가 배우고 싶다는 것.

반야가 미국의 콴티코 훈련소에 지원할 거라고 설명하자, 토르켈은 면접 시간에 아주 간단히 제니퍼를 불렀다. 제니퍼가 그녀의 후임자로 적합하다고 믿기 때문에 그런 것은 아니었다. 그보다 더 큰 이유는, 그녀에 대한 그의 호기심이 발동했다는 것이다.

그리고 그는 실망하지 않았다. 제니퍼는 사회성이 있었고 공명심이 있었으며 참여의식까지 있었다. 토르켈은 느낌이 좋았다. 그가 경찰 임무란 어떤 의미를 띠는지 그리고 무엇을 내포하는지에 대해 설명할 때 그녀가 너무 흥분하지 않으려고 정신을 바짝 차리는 듯했기 때문이다. 이는 반야와의 첫 만남을 상기시켰다. 이 표현은 그가 그녀에게 할 수 있는 최고의 칭찬이었다. 물론 이에 반대하는 사람들도 있었다. 그녀가 아직 어린 데다 경험도 없다는 식으로. 이대로 그가 제니퍼를 시험 삼아 채용하겠다고 한다면 비난 받을지도 모르겠다. 하지만 그녀는 그들의 비난을 잠재울 수 있을 것이다. 그리고 단호하게 말할 것이다. 판에 박힌 사고에 얽매일 생각이 없으며 '하지만 우리는 아직 그런 일 해본 적이 없잖아요'라는 말로 새로운 아이디어를 반박하는 일 따위 없을 거라고 말이다. 그녀는 오픈 마인드의 소유자였으며 사고의 폭이 제법 넓은 사람이었다.

반야는 몇 주만 지나면 미국의 FBI 교육에 합격할지 어떨지 그 결과를 통보 받을 것이다. 그곳에 자리가 난다면 그녀는 11월에 미국으로 갈 것이다. 그녀를 대신할 인력을 지금 투입한다고 해도 잘못된 일은 아니다.

토르켈은 시그투나에 전화를 걸기로 했다. 동료들에게 제니퍼를 바로 보내달라고 설득하고 싶어서였다.

그뿐 아니라 또 다른 사람도 불러야 할지 말지 결정해야만 했다.

세바스찬.

세바스찬 베르크만.

개선의 여지가 있지만 뛰어난 사람이다.

지난번 두 건의 수사 과정에서 그는 팀원이 되는 데 성공했다. 애당초 그를 원하는 사람은 아무도 없었지만 그는 두 번씩이나 도움이 되었다. 이에 대해서는 의심의 여지가 없었다. 특히나 지난번 사건에서는.

그는 반야의 생명을 구했다.

그와 동시에 그가 함께함으로써 팀 내에 불필요한 갈등이 생겼다. 그렇지 않아도 살인사건 수사는 신경을 예민하게 만드는데, 세바스찬의 협력으로 인해 수사가 필요 이상으로 힘들어지기도 했다. 그는 거만함과 이기주의, 그리고 주변에 대한 완전한 무관심으로 인해 언제나 사람들을 자극하기만 했다. 그는 일종의 블랙홀인 셈이었다. 같은 방을 쓰는 모든 사람들의 에너지를 빼앗고 팀 내부를 와해시키려는 양 위협적이었으니까.

뛰어난 갈등제조기.

그에 대해서는 찬반양론이 분분했다.

세바스찬을 다시 한 번 불러올려야 하는 것일까?

반야가 그동안 세바스찬을 받아주지 않았다면 토르켈은 세바스찬이 협력하거나 말거나 단 한 번도 그를 염두에 두지 않았을 것이다. 그런데 그가 지난번에 그녀와 얘기해보니 그녀는 다시 세바스찬과 함께 일하기를 희망하는 것 같아 보였다. 그리고 빌리는 그를 좋아했다. 토르켈은 어떠한가? 옛 친구가 별것 아닌 상황에서도 매번 자신을 얼마나 난처하게 만들었는지 생각만 해도 거의 미칠 지경이었지만 그래도 마음속 깊은 곳에서는 그와 함께하고 싶었다. 우르줄라에게는 본질에 충실한 면이 있었다. 그녀를 화나게 하는 일은, 결정 과정에 참여하지 못하고 기정 사실 앞에 마주 서야 하는 일이었다. 그러나 그가 그의 생각과 이유를 상세히 설명한다면 그의 결정에 대해 그녀는 결코 왈가불가하지 않을 것이다.

언뜻 보기에 여섯 구의 매장된 시체는 세바스찬 베르크만의 감정서를 필요로 하지 않을지도 모른다.

하지만 여섯 구의 매장된 시체는 연쇄살인이나 집단살인에 연루됐을지 모른다. 그리고 이에 대한 것이라면 스웨덴에 사는 그 누구도 세바스찬보다 더 잘 아는 사람은 없을 것이다.

항상 같은 결정을 내리긴 했다.

토르켈은 같은 결정을 내렸다.

먼저 시그투나에 연락하자. 그리고 우르줄라가 있는 곳으로 내려가야 한다. 그녀가 외톨이라는 느낌을 받지 않도록 하기 위해서 말이다. 그다음에는 반야, 빌리, 그리고 마지막에는 세바스찬.

그래야만 한다.

그는 전화기를 들었다.

⚜

"당신 이제 그만 이 집에서 나가줬으면 좋겠어."

세바스찬이 식탁에 놓인 마가린에 버터칼을 꽂고는 엘리노 쪽을 돌아보았다. 그녀는 막 식기세척기에 커피잔을 집어넣고 있었다. 엘리노가 주말 내내 집에서 쉬었기 때문에 그는 지금 통보하고 그에 대한 답을 기다리는 것이다. 어떤 불편함이 있어도 세바스찬은 앞으로 48시간 동안 그녀와 같이 있으면서 격앙된 목소리로 토론과 질책, 눈물과 광란의 바람을 일으키고 싶지 않았다. 만약 그렇게 된다면 그는 정말 엘리노의 멱살을 잡고 집 밖으로 끌어내고 말 것 같았다. 이제 그녀는 일하러 가야만 한다. 그녀는 책임감 빼면 시체인 사람이었다.

"사람 놀리는 거예요?" 그를 쳐다보지도 않고서 그녀가 대꾸만 했다. 이로써 그의 우려를 확인시켜준 셈이 되었다.

"그게 아니고. 난 진심이야. 이 집에서 나가야 할 때가 됐어. 그렇게 할 생각이 없다면 내가 당신을 끌어낼 거야."

엘리노는 식기세척기의 문을 닫고는 자리에서 일어섰다. 그러고는 재미있다는 듯이 씩 웃으며 그를 바라보았다.

"그런데 나 없이 어떻게 살 수 있다는 거죠?"

"아주 잘 살 거야." 세바스찬이 대답했다. 그리고 그녀의 말을 무작정 듣고 있지 않으려고 애를 썼다. 다시는 그런 오류를 저지르지 않을 것이다. 그것이 정말로 싫었다. 그녀가 그를 아이 취급하며 대화를 나눌 때에는.

"사람 그만 놀려요." 그녀는 다시 한 번 분명한 어조로 말하고는 식탁 쪽으로 걸어갔다. 그리고 그의 뺨을 어루만졌다.

"면도 좀 해야겠어요. 까끌까끌하네요." 미소를 머금은 채로 그녀가 허리를 숙이며 그의 입술에 키스했다.

"저녁에 봐요!"

그녀가 부엌을 나갔다. 세바스찬은 그녀가 욕실로 들어가는 소리를 들었다. 무척이나 귀에 익은 소리로 미루어보면 그녀가 곧장 이를 닦는 것 같았다. 그는 땅이 꺼질 듯 한숨을 내쉬었다. 엘리노와 대화하면 항상 원점으로 되돌아갔다. 그녀는 그의 말을 귓등으로 흘려들었고 모든 것을 그녀에게 유리한 쪽으로 해석했다. 그리고 그것이 불가능할 경우에는 다짜고짜 무시해버렸다. 바로 지금처럼.

나가라는 말을.

흔히 이러한 말은 해석의 여지가 없는 말이었다. 뜻이 분명했다. 현실인 것이다.

하지만 엘리노의 세계에서는 현실이란 것이 정확한 것도, 구체적인 것도 아니었다. 그녀는 현실을 상상한 대로 만들 수 있다고 믿었다. 그리고 이로써 매번 그녀 마음대로 일을 몰아갔다. 하지만 이번에는 절대로 그냥 놔두지 않을 것이다. 그녀는 그의 말을 반드시 들어야만 한다. 그는 분노와 좌절감을 참을 수 없었다. 그래서 벌떡 일어나 욕실로 갔다. 그는 욕실 문을 열고는 그녀 뒤에 섰다. 그녀는 문을 잠그는 법이 없었다. 엘리노는 거울을 통해 그를 바라보았다.

"내가 목요일 밤에 어디에서 잤는지 알고 있지?"

엘리노는 줄곧 이를 닦았지만 거울에 비친 그녀의 낯빛이 모든 것을 말해주었다.

그렇다. 그녀는 아무것도 알고 싶어 하지 않았다.

"내가 왜 집에 들어오지 않았는지 궁금하지도 않아?"

엘리노는 세면대에다 양칫물을 내뱉었다. 그러고는 칫솔을 선반위, 플라스틱 컵에 꽂아놓고서 입가를 체크무늬 수건으로 닦았다. 수건은 직장에서 가져온 것이었다.

"그럴듯한 이유를 댈 거 아녜요?" 그녀는 말을 내뱉기가 무섭게 세바스찬을 밀치고 욕실을 나갔다.

"그럼, 다 이유가 있지. 구닐라 때문이거든. 마흔일곱 살 간호사."

"난 당신 말 못 믿겠어요."

"왜 못 믿겠다는 거지?"

"왜냐면 당신은 나한테 상처 되는 행동을 한 번도 안 했으니까."

"사실인데?"

엘리노는 고개를 절레절레 저으며 재빨리 코트를 입었다.

"아니에요. 그럴 리 없어요. 당신이 나한테 상처를 주다뇨? 게다가 무엇 때문에 그렇게 하겠어요?"

세바스찬은 그녀가 허리를 굽히고 허둥지둥 부츠를 발에 꿰는 모습을 지켜보았다. 하지만 그녀는 부츠 목을 놓치는 바람에 처음부터 다시 부츠를 신어야만 했다. 갈수록 그녀는 헛손질을 했다. 그녀가 통제력을 잃지 않으려고 애를 쓰면 쓸수록. 세바스찬은 약간의 동정심을 느꼈지만 다시는 실수를 반복하지 않겠다는 각오로 안쓰럽다는 생각 따위 떨쳐버리려고 노력했다. 그는 동정심을 억눌렀다. 이제 행동으로 옮겨야 한다. 그럼에도 불구하고 그는 목소리를 좀 더 낮추어 말해야겠다는 생각이 들었다.

"아니, 난 그러고 싶어. 당신이 더 이상 여기에 살면 안 된다는 걸 이해하길 바라."

"왜 안 된다는 거죠?"

"모든 게 잘못된 거였어. 당신을 들어와 살게 하는 게 아니었는데. 내 실수야. 그때 난 뭔가 당신에 대한 죄책감이 있었어. 그래서 한동안 우리 둘 사이의 일은 내가 자초한 일이었다고 믿은 거야. 하지만 그건 아니었어."

현관에 서 있던 엘리노가 처음으로 고개를 들고 그를 빤히 쳐다보았다.

"우리가 함께한 시간들이 아름답지 않았나요?"

"우리가 함께한 게 전혀 없어."

엘리노는 대답 대신 침묵을 지켰다. 세바스찬은 그녀의 눈에서 눈물이 주르륵 흘러내리는 것을 보았다. 애당초 마음먹었던 것보다 더 세게 그녀를 몰아세웠지만 어쨌든 그의 설명이 점차 먹히는 것 같았다. 마침내. 가능하다면 이제는 그녀에게 그 어떤 가능성도 열어줄 수 없으며 그의 분명한 메시지를 되돌릴 수도, 오해를 사게 내버려 둘 수도 없다. 그의 말을 단박에 알아듣도록 쐐기를 박을 수밖에.

"당신은 가사도우미야, 섹스도 하는. 아무런 의미도 없어, 나한테 당신은. 그냥 병적인 존재라고."

엘리노는 아무런 대답도 하지 않았지만 세바스찬은 그녀의 눈빛이 변하는 것을 보았다. 여태껏 한 번도 본 적이 없던, 번득이는 눈빛이었다. 여느 때와 달리 병적인 존재라는 말에 그녀가 변화를 보인 것이다. 그녀는 다른 때와 비교해도 달라 보였다. 이 말이 그녀의 마음에 들지 않은 것은 당연할 것이다.

"우리 이따 밤에 이 얘기 다시 해요."

그녀의 목소리는 단호했다. 여태껏 한 번도 들어본 적이 없는 그런 소리였다. 다른 때와 달리 이번에는 그녀가 그의 말을 귀담아들었다. 이제는 절대로 호락호락해서는 안 될 것이다.

"아니. 우리는 할 얘기가 없어. 아주 간단해. 당신이 이 집에서 나가기만 하면 돼. 두 번 다시 이 집에 안 오면 돼."

"말했잖아요, 이따 밤에 보자고."

엘리노가 현관문을 열고는 계단을 내려가 멀어져갔다. 작별 키스도 없이. 여하튼 간에. 남과 싸우는 것은 아직 익숙하지 않다. 세바스찬이 아는 엘리노에 따르면 그녀는 오늘 저녁에 화해의 선물을 사올 것이다. 환상적인 저녁을 차릴 테고 다툼에 대해 미안하다고 말할 것이다. 그녀가 너무 바보 같았다는 식으로. 그와 침대로 가서 모든 것을 잊어버리려고 할 게 뻔하다.

그리고 그녀는 자신이 그를 쥐락펴락할 가능성을 점칠 것이다. 어떤 식이든지 그의 저항을 무마할 수 있다고. 그는 다시 이런 일이 발생하지 않도록 손을 쓸 것이다.

엘리노가 함께 살려고 집에 가져다놓은 것은 전부 작은 가방에 들어 있다. 물론 그녀는 몇 차례 그녀의 집에 다녀왔다. 몇 가지 소소한 물건을 가지고 왔는데도 세바스찬의 집에는 별다른 물건을 두지 않았다. 처음 가져왔던 검은색 가방과 비닐봉지가 전부였다. 그는 그녀를 위해 가방을 싸둘 것이다.

그 계획에 상당히 만족감을 느낀 그가 막 일하러 나가려던 참에 핸드폰이 울렸다. 그는 바로 걸음을 멈추었다. 재킷 주머니를 더듬거리며 전화기를 찾아 꺼내 들었다. 핸드폰 화면을 힐끗 보면서 혹시나 엘리노가 아닐까 싶어 두려웠다. 하지만 토르켈이었다. 핸드폰을 받기 전 세바스찬은 갑작스럽게 희망이 느껴졌다.

그리고 그는 실제로 실망하지 않았다.

여섯 구의 시체가 발견되었다고 한다. 스토르본에서. 세 시간 내에 시체는 외스테르순드로 운반될 거라고.

그가 이번 일을 위해 짐을 싸는 동안에 시간이 15년 전으로 거꾸로 되돌아간 것 같았다. 그는 서둘러 필요한 물품들을 가방에 집어넣었다. 도대체 얼마 동안 집을 비우게 될지 아는 바는 없었다. 그는 몇 년 전부터 아무런 생각 없이 살아왔다. 하지만 지금, 현관문 앞 옷장과 침대 위 가방 사이를 왔다 갔다 하며 비로소 확실하게 깨달았다.

그가 일을 그리워했다는 것을.

그리고 능력을 발휘할 수 있다는 것도. 반야와 행동을 같이 하면서. 그러면 덩달아 엘리노로부터 자유로워질 수 있을 것이다.

이보다 더 좋은 일이 어디 있을까?

쉬베카는 일찍 일어났다. 사랑하는 두 아들을 깨우고 아침을 준비했다. 갓 구운 달콤한 밀빵, 요구르트와 티(카르다몬 : 우유와 향신료가 들어간 음료_옮긴이), 시장에서 사 온 건살구 한 접시를 차려냈다. 여기에 두 아들 앞에 콘플레이크와 우유를 놓아주었다. 아이들이 더 어렸을 때 쉬베카는 아침을 스웨덴식으로 바꾸어야겠다고 결정했다. 그랬더니 아이들은 당연히 콘플레이크 프로티스를 먹겠다고 했다. 아마도 콘플레이크에 들어간 설탕 때문에 그랬을 수도 있고, 포장지에 그려진 커다란 호랑이 그림이 마음에 들었기 때문에 그랬을 수도 있다. 쉬베카는 아이들에게 그것보다 좀 더 몸에 좋은 곡류 제품을 주려고 했으나 허사였다.

메란은 오늘 학교에서 운동회를 한다. 달리기 시합이 있다. 그래서 그녀는 메란을 위해 간식을 싸주었다. 이러한 모습을 에이어는 질투에 눈이 먼 아이처럼 지켜보았다. 어제부터 그녀가 메란의 가방에 코르마커리가 담긴 플라스틱 도시락을 넣어주는 모습을. 에이어는 곧장 자기도 그 맛있는 카레를 조금만 학교에 싸 가면 안 되냐고 물었다. 그녀는 이런 둘째 아들을 보니 저절로 웃음이 났다. 에이어다운 모습이었기 때문이다. 에이어는 하고 싶은 일은 꼭 하고야 마는 성격이라 매번 어떡하든 형 메란을 이겨먹으려 들었다. 메란은 동생보다 좀 더 진중하고 수줍음을 잘 타는 편이며 시끄럽게 얘기하는 자리를 꺼리는 아이였다.

그녀는 고개를 절레절레 흔들었다.

"이따 학교 끝나고 집에 오면 먹을 수 있도록, 네 것도 충분히 남겨놓았어."

에이어는 고개를 끄덕이더니 다시 콘플레이크를 퍼먹었다. 쉬베카는 두 아들이 식탁 앞에 앉아 아침을 먹는 모습을 지켜보았다. 그녀의 두 아들을. 그녀는 주말 내내 골머리를 앓았다. 이번 일을 설명해야 하는 것일까? 설명을 다 듣고 나면 메란은 자기도 따라갈 만큼 다 컸다고 할 것이다. 그녀를 위해 말도 해줄 수 있을 것이다. 그녀를 보호해주면서. 하지만 그녀는 원치 않았다. 그보다는 자신이 아이들을 보호하고 싶었다. 그러니 혼자 그 남자와 얘기를 나누는 것이 좋을 것 같았다. 9년 전이었다면 이런 생각을 엄두도 못 냈을 것이다. 그녀의 세계에서는 여자가 감히 혼자 외간 남자를 만나는 일따위 상상조차 할 수 없는 일이었다. 그녀가 계획한 일은 한편으로는 수치스러운 일임과 동시에 다른 한편으로는 자유를 만끽할 수 있는 일이었다. 그녀는 자기 자신이 자랑스러웠다. 물론 마음속 깊은 곳에서는 죄책감을 느끼고 있었지만 말이다.

아이들은 학교 갈 준비를 마쳤다. 대체로 둘은 함께 등교했다. 쉬베카는 둘의 이마에 뽀뽀를 하고 나서 현관문을 열어주었다. 에이어와 메란은 계단을 내려가 멀어져갔다. 그녀는 한동안 그 자리에 서서 꼼짝도 하지 않은 채로 다른 날보다 더 오래 두 아들의 발소리를 들었다. 정말로 멋진 아들들이었다. 옛 고향과 새로운 고향의 상이한 풍습과 관습으로 인해 자주 갈등을 빚는 다른 친구의 자녀들과는 사뭇 달랐다. 두 아들은 남을 존중할 줄 알고 예의가 바른 아이들이 었다. 그녀는 옛 고향과 새로운 고향이 판이하게 다르다는 것을 오히려 장점으로 여겼다. 그래서 아이들이 두 가지 상이한 문화에서 최고의 것을 받아들일 수 있도록 많은 노력을 기울이며 키웠다. 이는 항상 쉬운 일은 아니었지만 그래도 지금까지 노력하고 있다.

그녀는 다시 부엌으로 들어가서 미지근한 차를 마저 마셨다. 빵 한 조각을 입에 넣었다. 빵은 달콤하고 아주 맛있었다. 아침을 다 먹고 나서 현관문 앞 옷장 쪽으로 간 그녀는 옷을 갈아입기 시작했다. 머리카락을 감추기 위해 검은 히잡을 쓰기로 했다. 지나치게 멋 내고 싶진 않았지만 그럼에도 불구하고 진지한 사람으로 보이고 싶었다. 기자가 그녀를 진지하게 대할 수 있도록 말이다. 그녀는 너무 일찍 카페에 도착할 것 같았지만 그래도 집에 있고 싶지 않았다. 안절부절못했기 때문이다. 결국 그녀는 교통카드를 들고 집을 나섰다.

지하철역은 집에서 10분 정도 떨어져 있었다. 아는 사람을 만나게 된다면 마트에 가는 길이라고 말할 것이다. 그 누구도 그녀와 함께 가겠다고 하면 안 된다. 그녀의 말은 거짓말이니까. 가끔씩은 거짓말이 필요할 때가 있다.

파란색 노선을 타면 곧장 T센터로 갈 수 있었다. 중간에 지하철을 갈아타는 일은 없었다. 지하철은 그다지 붐비지 않았다. 만약 카페로 가는 길을 찾지 못한다면 어떻게 될까? 분명 그녀는 기자를 만날 수 없을 것이다. 핸드폰도 없었다. 핸드폰이 필요할 거라고는 단한 번도 생각해본 적이 없었다. 아이들은 각자 핸드폰을 갖고 있다. 스웨덴에서는 모든 아이와 청소년이 핸드폰을 가지고 다닌다. 왜 두

아들의 핸드폰 중 아무거나 빌려 올 생각을 못 했던 것일까? 하지만
이는 좀 수상하게 보일지 모를 일이다. 아들들이 분명히 물어볼 테
니까. 쉐베카가 대답할 수 없는 질문들을. 어떤 경우에도 지금은 대
답할 수 없는 그런 질문이다. 그녀가 미처 생각하지 못했던 일은 꽤
많았다. 기자를 만나면 어떻게 반응해야 할지 그것에만 몰두했기 때
문이다. 이제, 모든 기다림의 시간이 지나고 마침내 뭔가 일이 터질
지 모르는데도 핸드폰 하나 준비하지 못한 것이다. 하지만 만약 일
이 터지게 된다면 쉐베카는 핸드폰을 구입하기로 했다. 여자 친구들
이나 특히 그 남편들이 보기에 그녀의 이러한 행동은 미음에 들지
않을 것이다. 어떠한 경우라도 분명히 마음에 들지 않을 것이다.

✤

"나도 같이 가도 돼요?"

마이는 시동을 끄고 조수석에 앉아 있는 빌리 쪽을 돌아보았다.
차를 세운 곳은 알란다 국제공항 제4청사 앞이었다. 빌리는 서둘러
시계를 들여다보았다. 비행기 출발 시간이 45분 정도 남았다.

"아니, 안 가도 돼. 여기 주차비가 얼마나 비싼데."

"알았어요."

안전벨트를 푼 빌리는 몸을 기울여 그녀에게 키스했다.

"내가 얼마나 묵을지 알게 되면 바로 연락할게."

마이는 고개를 끄덕였다. 빌리는 짐을 꺼내려고 차에서 내렸다. 그가 뒤 트렁크에서 가방을 꺼내자 바로 마이가 차문을 열고 내리는 소리가 들렸다.

"당신이 돌아오면……." 그녀가 말하면서 그에게 다가섰다.

"방금 말했잖아. 아직 정확히 모른다고."

"뭘요?"

"내가 언제 올지 모른다고." 빌리가 분명한 어조로 말하고는 트렁크 문을 도로 닫았다. "그러니까 알게 되면 바로 연락할게."

"당신이 언제 돌아올지 그건 전혀 궁금하지 않아요." 마이가 말했다. 그녀는 잠그지 않은 재킷 앞단을 양손으로 잡고는 바짝 다가섰다. "내 말은, 언제 나랑 같이 살 건지 묻는 거예요."

"뭐라고?"

"우리 같이 사는 거, 어떻게 생각해요?"

빌리는 지금 당장 스무 개 정도의 질문 항목을 만들어 그 질문에 대비해야 한다. 마이의 입에서 이상한 말이 나오지 않도록. 그는 무슨 대답을 해야만 할지 도무지 알 수가 없었다. 그렇다고 아무런 대답도 하지 않는다면 그것이 바로 최악의 상태라는 것을 그는 그 누구보다 더 뼈저리게 느끼고 있었다. 하지만 뭐라고 말해야만 할까? 그녀와 같이 살고 싶다는 생각은 해본 적이 없었는데. 그녀와 사귄 지 얼마나 됐을까? 아마도 지난 한여름부터 사귀었을 것이다. 한 석 달쯤. 동거하기에는 너무 이른 것이 아닐까? 이것을 그녀에게 말할 수 있을까? 어떤 식으로든지 그는 반응해야만 했다.

"당신은 싫어요?" 마이가 단호하게 물었다. 한동안 대답하지 않은 것이 내심 걱정되었는데 그의 그런 걱정을 그녀가 다시 한 번 확증해주었다.

"내가 좀 놀라서 그래."

"우리가 사귄 지 오래 안 돼서 그래요?"

"응. 한편으로는 그렇고, 다른 한편으로는……." 그는 말을 하려다 말았다. 뭐라고 말해야 할까? 방금 했던 말보다 더 그럴싸한 말을 많이 덧붙여야만 한다.

"아니, 그게 가장 큰 이유야."

"하지만 우리는 서로 잘 알고 있잖아요. 지금도 같이 살고 있고. 이집 저집에서."

그녀의 말은 백번 옳았다. 그들은 처음부터 함께했다. 방금 마이가 말한 것처럼 정확히 그랬다. 그들은 자주 같은 집에서 살았다. 그녀의 집에서 살기도 했지만, 대체로 그의 집에서 함께 살았다. 그는 지난 시간 동안에 일이 그다지 많지 않았다. 그전에는 휴직 상태였다. 그가 에드워드 힌데를 총으로 쏜 후 내부 조사를 받아야만 했기에. 경찰들은 무기를 소지하고 투입되는 모든 사건에서 정기적인 조사를 받는다. 특히나 어쩔 수 없이 누군가를 사살했을 경우에는. 하지만 제국경찰청 심리학자, 호칸 페르손 리다르스톨페를 두 번 찾아가 몇 가지 심문을 받은 후에 그는 모든 것을 극복할 수 있었다.

빌리의 생각으로 마이가 갈수록 그를 조르는 것 같았다. 이제 그는 무슨 말로든 방어망을 쳐야만 한다.

"내 집에서 같이 살자는 거야? 아니면 뭐, 어떻게?" 그가 말을 더듬었다.

"당신 집이나 내 집, 아니면 새집을 살 수도 있고. 그거에 대해 같이 상의했으면 해요. 물론 당신이 원할 경우에요."

"그래…… 그래야지. 나도 원하지, 그럼."그가 대답했다. "정말이야."그는 재빠르게 말을 잇고는 그녀가 자신이 주저하는 말투보다 말뜻에 더 귀 기울여주기를 희망했다.

"좋아요. 그럼 당신 갔다 오고 나서 우리 그 얘기 다시 해요. 잘 다녀와요!"

그녀는 발꿈치를 들고 서서 그에게 키스했다.

그녀가 다시 차에 올라 차를 빼서 앞으로 나갈 때까지 그는 차 뒤편에 서 있었다.

그는 윙크를 보냈다. 그녀도 윙크로 답해주었다.

그가 도로를 건너갈 때 그 옆으로 택시 한 대가 경적을 울리며 지나갔다. 그쪽을 바라보니 반야가 조수석 쪽에 앉아 있었다.

그녀는 그에게 윙크했다. 그도 윙크로 답해주었다.

그러고 나서 그는 그 자리에 그대로 서서 그녀를 기다렸다.

갑자기 그의 머릿속에 이상한 생각이 번쩍 떠올랐다. 반야와 마이가 조금 전처럼 그렇게 가깝게 있었던 적이 한 번도 없었다는 것. 공항으로 가는 길, 자동차 안에서처럼. 그들은 얼굴 한번 본 적이 없었다. 앞으로 빌리와 마이는 동거할지도 모른다. 그런데 여자 친구 마이와, 그와 가장 가까이 있고 아마도 가장 좋은 여자 친구인 혹은 가장 좋은 옛 여자 친구인 반야는 서로 만난 적이 없었다. 이것은 마이와 그의 사이가 너무 급하게 진행되고 있다는 뜻이 아닐까? 혹은 이 둘을 아직 소개시키지 않았다는 그의 비겁함을 증명하는 것이 아닐까? 그런 이유로 마이가 출국장까지 배웅하겠다는 것을 마다한 것이 아닐까? 반야가 마이를 좋아하지 않을 거라는 걸, 그는 확신했다. 서로가 서로를 혐오할 거라는 위험도가 상당했다.

이것이 문제였다.

물론 이 문제는 조만간 저절로 해결될 것이다. 반야가 미국으로 떠나게 될 가능성이 높으니까. 그녀가 FBI 교육생, 세 자리 중 한 자리를 차지할 수 있을 거라고, 그는 확신했다. 그 자신은 미국행을 지원하지 않았다. 3년 동안이나 외국에서 살고 싶지 않다고 스스로 믿고 있었다. 그리고 그것은 자신의 일이 아니라고도 생각했다. 언젠가 자기 계발을 해야 한다면 그는 다른 길을 택할 것이다. 기술적 테마를 추구하는 것이 그에겐 훨씬 더 좋았다.

이러한 이유는 분명히 진실에 가까웠지만, 지원하지 않은 이유를 그 스스로 숨기고 있었다. 이유는, 그가 자기 길을 가지 못하고 주저앉을 경우에 그것을 어떻게 극복해야 할지 그 방법을 전혀 모른다는 것이었다. 그런데 반야는 이미 자기 길을 가고 있었다.

"잘 지냈어요? 무슨 생각을 그렇게 심각하게 하고 있어요?" 반야가 소리치며 그에게 다가와 그를 부둥켜안았다.

"아니에요."

그가 잠시 휴직하는 바람에 그동안 팀원들은 힘을 아끼며 슬슬 일했다. 반야도 FBI 테스트에 열정적으로 참여하는 터라 지난 몇 달 동안 그들은 서로 볼 일이 없었다. 그는 그녀를 얼마나 그리워하고 있었는지 이제야 깨달았다.

"뭐 타고 왔어요?"

"마이가 태워다줬어요."

"아, 그랬구나. 아직도 그 여자랑 만나나 봐요?"

그는 그녀의 목소리에서 약간 실망하는 투가 묻어나지는 않을까 하고 상상해보았다.

"예."

"좋겠네요."

그는 그녀에게 언제 한번 마이를 소개시켜줄까 하고 묻지 않았다. 아니, 그녀도 그 점에 대해서는 한마디도 언급하지 않았다.

그들은 출국장 쪽으로 걸어갔다.

출국장으로 들어간 빌리와 반야는 도착 시간표와 출발 시간표 앞에서 토르켈과 우르줄라를 보았다. 그들 옆쪽으로 한 여자가 서 있었다. 어린 여자였다. 얼추 스물다섯 살가량 되어 보였는데 키가 컸다. 어쩌면 반야보다 더 큰 것 같았다. 1미터 80센티미터는 족히 넘어 보였다. 머리는 색깔이 갈색이었으며 말총머리를 하고 있었다. 얼굴은 길고 가느다랗고, 눈은 맑은 푸른 눈이었다. 토르켈이 빌리와 반야 쪽으로 손을 높이 쳐들며 인사를 하자 여자가 곧바로 그들 쪽으로 눈길을 돌렸다. 그들이 서로 인사를 나누며 얼싸안은 후에 토르켈이 키가 큰 여자 쪽으로 몸을 돌렸다. 그녀는 그때까지도 약간 옆쪽에 떨어져 서서 미소를 머금고 있었다.

"이쪽은 제니퍼. 내가 일전에 얘기한 적 있지. 우리와 함께 일하게 될 거라고."

반야는 손을 내밀어 악수를 청했다.

"안녕하세요. 반야예요."

"제니퍼입니다. 예전에 한번 뵌 적 있는데."

"정말?"

"예, 브로 지역에 있는 채석장에서요. 그때 제가 불에 탄 차량을 발견했는데 여러분이 그 차에 굉장히 관심 있어 하셨어요."

아! 그랬다. 반야는 고개를 끄덕였다. 제니퍼를 기억하지 못했던 이유가 몇 가지 있었다. 한 가지는 당시에 이 여자가 유니폼 차림을 하고 있었으며 30초가량 짧게만 보고했던 것이다. 다른 한 가지는 반야가 그날의 사건을 잊고자 했기 때문이다. 당시 날씨는 견디기 힘들 만큼 찜통이었으며, 전날 먹은 술기운이 남아 있는 상태에서 미친 듯이 화가 났다. 그래서 그녀는 자신이 빌리보다 더 유능한 경찰관이라고 말한 것이다. 자신이 더 능력 있다는 것 때문에 그들의 좋은 관계에 부담을 줄 수도 있으며 결과적으로는 팀 전체를 시험대에 올려놓게 될지도 모른다고. 나중에 그들은 그날의 대화에 대해서 서로 의견을 나누었다. 그리고 그 일을 없었던 것으로 하자고 했다. 하지만 반야는 가끔씩 그 일을 떠올렸다. 특히나 그들 사이가 브로 지역 채석장에서 대화를 주고받기 이전 상태로는 결코 돌아갈 수 없음이 떠오를 때에는 더욱더 그랬다.

"소년을 찾았나?"라고 빌리가 물었다. 그러고는 그도 신참과 서로 악수했다.

"아, 뭐라고 하셨어요?"

"차량을 발견했을 때 행방불명된 소년을 찾았냐고?"

"아, 예. 찾았어요. 루카스 리드라는 소년이었어요. 소풍을 나왔다가 길을 잃었대요."

제니퍼가 빌리를 바라보며 미소 지었다. 그는 반야와 달리 그녀를 기억하는 사람이었다. 그녀가 당시에 신경 쓰고 수사했던 일에 대해서도 기억하는 사람. 그녀도 기억나는 그런 사람. 빌리도 그녀의 미소에 미소로 답해주었다.

반야는 한 발짝 뒤로 물러섰다.

토르켈이 여자 신참을 하나 데려가겠다고 반야와 빌리에게 설명한 적이 있었다. 어쩌면 반야를 대신할지도 모르는 여자를. 그때 반야는 그 여자가 이렇게 어릴 거라고는 생각지도 못했다. 제니퍼는 웃으면 더 어려 보였다. 그녀의 눈가에 어린 긴장감이 사라지자 그 모습이 좀 더 편안해 보였다. 정말로 토르켈이 이렇게 어리고 경험 없는 사람을 그녀 대신 뽑으려는 것일까? 그는 무슨 생각을 하고 있는 것일까?

반야가 좀 더 유능하지 않을까?

물론 당연히 그녀가 더 유능할 것이다.

어차피 그녀는 미국으로 가게 될 것이다. 그래서 지금 제니퍼가 여기에 온 것이다. 토르켈이 벌써 사람을 찾았다는 것은 당연히 반야로서도 무척 기쁜 일이었다. 왜냐면 반야가 결국 미국행 비행기에 몸을 실을 거라고 토르켈이 확신하고 있다는 것을 뜻하기 때문이다. 그러므로 그는 적기에 안전장치를 설치하려고 하는 것이다. 솔직히 말하자면 반야 자신도 처음 토르켈과 함께 일하기 시작했을 때에만 해도 상당히 어리고 경험이 없었다는 것을 인정해야만 한다.

반야가 골똘히 생각에 잠겨 있는데 갑자기 우르줄라의 목소리가 들려왔다.

"젠장! 평화고 뭐고 이제 다 끝났네." 그녀가 맞은편을 쳐다보며 불쑥 내뱉은 말이었다.

반야는 고개를 돌리고 보았다. 세바스찬이 겸손하면서도 약간 우쭐대는 듯 히죽거리며 그들 쪽으로 다가오는 모습이 보였다. 몇 주 전에만 해도 그녀를 미치게 만들었을지 모를 예의 그 히죽거리는 얼굴을, 이제 그녀는 익숙하게 받아들였다.

"모두 날 기다리고 있었군요." 이렇게 말한 그는 가방을 바닥에 내려놓고는 반야를 얼싸안았다.

"이렇게 만나니 반가워 죽겠네요!"

빌리는 그 두 사람을 지켜보았다. 그는 그들의 관계를 잘 알지 못했다. 어쩌면 긴가민가할지도 모르겠다. 반야는 세바스찬을 받아들였다. 왜냐면 힌데가 그녀를 인질로 잡았을 당시에 그가 그녀 대신 인질이 되겠다고 제안했기 때문이다.

하지만 이것은 또 다른 문제였다.

에드워드 힌데는 세바스찬과 성관계를 맺은 여자만 골라 살해했다. 그리고 빌리가 알아낸 바로는, 반야의 어머니가 힌데의 명단에 잠정적인 희생자로 올라 있었다. 결국 세바스찬이 안나 에릭손과 잠자리를 같이했다는 것은 의심의 여지가 없는 사실이었다. 빌리는 수사하는 동안에 좀 더 뒷조사를 했지만 그리 많은 것을 알아내지는 못했다. 그들이 어디에서 그리고 언제 잠자리를 같이했는지에 대해서 알아내는 것은 애당초 불가능했다. 더구나 동료 어머니의 성생활을 뒷조사한다는 것은, 그의 입장에서 볼 때 좀 좀스럽게 느껴지

기도 했다. 안나 에릭손이 세바스찬과 함께 남편을 속였는지 어땠는지, 빌리는 더 이상 캐지 않았다. 물론 그는 반야에게 세바스찬에 대한 감정이 좋은지 그 정도는 물어볼 수 있었을 것이다. 만약 그녀가 어머니와 세바스찬의 관계를 알고 있다면 말이다. 하지만 빌리는 그녀에게 그런 얘기를 시시콜콜 설명할 위인이 아니었다. 예전 같지 않은 반야와의 우정을 다시 한 번 위태롭게 만들고 싶은 생각은 추호도 없었다.

세바스찬은 동료들과 인사를 나눈 후 "미안합니다. 내가 좀 늦었죠."라고 말했다. "열쇠 수리 서비스를 기다려야만 했거든요."

"어디 방에 갇혔나 보죠?" 우르줄라가 물었다. 세바스찬은 그녀가 남의 불행을 재미있어 한다는 느낌을 받았다.

"아닙니다." 그가 활짝 웃으며 제니퍼 쪽을 돌아보았다. "이름이 뭐라고 했더라? 제니퍼라고 했나?"

"예, 홀름그렌입니다."

세바스찬은 고개를 끄덕거리며 그녀의 이름을 다시 불러보았다. 토르켈은 우르줄라가 눈살을 찌푸리는 모습을 보았다.

"잠깐 얘기 좀 할 수 있을까요?" 그가 세바스찬에게 물었다.

그는 대답을 기다리지 않았다. 다짜고짜 세바스찬의 팔을 잡아끌고는 열 걸음 정도 걸어갔다.

동료들 귀에 말소리가 들리지 않겠다 싶자 토르켈은 "자네, 제니퍼랑 잠자리할 생각일랑 꿈에도 꾸지 말게!"라고 속삭였다. 목소리는 작았지만 아주 분명한 어조로 말했다.

세바스찬은 토르켈의 어깨 너머 동료들 쪽으로 빠르게 시선을 돌렸다. 제니퍼가 막 빌리와 대화를 나누는 중이었다. 우르줄라는 못마땅한 눈초리로 세바스찬을 빤히 쳐다보고 있었다. 그녀는 토르켈이 그와 무슨 말을 주고받을지 궁금해하는 것 같았다. 세바스찬은 그녀와 눈길이 마주치자 미소를 지었다.

"저 신참이 나랑 잠자리를 원할 거라고 보는 건가?" 그가 질문을 던지면서 다시 토르켈을 바라보았다.

"아니, 절대로 아니지. 하지만 자네는 여자를 유혹하는 재주를 타고났잖나. 그러니 자네가 먼저 작업만 걸지 않으면 돼."

"그럼 됐습니다!"

토르켈은 어안이 벙벙한 채로 세바스찬을 빤히 쳐다보았다. 됐다니? 그냥 이렇게 쉽게? 일이 너무 쉽게 해결되는 것 같았다.

별안간 토르켈은 자신이 상황을 더 악화시킨 것 같아 두려웠다. 만약 누군가 세바스찬에게 해야만 할 일과 해도 될 일에 대해 설명한다면 곧잘 그는 그것과 정반대되는 일을 벌였기 때문이다. 세바스찬은 남들에게 지시 받는 것을 좀처럼 견디지 못했다. 제니퍼를 가까이하지 말라는 토르켈의 말 때문에 오히려 세바스찬이 그녀를 더 흥미롭게 느낀 것은 아닐까?

위험은 도사리고 있다.

더욱이 그럴 위험은 상당히 크다.

"난 심각하게 말하는 거네." 토르켈이 힘주어 말했다. "만약 내 말을 따르지 않는다면 자네는 바로 우리 팀에서 나가야 할 거야." 그가 세바스찬에게 단호하게 말했다. 그러고는 세바스찬이 팀에 다시 합류할 수 있어 기쁠 테니 그런 그의 기쁨이 반항심이나 욕구보다 더 크기를 바란다고 덧붙였다.

"예, 다 잘 알고 있습니다. 걱정하지 마세요. 그런 일은 절대로 일어나지 않을 테니까."

"다행이네."

토르켈은 다시 뒤를 돌아 동료들 쪽으로 천천히 발걸음을 옮겼다. 세바스찬도 그 뒤를 따라 걸었다.

"그런데 왜 제니퍼가 우리랑 합류하는 거지?"

"제니퍼가 반야 자리를 대신하게 될 테니까."

세바스찬은 갑자기 그 자리에 멈춰 서더니 토르켈의 팔을 꽉 움켜잡았다. 토르켈이 의아하다는 듯이 뒤를 돌아보자 곧바로 그는 잡았던 팔을 놓았다.

"도대체 왜?" 세바스찬은 쇼크 받았다는 것을 들키지 않으려고 무진 애를 써야만 했다. "반야가 도대체 무슨 일을 하기에 새로운 사람을 찾은 거지?"

"반야가 FBI의 프로파일러 연수 과정에 지원했거든."

세바스찬은 토르켈의 설명을 듣고도 무슨 말인지 도무지 이해할 수가 없었다. 아니, 이해하고 싶지 않았다.

"미국으로 간다는 건가?" 이게 그가 할 수 있는 유일한 말이었다.

"응, 그 나라에 FBI가 있으니까." 토르켈이 대답했다.

"도대체 얼마 동안 가 있을 거래? 언제부터?" 세바스찬은 목구멍이 빠짝 타들어간다는 걸 느낄 수 있었다. 그래서 나직이 쉰 소리를 내야겠다고 생각했다. 하지만 그 소리는 귓가에 스치기만 했다.

"교육이라고?"

"3년쯤 걸릴 거야. 1월에 시작하고."

토르켈은 내처 걸어 동료들 쪽으로 갔다. 세바스찬은 그 자리에 멈춰 섰다. 마치 누가 그를 바닥에 묶어놓은 것처럼.

3년.

반야 없이 3년을 보내야 한다.

이제 막 그녀와 친해질 수 있었는데.

그는 누군가 그의 이름을 부르는 소리를 들었다. 잇따라 부르는 소리가 들렸다. 그는 보안검색대 쪽으로 향하던 동료들이 발길을 멈추고 계단에 서 있는 것을 보았다. 그들은 그에게 함께 안 길 가냐고 물었다. 그는 가방을 들고는 움직이기 시작했다. 몸은 옘틀란드로 향하고 있었지만 머릿속으로는 완전히 딴생각뿐이었다.

✠

레나르트 스트리드는 올렌스 백화점 앞에 이르러 택시에서 내렸다. 카페 볼레로는 바로 맞은편에 있었다. 5분 늦었다. 그래서 신호등이 막 빨간불로 바뀌었는데도 부랴부랴 횡단보도를 건넜다. 한 자동차 운전자가 화를 내며 경적을 빵빵 울렸지만 그는 뒤도 돌아보지 않고서 카페로 가는 발걸음을 재촉했다. 그는 무거운 유리문을 열고는 카페 안으로 들어섰다. 케이크와 연유 냄새가 달콤하게 풍겼다. 그는 넓은 카페 안을 휘 둘러보았다. 손님들이 생각했던 것보다 훨씬 더 많았다. 아마도 그녀의 나이는 서른다섯에서 마흔다섯 사이일 것이다. 그녀에게 학교에 다니는 아들이 두 명 있다는 것 말고는, 아는 바가 전혀 없었다. 하지만 바로 그 순간! 검은 히잡을 쓴 한 여자가 카페 맨 안쪽에 앉아 있었다. 그녀는 그를 바라보았는데 겁먹은 표정을 짓고 있었다. 그녀는 상당히 고상해 보였다. 검은 눈에 피부도 거무스름했다. 만나기로 약속한 여자가 맞을 것이다. 그녀는 다른 손님들을 피해 눈에 띄지 않는 구석 자리에 앉아 있었다.

"쉬베카 칸 씨 되십니까?"

그녀는 보일락 말락 고개를 살짝만 끄덕였다. 그는 그녀 쪽으로 다가가 악수를 청했다.

"처음 뵙겠습니다. 제가 레나르트 스트리드입니다."

그녀는 다시 한 번 고개를 끄덕였다. 이런 카페에 있다는 것이 몹시 불편한 모양이었다. 아마도 그녀는 속으로 안절부절못할 것이다. 그녀가 그렇게 느끼는 것도 그다지 이상한 일은 아니었다. 다른 사람들도 리포터와 대화를 나눌 때 그녀처럼 안절부절못하기는 매한가지였기 때문이다.

"만나서 반갑습니다. 이 카페 맘에 드십니까?"

그의 물음에 그녀가 처음으로 대답했다.

"예, 여기 괜찮아요."

그녀의 악센트가 통화할 때보다 덜 강하게 들리는 것 같았다. 이제 그녀는 자신의 목소리가 귀에 들리면서 긴장이 살짝 풀렸다. 처음처럼 안절부절못하지는 않았다.

"커피 드시겠습니까?"

"저는 차로 마실게요. 고맙습니다."

그녀가 그의 눈을 똑바로 바라보지 않았어도 그녀는 그가 생각했던 것보다 훨씬 더 강한 여자로 보였다. 그녀와 통화한 후 그는 그녀를 심약하고 의기소침한 여자일 것으로 상상해왔다. 그는 계산대로 가서는 차 한 잔과 필터커피 한 잔, 그리고 계피빵 두 개를 주문했다. 주문한 음료와 빵을 기다리며 그는 여자 쪽을 바라보았다. 그녀가 또 긴장한 듯이 보였다. 그녀는 손을 무릎에 올려놓은 채로 바닥을 빤히 내려다보고 있었다. 그는 커피와 차를 받아 들고는 탁자 쪽으로 갔다. 그녀와 마주 앉은 그는 그녀 앞에 찻잔을 놓아주었다. 곧바로 본론부터 시작하기로 결심했다.

"불안하신가요? 그러실 것 없습니다."

"지금 이 상황이 나한테는 좀 낯설어서요."

"저도 이해가 됩니다. 이제 아주 간단하게 진행할 겁니다. 제가 남편분에 대해 몇 가지 질문을 할 겁니다. 그러면 대답만 해주시면 되고. 말씀해주신 것은 전부 다 저희만 아는 것으로 할게요."

그녀는 고개를 끄덕여 보였다. 여전히 탁자를 내려다보며 차를 한 모금 마셨다. 레나르트는 먼저 메모지를 꺼내고는 서둘러 볼펜도 준비했다. 대다수 동료들은 모든 대화를 녹음하지만 그는 메모지와 볼펜을 꺼내 든다. 녹음하면 사람들이 더 불안해하기 때문이다. 물론 녹음하지 않을 경우에는 대화 내용을 잘못 인용할 수도 있다. 그러므로 레나르트는 신중에 신중을 기해야 한다고 생각하기에 스스로 조심하기 시작했다. 그는 인용하는 과정에서 실수를 피하고 싶었다. 지금 가뜩이나 중요한 것은 쉬베카의 사진과 이야기의 신빙성이었다. 그녀가 믿을 만한 사람인지, 남편의 행방불명에 대해 조사할 만한 가치가 있는지, 혹은 이 모든 것이 수포로 돌아가는 것은 아닌지 등을 판단해야 한다. 레나르트는 올해 벌써 이와 같은 일을 지겹게 경험한 바 있었다.

"우리 시작해봅시다." 그가 말하면서 볼펜을 고쳐 잡았다. "부인과 남편분은 2001년 말쯤 스웨덴으로 오셨죠?"

"예. 애들도요. 애들은 그 당시에 두 살, 네 살이었어요."

"아프가니스탄에서 오셨죠?"

쉬베카는 그를 쳐다보았다. 그의 입에서는 모든 말이 너무 쉽게 흘러나왔다. 마치 그들이 비행기 타고 몇 시간 만에 휙 스웨덴에 도착했을 거라는 듯이. 잠시 동안 그녀는 파키스탄의 수용소를 떠올렸다. 그들이 처음으로 피신했던 장소였다. 악취가 코를 찔렀고 공간은 비좁았다. 아이들은 두려움에 떨며 울어댔다. 그 당시 상황이 아직도 눈앞에 아른거렸다. 그들이 묵었던 막사는 밤이 되면 얼음장 같았고, 낮이 되면 견딜 수 없을 만큼 찜통 같았다. 그곳을 반드시 도망쳐야만 한다고 설득한 사람은 남편 하미드였다. 남편은 계획대로 밀고 나갔다. 그들을 이란으로 데려다주는 대가로 브로커들에게 돈을 냈다. 화물차에 실려 산을 넘고 거친 돌밭을 통과하는 길은 정말로 악몽 같았다. 며칠, 몇 주가 그렇게 흘러갔다. 그날의 참상은 아직도 머릿속에 또렷하게 남아 있다. 그녀는 운전석 뒤편에 납작 붙어 앉아 에이어와 메란을 악 소리를 참으며 꽉 끌어안고 갔다. 아이들을 안은 팔이 떨어져 나갈 듯이 아팠다는 기억밖에 없었다. 다른 기억들은 여러 가지 생각 속에서 혼란스러운 장면처럼 스쳐 지나갔다. 하지만 그녀는 그 당시의 아픔을 결코 잊을 수 없었다. 두 팔을 슬쩍 앞으로 펴보았다. 지금은 팔이 아프지 않다는 것을 확인하고 싶었다.

"예. 하지만 우리는 먼저 그리스로 갔습니다."

"부인 말은, 그리스가 처음 입국한 나라라는 거죠?"

처음 입국한 나라라고? 이 단어가 무슨 뜻일까? 그녀가 초기에 배웠던 스웨덴어 중 하나였다. 도망자로서 발을 들여놓을 수 있었던 EU국가 중 최초의 나라. 그러므로 송환될지 모를 바로 그 나라.

"그다음에 스웨덴으로 온 거고요?" 그녀가 아무런 대답이 없자 레나르트 스트리드가 물었다.

쉬베카는 고개를 끄덕였다.

"여기에 우리 친구와 친척들이 살거든요. 그래서 남편이 스웨덴으로 오려고 한 거예요."

"하지만 망명 신청을 거부당했죠?"

"곧바로 그렇게 된 건 아니에요. 하지만 문제점이 많았어요."

그녀는 다시 아무 말도 하지 않았다. 레나르트는 좀 더 앞으로 몸을 숙였다. 바로 지금이 이 문제를 더 잘 파고들 수 있는 절호의 찬스였다.

"하미드 씨는 원래 망명자 신분이 아니었죠, 아닌가요? 부인이랑 애들은 몇 년 후에, 그러니까 남편이 행방불명되고 난 후 신청한 거 아닌가요?"

쉬베카는 한숨을 내쉬었다. 이 질문이 무엇에 관한 것인지 이미 알고 있었다. 관청에서도 매번 이런 식으로 질문했다. 그녀는 그럴 때마다 너무 괴로웠다.

"남편이 여기서 살 수 없었기 때문에 행방을 감춘 건 아니에요. 우리가 남을 수 있기 때문에 남편이 사라진 것도 아니고요." 쉬베카가 목소리를 높였다. 그리고 처음으로 레나르트의 눈을 똑바로 쳐다보았다.

"당신네 스웨덴 사람들은 항상 똑같은 말만 해요. 그런 이유로 남편이 사라졌다고. 하지만 그건 절대로 아니에요."

레나르트는 그녀를 관찰했다. 조심스럽고 생각이 많아 보이던 여자가 갑자기 다른 사람이 된 것 같았다. 그녀의 눈빛이 열정으로 이글거렸다. 순간 레나르트는 그녀의 내적인 강인함을 엿볼 수 있었다. 별안간, 그녀가 그토록 오랜 세월 동안 지속해온, 남편을 찾으려는 싸움에 신뢰가 갔다. 그의 앞에는 절대로 포기하지 않을 한 여자가 앉아 있었다.

"이건 절대로 내가 주장한 게 아닙니다. 경찰과 이민청에서 그렇게 말한 겁니다. 하미드 씨가 이민청에 왔다 간 뒤 행방불명됐다고 말입니다. 거기서 남편은 추방될 거라는 소리를 들었던 거죠."

쉬베카는 그의 말에 반박해야만 한다고 느꼈다. 온 힘을 다해 그녀는 고개를 힘껏 내저었다. 그리고 두 주먹을 불끈 쥐었다.

"당신은 남편을 모르잖아요. 남편은 절대로 우릴 버리고 떠날 사람이 아니에요. 애들이 아버지 없이 크도록 내버려둘 그런 사람이 아니라는 거예요. 절대로요. 그이한테 무슨 일이 생긴 게 틀림없어요."

쉬베카는 탁자 건너 맞은편에 앉아 있는 남자를 거의 애원하는 눈길로 바라보았다. 남자는 잠시 아무 말을 하지 않다가 볼펜을 내려놓고는 여자를 호기심 어린 눈빛으로 쳐다보았다.

"남편분한테 어떤 일이 생겼다고 생각하는 거죠?"

"저도 잘은 모르겠어요."

"부인이 이미 나한테 설명했듯 그 남자랑 관련된 일이라고 생각하는 겁니까? 하미드 씨가 행방불명되고 며칠 후에 갑자기 나타났다는 그 남자 말입니다."

"예."

"부인 말로는 그 남자가 경찰이라고 하셨죠?"

"꼭 경찰 같았어요. 하지만 제복을 입진 않았어요."

"그럼 그 남자가 자신이 어떤 사람인지 진술도 안 했단 말이죠?"

쉬베카는 그를 의아한 눈길로 빤히 바라보았다.

"진술이라뇨?"

"그러니까요, 그 남자가 이름은 뭐며 자신이 누군지 말했냐는 겁니다."

"아무 말도 없었어요."

"그렇다면 그 남자가 어디에서 어떤 일로 부인을 찾아왔는지 하나도 모른다는 거군요."

그녀는 고개를 끄덕였다.

"그 남자는 꼭 경찰관처럼 물었어요."

"그 남자가 도대체 뭐라고 묻던가요?"

쉬베카는 천천히 기억을 떠올려보았다. 무슨 말부터 시작해야 하는 걸까? 당시에 여러 가지 질문을 받았다. 모든 질문이 하미드와 그의 사촌에 관한 것이었다. 그녀는 리포터를 바라보면서 그녀가 방금 말한 내용이 중요한 얘기였다는 것을 확신했다. 그때 그녀를 찾아온 스웨덴 남자는 검은색 재킷을 입고 있었다는 것. 리포터는 그 옷차림새에서 뭔가 중요한 것을 알아차린 것 같았다. 남자는 뭔가를 사냥하던 길이었을 거라고. 그녀가 원한다고 하더라도 그에게 내줄 수 없었던 그 뭔가를 사냥하고 있었을지도 모른다고.

"그 남자는 주로 남편에 관해 물었어요." 그녀가 조용조용 대답했다. "그리고 남편의 사촌 자이드 서방님에 관해서도요. 그 둘이 어디로 간다고 말한 게 있는지, 뭘 들고 나갔는지, 누굴 만났는지, 또 그전에도 몇 주간 여행을 떠난 적이 있었는지. 그리고 그 밖에……."

그녀는 말을 하려다 말았다. 머릿속에 자꾸 떠오르는 또 다른 남자가 있었다. 그와 검은 옷차림의 스웨덴 남자, 둘 다 왠지 하미드와 관련이 있는 것 같았다. 그녀는 확신했다.

"그리고 요셉에 대해서도요."

레나르트는 볼펜을 쥐고 그 이름을 메모지에 적었다.

"그 사람은 누구죠?"

"나는 잘 몰라요. 그 사람과 자이드 서방님이 아는 사이예요."

"그렇다면, 자이드 씨도 남편분과 같은 때에 행방불명이 됐다는 거죠?"

그녀는 고개를 끄덕여 보였다.

"자이드 서방님은 요셉이랑 하루가 멀다고 만났어요. 남편은 요셉을 좋아하지 않았고요. 남편이 나한테 말해줘서 안 거예요."

"부인은 그 요셉을 만난 적 없고요. 요셉에 대해서 다른 얘기 들은 것은요?"

"없어요, 아무것도. 요셉을 만나려고 시도는 했지만 어디 있는지 찾을 수가 없었어요."

갑자기 레나르트는 이런 것을 믿어도 되나 싶어 난감함을 느꼈다. 그 앞에 앉아 있는 여자는 정말로 믿어도 될 사람처럼 보이는데도 말이다. 그녀가 거짓말을 한다고는 도저히 상상조차 할 수 없었다. 그녀는 남편에게 무슨 일이 생겼는지 알아내기 위해 오래전부터 노력해왔다. 흔히들 버틸 수 있는 것보다 더 오랜 시간을. 하지만 그녀는 남편에게 무슨 일이 생겼는지 알지도 못했다. 이러한 사실은 그와 신문사의 입장에서 볼 때 난감한 문제였다. 하미드 칸의 행방불명에는 여러 이유가 있을 수 있다. 그래서 이 가족에게는 슬프고 비극적인 얘기일지 모른다. 하지만 그렇다고 해서 이 사건이 투자 가치가 있는 TV 리포트나 방청객을 위한 사건은 될 수 없을 것이다.

하지만 그는 카리스마가 넘치는 여자의 얘기에 왠지 흥미를 느꼈다. 게다가 얘기를 들으니 분명히 수상한 냄새가 났다. 그는 그녀를 믿었다. 쉬베카 칸의 설명 때문이 아니라 관청의 반응 때문이었다. 관청에서 뭔가 숨기는 것이 있는 것 같았다. 편지로 연락을 취하여 상황을 알아보려고 했으나 그의 작은 노력은 수포로 돌아갔다. 그래서 정반대로 알아보아야 했다. 먼저 그는 이민청에 전화를 걸었다. 언제나 그렇듯이 한 직원과 연결되었다가 그 옆자리 직원, 그러고 나서 마침내 담당 직원과 연결될 수 있었다. 담당자는 확인해주었다. 하미드가 이민청 방문 후 며칠 있다가 행방을 감추었다고. 그러므로 이것은 그가 어디론가 잠적한 것이 분명하다는 것이었다. 이 사건에 대한 최근 기록은 없었다. 마지막 서류에 경찰의 수사가 요망된다고만 기록되어 있었다. 마지막 기록 날짜는 2004년 8월이었다. 그 뒤로는 아무 일도 발생하지 않았다. 딱 한 가지 사실만 제외하고는. 바로 하미드의 부인 쉬베카 칸과 두 아들이 2006년에 체류허가를 받았다는 것.

연이어 레나르트는 경찰에 전화를 걸었다. 경찰은 수사 결과가 나왔다고 했다. 역시 하미드는 추방이라는 소리를 듣고 사라졌다는 것이다. 하지만 그에 대한 코멘트는 해줄 수 없다고 했다. 왜냐면 이 사건은 비밀 유지가 필요하기 때문이라고. 그리고 이것이 레나르트 스트리드가 쉬베카와 마주 앉게 된 근본적인 이유였다. 망명 신청인의 잠적을 관청용 은어로 말할 때 소위 '컨트롤할 수 없는 출국'이라고 하는데 이러한 사건은 종결사건으로 취급된다. 그가 기억하기로는 이 사건이 유일무이한 사건도 아니었다.

게다가 하미드의 사촌인 자이드 발크히는 같은 때에 행방불명됐다. 그는 하미드보다 몇 년 더 일찍 스웨덴으로 왔으며 이미 2000년에 체류허가를 받았다. 프리드헴스플란에서 그는 가게를 하나 운영하고 있었으며 하미드가 때때로 그곳에서 아르바이트를 했다. 2003년 그들이 행방불명되기 전날 밤에 하미드는 집에서 그에게 전화를 걸어 '지금 갈게.' 하고 말했다. 둘은 함께 가게 문을 닫았다. 그 뒤로 그들의 행방은 오리무중이었다. 자이드의 아내는 첫 출산을 앞두고 있었다. 그가 사라질 이유가 눈곱만큼도 없었다. 그와는 정반대였다. 얘기는 앞뒤가 맞지 않았다. 레나르트는 뭔가 석연치 않다는 것을 갈수록 더 또렷하게 느꼈다.

그는 본능을 믿어보기로 했다. 편집국에서 시간과 돈이 들더라도 이 사건을 좀 더 정확하게 조사하는 것을 막지는 못할 것이다.

"부인, 이 일을 좀 더 조사해보겠습니다. 우리가 뭘 알아낼 수 있을지 약속은 할 수 없습니다. 하지만 최대한 시도는 해보겠습니다."

얼굴빛이 환해진 쉬베카가 자리에서 벌떡 일어나는 바람에 차가 거의 쏟아질 뻔했다.

"감사합니다! 정말 감사합니다!"

기뻐하는 그녀의 솔직한 태도를 보자 레나르트도 웃음을 참을 수 없었다.

"하지만 반드시 유념해야 할 점이 있습니다. 아무것도 약속할 수 없다는 거요. 잘 아시겠죠?"

"예, 잘 알겠습니다. 하지만 내가 이 순간을 얼마나 오래 기다려왔는지 모르실 거예요."

쉬베카는 흥분을 가라앉혔다. 몇몇 손님이 그녀를 빤히 쳐다보고 있다는 것을 그녀가 알아챘기 때문이다. 그녀는 도로 자리에 앉았다. 하지만 마음속으로는 환호성을 질렀다. 그녀는 아무 말 없이 조용히 앉아 있기가 너무 힘들었다.

"좋습니다. 이제부터 우리는 많은 일을 해야 해요." 레나르트가 다음 말을 이었다. "나한테 친구와 친척들의 모든 명단을 넘겨줘야 합니다. 뭔가 알 만한 사람들의 이름을요. 부인이 보낸 모든 편지의 복사본도 주고. 내가 이 사건에 대한 모든 서류를 관청에서 열람할 수 있도록 위임장도 써줘야 합니다. 그러면 우리는 머리를 모으고 남편분이 행방불명된 시각부터 일어난 모든 세세한 점을 파헤칠 수 있을 거예요. 부인이 기억할 수 있는 모든 걸요. 할 수 있겠지요?"

그의 말에는 수많은 문장이 뒤따랐다. 그리고 그는 미친 듯이 빠르게 말했다. 그녀는 그의 말을 전부 다 알아들을 수는 없었지만 마지막 질문은 이해할 수 있었다. 그에 대한 대답도 할 수 있었다.

"할 수 있습니다." 그녀가 자신 있게 대답하고는 그의 눈을 들여다보았다. 레나르트는 그녀가 진실을 말했다는 것을 본능적으로 알 수 있었다.

⚜

정시에 출발한 비행기가 예정보다 10분 일찍 도착할 거라는 방송이 나왔다. 하지만 통로 쪽 자리에 앉은 세바스찬은 기내 방송을 듣는 둥 마는 둥 했다. 안전수칙에 대한 방송도 거의 흘려들었다. 예정된 비행시간이나 외스테르순드의 날씨에 대해서도 아는 바가 전혀 없었다. 그는 승무원이 제공하는 로스트비프와 따뜻한 음료를 손사래를 치며 물리쳤다.

반야가 3년 동안 떠난다.

이 사실이 머릿속에서 떠나지 않았다. 절대로 일어나서는 안 될 일이다. 그러면 안 되는 것이다. 어떻게 해야 할까? 그가 가장 잘할 수 있는 것이 무엇인지 그는 알고 있다.

함께 가는 것.

어찌 됐든 반야를 따라가야 한다.

스톡홀름이나 스웨덴에서는 그가 얽매일 일이 아무것도 없다. 반야 외에는 아무것도. 그는 그녀 곁에 있고 싶다. 어디든지 항상. 하지만 그녀를 따라 미국으로 간다는 것이 불가능하다는 걸, 그는 잘 안다. 남들이 자신을 미친놈으로 취급할 것이다. 실제로도 미친 짓이다. 반야는 그를 다시 피해 갈 게 틀림없다. 그를 불신할 것이다. 이러한 일이 다시 또 일어나면 안 된다.

그때 마침 반야가 화장실에서 나와 그의 옆을 지나가려고 했다. 그가 그녀의 팔을 가볍게 잡자 그녀가 걸음을 멈추었다.

"FBI 연수 과정에 지원했다고 하던데? 아까 들었어."

"예."

잠시 동안 그는 자신의 생각을 말할지 말지 고민했다. 그녀에게 떠나지 말라고 애원해볼까? 하지만 그런 애원을 하더라도 어떤 핑계를 대야 할 텐데? 핑계를 댈 것이 하나도 없었다.

"어느 정도 진행되고 있는 거지?" 핑계를 대는 대신에 그는 지원 준비 단계가 아직 초기이기를 바라면서 다시 물었다. 아직 어려운 시험이 많이 남아 있었으면 하는 마음으로. 통과하기가 하늘의 별 따기처럼 어렵고 까다로운 테스트들이.

"사격연습, 컨디션, 필기시험은 합격했고요. 그래서 주말에 심리평가 받으러 가서 페르손 리다르스톨페 선생님을 만났어요."

"리다르스톨페는 바보 멍청이인데." 세바스찬이 저도 모르게 불쑥 말을 내뱉었다.

"그렇게 생각하실 줄 알았어요."

"그 사람이 그렇다는 거는 내 생각이 아니고. 불변의 진리야. 지구가 둥글다는 것처럼."

반야는 그를 보며 미소 지었다.

그는 이 미소를 좋아한다.

"어찌 됐든 제 생각에는 일이 잘된 것 같아요. 그분이 추천서를 써 준다고 했거든요. 그러면 저는 몇 가지 역할게임에만 참여하면 돼요, 제가 알기로."

일이 잘 진행되는 것은 당연했다. 세바스찬이 매달리는 실낱같은 희망이 거의 사그라졌지만 말이다. 그녀가 모든 시험에 다 합격하는 것은 당연하다. 연수 기회를 얻는 것도 당연할 것이다.

그녀는 최고의 대원이다.

그녀는 그의 딸이다.

"토르켈 팀장님이 저더러 마지막 장애물만 통과하면 된대요." 반야가 다음 말을 이었다. "그래서 제니퍼가 오늘 함께 가는 거고요."

"그래, 팀장님이 아까 얘기해줬어."

반야는 그대로 통로에 머물면서 뭔가 기대하는 눈빛을 보였다.

예를 들면 축하의 말 한마디를.

그게 아니면 '행운을 빈다'라든지.

하지만 그는 아무 말이 없었다.

지방 경찰청 소속 소장인 헤드빅 헤드만은 입국장에서 수사팀을 기다렸다. 그녀는 그들을 반기며 날씨가 더 좋지 못한 점에 유감의 뜻을 표했다. 그들은 여행가방을 끌면서 빠른 걸음으로 그녀의 뒤를 따랐다. 공항 밖에서 미니밴 한 대가 대기하고 있었다. 미니밴은 프뢰쉰 섬을 벗어났다. 그리고 스토르시왼 호수를 따라 달려 E14번 도로에 닿았다.

미니밴이 스토르본으로 달려가는 동안 헤드빅은 알고 있는 사실을 모두 보고했다. 정보가 별로 많지 않았다. 숲길을 걷던 한 여성이 산비탈을 내려가다 미끄러졌다. 아마도 비가 많이 내린 바람에 흙이 쓸려 내려간 것 같았다. 그 비탈이 무너진 자리에서 해골이 나온 것이다. 그곳으로 출동한 경찰들이 나머지 뼛조각을 찾아냈으며 해골 한 구가 또 나왔다. 경찰들이 끝까지 파보니 나란히 누운 시체가 우르르 발견되었다. 헤드빅이 기록과 서적을 모두 뒤져보았지만 지난 50년 동안 여섯 명이 한꺼번에 행방불명되었다는 신고는 그 어디에도 없었다고 한다.

"그 시체들을 그 장소에 얼마 동안 놔둘지, 알고 계시나요?"

"글쎄요. 여섯 구 모두 다 그대로 놔둔 상태입니다. 아직 조사하지 않았거든요. 여러분이 오실 때까지 기다린 것입니다."

우르줄라는 예상했다는 듯이 고개를 끄덕였다. 흔히 지방 경찰청 공무원은 자신의 능력을 증명하고 싶어 했다. 특별살인사건전담반이 나타나기 전에 스스로 뭔가를 달성하고 싶어 한다. 하지만 이번에는 달리 생각했던 모양이다. 우르줄라의 생각에 헤드빅의 결정은 올바른 것으로 보인다. 이번 사건이 상당히 복잡하다는 것을 인정한 셈이다. 그래서 헤드빅은 곧바로 지원을 요청했을 것이다. 온갖 방법을 다 동원했다가 수사가 속절없이 길어지기만 하니 비로소 도움을 요청한 것이 아니었다.

"여섯 명이 어떻게 죽었는지 파악했나요?" 그녀가 백미러로 헤드빅을 바라보면서 질문을 던졌다.

"모두 총살된 것으로 보입니다. 하지만 더 확실한 것은 조사해봐야 알 것 같아요."

제니퍼는 아무 말도 하지 않은 채로 빌리 옆자리에 앉아 그저 이 상황을 즐기기만 했다. 자신이 행운아임을 느낄 수 있었다. 특별살인사건전담반과 함께 미니밴을 타고 간다는 것. 여섯 구의 시체. 살해된 사람들. 프옐에 매장되어 있다는 것. 이 모든 사건은 속도위반 딱지를 떼는 것이나 금요일 저녁에 취객들의 난동을 말리는 것과 차원이 다른 일이었다. 그녀는 원래 살인자를 색출하기 위해 경찰이 된 것이다. 증거 찾기. 수사하기 어려운 사건. 추적과 긴장감. 그녀는 만족감이 굉장히 커서 가슴이 터질 것 같았다. 이 사실을 동네방네 떠들고 싶어 미칠 지경이었다. 제니퍼 홀름그렌이 특별살인사건전담반에 들어갔다고.

그녀는 북받쳐 오르는 흥분으로 온몸이 쑤시는 것 같았다. 빌리가 그녀 쪽을 돌아보았다. 제니퍼는 저절로 터져 나오려는 웃음을 달리 숨길 수가 없었다.

"도대체 뭐가 그리 즐거운 거지?"

그녀는 지금 어떤 기분인지 솔직하게 털어놓았다. "여기 있는 것만으로도 미치도록 행복해서요."

반야는 뒤로 고개를 돌려 자신을 대신할 제니퍼를 힐끗 쳐다보았다. 그녀는 제니퍼가 빌리를 향해 '선배님이랑 함께요'라고 한마디를 더 해주길 바랐다. 둘은 처음 보자마자 서로에게 관심 있어 하는 눈치였다. 이미 비행기에 나란히 자리를 잡고 앉아 웃으며 어떤 트

위터 계정을 만들었는지 서로 교환했다. 이러한 얘깃거리는 반야가 전혀 좋아하지 않는 것들이었다. 몇 시간에 불과했지만 반야는 제니퍼를 보니 자신이 늙었다고 느껴졌다. 그녀는 다시 앞쪽으로 시선을 돌렸다. 정말로 정신이 번쩍 들었다. 그녀는 곧 팀을 떠날 것이다. 그리고 빌리는 자신의 후임과 잘 지내게 될 텐데 이를 무조건 환영해야 한다. 그녀가 질투하는 것은 아니지만……. 어쨌든 이 자리는 그녀의 자리가 아닌가! 제니퍼는 그녀의 자리를 이어받게 될 것이다. 그녀 스스로 자리를 내놓은 것이지만 그래도 마음이 편치 않았다. FBI 교육에 모험을 걸기로 한 뒤 처음으로 그녀는 산 설고 물 선 곳으로 떠나게 된다는 것을 실감했다. 그뿐만 아니라 뭔가를 버리고 가야 한다는 것도. 뭔가 좋은 것을. 에나포르스에서 미니밴은 좌회전했다. 그러고는 한될 지역이 나오기 바로 직전에 우회전해서 계곡으로 들어갔다. 따뜻한 가을빛 산이 길 양쪽으로 우뚝우뚝했는데 비에 젖어 있었다. 워낙 좁은 길이 갈수록 더 좁아지더니 갑자기 눈앞에 넓은 주차장이 나타났다. 목적지에 도착했다. 뒤로는 커다랗고 기다란 집 한 채가 떡하니 서 있었다. 증축 공사를 한 집이었다. 좁은 면 쪽은 팔각정 모서리로 끝마무리를 지었는데 마치 곡물창고를 연상시키는 것이 군더더기로 보였다. 집 여기저기에는 회색 지붕이 올라앉아 있었다. 언뜻 보기에 집의 80퍼센트가 지붕이 아닌가 싶었다. 세바스찬은 건축에 대해 아무것도 몰랐지만 어떤 집이 흉물스러운지는 알고 있었다. 이 집이야말로 흉물 그 자체였다. 기능 면에서 볼 때 집이 프옐 지역의 스테이션 호텔로 사용되는 것 같았지만 외관은 정말로 아름답지 못했다.

팀원들은 서둘러 호텔로 들어갔다. 프런트로 가니 한 남자와 여자가 반갑게 맞아주었다. 그들의 이름은 각각 마츠와 클라라였다. 그들은 방 열쇠를 나누어 주면서 이튿날 여정에 대해 설명해주었다. 이미 호텔은 휴업 상태였지만 손님이 원할 경우 묵어갈 수 있다고 했다. 낮에는 호텔에 직원들이 상주한다고. 건물을 관리해야 하기 때문이다. 그들 말에 따르면, 직원 중 몇몇은 숙직도 한다고 했다. 물론 직원 숙소에서 묵었다. 그뿐만 아니라 점심과 저녁은 요리사가 와서 준비해준다고 했다. 아침은 주방에서 직접 들고 와서 먹어야만 했다. 간혹 수공업자들이 몇 명씩 나타날 수도 있고 그들보다 더 어린 수리공들을 데리고 올 수도 있다고 했다. 하지만 어떤 경우라도 그들은 주간에만 호텔에 있을 거라고. 그리고 만약 뭔가 필요하다면 언제든 마츠와 클라라에게 문의할 수 있었다.

팀원들은 방에다 가방부터 올려놓기로 했다. 그러고는 간단히 요기를 하고서 가능한 한 서둘러 프옐을 돌아보기로 했다. 아직 날이 밝으니 수사에 착수하는 것이 좋았다. 헤드빅이 마련한 차 두 대가 그들을 기다리고 있었다.

방에 들어간 토르켈은 가방을 침대에 올려놓았다. 그리고 창가로 다가갔다. 수마가 할퀴고 간 강물이 보였다. 이제는 나무다리를 건널 수 있었다. 오솔길도 보였다. 트레킹하는 사람들이 산속으로 들어가려고 오솔길을 걷고 있었다. 토르켈은 이곳에 온 것이 기뻤다. 그가 이번 수사에 확실히 기대감을 갖고 있다는 것은 부정할 수 없는 사실이었다. 직업상의 이유 때문에 그런 것만은 아니었다. 그는 우르줄라와 다시 함께할 수 있기를 바랐다. 아마 그 이상의 것을 바랄지도 모르겠다. 그들은 세 가지 규칙을 오랫동안 준수해왔다. 그것은 우르줄라가 그들의 관계를 위해 정해놓은 것이었다.

오로지 일할 때에만 만난다.

집에서는 절대로 안 되고.

미래를 절대로 계획하지 않는다.

단순한 규칙이었다. 그들은 오랜 기간 이 규칙을 지켰으며 모든 것이 순조로웠다. 하지만 몇 가지 규칙이 달라졌다. 우르줄라가 갑자기 그의 집에 찾아온 것이다. 그녀는 그와 함께 있기를 원했다. 스톡홀름에 있는 그의 집에서. 그의 입장에서 보면 이것으로 세 가지 규칙 중 두 가지 규칙이 파괴된 셈이었다. 특히 우르줄라에 의해서. 토르켈은 이 일들로 인해 모든 것이 복잡해졌다는 느낌을 받았다. 최근에 몇 번 안 되는 만남에서 토르켈은 우르줄라의 변화를 느꼈다. 많이 변하지는 않았어도. 특별한 것도 없었지만. 그는 작은 기미를 느꼈다. 그가 생각하기에 그녀는 두려워하고 있는 것 같았다. 세 번째 규칙도 곧 무용지물이 될지 모른다는 것 때문에. 어쩌면 그들의 미래에 대한 생각이 그녀를 더 불안하게 만들지도 모른다. 그 자신도 지금보다 더 그녀를 갈망하지는 않겠지만 세 번째 규칙을 절대로 그가 먼저 깨면 안 된다는 것은 분명히 알고 있었다. 그들 사이의 모든 일은 우르줄라의 조건에 따라 진행되어야 한다. 언제나. 그는 더 진전된 관계를 갖고 싶지만 지금은 옛 관계로 다시 돌아갈 때다.

다시 옛 규칙을 지켜야 한다.

그래야 의심할 여지없이 모든 것이 더 간단해진다. 지금 그는 바랄 뿐이다. 처음으로 돌아가서 다시 앞으로 나아갈 수 있기만을. 호텔에 며칠 묵으면서. 그녀의 남편과 멀리 떨어진 상태에서.

우르줄라의 속마음을, 그는 전혀 눈치채지 못했다.

굴라시수프, 빵, 커피 그리고 부드러운 초콜릿 케이크로 식사를 한 후 그들은 다시 프옐 스테이션에 모였다. 갈수록 비가 많이 쏟아졌다. 그들이 현수교를 건너, 강 건너편에서 대기하고 있는 차 두 대 쪽으로 갈 때에는 비가 마치 양동이로 물을 들이붓듯이 쏟아졌다. 세바스찬은 비가 싫었다. 비가 오면 어떤 옷을 입든지 태가 나지 않았다. 결국 몇 분이 지나지 않아 발목까지 다 젖어버렸다. 그래서 온몸에 한기가 들었다.

'세상에 나쁜 날씨란 없다, 다만 어울리지 않는 옷차림만 있을 뿐.'

이러한 속담은 그저 한가한 친환경 파시스트들이나 하는 말이다. 어쨌든 날씨가 나빴다. 아주 객관적으로 관찰한바 말하자면 정말로 거지 같은 날씨였다. 옷을 어떻게 입든 아무 상관이 없었다. 세바스찬은 호텔로 돌아가 기다리는 것이 더 좋지 않을까 싶어 심각하게 고민해보았다. 애당초 그는 사건 현장을 꼭 눈으로 확인할 필요가 없었다. 그러나 곧 차에 올라탈 테고 그렇게 되면 비를 피할 수 있을 것이다. 그는 제니퍼를 밀어제치고 맨 처음으로 차에 올라탔다.

한 30분쯤 지나서 그들은 사건 현장에 도착했다.

사체들이 있는 곳 위로 하얀 천막이 넓게 설치되어 있었다. 휘발유로 작동되는 전기시설이 조명등을 밝혀주었다. 조명등은 어두워질 때를 감안해서 천막 안쪽과 바깥쪽에 두루 설치되어 있었다. 헤드빅은 그들을 이끌고 쉰 살쯤 되어 보이는 남자에게 다가갔다. 남자는 얀-에릭 카스크라고 자신을 소개했다. 그는 팀원에게 일일이 악수를 청한 후 질퍽거리는 흙을 밟고 지나서 천막 쪽으로 갔다.

"산행하던 한 여성 발밑으로 흙더미가 와르르 무너져 내렸고. 우리가 그걸 봤던 건데요."

그가 천막 입구를 높이 들어 올렸다. 그러자 세바스찬이 곧장 안으로 들어갔다. 우르줄라가 그 뒤를 따랐다. 토르켈은 천막 앞에 서서 주위를 둘러보았다.

"모두 들어가는 게 좋을까요?"

"예, 그렇게 하는 게 좋을 겁니다. 비탈 쪽으로 너무 바짝 붙지 마시고요. 밑으로 미끄러질 수 있어요."

결국 토르켈, 빌리, 반야 그리고 제니퍼는 천막 안으로 들어섰다. 안은 습하고 숨이 턱턱 막혔다. 조명등과 쏟아지는 비로 인해 천막 안이 고치처럼 느껴졌다. 모두들 곧바로 재킷 단추를 풀었다.

한가운데에는 가로세로 각각 10미터, 1미터쯤 되는 정사각형 구덩이가 있었다. 그 속에 나란히 해골 여섯 구가 누워 있었다. 그중 두 구는 나머지 네 구에 비해 훨씬 더 작았다. 다른 두 구에는 의복 일부가 남아 있었는데 그 부패한 옷자락이 다리 쪽에 너덜너덜 붙어 있었다. 천막 입구에서 가장 멀리 떨어져 있는 해골 한 구는 팔을 벌리고 있었다. 마치 아직도 비가 오는지 시험해보려고 하는 동작 같았다. 그 밑으로는 강물이 요동치며 흘러가는 소리가 들렸다.

얀-에릭이 마지막으로 천막 안에 들어섰다. 그는 구덩이 가에 무릎을 꿇고 앉았다. 고갯짓으로 한쪽 끝에 있는 뼈를 가리켰다.

"바로 저쪽입니다. 땅이 푹 꺼진 곳이죠. 산행하던 여성이 한쪽 손뼈와 아래팔뼈를 잡아당겼는데. 그 뼈들을 저 아래 상자에다 넣어두었습니다."

우르줄라는 고개를 끄덕였다. 그녀는 카메라 렌즈 뚜껑을 열고는 이미 예감한 바를 실행으로 옮겼다. 먼저 빌리에게 카메라를 건네고 장갑을 꼈다. 그런 후 얀-에릭의 맞은편으로 무릎걸음을 치며 다가앉았다. 세바스찬과 다른 사람들은 천막 쪽에 붙어 기다렸다. 이것은 우르줄라의 명령이었다. 그녀의 쇼였다. 나머지 사람들은 단지 방청객이었다.

"여섯 구의 해골 상태는 상당히 좋은데요. 아주 조심스럽게 나란히 눕혀놨어요. 그냥 마구잡이로 던져놓은 것이 아니고."

그녀의 말은 팀원들과 얀-에릭뿐만 아니라 자신에게도 하는 말이었다.

"그렇다면 거기에 뭔가 의미가 있습니까?" 제니퍼가 나지막하게 물었다. 이럴 때 말해도 되는 것인지 어떤지 불안하다는 듯이. 우르줄라가 바로 세바스찬에게 눈짓을 보냈다. 그에게 대답하라는 뜻이었다.

"뭔가 의미가 있을 수 있지. 이 희생자들한테 특별한 존경심을 갖고 있다든가. 혹은 이 시체를 처리한 사람들이 아주 잘 조직화되어 있고 감정이란 것이 완전히 배제되어 있다든가."

"이 구덩이를 어떤 식으로 파낸 거죠?" 우르줄라가 얀-에릭을 바라보며 질문을 던졌다.

"작은 준설기로 파낸 겁니다."

"시신들이 훼손되었나요? 기계 때문에?"

"아니에요. 아니, 어쩌면 그랬을지도 모르죠. 살짝 건드렸을 수도……."

우르줄라는 몸을 앞으로 숙이고는 아무 말도 없이 넓적다리뼈 하나를 들어 올렸다. 뼈 색깔이 희끗희끗한 갈색이었고 곰팡이가 끼어 있었다. 흙과 진흙도 군데군데 묻어 있었다. 그러나 한 군데에는 자국이 선명했다. 밝은 하얀색을 띤 자국이었다. 준설기로 뼈를 건드린 정도가 아니라 분명히 훼손한 것이다. 물론 어떤 것이 뼈에 새로 생긴 훼손 자국인지는 쉽게 분간이 갔다. 하지만 땅을 파낼 때 사람들이 좀 더 조심했더라면 우르줄라가 이런 식으로 시간과 에너지를 낭비하지는 않았을 것이다. 그녀는 뼈를 조심스럽게 도로 내려놓았다. 그리고 오는 길에 만난 이곳 경찰들에 대해 더 이상 긍정적인 평가를 내리지 않았다.

그들은 무능한 사람들이다.

우르줄라는 카메라 쪽으로 손을 뻗었다. 빌리가 카메라를 다시 건네주었다.

얀-에릭은 자리에서 일어나 토르켈 쪽을 돌아보았다.

"먼저 고려해야 할 점이 있습니다. 이 시신들이 오래되었을지 모른다는 겁니다. 아주아주 오래요." 그가 못을 박아 얘기했다. "프옐에서는 사람들이 적지 않게 목숨을 잃었거든요. 1718년부터 1719년까지 겨울에 여기서는 칼 12세의 병사들 중 삼천이 넘는 수가 얼어 죽었지요. 가끔 그 시신이 나오기도 합니다. 자주는 아니지만요. 지난번 나온 게 한참 됐지만 또 나오겠지요."

"이 뼈들을 다시 잘 살펴보시겠어요? 이것들은 300년 된 게 아니에요." 우르줄라가 구덩이 속 내용물을 가능한 한 여러 각도에서 사진을 찍으면서 말했다. "해골에는 전부 총알에 뚫린 구멍이 있어요."

"그게 총알구멍인지 아닌지 아직은 확신할 수 없지 않나요?"

우르줄라는 어이가 없다는 듯이 카메라를 밑으로 내렸다.

"그게 아니면 뭐죠?"

"어떤 둥글고 뾰족한 무기로……."

"여섯 구의 시신을 찾았다는 건데요. 그것도 머리에 구멍이 두 군데씩 나 있는. 그게 고대의 무기에 찔려 생긴 구멍이라는 생각부터 드나요? 총알에 맞아 생긴 구멍이 아니고?"

"칼 12세의 병사들은 고대에 살았던 사람들이 아닙니다!"

우르줄라는 마지막 말을 못 들은 척해야겠다고 결심했다. 그녀는 다시 사진촬영에 몰두했다.

"칼 12세의 병사들이 고어텍스를 입었다면 그건 가능한 얘긴가요?" 그녀가 질문을 던지고는 카메라를 밑으로 내렸다. 그러고는 턱으로 두 구의 해골을 가리켰다. 해골들 군데군데에 누리끼리한 천 조각이 붙어 있었다.

"이 두 구의 해골은 맨 마지막에 나온 거죠. 가장 멀리 바깥쪽에 누워 있었습니다." 화를 참느라 얀-에릭의 목소리는 잔뜩 긴장한 채 흘러나왔다. 그가 점차 인내심을 잃어간다는 것이 분명했다. 세바스찬은 이 장면을 흥미롭게 관찰했다. 우르줄라가 지방 공무원의 능력을 의심하는 것이 이번이 처음은 아니었다. 이번에 그녀는 인간관계까지 위험에 빠트릴 만큼 상대를 몰아붙였다. 토르켈과 팀원들은 지방 경찰과 마찰을 빚지 않도록 항상 조심했다. 토르켈은 언제나 그렇게 해왔다. 그것이 성공의 비결이었다. 이 점에 대해서 우르줄라도 익히 알고 있었다. 그럼에도 불구하고 그녀는 이 불쌍한 남자를 계속 비난했던 것이다.

세바스찬은 옆에서 토르켈이 중얼거리는 소리를 들었다.

"빌리한테 사진촬영을 맡기도록 하세. 그리고 우리가 여기서 확인한 게 무엇인지 설명부터 해주고. 우리는 곧 철수합니다."

우르줄라는 사진을 찍다 말고 다른 사람들보다 조금 앞쪽으로 나와 선 토르켈 쪽을 넘겨다보았다. 그는 그녀를 조용히 마주 보았다. 그의 목소리는 차분했고 마치 그녀에게 호의를 베풀라는 듯 톤을 조절했지만 그는 그의 말이 명령이었음을 분명히 했다. 세바스찬은 달리 행동할 것이 없었으며 인상적인 장면이라고 생각했다. 이것은 전형적인 토르켈식 해결책이었다. 그는 확전을 미리 막을 줄 알았다. 얀-에릭은 토르켈이 그의 편을 들어주었다는 인상을 받았다. 하지만 토르켈은 목소리를 높여 시간 압박과 우르줄라의 전문 지식을 탓하지도 않았고, 우르줄라를 웃음거리로 만들지도 않았다. 빌리가 그녀에게 다가섰다. 우르줄라는 그에게 카메라를 넘겨주고는 무릎걸음으로 구덩이 가에 다가앉았다.

"잠정 결론을 내리자면 어른 시신이 네 구, 어린이 시신이 두 구예요. 골반뼈를 보면 이 어른들 중 둘이 여자인 것으로 추정되네요."

"그러면 이 시신들이 얼마나 오래 묻혀 있었던 거지?"

"말하기 어렵지만. 흙이 질고 투과성이 좋은 데다 물 빠짐이 규칙적이니까……. 한 5년은 더 된 것 같아요. 그중 두 사람은 옷을 입은 채로 매장된 것 같네요. 다른 두 성인과 아이는 옷을 입지 않았고."

"옷이 소실된 건 아닐까요?" 반야가 물었다. "썩을 수 있잖아요? 다른 소재로 만들었다면 더 빨리 없어졌을지 모르는 거 아닐까요?"

"물론 가능한 일이지만 이 근처에 그럴 만한 증거가 하나도 없어. 단추나 지퍼 같은 게 전혀 안 보이거든."

"다른 네 명이 이 두 명보다 더 오래된 건 아닐까요?"

"그래 보이지는 않아. 시신들 전부 놓인 위치가 거의 동일하거든. 뼈 색깔도 거의 일치하고. 모두 한날한시에 매장되었다고 결론 내려도 될 것 같아."

"하지만 무엇 때문에 네 명만 옷이 없는 걸까요?" 제니퍼가 질문을 던졌다.

우르줄라는 대답하지 않았다. 그녀는 다시 쪼그리고 앉았다. 그러고는 약간 옆쪽에 놓인 두 두개골을 조심스레 돌려 보았다.

"옷이 없는 네 구에는 치아도 없어." 그리고 우르줄라는 확고한 목소리로 말했다. "이들이 여기에 오랫동안 매장되어 있었다, 그건 결코 아니라고 봐."

"치아가 없는 데에는 어떤 이유가 있을까요?"

이 질문은 다시 제니퍼가 한 것이었다.

"동일한 무덤 속에서? 전혀 없지." 우르줄라가 자리에서 일어섰다. "누군가 치아를 뽑았을 거야. 이곳에 매장하기 전에."

"신원 확인을 못 하도록 술책을 쓴 사람의 소행이 아닐까요?" 제니퍼는 계속해서 질문했다. 순간 등줄기가 오싹해졌다. 그녀는 이런 긴장감과 흥분을 느끼기 위해 경찰에 지원했다. 이 단순한 이유로 지원한 것이다. 물론 규칙적인 업무 속에서도 만족감을 찾을 수는 있었다. 하지만 그보다 더 짜릿함을 꿈꾸어왔다. 수색하고, 봉쇄하고, 찾고, 공격하고, 체포하는 것. 그녀는 터져 나오려는 웃음을 애써 꾹 참았다. 잘못하면 오해를 살 수도 있었기 때문이다. 습한 천막 속 분위기는 무겁고 심각했다.

"그래, 그것이 하나의 가설이 될 수 있겠군." 우르줄라가 이렇게 말하면서 고개를 끄덕였다.

세바스찬은 줄곧 입을 꾹 다물고 있었다. 이제는 천막을 떠나야만 했다. 그는 나가고 싶었다. 여기 안에서는 곧 질식할 것만 같았다. 숨을 쉴 수 없었다. 차라리 비가 오는 천막 밖이 훨씬 나았다.

그는 천막 입구를 옆으로 밀치고 밖으로 나왔다. 비가 거의 그쳐가려고 했다. 북쪽에서 차가운 바람이 불어왔다. 세바스찬은 재킷 단추를 꼭 채우고는 연거푸 숨을 내쉬었다.

여섯 구의 시신들. 그중에 둘은 어린이였다. 살해당했을 가능성이 높았다. 그가 특별살인사건전담반에서 일하는 동안에 어린이 살해사건 경험은 드문 편이었다. 그렇지만 이번에 경험하게 되었다. 그들은 다른 사건보다 어린이 살해사건을 더 철저하게 수사한다. 세바스찬은 크게 한숨을 내쉬었다. 어린이를 총으로 쏘아 죽인다는 것은, 아무나 할 수 있는 일이 아니었다. 그러므로 살인 수법이 아주 전문적일 것이다. 하지만 연이어 치아를 뽑아냈다는 것은⋯⋯.

이곳에 매장된 여섯 구의 시신은 이 사건의 첫 번째 희생자들이 아닐 것이다.

그리고 마지막 희생자들도 아닐 것이다.

세바스찬은 확신했다.

✣

레나르트는 잔뜩 예민해진 채로 리서치의 핵심을 이루는 개방형 사무실에서 이리저리 뛰어다녔다. 편집국은 10년 전부터 이곳에 자리를 잡았으며 그동안에 직원은 스무 명 넘게 불어났다. 스톡홀름 시내, 예르데트에 있는 콘크리트 색상의 방송국 건물 3층에서 펼쳐지는 인간관계는 밀착된 인간관계가 지배적이었다. 이곳과 바로 이웃한 부서는 문화 쪽 편집국이었다. 이곳 직원은 그 수가 적은 데 비해 더 넓은 공간에서 일했다. 더욱이 몇몇은 럭셔리한 개인 공간을 따로 썼다. 2년 전 스투레 릴예달이 국장으로 새로 취임한 후에 내부 벽을 허물고 공간을 하나로 탁 텄다. 레나르트뿐만 아니라 다른 직원에게 '창의력과 순간 떠오르는 생각을 자유롭게 펼칠 수 있는' 공간이 되도록 하겠다는 취지로 만든 사무실이었다. 국장은 직원들에게 서로서로 의견을 교환하고 협동하라고 말했다. 하지만 레나르트는 이렇게 많은 직원을 모두 한 공간으로 몰아넣는 것에 근본적으로 문제가 있다고 생각했다. 그들은 누구 할 것 없이 모두가 커다란 사무 공간 안에서 서로 책상을 마주 보며 앉았다. 레나르트는 이것을 증오했다. 그는 방해받지 않고 전화를 걸고 받고 싶었으며 기사를 작성하고 싶었다. 그가 불평을 토로하자 국장은 잔소리를 늘어놓았다. 그가 너무 보수적인 사람이라 사회적인 능력을 확장해야 한다는 식으로. 그는 그 의견에 반대했다. 마음 편히 일하고 싶었다. 이러한 소원은 지극히 정상이 아닌가? 스투레만 직원들과 분리된 개인 사무 공간에서 일한다는 것이 레나르트로서는 적지 않게 화가 났다. 게다가 그 개인 사무 공간을 작은 방 두 개로 분리했는데 나란히 붙은 두 방은 리모델링이 되어 있었다. 더 웃긴 것은 벽을 두꺼운 유리로 시공하도록 해서 그 안에 새 회의 탁자를 들여놓은 것이다. 이로써 국장은 모든 회의와 면담을 방해받지 않고 이끌어나감과 동시에 편집국을 한눈에 감독할 수 있게 되었다. 의견 교환, 사회적 능력 그리고 협동과 같은 목표는 필시 모든 권력자에게 적용되지 않는 항목이 분명했다. 그가 편집국 국장이다. 그러니 상사에게는 언제나 다른 규칙이 적용되었다.

지금 스투레는 자기 방에서 그가 제일로 아끼는 린다 안더손과 얘기를 나누고 있다. 그녀는 30세가량의 재능 있는 여성으로서 예전에 일간지 엑스프레센에서 일한 적이 있었다. 둘의 얘기는 끝나지 않을 것 같았다. 레나르트는 국장과 직원의 대화가 왜 이리 오래 시간을 끌어야 하는지 이해할 수 없었다. 그는 세르옐 광장에 갔다 돌아와서(숨도 돌리지 않고서) 스투레와 면담을 조심스레 요청한 것이다. 중요한 정보가 있으니 스투레에게 시간을 내줄 수 있는지 물었다. 국장은 시간이 있었다.

하지만 지금은 아니었다.

먼저 점심 약속 장소에 가야 했고 그다음에는 프로그램 책임자를 만나야 한다고 했다. 그러고는 연이어 다음 주 수요일 방송을 참관해야 한다고.

하지만 그다음에는.

그다음에는 갑자기 린다가 나타났다. 스투레는 편집국으로 돌아오자마자 그녀와 면담에 응했다. 그러더니 여태껏 둘이 저렇게 얘기를 나누고 있는 것이다.

레나르트는 갑자기 담배를 피우고 싶어서 재빨리 입에 담배껌을 넣었다. 인공 첨가물 과일 맛에 니코틴 2밀리그램이 들어간 껌이었다. 그는 2년 전쯤 담배를 끊었다. 하지만 가끔씩 담배를 피우고 싶은 욕구를 느꼈다. 특히 스트레스를 받거나 무료할 때 그랬다. 지금은 두 가지 경우가 다 해당되었다. 쉬베카 칸과 만난 후 느꼈던 최초의 열정이 사라지고 안절부절 어쩔 줄 몰라 했다. 그는 국장과 린다가 유리벽 안쪽에서 깔깔 껄껄 웃는 모습을 지켜보았다. 스투레처럼 그는 그렇게 절대로 교활하게 행동하지 못할 것이다. 레나르트가 국장이 없어도 될 때에는 국장이 그를 감시했다. 하지만 그가 국장과 급하게 대화하고 싶어 하면 국장은 시간이 없다.

그는 피곤한 몸을 이끌고 자리에 앉아 따뜻한 커피를 한잔 마셨다. 커피는 별 특별한 맛이 없었다. 어쩌면 메일을 읽는 것이 나을지도 모른다. 그러면 적어도 기분 전환이 될 테니까. 그가 컴퓨터를 켜는 순간에 스투레의 방문이 열렸다. 마침내 둘의 대화가 끝난 것 같았다. 린다는 서류를 정리하고는 그녀와 스투레가 마시던 커피 잔들을 치웠다. 국장은 문가에 서서 마음이 내키지 않는다는 듯이 레나르트에게 손짓했다. 이제 시작이다. 드디어 국왕께서 알현을 윤허하셨다. 레나르트는 그에게 고개를 끄덕이며 린다와 마찬가지로 몇 가지 서류를 챙겼다. 그가 하려는 일을 알려주기 위한 것이다. 자리에서 일어난 그는 여유 있는 걸음으로 국장에게 다가갔다. 부랴부랴 서두르는 모습을 보여주지 않으려고 애썼다. 그래야 그가 온종일 미칠 것 같은 심정으로 이 순간을 기다렸다는 인상을 주지 않을 테니까. 아니다. 그도 나름 바쁜 사람이다. 아주 바쁜 사람.

국장의 방으로 가다 그는 씹던 껌을 뱉었다. 안타깝게도 껌을 휴지통에 쏙 넣지 못했다. 바닥에 떨어진 껌을 주우려면 뒤로 돌아 허리를 굽혀야만 했다. 스투레는 그의 행동을 줄곧 지켜보았다. 레나르트는 차라리 국왕의 궁전에 입궁이 허락되지 않았더라면 더 좋았을 뻔했다고 생각했다.

하지만 시작은 좋았다. 탁자 앞에 앉은 릴예달은 그의 말을 흥미롭게 들었다. 실제로 국장은 레나르트의 말을 단 한 번도 끊지 않았다. 그 덕분에 레나르트는 쉬베카의 남편 사건에 대해 설명하고 있는 자신이 얼마나 자랑스러운지 몰랐다. 이번에 그는 정말로 흥미로운 사건을 쫓고 있는 것이다. 그가 설명을 끝내자 스투레는 몸을 약간 앞으로 숙였다. 그의 시선은 줄곧 레나르트를 향하고 있었다.

"망명 절차와 관련된 사건은 흔한 일 아닌가?"

"제가 대화를 나눠본 경찰 말로는 이런 종류의 일은 듣도 보도 못했다고 합니다. 일반적인 사건은 아니라고, 경찰이 그랬습니다."

"자, 그럼 한번 정리해보세. 2003년 8월에 행방을 감춘 아프가니스탄 남자 두 명이 있다." 스투레는 레나르트의 설명을 요약했다. "경찰은 이 사건을 컨트롤할 수 없는 출국이라고 말했다고 했지? 여기서 두 남자 중 적어도 한 명은 사라질 이유가 없고. 그 남자 이름이 뭐라고 했더라?"

"자이드 발크히요. 그 남자는 2001년에 체류허가를 받았어요. 그 부인은 임신한 상태였고요."

스투레는 등 뒤 벽에 걸린 커다란 화이트보드 쪽으로 뚜벅뚜벅 걸어갔다. 유리벽 옆 화이트보드는 그가 이 방에 들여놓은 첫 번째 물품이었다. 그는 이 보드에 핵심 단어를 휘갈겨 쓰는 것을 좋아했다. 빨간색 마커펜으로. 레나르트는 그런 그의 행동이 업무 현황을 파악하기 위한 행동이라고 여겼다. 화이트보드에 쓴 기록은 모든 직원이 볼 수 있도록 쓰는 것이기 때문이다. 그는 자이드라는 이름을 화이트보드에 썼다.

"우리가 자이드에 관해 아는 게 뭐지?"

"지금까지는 거의 없습니다. 쉬베카가 저한테 설명한 내용을 제외하고는요. 그 남자는 하미드의 사촌이고요, 처가 쪽 사촌 두 명과 함께 가게를 운영했습니다. 그건 다음번에 그 여자와 다시 얘기해보려고 합니다."

"어떤 범죄를 저질렀을 가능성은?"

"찾아보려고 했는데, 아직은 없습니다."

스투레는 고개를 끄덕였다. "알겠네. 그럼 쉴베카에 대해서 얘기해보세……. 이름이 정확히 뭐라고 했지?"

"쉬베카입니다. 제가 직접 만난 사람이죠. 지금까지는 그 여자밖에 못 만났어요."

"그래, 믿을 만한 사람인가?"

"그럼요. 스웨덴말도 잘하고 글도 잘 씁니다. 그 여자가 거짓말할 이유는 없어요. 2003년 이후로 남편 하미드한테 무슨 일이 생겼는지 알아내려고 애를 쓰고 있는걸요."

"그러면 그 여자 생각에는 남편한테 뭔가 석연치 않은 일이 일어났다는 거지? 그 여자가 그렇게 믿는 이유는 뭔가?"

"그 여자한테 말도 없이 하미드가 사라질 리가 절대로 없기 때문이에요. 더구나 갑작스럽게 웬 남자가 나타났다는 거죠. 하미드가 행방불명된 지 12일 만에 찾아와 남편에 관해 꼬치꼬치 캐물었다고 합니다."

"그 여자는 그 남자를 경찰이라고 믿는 건가?"

"그게 아니면 적어도 관청에서 나온 사람으로 보였대요."

"그 남자가 민간인 복장을 했는데도 그렇게 믿는 건가?"

레나르트는 고개를 끄덕여 보였다. "하미드의 친척과 친구들에 대해서도 물어보았대요. 다른 일에 대해서도 다요."

스투레는 회의적인 눈빛으로 그를 빤히 쳐다보았다. "그 여자가 그 남자에 대해서 좀 더 자세히 기술한 건 없었나?"

"있었습니다. 스웨덴 남자였는데 40대 중반쯤 됐다나요? 그 여자 눈에는 모든 스웨덴인이 거의 비슷해 보인대요." 레나르트는 서류를 들여다보다가 다음 말을 이었다. "그 여자가 나중에 경찰에 물어봤다고 합니다. 그런데 그 주간에는 아무도 출동하지 않았대요. 이 부분에 대해서는 저도 어제 솔나 지역 경찰에게 확인한 것입니다."

스투레는 그를 빤히 쳐다보았다. 정말로 회의적인 생각밖에 들지 않았다. "하지만 하미드가 부인 몰래 어떤 일에 연루된 건 아닐까? 범죄 같은 것에. 어떤…… 조직에. 여기엔 수천 가지도 넘는 이유가 있을지 모르잖나."

"물론 그렇게 생각해볼 수도 있겠죠. 하지만 세기 전환기 이후쯤에 뭔가 이상한 일이 많았어요. 국장님도 분명히 기억하실 텐데요. 2002년 이집트인 강제 추방을요?"

스투레는 독기 어린 눈으로 쏘아보았다. 그는 정말로 무슨 생각을 하는 것일까? 레나르트가 경쟁 방송사의 가장 큰 스쿱, 특종기사를 모른다고 믿는 것일까? 그 당시에 제작자들이 투자 가치가 높은 최고의 TV 방송 제작으로 스웨덴 저널리스트상을 받았다는 것을 잊은 것일까?

"어쩌면 저희가 그 비슷한 사건을 다루게 될지도 모르겠습니다." 레나르트는 다음 말을 이었다. "그 당시에는 두 테러 용의자에 대한 사건이었죠. 둘 다 신속한 절차에 따라 이집트로 추방되었잖아요. CIA의 요청에 따라서요. 국가보안기구뿐만 아니라 외무부도 관여했고요."

스투레는 잠자코 듣기만 했다. 이는 실제로 흥미로운 얘기였다.

"그렇다면 자네 말은, 소위 이번과 같은 컨트롤할 수 없는 출국에 뭔가 은폐된 게 있다는 건가?"

"컨트롤할 수 없는 출국을 비밀로 붙일 만한 사정이 있을지도 모르는 일입니다."

"쉬베카가 말한 이 요셉은 어때? 이 남자에 대해 알아낸 건 뭐지?"

레나르트는 고개를 절레절레 흔들었다. "아무것도 없습니다. 하지만 쉬베카가 기억하는 이름이죠. 하미드가 행방불명되기 직전 그 이름을 언급한 적이 있었대요. 하지만 쉬베카도 그 이상은 모릅니다."

스투레는 '요셉'이라고 화이트보드에 적더니 그 옆에 물음표를 그렸다. 그러고 나서 그는 다시 자리에 앉고서는 신중한 태도로 레나르트를 관찰했다.

"어쨌든 우리가 알고 있는 정보는 너무나 적네. 다시 경찰보고서부터 확인해보게. 보고서가 우리의 가장 구체적인 구심점이 될 거야."

레나르트는 고개를 끄덕이며 미소 지었다. 스투레와 대화할 때 이런 분위기는 그리 자주 있는 것이 아니었다.

"저도 그렇게 하려고 계획하고 있었습니다."

겉으로 보기에는 스투레가 만족하는 것 같았다. 왜냐면 그가 몸을 앞으로 숙인 채로 레나르트를 향해 한순간도 눈을 떼지 않았기 때문이다.

"이 일을 린다와 같이 진행했으면 좋겠어."

레나르트의 얼굴에 웃음기가 갑자기 사라져버렸다. 그런 일이 일어나지 않도록 미연에 방지하지 못했기 때문이다. 간섭 따위 받고 싶지 않았다.

"린다는 노동청 조사하는 것 때문에 일이 많지 않나요?" 레나르트는 이 불행을 모면하고자 애를 썼다. "안더스가 제 일을 좀 도와줬거든요. 일을 더 적극적으로 봐줄 수 있는지 안더스한테 물어볼까요?"

"레나르트, 우리는 이번 일이 하나의 스토리가 될 수 있는지 그렇지 못한지 그걸 알아내야 해. 자네가 이 일을 조사할 수 있도록 내가 정확히 결제해주겠네. 그리고 이 일에는 린다가 제격이야." 스투레가 다정한 목소리로 대답했다.

"국장님 말씀이 맞아요." 레나르트가 말했다. "하지만 저 혼자 이것 저것 더 뒤져보고 싶습니다. 혼자 말입니다. 국장님도 알고 계시지 않습니까? 제가 일하는 방식이 그렇다는 거요……."

스투레는 고개를 끄덕였지만 물러서지 않았다. 그것은 그의 스타일이 아니었기 때문이다.

"타협안 하나 제안해도 될까? 지금까지 알아낸 사실을 린다한테 설명해주게. 그러면 조사할 때 린다가 자네한테 도움을 줄 수 있을 거야. 편집국 밖에 나가면 자네 혼자 활동해도 좋아. 수첩 꼭 들고 다니고. 그럼 됐지?"

레나르트는 그를 빤히 쳐다보았다. 속으로 수첩을 꼭 들고 다니는 사람은 내가 아니라고 생각했다. 바로 당신이라고. 하지만 레나르트가 뭐라고 말할 수 있을까? 이것은 스투레의 쇼였다. 레나르트는 달리 어쩔 도리가 없었다.

"나쁘지 않네요." 레나르트가 대답하며 다시 미소를 지었다.

하지만 이번에는 그의 입가에 경련 같은 미소가 떠올랐다.

⚜

그들이 호텔로 다시 돌아갈 무렵 날은 이미 저물었다.

우르줄라를 제외한 팀원이 모두. 그녀는 현장을 기술적으로 조사하고 해골 수습을 감독해야 한다. 토르켈도 같이 남아 있겠다고 제안했지만 그녀는 당연히 거절했다. 그가 이곳에 남아 할 일이란 더 이상 없다고 말하면서. 하지만 그녀는 그가 도움을 줄 수 있는 일이 한 가지 있다고 했다. 관청에 정치적인 힘을 행사해주는 것. 옘틀란 드에서 발견된 시신들은 대개 우메오 지역의 법의학 연구소로 인도 되어야 했지만 스톡홀름으로 이송될 수 있도록 토르켈에게 영향력 을 행사해달라고 부탁했다.

일이 어떻게 돌아갈지 그것은 불 보듯 뻔한 일이었다. 이 일은 두 차례의 전면전쟁으로 치달았다. 우메오 법의학 연구소는 우르줄라 의 부탁을 불신의 표출로 받아들였다. 그리고 스톡홀름 동료들은 불 완전한 상태라면 결코 그 일을 맡지 않겠다고 그들의 입장을 분명히 밝혔다. 상급 관청에서도 그의 요청에 대해서 회의적인 답을 내놓았 다. 전화를 열 통화나 한 후에 토르켈은 우르줄라의 부탁이 수사의 효율성을 높이기보다 피해를 준다는 것을 알게 되었다. 그녀는 우메 오 연구소에 화해를 청해야만 한다. 이 사실에 대해 그는 그녀가 돌 아오는 대로 설명할 것이다. 그녀와 둘이 있을 때 얘기할 수 있으면 더 좋을 것이다. 그의 방에서. 혹은 그녀의 방에서.

프엘 스테이션으로 가는 다리를 건너며 보니 유혹하는 듯한 따뜻 한 불빛이 팔각형 건물에서 흘러나왔다. 레스토랑의 불빛이었다. 프 런트에서 그들을 기다리던 마츠와 클라라는 언제 저녁을 먹을지 물 어보았다. 그들은 저녁 전에 각자 자기 방에서 한 30분쯤 쉬었다 다 시 모이기로 했다.

마츠와 클라라는 방을 일컬어 '쾌적한 카테고리'라고 표현했다. 이 층침대, 조각보 카펫과 샤워를 '쾌적하다'는 의미로 받아들인다면 그 단어 표현은 딱 들어맞을 것이다. 이와 반대로 토르켈은 유스호 스텔 방을 떠올렸다.

따뜻한 물로 샤워를 하고 난 후 그는 손톱가위를 들고 거울 앞에 섰다. 먼저 거울에 낀 증기를 닦아내고서 뜻하지 않게 삐져나온 코털을 정리하기 시작했다. 오른쪽 콧구멍을 뚫어야 할 필요가 있다. 그는 콧구멍 밖으로 털이 길게 삐져나오는 것을 싫어한다. 지난 몇 년 전부터 필요하지도 않은 곳에 집중적으로 털이 숭숭 나기 시작했다. 귓속 털을 뽑아야겠다고 딸이 약간 놀리듯이 알려줬을 때 자신이 얼마나 늙었다고 느꼈는지. 핸드폰이 울렸다. 그는 욕실에서 나와 핸드폰을 받았다.

엑스프레센의 리포터 악셀 베버였다. 그는 특별살인사건전담반이 옘틀란드에 있다는 말을 들었는데 그것이 사실인지 물어왔다. 이러한 정보는 곧바로 방송을 탄다는 것을 토르켈은 익히 알고 있었다. 그래서 그는 사실 그대로 확인해주었다. 베버는 능력 있는 저널리스트였다. 그러므로 만약 특별살인사건전담반이 투입된 사건이라면 그 일은 곧바로 관심을 받게 될 사건이었다. 그곳에 간 이유가 무엇 때문인지, 베버가 물었다. 무엇을 발견했는지? 좀 더 정확하게 말하자면, 집단무덤이 발견된 것에 대해 토르켈이 확답을 줄 수 있는지 물어온 것이다. 토르켈은 이곳에 오래전부터 매장돼 있던 시신 몇 구가 나왔다고 대답했다. 매장된 기간이 어느 정도 되는지 그것은 그도 대답할 수 없다고 말했다. 왜냐면 아직 모르기 때문이라고. 하지만 어찌 됐든 그 기간은 상당할 거라는 말만 덧붙였다.

나이, 성별, 시신의 수, 증거 혹은 예측 가능한 매장 동기, 이 모든 것에 대해서 토르켈은 일체 언급하지 않았으며 대중에게 알려지기를 원하지 않았다. 사건의 심각성에 비해 상대적으로 짧은 통화를 끝낼 때쯤 베버는 모든 것이 통화 전보다 더 불명확하게 느껴졌다.

"잘 알다시피, 난 어차피 이 모든 사실에 대해 듣게 될 겁니다, 안 그렇습니까?" 베버는 전화를 끊기 전 위협적으로 말했다. 토르켈은 이 저널리스트가 비웃고 있다는 걸 명확히 상상할 수 있었다.

"하지만 나한테는 듣지 못할 겁니다."

그는 전화를 끊었다. 아마도 베버가 한 말이 정확할 것이다. 헤드빅 헤드만의 주변 사람 중 누군가가 이미 속사정을 퍼트렸을 테고 앞으로도 지속적으로 그렇게 할 것이다. 대중의 관심이 높은 사건의 경우에는 정보가 유출되지 않도록 막는 것이 거의 불가능하다. 하지만 정보 유출을 가능한 한 신속하게 차단해야만 한다. 정보가 헤드빅의 귀에도 들어가지 않도록 주의해야 할 것이다. 법무부 신고를 보면, 그녀는 충실한 부하를 데리고 있는 것도 아니며 상관으로서 평판이 좋은 것도 아니다. 게다가 그녀는 특별살인사건전담반을 호출했다. 무시당했다는 느낌을 받는 지방 경찰들이 어디 가나 있다. 물론 이런 사람들이 점점 줄어가는 추세이긴 하지만 말이다. 특별살인사건전담반의 전문 지식과 추가 지원에 대해 대부분 고마워하기 때문이다. 그럼에도 불구하고 모욕당했다고 느끼는 경찰들이 항상 있기 마련이다. 어쨌건 간에 외스테르순드 경찰본부 어딘가에 새는 구멍이 있을 것이다.

토르켈은 곧바로 우르줄라에게 전화를 걸어 말했다. 그녀로 하여금 프엘에 있는 동료들에게 특히 조심해달라고 부탁하라고. 누군가 무덤과 해골 사진을 단 한 장이라도 몰래 빼돌리는 일은 만무할 테지만 그런 일이 발생할지 어떨지 그건 아무도 모르는 일이다.

"법의학 문제는 어떻게 진행되고 있나요?" 통화가 끝나갈 때쯤 우르줄라가 물었다.

"여기로 오면 그 점에 대해 의논하려고." 토르켈이 회피하듯이 대답했다.

"결국 우메오 연구소가 일을 맡게 됐군요?"

토르켈은 잠시 곰곰이 생각해보았다. 그는 아직 이 일을 놓고 협상 중에 있다며 거짓말을 할 수도 있다. 하지만 그런다고 해서 얻을 것은 아무것도 없었다. 해골을 모두 우메오 연구소로 보내야 한다는 사실에는 결코 변함이 없었다.

"응, 최선을 다했지만 일이 잘 안 됐어. 언제 이쪽으로 오지?" 토르켈은 그녀가 부정적인 소식에 너무 오랫동안 고민하지 않도록 서둘러 딴 질문을 던졌다.

"거의 끝났으니까. 아마도 한 시간 안으로 도착할 거예요."

"따뜻한 저녁 준비해두라고 할게."

"좋아요."

우르줄라는 전화를 끊었다. 그녀가 인사말도 하지 않았지만 그렇다고 해서 화가 났다는 의미는 아닐 것이다. 그보다는 오히려 이제 다시 하던 일에 전념하겠다는 뜻일 것이다. 그는 두 번째 가능성에 무게를 싣고서 다시 욕실로 들어갔다.

쇠고기굴라시수프, 감자요리, 샐러드 그리고 차가운 월귤나무. 디

저트로는 화이트초콜릿무스가 나왔다.

팀원들이 막 디저트를 먹으려고 하는데 헤드빅 헤드만이 레스토랑 계단을 올라왔다. 레스토랑 이름은 '다락방'이었다. 팀원들과 인사를 나눈 후 그녀가 탁자에 서류철을 올려놓았다.

"시신들 중 두 명의 신원이 파악됐어요. 옷을 입고 있던 시신이에요."그녀가 설명을 덧붙였다.

토르켈은 그녀가 탁자에 올려놓은 서류철을 펼쳤다. 그 옆에 앉은 반야가 서류를 보려고 몸을 좀 더 옆으로 숙였다. 빌리와 제니퍼는 자리에서 일어나 그의 주위로 왔다. 어깨 너머로 서류를 들여다보기 위해서였다. 세바스찬은 자리에서 꼼짝도 하지 않았다. 그는 지방경찰청 소속 소장이 구두로 설명하리라고 예상했다. 그의 그런 예상은 빗나가지 않았다.

"두 명은 네덜란드 사람인데 2003년 11월 자로 행방불명되었습니다. 로테르담 출신으로 이름이 얀과 프람케 바커예요. 실종신고를 한 남자가 있었는데 그 남자의 진술에 따르면요, 둘은 10월 27일에 노르웨이 오센에서 산행을 시작했대요. 그리고 일주일 후에 스웨덴 보로달렌에서 산행을 마치려고 했던 거죠. 둘은 매일같이 산을 찾던 사람들이었대요. 둘이 행방불명된 해 11월 18일까지 우리는 그들의 행방을 수색한 적이 있었습니다. 그 후에 첫눈이 내렸고."

"시신들을 그 둘일 거라고 믿는 이유는 무엇인가요?"토르켈이 질문을 던지면서 눈을 들었다."그 둘이 여기 이 지역에서 행방불명된 유일한 사람입니까?"

"아니요. 하지만 둘이 함께 사라진 유일한 사람들입니다. 게다가 실종신고에 따르면 둘이 산행 갈 때 입은 옷이 노란색 아플리케가 달린 회색 옷이었대요."

헤드빅이 서류철 뒤에 있는 플라스틱 덮개를 넘겼다. 그 안에는 남자와 여자 사진이 들어 있었다. 둘 다 20대 후반으로 보였으며 눈 쌓인 산봉우리에서 찍은 사진이었다. 그들은 선글라스를 끼고 있었는데 거친 얼굴이 햇볕에 타 보였다. 여자는 머리카락 색깔이 붉고 굵었는데 머리를 하나로 묶고 있었다. 남자의 머리는 거의 대머리였다. 둘 다 카메라를 향해 미소 지으며 손가락으로 승리의 브이 자 표시를 그렸다. 그들은 노란색 문장이 달린 회색 등산복을 걸치고 있었다.

"무덤에서 봤던 옷 조각이랑 일치할 것 같기도 하네." 반야가 사진을 보고 말했다.

토르켈의 의견도 그녀의 의견과 같았다. 의심할 여지가 없이. 우르줄라가 오면 곧바로 확인할 것이다.

두 시간이 지나서 그들은 프엘 스테이션 회의실에 모여 앉았다. 날이 어둡지만 않았더라면 안에서도 멋들어진 가을빛 산이 보였을 것이다. 지금은 유리창에 비친 서로의 모습만 보였다. 그들의 모습은 번쩍거리는 네온사인 때문에 누구 할 것 없이 더욱 창백하고 칙칙하게 보였다. 물론 원래 모습도 별반 다르지 않았지만 말이다. 탁자 위 커피 잔, 보온병과 물병이 분위기를 좀 더 정겹게 만들어주었다. 제니퍼를 포함하여 모두 수차례 이와 비슷한 공간에 머문 적이 있었다. 특별히 경치를 조망하고 자시고 할 것도 없이 이곳은 단지 일반 사무실과 별반 다르지 않은 회의 공간이었다.

현장 사진을 모조리 복사한 빌리는 화이트보드에 그 사진들을 자석으로 붙였다.

"자, 우리가 먼저 생각해야 할 것은, 이번에 나온 시신들이 네덜란드인이라는 건데." 토르켈이 먼저 말문을 열었다. "만약 그렇다면 우리는 사건이 일어난 시간을 짐작해볼 수 있을 거야. 하지만 거기에는 사실이 뒷받침되어야 해. 반야 자네가 네덜란드 친구들을 만나보게. 치아 상태나 엑스레이 촬영 혹은 서류에 나온 다른 내용을 다 물어봐. 뭔가 신분을 확인할 수 있는 자료 차원에서."

반야가 고개를 끄덕이자 토르켈이 서류철을 그녀에게 건넸다.

"그런데 그 사람들은 어디서 온 거죠?"

모두의 시선이 일제히 세바스찬에게 쏠렸다. 그는 자리에서 일어나 사진이 붙은 화이트보드 쪽으로 어기적어기적 걸어갔다.

"음, 네덜란드……. 로테르담."

세바스찬은 피곤한 눈으로 빌리 쪽을 바라다보았다.

"아하, 네델란드인이니 네덜란드에서 왔겠군요? 고맙습니다. 그점에 대해서는 전혀 생각지도 못했어요."

빌리는 뭔가 더 말대꾸를 하고 싶은 마음에 숨을 내쉬었다. 하지만 아무 말도 하지 않고 의자에 조금 맥없이 주저앉았다.

"나는 여기를 말하는 겁니다." 세바스찬이 다음 말을 이었다. 그리고 사진 중 하나를 손가락으로 가리켰다. "모두 여섯 사람이죠. 누군가 네 명의 옷을 벗기고 치아를 뽑았어요. 그렇다면 시간이 좀 걸렸겠죠. 무방비 상태로 시신들을 땅바닥에 눕혀놓고 나서 1미터 깊이로 땅을 팠을까요, 범인이?"

"아마 땅부터 팠겠죠." 빌리가 자리에서 몸을 조금 일으켰다. 세바스찬은 조금 전보다 더 피곤한 눈으로 그를 바라보기만 했다.

"그러면 이 여섯 구의 시신은 기특하게도 나란히 누워서 범인이 땅을 다 팔 때까지 기다려줬을까요?"

"아니⋯⋯."

"아닙니다! 정확히 맞는 말이에요. 어떤 순서로 범인이 시신들을 묻었는지 그건 전혀 중요하지 않습니다. 왜냐면 거기서 사람들을 죽이진 않았을 테니까. 그렇다면 사람들은 어디서 왔을까요?"

팀원들은 그의 의견에 고개를 끄덕이며 수긍했다. 애당초 다들 그럴 거라고 알고는 있었지만 아무도 말로 꺼내진 않았다. 이곳 프옐에서 시신이 발견되었다고 반드시 이곳에서 사건이 발생한 것은 아닐 것이다. 살인 장소를 찾는다면 사건의 실마리를 풀 가능성은 그만큼 더 높아질 것이다.

빌리가 자리를 박차고 일어섰다.

"프런트에 가서 지도를 가져올게요." 급한 발걸음으로 그는 회의실을 나갔다.

세바스찬은 자리로 돌아와 의자에 앉았다. 바로 우르줄라의 맞은편 쪽에. 그는 몸을 등받이에 기대고는 그녀의 반응을 살폈다. 분명히 그녀도 그의 눈길을 느꼈을 것이다. 왜냐면 그녀가 고개를 들고 그를 빤히 쳐다보았기 때문이다.

"왜요?" 그녀가 물었다.

"화났소?"

"아니요."

"당신 모습이 그래 보이는데."

"아니거든요. 아직은 아닙니다." 그녀가 세바스찬을 향해 의미심장한 눈빛을 던졌다. 그는 그녀의 눈빛을 일부러 모른 척했다.

"피곤하기도 하고 화도 난 것 같아 보이는데." 그는 계속해서 말했다. "녹초가 된 것 같군요."

"세바스찬……." 토르켈의 목소리가 들리자 세바스찬은 무시할 수 없었다. '제발 정신 좀 차려.' 하고 그가 말하는 것 같았다. 그를 향해 고개를 돌린 세바스찬은 진정하라는 듯이 손을 들어 올렸다.

"도대체 무슨 일이에요? 당신은 너무 녹초가 된 것 같은데. 수사 첫날인데 말이죠. 아주 우울해 보이는군요. 저는 그저 우르줄라의 컨디션이 어떤지 물어봤을 뿐이거든요."

"그럼 그냥 상태를 물어봐도 되잖아요?" 우르줄라가 반격했다. "그냥 상태가 어떤지 물어보면 되지 나더러 화났냐고 물어보는 이유는 뭐예요?"

"아! 죄송합니다. 상태가 어떠신가요?"

"괜찮습니다. 고맙군요. 그럼 당신은요?"

세바스찬은 더 이상 대답할 수 없었다. 왜냐하면 그때 문이 딸각 닫히는 소리가 들렸기 때문이다. 빌리가 산행지도를 손에 든 채로 성큼성큼 걸어왔다. 지도를 펼쳐 든 그는 탁자에 내려놓았다. 모두 탁자 위로 몸을 숙여 들여다보았다. 세바스찬까지도. 그는 다른 동료들이 무슨 얘기를 꺼낼지 기대하며 지도를 보았다.

"시신이 나온 데가 여깁니다." 빌리가 설명하면서 지도에 작게 십자 표시를 했다. 그동안 다른 사람들은 아무 말 없이 지도를 빤히 들여다보며 그 장소를 찾으려고 애썼다. 하지만 그들은 찾지 못했다.

"건물이 없네. 대피소도 없고. 숲도 없고. 저 근방에는 숨을 만한 곳이 아무 데도 없네." 반야가 실망한 목소리로 말했다.

그들은 다시 몸을 똑바로 세웠다. 빌리가 지도를 집어 들고 벽에 걸었다.

"총상의 각도로 보자면 이번 살인사건은 상당히 계획적인 것 같아." 우르줄라가 말을 툭 내뱉었다. "굉장히 효과적이에요. 범인의 신상이 드러날지도 모르는데 위험을 무릅쓴 게 아닐까?"

"사건 발생 날짜가 10월이었습니다." 빌리가 대답했다. "그 무렵에는 모든 프옐 스테이션이 문을 닫습니다. 산행하는 사람들이 거의 없거든요. 아마도 범인은 위험부담을 덜려고 그랬던 것 같습니다."

"실제로 범인이 그랬을지도 모르겠네요." 제니퍼가 나지막한 목소리로 말했다.

지금까지 줄곧 그녀는 입을 꾹 다물고 앉아서 듣기만 했다. 하지만 머릿속으로는 한참 이런저런 생각을 해보았다. 아까 저녁나절 헤드빅이 네덜란드인 얘기를 보고했을 때부터 줄곧. 하지만 그녀는 뭔가 말을 해도 될지 어떨지 자신이 없었다. 그녀의 생각이 옳다면 팀원 중 누군가 그 생각대로 움직일 거라고 보았다. 하지만 지금까지 그녀의 가설과 유사한 내용을 입 밖에 낸 사람은 아무도 없었다. 제니퍼는 다시 한 번 머릿속 내용을 떠올렸다. 자신이 그렇게 바보는 아니지 않은가? 그녀는 용기를 내어 말하기로 했다.

"제 생각에는, 누군가 실제로 범인을 보았을지도 모른다는 거예요." 제니퍼는 설명을 계속 이어나갔다. 목소리에는 갈수록 더 에너지가 넘쳐흘렀다. "옷을 입고 있던 그 두 명. 우리는 그 둘의 신원을 네덜란드인이라고 추정했잖아요. 아마도 그 둘이 우연히 그 현장을 지나가다가 범행을 목격했을 겁니다."

아무도 대답하지 않았지만 토르켈은 우르줄라와 반야가 고개를 끄덕이는 모습을 확인했다. 그는 제니퍼 쪽을 돌아다보았다. 그 가설은 나쁘지 않았다. 전혀 나쁘지 않았다. 토르켈은 만족스럽기 그지없었다. 그녀에 대해서나 자기 자신에 대해서나. 가설이 실제로 증명되든 말든 그것은 상관이 없었다. 어찌 됐든 제니퍼가 올바르게 생각한 바를 잘 말해주었다. 그리고 이는 그가 그녀를 잘 선택했다는 것을 입증해준 셈이기도 했다.

"제니퍼의 말이 옳다는 가정하에 출발해도 좋을 것 같군." 토르켈이 침묵을 깨고 말했다. "그렇다면 나머지 네 명은 원래 피살자라고 할 수 있을 테니. 우리는 이 사람들 신원 파악에 집중해야겠지. 이 네 사람들에 대해서 더 알게 된 사실이 있나?" 그가 우르줄라에게 질문을 던지자 그녀는 고개를 가로저었다.

"먼저 어른이 둘인데 남자 하나, 여자 하나이고. 나머지 둘은 아이들이에요. 아이들 성별은 아직 확인되지 않았어요. 평균 키로 가정한다면 아이들 나이를 다섯 살에서 여덟 살 정도로 추정할 수 있을 것 같아요."

세바스찬은 피곤한 듯이 눈을 비볐다. 자리에서 일어난 그는 탁자쪽에서 걸어 나가 창가로 향했다. 그러고는 한쪽 창문을 열었다. 그는 창문턱에 몸을 기댄 채로 맑고 차가운 저녁 공기를 깊게 들이마셨다. 지금 상태는 어떠한가? 기분은 생각했던 것만큼 그다지 좋지 않았다. 그는 애당초 팀에 합류하게 되어 몹시 기뻤다.

합류하는 것 이상으로.

절대적으로 필요했다.

반야와 시간을 보내고 싶었으니까. 다시 일하고 싶었다. 그녀와 함께. 그녀와 가깝게 지내고 싶었다. 그녀와 잘 지내고 싶었다.

그런데 이제 그녀는 다른 곳으로 가려고 한다. 그를 떠나려 하는 것이다. 그를 구원해줄 유일한 줄이었는데. 평범한 삶을 많이 기억할 수 있게 해주었는데.

게다가 이번 사건에서 드러난 두 시신의 주인공은 어린이였다.

지금까지는 정말이지 아주아주 불쾌한 여행이었다.

"희생자 중 몇몇은 갈비뼈에 상처를 입었다는 걸 알 수 있었는데요. 그건 범인이 먼저 가슴 쪽에 총을 쏘았다가 그다음으로 머리 쪽에 총을 겨누었다는 증거예요." 우르줄라가 다음 말을 이었다. "이건 또 의미하는 게 뭘까요? 제 생각에는 범인이 무기를 다루기에 앞서 연습을 해본 것 같아요. 먼저 면적이 가장 넓고 평평한 가슴에다……"

세바스찬은 제니퍼를 넘겨다보았다. 그녀는 그보다 적어도 20년은 더 젊었으니 이번 여행을 그나마 조금 더 달달하게 해주는 역할을 했다. 물론 세바스찬이 그녀에게 접근하려는 낌새만 느껴도 토르켈이 당장 그를 잘라버리겠지만 말이다. 그녀에게 맥주 마시러 가자는 초대의 말만 해도 토르켈의 불신을 사고도 남을 것이다. 그리고 토르켈의 성격으로 볼 때 그는 수학여행 온 담임처럼 밤에도 복도를 지킬지 모른다.

"그럼 그 사람들은 가족일까요?" 빌리가 질문했다.

"그럴 수도 있겠지." 우르줄라가 대답했다. "하지만 아직 몰라요. 그 점에 대해서는 먼저 DNA 조사가 끝나야 할 것 같아요."

다른 한편에서 본다면 세바스찬은 그만 집에 가도 된다는 의미가 아닐까? 만약 반야가 더 이상 일하지 않는다면 이곳에 머물러야 할 의미가 있을까? 사건은 그를 너무 우울하게 만들었고 지금까지 봐서도 재미가 없어 보였다.

"시신은 모두 한꺼번에 매장된 것으로 보이는군. 헤드빅 소장이 알아본 바에 의하면 2003년에 다른 실종신고는 없었다니까." 서류를 뒤적이던 토르켈은 고개를 들었다. "더구나 이 지역에서 접수된 어린이 실종신고는 아직 없다지?"

"창문 좀 닫아주시겠어요? 추워요."

이런저런 생각에 잠겨 있던 세바스찬은 다시 정신을 차렸다. 반야가 부탁하는 눈빛으로 그를 바라보고 있었다. 그는 고개를 끄덕이며 창문을 닫고는 제자리로 돌아왔다. 반야는 가지 않았다. 아직 아니었다. 그녀는 여기에 있다. 그와 같은 공간에. 앞으로 3개월은 이곳에 머물 것이다. 그가 그녀 옆에 있을 수 있는 시간은 3개월이다. 그가 제니퍼에게 수작을 건다면 위태롭게 될지도 모를 소중한 시간들이다. 물론 제니퍼도 그가 먼저 집적거리지 않는다면 절대로 그와 잠자리를 같이하지는 않을 것이다. 그는 팀원들의 대화에 흥미 있다는 척 끼어들기로 결심했다.

"빌리, 네덜란드인들이 행방불명되고 나서 승인 안 된 호텔 계산서 때문에 어떤 신고가 있었는지 알아봐주게." 토르켈이 말했다. "그리고 사라진 차량에 대해 신고된 사항이나 누락된 사항이 있는지 한번 알아보고. 텐트 장비가 산에서 발견된 사항이 있는지도. 죽은 사람들에 대해 실종신고를 내지 않았다는 건, 그들이 제 발로 사라졌다는 의미도 되니까."

빌리는 고개를 끄덕여 보였다.

"괜찮다면 저도 돕고 싶습니다." 제니퍼가 빌리의 의견을 물었다.

"완전 좋지." 빌리가 웃으면서 대답했다. "고마워."

반야는 그 둘의 모습을 지켜보았다. 자신의 자리를 어떻게 이렇게 빨리 대신할 수 있는지 화가 났다. 그와 동시에 그것이 당연한 일이기도 하다는 생각이 들었지만 말이다. 이번 수사는 적어도 몇 달이 걸릴 것이다. 그렇다면 이번이 그녀에게는 마지막 수사이다. 갑자기 그녀는 이 수사 후에 다가올 시간들을 생각하니 기분이 좋아졌다.

회의실, 커피, 화이트보드, 사진, 가설.

순간 그녀는 이 모든 것에 작별을 고한다는 느낌이 들었다.

이제는 계속 앞으로 나아가야 할 때다.

앞으로 발전해야 할 때.

하지만 이곳에는 아직도 음악이 흐르고 있다.

"둘이 거기에 있었다는 걸 알고 있는 사람이 있는지는 확실하지 않잖아요." 반야는 말하면서 다른 사람들이 그녀의 말에만 귀를 기울이도록 기다렸다. "내 말은요, 둘이 그 어떤 흔적도 남기지 않았다는 거죠. 둘은 기차로 와서 산속에 텐트를 쳤을 거 아녜요. 호텔에 묵지 않고. 자동차를 몰고 오지 않았단 말이죠."

"하지만 둘의 행방이 크게 눈에 띄지 않았을까?" 우르줄라가 다른 의견을 제시했다. "누군가가 둘을 기다리고 있었을지도 모르잖아!"

"반야, 2003년 가을, 전 지역에 걸쳐 아이 둘이랑 함께 행방불명된 가족이 있나 모두 찾아봐. 노르웨이 쪽에도."

"알겠습니다. 하지만 그 사람들이 한 가족인지 아닌지 그건 모르잖아요." 반야는 다음 말을 이었다. "성인 둘이 각자 아이 하나씩 데리고 왔을 수도 있고. 그게 아니면 양아버지랑 같이 사는 재혼가정일 수도 있잖아요. 그렇다면 생부가 질투심에 눈이 멀어 무기를 들고 왔을 수도……."

세바스찬은 반야가 남몰래 제니퍼 쪽을 곁눈질하는 모습을 지켜보았다. 그는 속으로 웃었다. 네덜란드인들이 우연히 범행을 목격했을지도 모른다고 제니퍼가 가설을 세웠다. 아주 좋은 가설이다. 하지만 제니퍼가 유능하다면 반야는 그녀보다 더 잘하려고 노력할 것이 뻔했다.

반야다운 모습이었다.

그의 딸답다.

"좋아. 그렇다면 우리는 사라진 아이들 또는 아이들을 동반한 채 사라진 어른들을 찾는 것으로 수사를 확장합시다." 토르켈이 설명했다. "행방불명된 사람이 그렇게 많지 않을지도 모르니. 먼저 2003년 가을로 초점을 맞추고. 이 시신들이 동일한 시간에 매장되었다고 생각합시다."

지금은 할 수 있는 일이 그렇게 많지 않았다. 스톡홀름을 떠난 지 시간이 한참 흐른 것 같았다. 모두 피곤해서 잠을 자야 했다.

토르켈은 서류를 정리했다. "어찌 됐든 우리가 받아들여야 할 사실은, 이 네 명이 한 가족이건 아니건 간에 프옐에 텐트를 쳤다는 겁니다. 누군가 그 사람들한테 총을 쐈고, 그 사람들을 매장할 때 네덜란드인들이 그곳을 지나갔을 테고. 그래서 그 누군가는 이 둘도 마찬가지로 죽일 수밖에 없었을 겁니다. 이것은 아직 가설에 불과하지만 우리가 좀 더 수사하면 정황이 많이 드러나겠지."

팀원들은 고개를 끄덕이며 회의실에서 나갈 준비를 했다. 아직 사실을 파악하진 못했지만 출발이 좋았다. 그들은 언제나 그랬던 것처럼 수사를 진행하면서 가설을 바꿀 것이고 새롭게 얻은 진실에 맞추어 그 가설을 다시 검증할 것이다.

"하지만 뭔가 앞뒤가 안 맞는 게 있습니다." 갑자기 빌리가 말했다. 그들은 도로 의자에 앉았다.

"뭐가 안 맞는다는 건가?" 토르켈이 질문했다. 피곤한지 어쩔 수 없이 목소리가 갈라졌다.

"둘의 신원이 네덜란드인으로 파악됐다면 다른 사람들은 왜 아닌 거죠?"

"다른 네 명은 범인이랑 관계가 있어요." 세바스찬은 분명한 어조로 설명했다. "제기랄! 자네 도대체 경찰을 얼마나 한 거지? 우리가 알고 있는 것 중 그 어떤 것도 우연한 범행을 의미하는 건 없어요. 누군가 무기를 들고 산속으로 왔고. 네 명을 총살한 거지." 그는 우르줄라 쪽으로 몸을 돌렸다. "놈이 권총으로 죽였나요? 아니면 장총으로 죽였나요?"

"지금까지 봐서는 결론 내리기가 쉽지 않아요. 우메오 연구소에서 어떤 결과가 나오는지 기다려봐야만 할 것 같아요."

그녀는 말하면서 토르켈 쪽을 가만히 바라보았다. 그러자 그는 그녀가 우메오라는 말을 특히 강조했다고 생각했다. 밤에 그는 그의 방에서 그녀와 함께 보내고 싶었지만 그 계획을 포기해야만 할 것이다.

"결과가 어떻든 상관은 없습니다." 세바스찬이 자리에서 일어서며 말했다. "만약 죽은 네 명의 신원이 밝혀진다면, 범인은 자신의 정체 또한 밝혀질 가능성이 높다는 걸 알고 있었을 겁니다."

"예, 그건 저도 그렇게 생각하고 있습니다. 하지만 네덜란드인들의 동선을 통해 우리는 아주 정확한 시간을 알게 됐잖습니까." 빌리가 말했다. 그는 세바스찬의 말에 마냥 굽히고 싶진 않았다. "그 둘이 무덤 속 다른 사람들의 신원을 밝히는 데 도움이 될 겁니다."

세바스찬은 그의 주장에 대해 잠시 생각해보고는 그 주장이 완전히 틀린 말은 아니라고 인정했다. 하지만 빌리가 승자로 부각되는 것을 바라지 않았다. 그는 어깨를 으쓱하며 이의를 제기했다.

"만약 범인이 실수한 거라면 우리는 운이 좋은 셈이죠. 그렇지 않다면 사람들이 매장된 시점에서 우리는 단 한 발짝도 전진하지 못할 겁니다."

"그자가 실수했을지도 모르잖아요. 2003년 10월에 행방불명된 가족이 몇이나 되겠습니까?"

"지금까지 우리가 아는 한, 한 가족도 없지요."

"오케이. 오늘은 여기까지 하고 그만합시다." 토르켈이 자리에서 일어섰다. 자신이 한 말을 강조하기 위해서였다. 그는 다른 다섯 동료를 일일이 쳐다보았다. "우리가 가장 신경 써야 할 것은 네 명의 신원을 파악하는 일입니다. 네 명이 누군지 모르면 우리는 이 사건을 결코 해결할 수 없어요."

✣

엘리노는 그레브 마그니가탄 거리에 있는 건물 문을 밀며 손목시계를 들여다보았다. 이미 늦은 시각이다. 밤 11시. 그녀는 세바스챤이 아직 잠자리에 들지 않았기를 희망했다. 그녀가 건물 현관에 들어서자마자 자동으로 불이 들어왔다. 그녀는 계단 쪽을 곁눈으로 흘겨보다가 엘리베이터를 타기로 했다. 오늘은 다리가 아플 만큼 일했다. 밤 9시에 백화점 문을 닫기 전까지 뛰어다녔기 때문이다. 이렇게 오랜 시간 백화점 문을 열어야 한다는 것이 항상 놀라웠지만 오늘따라 손님이 너무 많았다. 오늘은 달 초였다. 시기적으로 봤을 때 이때가 사람들의 주머니가 가장 두둑한 때이다. 일을 마친 후에는 잠시 동안 그녀가 살던 집에 갔다 왔다. 그녀는 자신의 집을 옛집으로 생각한다. '지금의 집은' 세바스챤의 집이다.

하루 종일 억눌렀던 불안감과 분노가 다시 치밀어 올랐다. 오늘 아침에 세바스챤은 여느 때와 달리 단호한 어조로 말했다.

아니, 단호했던 것이 아니라 심술궂었다.

'당신은 가사도우미야, 섹스도 하는.'

정말로 어처구니없고 밉살스러운 말이다. 구닐라라는 여자에 관한 추악한 얘기도. 그녀는 집으로 가서 그의 응석을 받아주면 어떨지 골똘히 생각해보았다. 그와 스킨십을 하고 모든 것을 좋게, 좋게 되돌리면 어떨까? 그녀는 그와 싸우고 싶지 않았다. 하지만 이번에는 그가 너무 지나치게 굴었다. 이번에야말로 화해 가능성은 그의 마음에 달려 있다. 그가 결정해야만 한다. 그녀가 아니다. 그러므로 그녀는 하루 종일 그에게 전화를 걸지 않았다. 이런 일은 드문 일이었다. 그녀는 수차례 전화기를 들었다 놨다 하며 참고 또 참았다. 그녀에게 상처를 주었다는 것을 그가 알아야만 할 것이다. 그러면 그녀는 침묵으로 그를 벌할 것이다.

엘리노는 엘리베이터의 쇠살문을 열고 들어가서 숫자 버튼 3을 눌렀다.

옛집에서 그녀는 계획했던 것보다 더 많은 시간을 보냈다. 엘리베이터를 타고 올라가는 길에 4층에 사는 미망인 린델을 만났던 것이다. 그동안 엘리노가 어디 갔다 왔는지 그 여자는 당연히 호기심을 보였다. 그녀를 볼 수 없었으니까. 엘리노가 집에 가더라도 화초에 물을 주거나, 집에 놔둔 발데마르 리트너에 대한 서류가 그대로 잘 있는지 확인할 때만 갔기 때문이다. 미망인은 차 한잔 마시러 가자며 그녀를 잡아끌었다. 쇠고집을 부리며. 그래서 엘리노는 애당초 시간이 없었는데도 이참에 미망인에게 자신의 아름다운 사랑 얘기를 들려주어야겠다고 생각했다. 유명한 세바스찬 베르크만에 관해서. 하필 오늘 그와 말다툼을 했다는 것에 대해서는 굳이 언급하지 않고 말이다. 어느 연인이나 서로 싸우는 것 아닌가? 세상에 어찌 즐겁고 좋은 일만 있으랴.

그녀가 오늘 한 말다툼을 멋지게 속이려고 애를 썼는데도 미망인 린넬은 눈치가 형사 같았다. 엘리노는 그녀의 속내가 훤히 들여다보였다. 나이 든 여자는 세바스찬이 누군지 모른다고 우기기도 했지만 그 말을 엘리노는 단 1초도 새겨듣지 않았다. 뻔했다. 늙은 스웨덴 여자의 뻔한 질투일 것이다!

45분 후에 엘리노는 옛집의 문을 열었다. 곧장 방으로 들어간 그녀는 장롱 문을 열고는 서류 봉투가 제자리에 잘 있는지 확인부터 했다. 리트너가 자신에게 사업상 상담을 해주다 뭐가 불쾌해서 중단했는지 그 이유를 그녀는 전혀 알 수가 없었다. 그가 일부러 상담을 무의미하게 끌고 간다 해도 그녀는 대부분 침착하게 상담에 응했다. 그러다 가끔씩 자신의 신분이 노출될지도 모른다는 상상을 하곤 했다. 혹은 그의 일당 중 한 명이 옛집을 침입할지도 모른다는 걱정을 하곤 했다. 그녀의 정체와 불분명한 사업에 대해서 뭔가 캐내려고 할 것 같았기 때문이다. 하지만 상상과 달리 누군가 집 안에 들어왔던 흔적은 없었다. 누군가 침입한 흔적이 없더라도 이 위험한 자료를 이대로 장롱에 놔둬서는 안 될 것이다. 순간 그녀는 복사본을 따로 떠놓지 않은 것이 얼마나 어리석은 일이었는지 지금 막 깨달았다. 하지만 이제는 상관이 없었다. 내일 봉투째 경찰에 넘길 테니까. 그러면 정의가 그녀의 편이 되어줄 것이다.

그녀는 장롱 문을 닫고는 화초에 물을 주었다. 시간이 너무 늦었는데도 그녀는 세바스찬에게 전화를 걸어 자신이 지금 어디에 있는지 알리지 않았다. 잠시 동안 그녀는 옛집에 머물면서 하룻밤 자고 가는 것은 어떨지 고민해보았다. 그가 혼자 조용히 걱정할 테고 그러면 그녀를 그리워할지도 모른다. 다른 한편으로는 그가 그녀를 용서하지 않을 수도 있다. 그녀가 무작정 집에 들어가지 않았으니 말이다. 그렇게 되면 오늘 그들 사이를 지배했던 냉랭한 분위기를 날려버릴 기회가 사라져버릴 것이다.

결국 그녀는 그의 집으로 올라가는 엘리베이터에 몸을 실었다. 그가 아직 잠들지 않았기를 바랐다. 이윽고 엘리베이터 문이 열리자 그녀의 눈에 맨 먼저 들어온 것은 가방이었다. 그녀의 작은 검은색 가방. 왜 가방이 집 앞 복도에 있는 것일까? 비닐봉지도 그 옆에 놓여 있었다. 그녀는 봉지 쪽으로 다가서며 안을 들여다보았다. 그녀의 물건이 들어 있었다. 그가 왜 그녀의 물건을 집 앞에 놓아둔 것일까? 해도 해도 너무한다! 그녀는 핸드백에서 열쇠를 꺼내 들었다.

이상한 일이다. 열쇠가 맞지 않는 것 같았다.

그녀는 열쇠 꾸러미를 꼼꼼히 살펴보았다. 하지만 이 열쇠가 맞다. 그녀는 다시 한 번 현관문을 열어보기로 했다. 이번에도 결과는 같았다. 열쇠가 구멍으로 아예 들어가지 않았다.

복도에 불이 꺼졌다. 오렌지색으로 빛나는 작은 스위치 쪽으로 걸어간 엘리노는 스위치를 눌렀다. 그런 다음 현관문 쪽으로 가서 초인종을 눌렀다. 아무도 나오지 않았다. 그녀는 다시 한 번 초인종을 눌렀다. 좀 더 오랜 시간 동안. 신경질적으로. 안에서는 아무 소리도 나지 않았다. 그녀는 허리를 구부려 우편함 덮개를 열어보았다. 여전히 아무 소리도 나지 않았다. 그녀는 다시 초인종을 눌렀다. 온 힘을 다해 초인종을 마구마구 눌러댔다. 그 어떤 반응도 없었다.

이제 그녀는 정말로 분노가 치솟았다. 그 누구도 그녀를 이렇게 취급할 수는 없다. 그동안 그녀는 넓은 아량으로 그를 봐주었다. 그를 사랑했기 때문에. 하지만 이제는 인내심이 한계에 도달했다. 그가 넘지 말아야 할 선을 넘은 것이다. 그녀는 핸드백에서 핸드폰을 꺼내 들고는 전화번호 목록에서 '애인'을 찾았다. 그러고는 전화를 걸었다. 그녀는 연결음이 울리는 동안에 우편함 덮개를 다시 열어보았다. 역시 아무런 소리도 나지 않았다. 엘리노는 전화를 끊고서 신음하듯 중얼거렸다. 이제 어떻게 해야 하는 거지? 세바스찬은 어디에 있는 거지? 집으로 왜 못 들어가는 거지? 다시 한 번 그녀는 가방과 비닐봉지를 내려다보았다. 그때 가방 옆구리에 붙은 흰색 편지봉투가 눈에 띄었다. 그녀는 봉투를 떼어내 귀퉁이를 거칠게 찢었다.

복도에 불이 또 꺼졌다.

다시 불을 켠 후 그녀는 편지봉투에 들었던 편지 한 장을 꺼내 들고 펼쳐 보았다.

내가 오늘 한 말은 진심입니다. 이 집에서 그만 나가줬으면 해요.

열쇠는 다른 것으로 바꾸었어요. 난 집에 없을 겁니다. 오랫동안 비울 예정이에요. 여기에 서서 계속 초인종을 눌러도 아무런 소용이 없어요. 당신이 전화한대도 난 전화를 받지 않을 거예요. 당신을 이 집에 들어와 살게 하는 게 아니었는데. 내 실수였어요. 용서를 바랍니다.

세바스찬

엘리노는 짧은 편지를 다시 읽었다. 그리고 다시 한 번. 그다음엔 편지를 마구 구겨 바닥에 던져버렸다. 눈앞으로 작은 검은색 반점이 아른거렸다. 그녀는 상처 입은 짐승처럼 마구 소리를 질렀다. 소리는 계단을 타고 건물 안에 울려 퍼졌다. 그녀는 몸을 움츠렸다. 숨을 길게 내쉬고는 다시 정신을 차렸다.

수많은 감정이 한꺼번에 지나갔다. 분노, 쇼크, 두려움. 그녀는 정신을 가다듬으려고 혼신의 힘을 다했다.

세바스찬은 절대로 나를 내쫓을 수 없어.

이대로 쫓겨나면 안 돼.

그가 아직 내친 것이 아니야.

다시 한 번 그녀는 열쇠를 들고서 구멍에 꽂아보았다. 열쇠가 맞지 않았다. 하지만 이 열쇠가 맞아야 한다! 그녀는 이곳에 살고 있다! 다시 한 번 시도해보았지만 결과는 다르지 않았다. 그녀는 열쇠로 구멍을 마구 후벼 파기 시작했다. 복도에 불이 다시 꺼졌지만 그녀는 그것도 의식하지 못했다.

그녀는 집으로 들어가고 싶었다. 꼭 집으로 들어가고 말 것이다. 무슨 일이 있어도!

열쇠가 손에서 미끄러져 떨어지려고 했다. 엄지손가락이 현관문 쇠고리에 쓸려 살갗이 까졌다. 열쇠 꾸러미가 땅에 떨어지자 그녀는 그걸 찾으려고 쭈그려 앉았다. 손으로 타일 바닥을 더듬어보았으나 손에 잡히지 않았다. 그녀는 무릎을 꿇은 채 손바닥으로 타일 바닥을 쓸고 다녔다. 그러다 실수로 열쇠 꾸러미를 이웃집 현관문 쪽으로 쓸어버렸다. 하지만 그녀는 그쪽으로 갈 기력이 없었다. 손가락 하나도 움직이지 못했다. 그녀는 바닥에 철퍼덕 주저앉아 눈물을 흘렸다.

결국 그녀는 그곳 어둠 속에 주저앉아 얼마나 오래 울었는지 모른다. 하지만 언제쯤인지 더 이상 눈물이 나오지 않았다. 눈물이 말라 버려서 그랬을 수도 있고, 아니면 울다 울다 지쳐서 그랬을 수도 있다. 어찌 됐든 그녀가 이곳에 주저앉아 있다는 사실 외에는 달라진 것이 없었다. 그녀는 마음을 가다듬고는 자리에서 일어섰다. 그러고는 손바닥으로 눈물을 닦아냈다. 그녀는 다시 복도에 불을 켜고서 코를 팽 풀었다. 몇 발짝 이웃집 현관문 앞으로 걸어간 그녀는 허리를 굽혀 열쇠 꾸러미를 집어 들었다. 그 꾸러미를 핸드백에 넣고서 다시 세바스찬의 집 앞으로 걸어갔다. 그녀는 한 손으로는 가방을, 다른 한 손으로는 비닐봉지를 들었다. 이제 베스트만가탄 거리의 옛 집으로 돌아가서 이 모든 일에 대해 곰곰이 생각해보아야겠다. 변한 것은 아무것도 없다는 식으로 위안을 삼으면서. 이 일은 단지 일시적인 현상일 뿐이라고. 일종의 위기라고 할 수 있지만, 그들이 잘 넘기면 극복될 위기라고. 그러니 움츠러들거나 함부로 날뛸 이유는 없다. 그녀는 앞으로 어찌해야 할지 계획을 짜보았다.

먼저 발데마르 리트너 문제를 해결해야 한다.

그런 다음에 세바스찬의 일을 해결하면 된다.

✢

햇살.

눈부신 햇살.

윗도리를 벗은 그의 등에 땀이 흘러내렸다. 날씨가 후덥지근했다. 그는 따가운 햇살보다 책 한 권을 들고 나무 그늘에 앉아 있고 싶었다. 날씨 때문에 온몸이 늘어졌다. 하지만 아이는 그렇지 않았다. 여자아이는 에너지가 넘쳐흘렀다. 그의 어깨에 올라앉아 연신 조잘댔다. 좀 더 빨리 걸으라고. 여자아이는 물가로 가고 싶다고 말했다. 물장구를 치며 놀고 싶다고. 그가 발을 헛디디고 휘청거리자 아이가 깔깔거리고 웃으며 작고 부드러운 손으로 그의 까칠한 뺨을 와락 부여잡았다.

"아빠, 나도 저거 사주세요."

아이가 눈에 보이는 것을 가리켰다. 한 여자아이가 비눗방울이 나오는 플라스틱 돌고래 버블건을 가지고 놀고 있었다.

그는 그냥 지나쳐 바닷가로 갔다. 딸아이를 내려놓자 그의 어깨에 쏟아지는 햇살이 얼마나 따가운지 몰랐다. 두 가지 생각이 동시에 머리를 스쳐 지나갔다.

오늘은 해수면이 너무 낮네.

선크림을 잊고 왔구나.

그들은 바다로 뛰어들었다. 물장구 치는 소리. 웃음소리. 바닷가에서 들려오는 고함.

갑자기 천둥 번개가 내리치더니 바닷물이 벽처럼 높게 치솟았다.

그는 딸아이가 다가오는 것을 보았다. 딸에게 뛰어갔다. 딸의 손을 잡아끌었다. 있는 힘을 다해 딸의 손을 꽉 잡았다. 그의 손으로 아이의 작은 손을. 그가 딸에게 선물한 작은 나비반지가 그의 손에 닿는 것 같았다. 아이의 손을 놓치면 안 된다. 다시는 놓치면 안 된다. 온 힘을 다해, 온 정신을 다해. 집중해야 한다. 삶의 전부인 딸아이를 그의 오른손으로 꽉 잡아야 한다.

하지만 그 후 아이는 사라졌다. 갑자기 손에 아무것도 없었다. 그가 놓친 것이다.

세바스찬은 두툼한 깃털 침대에 누워 발버둥 치다가 눈을 번쩍 떴다. 온몸이 식은땀에 젖어 있었다. 숨쉬기가 힘들었다. 오른손에 경련이 일어 팔뚝까지 저렸다. 몸을 제어하지 못하고 마구 휘젓다 침대 밑으로 굴러떨어졌다. 그는 고통스럽게 오른손 손가락을 펼쳤다. 손바닥에 핏기가 있었다.

꿈.

이 빌어먹을 꿈.

너무 생생했다.

속속들이 예전과 같았다. 한 편의 영화를 보듯이. 아니, 그 이상이었다. 그 당시와 같은 냄새가 풍겼다. 완벽하게 동일한 체험으로.

체험.

그 사건 그대로였으며 잊은 것은 전혀 없었다. 극복해야만 하는 두려움과 함께 그가 익히 알고 있는 인상들, 기억들, 그리고 판타지와 같은 진부한 꿈에서 깬 것이라면 그 잔상들은 다시 사라질 것이다. 하지만 이번에는 그가 또다시 체험한 일처럼 꿈이 너무나 생생했다. 지난번 마지막으로 아주 고통스럽게 꾼 지 몇 년 만에 또 꾼 꿈일까. 몸이 뻣뻣하게 마비된 것처럼 느껴지고 심장은 미쳐 날뛰었다. 식은땀이 비 오듯 흘렀다. 그리고 눈물이 소리 없이 흘러내렸다.

다시 꿈을 꾸게 된 것은 오로지 아이들 때문이었다. 그 빌어먹을 무덤에 있던 아이들 때문에. 그는 죽은 아이들에 관한 사건이라면 그 어떤 것도 맡고 싶지 않았다. 오랫동안 버틸 수 없을 것 같았다. 아이들로 인해 곧바로 자비네의 일이 떠오른 것이다. 오래전부터 그는 동굴에 틀어박혀 숨으려고 했으나 그러지 못하고 고통과 죄책감 속으로 다시 내몰렸다. 갈수록 많은 생각이 떠올라 결국은 그를 병들게 했다. 그러다 동굴이 완전히 무너져 내렸다. 동굴이 사라지자 그는 다시 심리적으로 상처를 입게 되었다. 그리고 몸은 그 당시와 다를 바가 없었다. 나중에도. 그가 크리스마스 기간의 악몽을 다시 기억해낼 때에는. 그 혼자만 남았기에.

　몇 시쯤 되었을까? 그는 일어났다. 발끝으로 서자 두 다리가 아직도 그를 떠받치고 있다는 것이 놀라울 따름이었다. 오늘처럼 그 당시에도.

　그는 어제 옷을 벗어 걸쳐놓은 의자 쪽으로 흐느적거리며 걸어갔다. 그러고는 티셔츠를 머리부터 넣어 입었다. 잠은 다 잔 것 같았다. 지금 몇 시나 됐을까? 4시 20분이다. 다섯 시간가량 잤다. 언제쯤이나 수면 시간이 더 늘어날 수 있을까? 이따 밤에는 또 어떻게 잠을 청해야 할지 벌써부터 겁이 난다. 그때까지 아직 스무 시간이 남아 있는데도. 그는 이 침대에서 더 이상 자고 싶지 않았다. 단 하룻밤도. 이 방에서 더 이상 있고 싶지 않았다.

　세바스찬은 문을 열고서 복도로 나갔다. 호텔 안은 조용했다. 복도는 방보다 훨씬 더 추웠다. 그는 다시 방으로 들어가 바지를 입어야 할지 고민했지만 입지 않기로 했다. 그는 맨발로 복도를 따라서 프런트를 지나 레스토랑으로 들어갔다. 냉장고 쪽으로 가서는 맨 위칸에 있던 콜라를 꺼냈다.

"저기요, 계산은 하셔야죠?"

세바스찬은 움찔했다. 거의 콜라캔을 바닥에 떨어트릴 뻔했다. 그는 깜짝 놀라 뒤를 돌아보았다. 레스토랑 안쪽 끝, 창가에 우르줄라가 앉아 있었다. 그녀 앞 탁자에는 맥주 두 병이 놓여 있었다. 한 병은 이미 비었고 다른 한 병은 반쯤 남아 있었다.

"도대체 여기서 뭐 하는 거요?" 세바스찬이 질문을 던지며 그녀 쪽으로 다가갔다.

"잠이 안 와서요. 그러는 당신은요?"

"꿈을 꿔서……."

"악몽인가요?"

"그래요."

세바스찬은 맞은편 탁자 쪽 의자를 끌어다 그녀 쪽에 앉았다. 그는 캔을 따고서 콜라를 한 모금 마셨다. 우르줄라는 탐구하듯이 그의 모습을 관찰했다.

"잠이 안 올 만큼 그렇게 나쁜 꿈이었나요?"

"그래요."

"무슨 꿈인데요?"

"당신은 왜 안 자고 있는 거지?"

"내가 먼저 물었어요."

"당신은 왜 안 자고 있는 거지?" 세바스찬이 정확히 같은 톤으로 같은 질문을 반복했다.

우르줄라는 그를 쳐다보며 맥주를 병째 들이켰다. 캄캄한 밤에 주방에서 나누는 대화! 그녀는 그전에도 대화를 나눈 적이 있었다. 그 당시에. 그녀가 기억하는 바로는 아주 유쾌한 대화였다. 아마도 그녀는 '누군가와 얘기한다'는 것을 잊었을지도 모른다. 그것이 얼마나 아름다운지. 그리고 세바스찬은 그 누군가에 해당하는 사람이었다. 그는 그녀와 그리 친밀한 관계는 아니지만 그녀를 잘 아는 사람이었다. 어쨌든 관계가 그 이상은 아니었다. 게다가 그는 얘기를 객관적으로 들어줄 테고 어느 정도 거리를 둔 채 전체적으로 파악할 것이다. 다정한 위로나 지나치게 긍정적인 말만 늘어놓지 않을 것이다. 이것이 가능할 것이다. 한 가지 조건하에서.

"아무한테도 말하면 안 돼요."

"비밀은 내 전문 분야 아닌가?"

우르줄라는 고개를 까딱했다. 지난 일이 새록새록 떠올랐다. 그들이 연인이었을 때 그는 그녀의 여동생과 잠자리를 같이했다. 그 외 수많은 다른 여자들과도. 우르줄라는 오랫동안 그런 상황을 눈치채지 못했다. 너무 놀라운 것은, 그렇게 오랜 세월 동안 쌓였던 분노가 어느새 날아가버리고 그 자리에 딴 감정이 생겼다는 것이다. 그녀는 이 새로운 감정을 동정심이라 이름 붙였다. 그녀를 배신했던 남자는 더 이상 존재하지 않는다. 지금 팀으로 다시 돌아온 세바스찬은 또 다른 사람이었다. 갈수록 더 명석하고 더 이기적이며 더 힘찬. 또한 자의식이 강하면서도 어떤 관점에서 보자면 뭔가 비상식적이었다. 하지만 예전에는 뻔뻔할 정도로 제멋대로 행동했지만 지금은 예전처럼 행동하려고 뭔가 더 안간힘을 쓰는 사람처럼 보였다. 조금 전 냉장고 앞에 선 그의 모습이 어떠했나? 그는 그 누구도 신경 쓸 여력이 없는 사람 같았다. 맨발에 티셔츠만 걸친 팬티 바람이었으니 말이다. 그는 상당히 외로워 보였다. 그를 보자마자 그녀의 머릿속에 떠오른 첫 단어는 바로 이것이었다.

외로움.

그는 슬퍼 보였는데, 그게 아니라면 기분이 가라앉아 보였다.

그녀는 그가 왜 그런지 영문을 알 수가 없었다. 흔히 사건 그리고 그 희생자들과 세바스찬의 개인적 관계 때문에 그가 쇠약해졌다고는 하지만, 그동안 나이를 먹었으니 회복할 수 있지 않을까? 하지만 그는 그렇지 못했다. 더 이상 회복하지 못했다. 그 이유에 대해서 그녀는 알 도리가 없었다. 어쨌든 그가 한 말은 틀린 말이 아니었다. 세바스찬은 비밀을 잘 지키는 사람이었다. 적어도 그 자신의 비밀은. 그녀는 세바스찬이 다른 사람의 비밀도 잘 지켜주기를 바랐다. 그녀의 비밀도.

"미케가 날 떠났어요."

세바스찬은 고개를 끄덕여 보이며 그녀의 말이 무슨 뜻인지 곰곰이 생각해보았다. 겉으로 보기에는 가족에 대한 얘기일 테지만 따지고 보면 오히려 벨라와 더 관련된 일일 것이다. 미케와 그녀 사이에 벌어진 일은 우르줄라에게 그다지 심각한 일이 아닐 거라고, 세바스찬은 생각했다. 미케는 의존성 알코올중독자였으며, 우르줄라가 단 한 번도 관심을 두지 않은 분야에서 너무 많은 일을 한 사람이었다. 둘 사이에는 딸이 하나 있으며 딸을 통한 관계 말고는 둘 사이에 아무런 의미가 없어 보인다. 세바스찬이 그 부부 관계를 정확히 진단해보자면 정상적인 부부는 결코 아니었다. 이러한 부부는 그가 볼 때에도 수수께끼였다.

"그럼 그것 때문에 정말로 슬픈가?"

우르줄라는 그를 빤히 쳐다보았다. 그녀는 뭐라고 대답해야 할지 몰랐다. 그런데도 엉뚱한 대답이 나왔다.

"결혼한 지 25년 만에 남편이 날 떠난 거죠. 다른 여자 땜에. 이건 내가 느끼기에……."

"당신이 언제 남편을 사랑했던가?" 세바스찬이 그녀의 말허리를 잘랐다. 그러고는 손에 콜라캔을 든 채로 의자 등받이에 기대앉았다. 우르줄라는 '단도직입적으로' 설명하기보다 '객관적'이면서도 '적당한 거리'를 두고 설명해야겠다고 생각했다.

"난 버림받고 싶지 않았어요." 그의 발언에 개의치 않고 그녀가 솔직하게 대답했다.

"오히려 당신이 남편을 떠나고 싶었던 건 아니고?" 조명이 약간 어두운 가운데 세바스찬은 떠보는 듯한 눈길로 그녀의 안색을 살폈다. "두 사람이 헤어진 건 당신 때문이 아니지. 당신 남편이 떠난 거니까. 당신도 그렇게 결정하고 싶었을 테지만."

"아이고, 그런 얘기할 거라면 그만하죠." 우르줄라가 한숨을 쉬면서 말했다. 그녀는 이 대화는 여기서 끝이라는 걸 암시하기 위해 손을 탁자에 올려놓았다.

세바스찬은 몸을 앞으로 내밀어 그녀의 손을 잡았다. "나 당신 놀리려고 한 말 아니야. 당신이 남편과 왜 헤어졌는지 이해가 안 가서 그래. 20년 동안 당신 남편하고만 잠자리를 같이한 건 아니니까."

"내가 다른 남자와 잠자리 같이한 건 20년 전이거든요." 우르줄라가 그의 말을 정정했다.

"토르켈 팀장이랑 잠자리 같이한 건 왜 생각하지 않는 거지?"

우르줄라는 순간 온몸이 굳는 것 같았다. 그가 어떻게 이 사실을 알았을까? 그게 아니라면 그냥 그가 지나가는 말처럼 해본 것일까? 그녀는 놀란 눈으로 그를 쳐다보았다.

"그래, 알고 있었어. 다른 사람한테는 절대로 말하지 않았지만." 세바스찬이 설명했다. "말하지 않아도 당신들 둘이 그렇고 그런 사이라는 거 다들 알고 있을걸."

그녀는 잠시 숨이 턱 막히는 것 같았다. 그가 한 말이 전부 옳았다. 그녀와 토르켈에 대한 말이. 당연했다. 미케는 내 평생의 사랑이 아니라는 것도. 그 누가 이러한 타이틀을 요구할 수 있을까? 세바스찬이라면 평생의 사랑이라는 타이틀이 필요할지 모르겠지만 그녀는 한 사람만 사랑할 줄 아는 관계에 서본 적이 없었다. 미케는 잘 참아냈다. 오랫동안. 토르켈은 어떠한가? 그녀가 아는 바로 그는 애써 참고 있다. 그녀의 모습 그대로 그녀를 받아들일 준비가 되어 있다. 그녀가 정한 조건대로. 문제는 그녀가 그를 원하지 않는다는 것이다. 그녀는 오로지 한 가지만을 원했다. 이혼 후 그녀의 바람은 갈수록 더 간절해졌다. 단 한 가지 중요한 것. 그러나 그녀는 자신이 원하는 것을 결코 얻을 수 없다는 확신을 가지고 있었다.

그것은 딸의 사랑이다.

그녀는 다시 세바스찬을 바라보았다. 아무 말 없이 그가 대답을 기다리고 있었다.

"당신 말이 맞아요." 우르줄라는 나지막한 목소리로 말했다. "처음부터 문제가 된 건 미케가 아니라 벨라예요."

"그 아이한테 무슨 일 있소?"

"아이는 여전히 파파걸이거든요. 그래도 미케와 함께 사는 동안에 딸의 사랑을 조금은 받을 수 있었는데."

세바스찬은 그녀의 눈이 어두운 불빛 속에서도 반짝거리는 것을 보았다. 변화가…….

운명 예정설을 우리가 더 이상 믿지 않는다면, 이런 변화들은 무엇을 의미하는 것일까? 우리 스스로 시험대에 서야만 한다는 것을 의미할까? 그렇다면 무엇이 어떻게 변하고 있는가? 내가 변화시킬 수 있는 것은 무엇일까? 어떤 일이 발생할까? 그리고 이제 나는 무엇을 해야 하는 것일까? 변화로 인해 확실한 자기 견해가 생길 것이다. 물론 매번 긍정적이지도 않으며 고통을 수반할 수도 있는 그러한 견해가.

"당신 생각은 어때요? 미케랑 같이 안 살아도 벨라가 집에 자주 올까요?"

세바스찬은 아무 대답도 하지 않았다. 그는 이 대화가 너무 불편하게 느껴졌다. 딸과의 거리감. 그녀의 삶에 영향을 줄 수도 있는 그리움. 이 모든 것을 아직 경험하지 못한 두려움.

"절대로 안 올 거예요." 우르줄라는 스스로 대답하고는 생각만 해도 끔찍하다는 듯이 고개를 마구 저었다. "벨라가 내 생일과 크리스마스 때 전화는 하겠죠. 그러다가 언젠가는 차차 내 생일도 잊어버릴 테고."

"왜 그럴 거라고 생각하는 거지?"

"그 아이랑 나는 서로에 대해 하나도 모르거든요." 우르줄라는 재빨리, 그러면서도 담담하게 대답했다. 그녀가 딸과의 관계를 분석하는 데 얼마나 많은 시간을 보냈는지 세바스찬에게 분명히 말해주기 위해서였다. "나는 항상 딸이랑 일정 정도 거리를 두고 살았어요. 지금도 그렇게 하고 있지만요. 나는 항상 딸한테 나의 일부밖에 줄 수 없었어요. 하지만 그게 무슨 소용 있겠어요. 아이들은 전부를 필요로 하는데. 언제나요."

"딸한테 그런 말 한 적은 있나?"

"아니요. 이제는 너무 늦었어요. 아이가 성인이 됐으니까요."

"나는 그렇게 생각하지 않아." 세바스찬이 분명한 어조로 말했다. "아직도 늦지 않았을 거고. 또 진심으로 그러길 바라요." 평상시와 다르게 적극적인 자세로 말하던 그는 그의 그런 얘기를 귀담아듣는 그녀의 모습을 지켜보았다. "당신을 위해서." 그가 덧붙여 말했다.

"고맙군요."

세바스찬은 고개를 끄덕거렸다. 잠시 동안 그들은 아무 말 하지 않고 그대로 앉아 있었다. 세바스찬은 더 이상 할 말이 없었다. 우르줄라는 더 이상 속마음을 털어놓을 수 없었다. 그녀는 두 번째 맥주를 다 마시고는 빈 병을 옆으로 밀어놓았다. 그러고는 탁자에 팔꿈치를 괴었다.

"그러는 당신은 무슨 일이 있는 거죠? 내가 어떻게 도울 수 있을까요? 무슨 꿈을 꾼 거예요?"

세바스찬은 콜라를 마저 다 들이켰다. 그동안 머릿속으로는 대안

과 기회라는 단어가 순식간에 스쳐갔다. 팀 내 그의 입지가 어떠한
가? 반야와 그는 잘 지내고 있다. 어젯밤에 그가 작은 쇼를 했을지언
정 빌리도 그를 좋아하고 있다. 토르켈은 토르켈이었다. 우르줄라는
여전히 그를 이기려는 여자였다. 그녀가 속마음을 털어놓았다고 하
더라도. 그가 감당하기에는 쉽지 않은 여자였다. 그녀가 팀원 중 친
하게 여기는 사람은 그가 아니었다. 오래전에 한번 그녀에게 아주
큰 상처를 준 사람은 그였다. 그녀에게 용서를 빌었지만 용서받지
못한 사람도 그였다. 아마도 영원히 용서받지 못할 것이다. 그런 그
녀의 행동은 이해할 만도 했다. 지금 둘만의 얘기가 잘되었던 것을
보면 그가 속마음을 조금 내비친다고 해서 그에게 해가 되지는 않을
것이다.

그럼에도 불구하고 그는 말하고 싶지 않았다. 영 내키지 않았다.
그냥 특별한 이유는 없었다. 단지 내키지 않는다는 것.

아직은 비밀로 하는 것이 더 낫다. 지금 이것 말고는 다른 대안이
없다.

"다음번에 얘기하지." 그가 아무렇지도 않게 어깨를 으쓱하며 말
했다. 그러고는 그녀가 이대로 만족해주기를 바랐다.

그리고 그녀는 그렇게 해주었다.

날이 밝자 세바스찬은 산책하러 나갔다. 그의 방향감각은 특별히
좋진 않았다. 결국 그는 실개천이나 강물을 따라 걷기로 했다. 비가
그치긴 했지만 안개가 진흙땅 위로 자욱했다. 그리고 짙은 구름층이
낮게 깔려 있었다. 나무뿌리는 울퉁불퉁 드러나 있었으며 지면은 고

르지 않고 질퍽거렸다. 그래서 그는 넘어지지 않으려면 발을 어디로 디뎌야 할지 신경 써서 걸어야만 했다.

우르줄라와 그는 레스토랑에 몇 분 더 앉아 있다가 각자 제 방으로 돌아갔던 것이다. 그녀는 다른 사람에게 말하지 않겠다고 했던 약속을 다시 한 번 그에게 상기시켰다. 그리고 그도 다시 다짐했다.

그는 방으로 돌아와 창가로 가서 접이식 탁자 앞에 앉아 핸드폰 전원을 켰다. 음성 사서함에 메시지가 여덟 개나 와 있었다. 모두 엘리노에게 온 것이다. 한 메시지에서는 조심스러운 목소리를 내다가 다른 메시지에서는 마구 목소리를 높이며 노골적으로 그를 협박했다. 또 다른 메시지에서는 그가 연락만 해준다면 그녀가 잘못을 빌고 모든 것을 다시 잘해보겠다고 약속했다. 마지막 메시지에서는 평상시와 달리 차분한 목소리를 냈다. 그녀는 모든 상황을 다 이해할 수 있으며 뒷일을 알아서 하겠다고. 세바스찬은 핸드폰을 껐다. 이번 일을 말끔하게 끝내지 못한 게 분명했다. 스톡홀름에 돌아가면 곧바로 끝내야만 할 것이다. 지금은 다른 중요한 일에 집중해야만 한다.

이제 방 안 약간 불편한 나무의자에 홀로 앉아 계획을 짜보자.

결심은 섰다.

하지만 마음먹은 대로 되지 않았다. 어떻게 해야 할지 머리가 맑지 않았다. 어젯밤 꿈이 생생하게 의식 속에 남아 있었던 것이다. 기억이 거의 육체를 좌지우지하는 것 같았다. 자꾸만 그는 오른손을 불끈 쥐었다. 그는 자리에서 일어섰다. 방 안을 여기저기 뛰어다녀보았다. 하지만 시간을 그렇게 허비하면 할수록 더 답이 없었다. 방에서 나가야만 했다. 벗어나야만 했다.

운동, 맑은 공기, 자연, 고독, 아무런 구속이 없는 자유, 이 모든 것으로 인해 그는 새롭게 집중할 수 있을 것이다.

이제 그는 강 쪽을 바라보며 꽐꽐 쏟아지는 물길을 따라 걷고 있었다. 그러다가 길이 갑자기 왼쪽으로 급격하게 꺾어지더니 다리가 나왔다. 이중 나무판자와 쇠로 된 현수교였다. 양옆 난간 손잡이는 와이어로프로 이어져 있었다. 다리로 올라간 세바스찬은 가운데 지점에서 멈춰 섰다.

잔잔하게 흐르는 강물 얕은 곳에는 작은 새가 폴짝폴짝 뛰어다녔다. 세바스찬은 새가 왔다 갔다 하는 움직임을 지켜보면서 여러 가지 생각에 잠겼다.

오늘 꾼 꿈에서 우르줄라와의 대화까지. 그리고 반야. 그의 생각은 자꾸 반야로 향했다.

모든 것이 서로 연결되어 있다.

그녀는 그를 떠날 것이다. 당연히 그는 그녀를 찾아갈 수 있다. 하지만 이상하게 보이지 않으려면 몇 번이나 그녀를 찾아가야 할까? 한 번? 두 번? 그들은 서로 전화를 할 테고 이메일을 주고받을 것이다. 필요시에는 스카이프도 설치할 것이다. 하지만 이 모든 것이 무슨 도움이 될 것인가? 이미 사이가 좋다면 앞으로 얼마든지 도움이 될 것이다. 하지만 뭔가 새로운 것을 시작하기에는 적당하지 않다. 서로 진실한 대화를 나누지도 못했는데 그녀와 화상으로 통화한다면 이상하게 보일 것이다. 앞으로 5년 안에는 진실한 대화가 가능할지도 모른다. 그녀와 서로 친구처럼 지낼 수 있게 된다면. 만약 그녀가 그를 중요한 사람으로 받아들이게 된다면. 그가 그녀의 목숨을 구했기 때문이 아니라 존재 자체로서 그를 중요한 사람으로 여기게 된다면.

하지만 지금까지는 그렇지 않았다.

아직은.

하지만 지금이 기회다. 이제는 그녀에게 다가갈 수 있으며 뭔가 지속적이면서도 활기찬 일을 만들 수 있다. 단, 그녀가 이곳에 있을 때에만. 그의 옆에.

새가 강가 나무 사이에서 하늘로 날아오르더니 모습을 감추었다. 그 바람에 생각이 정리되었다. 세바스찬은 기운을 차렸다.

반야와의 관계는 애당초 그가 마음먹기에 달려 있다.

아주 간단하다.

물론 자신의 생각은 잘못된 것이다. 그는 자신이 너무 이기적이라는 것도 알고 있다. 이는 아버지로서 해야 할 돌봄과 배려와 정반대가 되는 것이다. 하지만 그는 지금 정리한 생각을 실천해야만 했다.

그는 갔던 길을 되짚어 돌아 나왔다. 다리 끝을 지나가며 그는 자신의 생각을 행동으로 옮겨야겠다고 마음먹었다. 아직은 뭘 어떻게 해야 할지 몰랐지만 어떤 식으로든지 해낼 것이다. 반야가 미국으로 가지 않도록 말이다.

그녀가 스톡홀름에 머물도록.

그의 옆에.

✤

    매우 상쾌한 아침 산책이었다. 바른후스브로 다리를 건너, 시청 옆 셰엘레가탄 거리를 지나 좌회전하면 한트벌칼가탄 거리가 나온다. 엘리노는 빠른 걸음으로 거리를 걸었다. 한 손에는 비닐봉지를 꽉 쥔 채로. 그녀의 목표는 정의를 찾는 것만이 아니다. 그녀는 세바스찬과의 관계도 되돌리고 싶다.

    잠을 자지 않았는데도 그녀는 놀라울 정도로 생기가 넘쳤다. 어젯밤 늦게 집으로 돌아왔을 때에만 해도 모든 것이 절망적이었다. 그녀는 세바스찬에게 전화를 걸었다. 여러 번. 그리고 계속해서 그에게 짧게 음성 사서함에 메세지를 남겼다. 매번 할 말을 남겼다. 그녀가 무슨 말을 했는지 이제는 그녀도 잘 모르겠다. 그렇게 많은 생각과 그렇게 많은 느낌. 결국 그녀는 힘없이 거실 소파에 쓰러지고 말았다. 그렇게 얼마나 오랫동안 앉아 있었는지 기억도 나지 않았다.

    어찌 됐든 그녀는 밤늦게 알게 되었다. 더 정확히 말하자면 아침 일찍. 지금 상태로 봐서는 모든 것에 다 그럴 만한 이유가 있었다.

    세바스찬이 그토록 까칠하게 나온 이유를 왜 진작 생각해내지 못한 것일까? 그를 잘 알고 있는데 말이다. 그의 모토는 혼자 있는 게 가장 좋다는 것. 그는 자신의 감정을 잘 표현하지 못한다. 그가 원하는 게 무엇인지 다른 사람에게 알리는 데 서툰 사람이다.

누군가에게 도움을 청하기에는 너무 고집이 세고 자신에 대한 자부심이 너무 강하다.

그는 그녀를 돌보려고 하면서도 마치 그녀에게 두려움과 근심을 안겨주려는 듯이 행동한다.

그녀에게 그의 집에 들어와 살라고 했던 것처럼! 그때 그는 그녀의 집에 찾아와 연쇄살인범에 관한 얘기를 하지 않았던가! 어쩌면 그놈이 그녀에게 나쁜 짓을 할지도 모르니 반드시 다른 곳으로 몸을 피해야 한다고. 그녀를 원한다고 왜 솔직히 말하지 않고서? 바로 지금의 상황처럼. 물론 이번처럼 그가 이상한 행동을 하는 이유는 지난번과 아주 다른 이유일 것이다. 그것에 대해 곰곰이 생각하면 할수록 그녀에게는 더 강한 확신이 들었다.

그 이유를 깨닫게 되자 모든 것이 분명해지고 간단해졌다. 한 줄기 빛을 보듯이.

그가 그녀를 떠나야만 했던 이유는 무엇일까?

그녀에게 뭔가 나쁜 일이 생길 수 있기에 그는 두려웠던 것이다.

누군가 그를 위협하고 있는 것이 틀림없다.

따지고 보면 그가 그녀를 곁에 두지 않으려는 것은 당연했다. 그녀는 TV에서도 그런 것을 본 적이 있었다. 경찰이나 검사가 협박을 받고 애인을 안전한 곳으로 피신시키는 것을. 그래서 세바스찬도 여행을 떠난 것이다. 자취를 감춘 것이다. 그래서 그는 전화도 받지 않았다. 엘리노의 안전을 위해 그는 기꺼이 자신의 사랑을 희생하려고 하는 것이다.

그런데 세바스찬을 위협한 사람은 누구일까?

발데마르 리트너 말고 또 누가 있는 것일까?

어떤 경우라도, 그가 떠나 있더라도 상황이 어떻게 돌변할지 그녀는 정확히 지켜볼 것이다. 만약 이 일이 그녀가 생각했던 사건이 아니라 다른 문제가 있다면 세바스찬이 그녀에게 다시 마음의 문을 열도록 애쓸 것이다. 인생에 있어서 아름다운 순간을 함께 나누듯이 그의 근심도 함께 나누겠다는 뜻을 분명히 해야만 한다. 서로를 향한 마음이 진심이라면 그들은 모든 것을 이겨낼 수 있을 거라고.

결국 그녀는 세바스찬에게 다시 전화를 걸었다. 조용하면서도 설득력 있는 목소리로 음성 메시지를 남겼다. 그녀는 모든 상황을 다 이해할 수 있으며 뒷일을 알아서 하겠다고.

8시 정각에 그녀는 한트벌칼가탄 거리 한쪽에 있는 경제사범 경찰 부서 앞에 도착했다. 엘리노는 이 건물의 건축양식을 정확히 모르지만 쿵스홀멘 지역 7층 건물을 따라 걸어가면서 보니 70년대 건축물과 비슷한 느낌이 들었다. 건물이 상당히 길면서도 층층이 창문 아래쪽마다 검정 판이 설치되어 있었다. 튀어나오거나 다른 방식으로 도드라지게 장식된 부분이 전혀 없었다. 거대한 단지 내 회사를 전부 아우르는 깃발 하나까지도. 건물 맞은편 철책 너머로는 잔디밭이 있었다. 거리 끝 쪽에는 시청 첨탑이 우뚝 솟아 있었다. 해가 중천에 걸렸다. 밤새도록 내린 비에 가을날은 정말 아름다웠다. 엘리노는 나체의 청동 여신상을 빙 돌았다. 현관문을 밀고 들어간 그녀는 복도에 붙은 안내판을 확인하고는 엘리베이터에 올랐다.

"무엇을 도와드릴까요?" 프런트에 있던 젊은 남자가 엘리노를 안으로 데리고 들어가며 물었다. 그러고는 그의 맞은편 자리에 앉도록 권했다.

"예, 제가 이미 말씀드렸다시피 신고를 하려고요."

"경제사범 말이죠?"

"예. 경제사범." 그녀가 특별히 강한 억양을 띠며 그의 말을 반복했다. 오로지 이 말만 하니까 긴장감이 돌았다. 이곳에 있다는 것 자체가 긴장감이 돌았다. 그리고 반드시 해야 할 일이기도 했다.

"좋습니다……." 젊은 남자가 컴퓨터 쪽으로 몸을 돌리더니 마우스를 클릭하고 문서 창을 열었다. 그러고는 자판에 손을 대고 받아쓸 준비를 했다. "누구를 신고하려고 합니까? 그리고 그 사유는요?"

"여기에 다 들어 있어요."

엘리노는 책상에 비닐봉지를 올려놓았다. 경찰은 약간 의심스럽다는 듯이 비닐봉지를 쳐다보았다.

"이게 뭡니까?"

"증거물이에요. 수사에 필요한 건 전부 여기에 들어 있어요."

책상 안쪽에 앉은 젊은 남자는 비닐봉지를 자세히 살펴보았다. 그는 비닐봉지 위쪽 손잡이를 위로 올리고 안에 들어 있는 종이 뭉치를 들여다보았다. 너무 어처구니가 없다는 듯이. 그는 저절로 한숨이 나왔다. 엘리노는 점점 더 강조하는 말투를 써야겠다고 생각했다.

"자료는 다 이상 없어요. 내가 만들어낸 게 아니에요. 경찰이 다 찾아낸 거예요."

그러자 그녀의 맞은편에 앉은 남자는 호기심 어린 눈길로 그녀를 건너다보았다.

"경찰이오?"

"예."

"그 경찰이 누군데요?"

"트롤레 헤르만손이란 남자분이에요. 더 정확히 말하자면 그렇게 불렸던 분이죠. 그분은 돌아가셨어요."

젊은 남자는 형식적으로 고개를 끄덕여 보였다. 분명히 그는 처음 듣는 경찰관 이름이었다.

"그럼 이젠 어떻게 하실 거죠?" 엘리노가 물었다.

"우리가 한번 검토해보겠습니다." 남자가 비닐봉지를 가리키며 말했다. "그리고 나서 이 사건을 수사할지 말지 결정할 겁니다."

"하지만 이게 증거잖아요!" 엘리노가 그의 말을 끊었다. "경찰이 필요한 모든 게 이 봉지 안에 있다니까요."

"우리가 수사한다면" 하고 남자가 그녀의 반대 의견에도 아랑곳하지 않고 다음 말을 이어갔다. "빨리 진행될 겁니다. 우리의 목표는 50일 이내에 수사에 착수하는 겁니다. 좀 덜 중요한 경제사범이라고 해도 말입니다."

"이 사건이 얼마나 중요한지 그건 나는 잘 몰라요."

"그래서 우리가 이 자료를 테스트해볼 겁니다."

엘리노는 좀 더 앉아 있었다. 빼먹은 말은 없을까? 그녀가 이곳에 온 이유를 이미 다 말했다. 50일이란 긴 기간 동안에 경찰들은 아마도 많은 일을 해야만 할 것이다. 이윽고 그녀는 자리에서 일어섰다. 남자도 곧장 따라 일어서며 악수를 청했다. 그녀도 손을 내밀어 악수하다가 잠시 머뭇거렸다. 그녀는 그가 이 사건부터 처리해주기를 바랐기 때문이다.

"이 남자를 교도소에 빨리 보내면 보낼수록 좋을 거예요. 이 남자가 내 인생의 동반자를 위협하고 있거든요."

"아, 정말요?"

"예."

"남편분이 경찰에 신고했습니까?"

"아니요. 하지만 남편이 나를 집에 못 들어가게 해요. 날 보호해주려고."

남자는 그저 고개만 끄덕거려 주었다. 그녀의 말을 거의 믿을 수 없다는 듯이. 이 신고는 결코 범죄와 무관할 것이다. 그가 경찰로 재직하는 동안 이런 신고에 대해 난생처음 듣는 것이 아니기에. 그리고 그녀도 증인들의 위협이 경찰한테는 큰 문제로 작용한다고 읽은 적이 있었다.

"우리가 해야 할 일이 무엇인지 살펴보겠습니다."

"좋아요. 하지만 좀 전에 말했듯이 경찰이 이 리트너를 빨리 체포하면 할수록 좋을 거예요."

마지막으로 이렇게 말하며 엘리노는 뒤돌아서 나갔다.

페터 고르나크는 그녀의 뒷모습을 지켜보았다.

모든 일이 순식간에 일어났다. 프런트에서 전화를 받고 그녀를 맞이한 것이다. 평소와 다를 바 없었다. 첫눈에 봐도 평범해 보이는 여자가 평범한 일로 신고한 것이다. 그리고 이 신고는 죽은 경찰관과 협박에 시달리는 남자 친구에 대한 '수사'로 발전했다. 비닐봉지가 책상에 놓이자마자 그는 본능적으로 느꼈다. 이 사건은 시간 낭비가 될지도 모른다는 것을. 의무감에 그는 몇 장을 넘겨 보았다. 이 신고 내용을 서둘러 서류철에 보관할 생각이었다. 그저 서류상으로 남기기 위해서. 그는 확신에 차 있었다. 그 이름을 발견하기 전까지는.

발데마르 리트너.

페터는 반야와 함께 경찰학교에 다녔다. 2학년 때에는 한동안 반야와 연인 사이로 지냈다. 하지만 그녀는 몇 달 후 관계를 끝냈다. 딱히 제스처도 없었다. 극적인 드라마 같은 일도 없었다. 그들은 그 후에도 계속 학교를 다녔다. 친구 사이로. 페터와 반야는 한 번도 동료 관계로 지냈던 적이 없었다. 왜냐면 경찰학교를 마친 후 그들은 서로 다른 길을 갔기 때문이다. 그가 알기로 지금 그녀는 특별살인 사건전담반에서 근무할 것이다. 그들은 몇 년 전부터 얼굴 한번 보지 못했다. 그녀의 아버지 이름이 발데마르가 아니었나? 페터는 생각이 났다. 리트너라는 이름이 그리 흔하지 않았기 때문이다. 이 건은 반야의 아버지에 대한 신고인가? 그렇다면 가능한 한 서둘러서 이 건을 처리해야 할 이유가 생겼다.

페터는 비닐봉지에서 종이와 서류철을 꺼내 탁자에 죽 펼쳐놓았다. 그는 맨 위에 있는 서류철을 펼쳐 보다가 멈칫했다.

경찰의 수사 서류 복사본이었다.

더 정확히 말하자면 경제사범 단속을 위한 보고서 복사본이었다.

페터는 서류철을 덮고는 컴퓨터 쪽으로 몸을 돌렸다. 그는 리트너란 글자를 컴퓨터에 입력했다. 그러자 곧 화면에 결과가 나왔다. 2008년 사전조사. 그 당시에 검사는 소송 중지를 결정했다. 이유는 증거 불충분이었다. 페터는 그 서류철을 다시 들여다보았다. 서류철 옆에는 다른 정보들이 있었다. 새로운 증거들이.

그는 맨 위쪽 서류철을 옆으로 밀어놓았다. 그러고는 나머지 서류를 앞으로 가져다놓고 의자 등받이에 기대고 앉아 읽기 시작했다.

서류를 읽은 지 몇 분 지나지 않아 닥테아 인베스트라는 이름이 나왔다. 이 이름은 부서에 익히 잘 알려져 있었기에 그는 곧장 부서장에게 달려갔다.

인그리드 에릭손은 발데마르 리트너를 기억했다.

그것도 아주 또렷하게. 그동안 조사한 경제사범 중 가장 규모가 큰 경제사범은 아니었지만 그렇다고 규모가 작은 경제사범도 아니었다. 이 사건에는 파산 직전에 겨우 구제를 받고 그 자본을 파나마로 송금한 회사가 여럿 연루되어 있었다. 스웨덴에는 주요 책임을 지는 허수아비만 있었을 뿐 통장은 남아메리카에서 개설했다. 통장 주인은 수사 대상에 오르지 않았고 그의 자산은 흔적도 없이 사라졌다. 몇 백만어치나. 여름별장, 딸의 집, 새 자동차. 리트너는 거침없이 돈을 써댔다. 아마도 그는 그 어떤 증거도 드러나지 않을 거라고 확신했던 모양이었다. 게다가 그는 소송에서도 이겼다. 그래도 인그리드는 물러서지 않았다. 사력을 다해 수사에 매달렸다. 그 당시에 그녀는 책임자로서 사전조사를 지휘하고 있었다. 그래서 오늘 페터 고르나크가 다른 자료와 함께 당시의 서류를 그녀에게 가져다준 것이다. 페터는 말했다. 어떤 여자가 놓고 간 서류라고. 그 여자는 이 모든 자료를 비닐봉지에 넣어 가져왔다고. 그중 가장 흥미로운 부분은 복잡한 닥테아 사건과 관련이 있는 내용이었다.

리트너가 여기에 연루되었다면 그는 그들이 맡은 가장 큰 규모의 경제사범에 속하는 사람이 된다. 당분간은. 인그리드가 지금 손에 넣은 서류들을 실제로 다시 수사한다면 이번에는 리트너를 반드시 체포할 수 있을 것이다.

닥테아 인베스트는 거대한 피라미드 사기꾼 조직이었다. 겉으로 보기에는 확실한 투자처였지만 실제로는 불법 판매 방식을 띤 조직이다. 이 조직의 책임자들은 거품이 빠지자 흔적도 없이 사라져버렸다. 수천에 달하는 소자본가와 투자자가 전 재산을 잃었다. 경찰은 주모자를 찾기 위해 큰돈을 내걸었다. 물론 그들은 정체를 아주 교묘하게 감추었다. 예를 들어 파나마나 카이만 섬과 같은 세금 파라다이스의 홀딩-회사들과 익명의 재단에 관여하는 조직망을 통해서였다. 인그리드는 확신하는 바가 있었다. 리트너가 핵심 인물은 아니며 이 사건의 발발이 그에게는 너무나 힘겨운 일이었다는 것을. 하지만 그는 이 조직에 가담했으며 일부 자금 운영에도 책임이 있었다. 이러한 사실은 새로운 자료에서 명백하게 드러났다. 그리고 이러한 정보에 그녀는 굉장히 만족스러워했다.

과장을 좀 보태면, 그 당시 소송 중단은 그녀 개인에게 영향을 주었던 것으로 보인다. 하지만 죄가 확실한 사람은 체포해야 마땅하다는 생각이 그녀를 지배했으며, 이것은 그녀가 확실히 명예를 회복할 기회가 되기도 한다. 그러므로 그녀는 기세등등하게 수사에 착수했다. 사건이 수상쩍다 싶으면 수사는 대개 50일 이내에 시작한다. 그런데 이번 수사 시작은 다섯 시간이 채 걸리지 않았다.

그녀는 검찰에 전화를 걸어 스티그 벤베리와 얘기를 나누었다. 그는 지난번에 이 사건을 맡았던 담당 검사였다. 그녀는 사전조사를 재개해야만 하는 이유를 그에게 설명했다. 팩스로 새로운 정보를 보냈으며 30분 만에 청신호를 받았다.

인그리드는 매우 만족했다. 이 남자가 수사해줌으로써 그녀 부서의 사건 해결률이 좀 더 올라갈 것이다. 또한 각종 매체들이 이 사건을 보도할 것이다. 이로써 너무나 쉽게 법망을 빠져나갈 줄 믿었던 발데마르 리트너 같은 사람들에게 분명한 신호탄이 될 것이다. 그들은 인그리드의 부서가 경제사범을 단속하기 위해 만반의 준비가 되어 있다는 것을 알아야만 한다. 이미 수년이 지난 사건이라고 하더라도. 그들은 절대로 안심하면 안 된다.

인그리드는 동료들을 소집했다. 리트너의 일, 그의 사업, 그의 개인적인 재정 상태 등 모든 것을 새롭게 조사할 것이다. 동료들이 무엇을 조사해야만 하는지 이미 알고 있었기 때문이다.

⚜

베로니카 스트룀은 시간이 없었다.

그녀는 정말로 그럴 만한 시간이 없었다.

2월에 나이로비로 이사하기 전까지 엄청나게 많은 일을 끝내야 했다. 그러므로 그녀는 카페에 앉아 알렉산더 쇠더링을 기다리며 커피 맛을 음미하고 싶은 생각은 추호도 없었다. 그녀는 격앙된 감정을 있는 그대로 드러내는 몸짓으로 앞에 놓인 신문을 신경질적으로 획획 넘겼다.

M-매거진.

몇 주 전에 한 여기자가 전화를 걸어와서는 인터뷰를 요청했다. 베로니카를 일컬어 화려한 경력의 소유자이자 영향력 있는 여성이라고, 기자는 떠들어댔다. 독자가 마땅히 알아야 할 여성이라고.

베로니카가 인터뷰 요청에 대해 곰곰이 생각해보니 여기자의 말이 옳았다. 상경대학에서 경제시험에 합격한 후 그녀는 은행과 신문사에서 근무하다가 정부 기관으로 자리를 옮겼다. 총무처에서 그녀는 맨 먼저 외무부 산하 신문과 정보 담당 부서에서 리포터로 활동했다. 2008년부터는 국방부에서 책임자로 일했다. 그리고 이제 그녀는 곧 대사 자격으로 케냐에 가게 될 것이다.

인터뷰 요청이 왔을 때 베로니카는 잡지사 이름을 처음 들었다. 그래서 인터넷에서 어떤 잡지사인지 찾아보았다. 보도, 패션, 아름다움, 건강, 여행, 금융 등 50대 이상을 위한 기사가 화면에 떴다. 베로니카는 약간 모욕을 받은 게 아닌가 하는 생각이 들었다. 12월에 49세가 된다. 그녀는 동료들과 이 문제에 대해 얘기를 나눠보았다. 그들은 모두 같은 의견을 냈다. 이번 인터뷰가 그녀에게 좋은 기회가 될 거라는 의견이었다. 그래서 그녀는 여기자에게 다시 전화를 걸었다. 그랬더니 기자는 베로니카의 확약에 기뻐서 거의 졸도할 지경이었다. 굉장히 좋다고 말하면서 환호성을 질러댔다. 그래서 그들은 그다음 주에 만나기로 약속했던 것이다.

하지만 오늘 그녀는 다른 약속이 생겼다.

쇠더링은 도대체 왜 안 오는 것일까?

그의 전화로 인해 그녀는 소스라치게 놀랐다. 옘틀란드 사건에 대해서는 몇 년 전부터 아예 생각하지 않고 살았다. 이미 종결된 사건이었다. 쇠더링의 전화로 인해 그녀는 걱정할 필요는 없다고 생각했다. 시체들이 발견되었다. 그래, 그럴 수 있다. 하지만 누군가 시체에 관한 모든 진실을 찾아낼 위험성은 극히 미미하다.

주말에 그가 또다시 전화를 걸었다. 그녀와 만나고 싶다고. 그들에게 문제가 생겼다는 것이다.

베로니카는 카페 내부를 둘러보았다. 알렉산더가 이곳을 만남의 장소로 추천했다. 리다르가탄 거리에 있는 허름한 카페였다. 카페는 여러 층으로 나뉘어 있었는데 층과 층 사이는 돌계단으로 오르내릴 수 있었다. 알록달록한 색상으로 뒤죽박죽 섞여 있는 의자와 낡은 소파, 그리고 삐거덕거리는 탁자는 가족적인 분위기와 편안함을 줄 수도 있을 것이다. 마치 누군가의 집에 와 있는 것처럼. 하지만 베로니카의 눈에는 물건이 너무 많고, 먼지투성이에 구닥다리 같았다. 벼룩시장에 앉아 커피를 마시는 것 같았다.

잠시 후 신경질적으로 계단을 뛰어 올라오더니 자기와 가장 가까운 구석 쪽 자리를 찾고 있는 알렉산더의 모습이 보였다. 그는 그녀를 곧장 발견하지 못했다. 그것은 그녀가 의도한 것이기도 했다. 원래 그와 만나는 것이 의심스러운 일은 아니었지만 누군가에게 들키고 싶지 않았다.

알렉산더는 그녀에게 인사를 하고 나더니 늦어서 미안하다고 말했다. 그리고 곧장 자리에 앉았다. 그는 서류 가방을 바닥에 내려놓고는 탁자 위로 몸을 굽혔다.

"정말 많이 생각해봤거든요……. 지난 며칠간 벌어진 일에 대해서 말입니다." 그가 곧 나지막한 목소리로 말하기 시작했다.

"나는 아닌데요." 베로니카가 냉정하게 대꾸했다. "솔직히 말하자면 앞으로도 그 일로는 얘기하고 싶지 않아요."

알렉산더는 어리둥절한 표정으로 그녀를 쳐다보며 고개를 내저었다. "그것 때문에 뵙자고 한 게 아닙니다." 그가 유감스럽다는 듯이 말했다. 그의 감정이 그녀에게 고스란히 느껴졌다. "도움이 필요합니다."

베로니카는 한숨을 내쉬었다. 그녀는 도와주고 싶지 않았다. 자신과 가족을 위해 당장 이사 준비를 해야만 한다. 그녀는 스웨덴 대사가 되고 싶었다. 그리고 2003년 가을날은 영원히 잊고 싶었다.

그럼에도 불구하고 그녀는 "무슨 일로?"라고 물었다. 알렉산더 쇠더링이 스스로의 신변 보호를 위해 하는 일은 전부 그녀를 보호해주는 일이기도 하다는 것을 알고 있기에.

"당신, 우리가 비밀리에 도장을 찍었던 망명 절차 기억하죠……?"

베로니카는 고개를 끄덕였다. 모든 조작 과정에서 가장 쉬운 일 중 하나였다. 담당 공무원에게 전화만 걸면 일이 처리되었다. 솔나 지역 경찰은 잠적한 난민을 찾는 일보다 더 나은 일을 해야만 했다. 공무원들은 그 일에 거의 감사하는 편이었다. 아무도 불만을 토로하지 않았다.

"이름 하나를 서류에서 지워야 합니다." 알렉산더가 계획한 일을 말했다.

"왜죠?"

"시체가 나왔잖습니까." 그가 약간 의아한 목소리로 대답했다. 그의 생각에는 그녀가 그를 이해해야만 했다. "누가 파헤치려고 하지는 않겠지만 만약 그들이 그렇게 한다면……."

그는 말끝을 흐렸다. 끝까지 말할 필요가 없었다. 그녀가 그의 말뜻을 대번 알아차렸다. 관련되어 있는 몇 안 되는 관계의 끈이 길고 복잡하게 얽혀 있지만, 추적당할지도 모른다. 그리고 당연히 가능한 한 많은 끈을 잘라버리는 것이 최선이었다. 늦었더라도 안 하는 것보다 낫다. 그녀는 고개를 끄덕였다.

"내가 처리할게요. 다른 일은?"

"내가 아는 한, 없습니다."

"그럼 이게 우리가 해결해야 할 마지막 문제인 거죠?"

"그러길 바랍니다."

"좋아요."

그녀는 황급히 자리에서 일어나더니 작은 카페를 획 나가버렸다. 알렉산더에게 눈길 한번 주지 않고서. 그녀가 나가는 모습을 아무도 눈치채지 못하는 것 같았다. 그녀는 전화를 걸어 이름 하나를 없애달라고 부탁할 것이다. 그러면 이 모든 비극적인 얘기는 영원히 사라질 테니까.

이것이 그녀의 계획이었다. 아주 좋은 계획.

하지만 그녀는 이번 일이 만만한 일이 아닐까 봐 두려웠다.

⚜

토르켈이 회의를 시작한 시각은, 문 위쪽에 걸린 시계의 바늘이 12시를 가리켰을 때였다. 다른 팀원들은 이미 모여 있었다.

약속 시간은 11시.

토르켈은 정각 11시에 도착했다.

일분일초도 어기지 않고 정확하게. 반야는 그가 정확한 시간에 도착한 것이 우연이라고 생각하면서도 저절로 웃음이 나왔다. 토르켈이 얼마나 정확한 시간에 도착했는지 안다면 스스로도 만족해할 것이다.

"오늘은 어떤 일이지?" 그가 질문을 던지며 자리에 앉았다.

"2003년 10월 자에 접수된 신고를 모두 살펴보았습니다."라고 빌리가 말문을 열며 복사본 더미를 탁자 중앙 쪽으로 던졌다. 다른 사람들이 몸을 숙여 그것을 하나씩 집었다. 세바스찬을 제외하고 모든 사람이. 우르줄라는 복사본을 집어 들면서 웃음 띤 얼굴로 세바스찬을 바라보았다. 그는 고개를 끄덕이며 답해주었다.

토르켈은 곧바로 세바스찬 쪽으로 몸을 돌리고 무엇 때문에 수사 결과를 거부하려 드는지 묻고 싶었다. 하지만 세바스찬의 제스처를 목격하고는 대답을 다그치지 않았다. 그는 우르줄라의 행동을 주시했다. 세바스찬이 그녀의 웃음에 답을 보낸 후 그녀가 의자에 등을 기대고 더 활짝 웃었기 때문이다. 아주 잠깐 동안 토르켈은 질투심을 느꼈지만 재빨리 그리고 효과적으로 떨쳐버렸다.

우르줄라와 세바스찬.

이들의 관계는 있을 수 없다. 생각도 할 수 없다. 팀원 중 세바스찬과 부딪치는 것을 가장 괴로워하는 사람이 우르줄라였다. 이 둘은 90년대에 함께 일했다. 그래서 토르켈은 그 당시에 둘이 서로를 꽝장히 잘 이해했던 것으로 기억한다. 그러다가 부지불식간에 무슨 일이 생겼다고 들었다. 둘 사이의 협력은 그 후에도 지속되었지만 어쩐지…… 공무를 수행할 때에만 가능했다. 둘의 우정은 과거가 되고만 것이다.

그 후 세바스찬은 특별살인사건전담반을 떠났고, 우르줄라는 그에 대해서 전혀 언급하지 않았다. 세바스찬이 그녀에게 상처를 주었을지도 모른다. 그것이 그의 전문이었으니까. 그 당시에도 그는 그런 사람이었다. 그의 행동은 항상 그랬기 때문에 지우기 힘든 흔적을 남겨놓았다. 지난번 세바스찬이 특별살인사건전담반에 들어왔을 때 우르줄라는 그에 대한 불쾌감을 표현한 적이 있었다. 그가 반야의 목숨을 구한 후로 그녀는 그를 인정했지만 그 이상은 아니었다.

"우리는 행방불명된 네덜란드인들 쪽으로 초점을 맞추었습니다." 빌리가 다음 말을 이었다. 토르켈은 다시 그의 말에 집중했다.

"호텔이나 여관, 혹은 그 근처 유스호스텔에서 음식값을 안 낸 사람이 있는지 조사해봤지만 그런 사람은 없었어요."

"그 무렵에는 도난당한 차량 신고도 없었고요, 견인된 차량도 없었습니다. 프옐에서는 그 어떤 텐트 장비도 나오지 않았습니다." 제니퍼가 보충 설명을 했다.

"우리가 이미 알고 있다시피 당시 이곳에서는 실종신고가 접수된 건은 단 한 건도 없었습니다." 빌리가 마지막으로 사건을 정리했다.

반야는 둘을 쳐다보았다. 겨우 하루가 지났을 뿐인데 둘은 서로가 서로의 말에 맞장구를 치듯이 설명을 보충해주었다. 손발이 척척 맞았다. 귀엽지만 뭔가 섬세했다.

"우메오 연구소에서 임시 보고서를 받았어요." 하고 우르줄라가 설명하자 반야는 그녀 쪽으로 고개를 돌렸다. "9밀리미터 권총이랍니다. 아마도 속사권총인 것 같아요. 하지만 방금 말했듯이 이건 어디까지나 임시 보고서예요."

세바스찬은 고개를 끄덕였다. 사건은 더 흥미로워졌다. 속사권총으로 쏜 것이다. 이런 무기는 이 지역에 거의 보급되지 않는다. 이런 무기를 산에 갖고 다니는 사람은 거의 없다. 그렇다면 이 모든 것은 무엇을 의미하는가? 범인이 정확히 네 명을 노렸다는 것이다. 네 명이 어디에 그리고 언제 머물지 알고 있었다는 뜻이다. 희생자들은 범인을 알고 있었음에 틀림이 없다. 세바스찬은 이제 확신이 생겼다. 어쨌든 그들의 신원 파악이 급선무였다.

"저는 행방불명된 가족과 어린이들을 찾아보았어요." 반야가 말문을 열었다. 그녀는 우르줄라의 뒤를 이어 말했다.

세바스찬은 몸을 굽혔다. 이번 사건은 점점 흥미를 더했다.

"지금까지 의심 가는 가족이 셋 있었어요." 반야는 주변에 신경 쓰지 않고 다음 말을 이었다. "각각 성인 둘과 아이 둘이에요. 하지만 그 어떤 가족도 2003년도 가을에 행방불명된 경우는 없었어요."

그녀도 한 뭉치 복사본을 준비해 왔다. 다른 사람들이 그것을 한 부씩 집어 들었다. 이번에는 세바스찬도 한 부를 냉큼 집었다. 반야의 작업이니 약간이라도 더 흥미를 보이고 싶어서였다. 그녀가 준비해 온 복사본만이 그의 유일한 관심거리라는 것을 그녀에게 보여주고 싶었다.

"보시다시피, 노르웨이에서 온 토릴슨 가족이 휴가 도중에 행방불명이 되었어요. 2000년 여름에 트론헤임 북쪽에서요."

"이 근방이네." 빌리가 혼잣말로 중얼거렸다.

"아이들은 우르줄라 선배가 예상하는 나이가 맞아요." 반야는 계속해서 말했다. "여섯 살과 여덟 살. 그들을 찾지는 못했어요."

"하지만 무덤에 묻히기 3년 전에 이미 행방불명된 것 같은데." 토르켈이 이의를 제기했다. 그는 탁자 앞에 모여 앉은 다른 사람들도 그와 같은 생각을 했으리란 것을 알고 있었다. 아마도 그 어떤 사람도 가장 가능성이 있어 보이는 증거의 약점을 지적하고 싶어 하지 않았을 것이다. 세바스찬을 제외하고. 하지만 그는 아무 말도 하지 않았다. 이상한 일이었다.

그 대신에 빌리가 말했다. "아니면 2000년도에 행방불명되었다가 2003년도에 사망한 건 아닐까요?"

"그렇다면 3년 동안 어디에 있었다는 거죠? 노르웨이 수사 자료를 보면 자의에 의해 사라졌다는 증거는 그 어디에도 없었어요." 반야가 곧바로 반격했다.

빌리는 아무런 반대 의견을 제시하지 못했다. 누군가가 한 가족을 3년 동안 잡아놓고서 그다음에 살해했다는 것은, 사실상 있을 수 없는 일이었다.

"그럼 다음 얘기로 넘어가봅시다." 토르켈이 결정을 내리고 반야의 복사본 한 장을 넘겼다.

"두 번째 가족입니다. 성은 하그베리이고. 게블레 출신이에요. 2002년도에 행방불명되었지만 추측하건대 어쩌면 세금 파라다이스로 도망갔을지도 모른다고 하네요. 가족의 배경을 더 조사해보았더니 아버지 하그베리가 회삿돈을 크게 횡령한 일이 밝혀졌어요. 아이들 나이는 맞을 거예요. 다섯 살과 여덟 살이에요."

아무도 질문하지 않았다. 또 자기의 생각을 말하는 사람도 없었다. 결국 반야가 계속해서 말했다. "마지막 가족이에요. 성은 쇠데크비스트이고, 2004년 2월 이후쯤 사라졌어요. 그 가족은 이미 11월에 예테보리에서 요트로 세계 여행을 시작했는데 그 도중에 사라진 거예요. 행방불명된 남자의 형제가 2월 1일에 잔지바르에서 온 그림엽서를 받았다고 해요. 하지만 그 후로는 아무런 소식을 듣지 못했대요. 가족도 요트도 발견되지 않았고요."

반야는 잠시 숨을 돌렸다. 지금도 팀원 중 누구 하나 의견을 제시하지 않았다. 토르켈은 그 이유를 알고 있었다. 그 가족들을 그들이 찾고 있는 가족이라고 아무도 확언할 수 없기 때문이었다. 노르웨이 사람들일 가능성이 보였지만 여전히 의문점투성이였다. 그들은 한 발짝도 더 나가지 못했다는 느낌이 들었다.

"자녀를 둔 미혼들까지 포함하면 목록은 훨씬 더 많아." 반야는 설명하면서 자료를 다음 장으로 넘겼다. "하지만 그렇게 많진 않네요. 2001년, 2003년 그리고 2004년에 자녀를 둔 세 아버지가 행방불명되었군요. 이 남자들은 하나같이 제 아이들을 붙잡아 고향 집에 강제로 끌고 갔어요. 아이들 나이와 그 밖의 다른 설명은 여기 이 자료를 보면 아실 수 있을 거예요. 한 엄마와 딸은 2002년에 외레브로에서 행방불명됐어요. 엄마가 극심한 우울증을 앓았다고 해요. 아마도 자살을 시도한 것 같아요. 이들은 발견되지 않았고요. 2005년에는 네 살짜리 남자아이가 트롤헤탄에서 실종됐다는 신고가 들어왔어요. 그 아이도 발견되지 않았습니다." 반야는 방금 읽은 복사본을 탁자에 던졌다.

다시 침묵이 흘렀다. 어제만 해도 약간의 희망이 보였다. 만약 희생자들의 신원만 확인한다면 범인 검거에 한층 더 가속도가 붙을 거라고 생각했다. 성인 두 명과 어린이 두 명. 어디에서인가 분명히 그들을 찾는 사람들이 있을 것이다. 가족이 갑자기 사라져버렸는데도 아무도 기이하게 생각하지 않는다면 이것은 말도 안 되는 일이다. 그럼에도 불구하고 이번 사건은 그런 경우에 해당하는 사건 같았다.

"우리는 좀 더 수사망을 넓혀야만 합니다." 토르켈이 크게 한숨을 쉬며 설명했다. "유럽 경찰에 협조를 요청할 생각입니다. 국제 공조를 얻어 수색해야 될 것 같아서. 여기는 유명한 여행지입니다. 반야, 자네는 빌리랑 제니퍼랑 얘기해서 서로 조사하는 범위를 조절해봐. 그래야 가능한 한 폭넓게 효과적으로 수사할 수 있으니까."

반야는 고개를 끄덕였다. 그러고는 만족스런 미소를 지으며 자료를 한곳으로 끌어모았다.

"네덜란드인들의 가방은……." 빌리가 의자에 등을 기대며 말했다. 손을 머리 뒤로 하고 깍지를 끼면서.

"어찌 됐어?" 우르줄라가 물었다. "우린 못 찾았어. 그걸 반드시 찾아야 하는 건가?"

빌리는 양손을 밑으로 내리고 어깨를 으쓱했다. "그 사람들 옷은 찾았잖아요. 그런데 왜 가방은 안 나오는 걸까요?" 빌리가 세바스찬을 향해 곁눈질했다. 그는 세바스찬이 다음 반격에 가세해주기를 기대했기 때문이다. "그 사람들은 일주일 동안 여행하려고 한 거잖아요. 그렇다면 뭐라도 가져가지 않았을까요?"

"어쩌면 그자가 물건을 다 가져갔을지도 모르잖아요." 반야가 의견을 내놓다. "살인자가요."

"왜지? 그자한테는 그런 물건이 짐만 될 텐데."

"그자가 거기까지 뭘 타고 갔는지 그건 모르잖아요. 어쩌면 차를 타고 갔을지도 모르는 거 아닌가요?"

"그럴 수 있지." 우르줄라가 동의했다. "아니면 가방이 아직도 어딘가에 버려져 있을 수도 있고." 그녀는 토르켈 쪽으로 고개를 돌렸다. "시체가 발견된 현장을 기점으로 좀 더 광범위하게 땅을 파보고 싶어요."

토르켈은 다시 한숨을 쉬었다. 한숨을 쉬다니 그답지 않은 행동이었다. 그는 회의실에서 신음하거나 끙끙거리는 걸 좋아하지 않았다. 이런 행동은 힘을 빠지게 하고 패배감만 안겨줄 뿐이었다. 그래서 그는 되도록 이런 행동을 피하고 싶었다.

"좋아. 하지만 내가 아는 바에 따르면 좀 어려울 거야. 거기가 자연보호 지역이어서."

"이번 경우는 살인사건 수사예요." 우르줄라가 냉담하게 대답했다. "어디에 우선권을 두느냐가 문제죠."

"그 점에 대해 지방 정부의 자연보호주의자 쪽에 한번 말해보지."

"내 생각에 그건 팀장님이 해야 할 일이에요."

그녀는 그를 바라보며 미소 지었다. 그러고는 그녀도 들고 있던 자료를 한곳에 쌓아놓기 시작했다. 이쯤에서 회의는 끝이 났다. 다들 자리에서 일어나려고 했다.

"한 가지 더 있는데요……." 제니퍼의 목소리가 팀원들의 발목을 붙잡았다. "제가 도난당한 차량을 조회하다가 발견한 거예요."

그들은 다시 의자에 앉아 재촉하는 눈빛으로 신참을 빤히 바라보았다.

"2003년 10월 31일 이곳에서, 불에 탄 차에서 죽은 여성이 발견되었습니다."

팀원들은 무의식적으로 활력을 되찾은 듯한 느낌이 들었다. 이 조회는 흥미로웠기 때문이다. 어쩌면 회의에서 들었던 내용 중 가장 흥미로운 것일지도 모른다.

제니퍼 쪽으로 고개를 돌린 빌리는 자신의 의아한 눈빛에 그녀가 응답해주기를 바랐다. 무엇 때문에 그녀는 그 사실에 대해 그에게 미리 설명해주지 않았던 것일까? 그는 약간 화가 났다. 어젯밤 팀 회의를 마친 후 그는 그녀와 한 시간가량 더 마주 앉아 사건을 조사했다. 오늘 아침 식사 후에도. 오전 내내. 그녀는 아직 팀 내에서 테스트 단계에 있으므로 뭔가 증거를 제시하거나 주장하고 싶어 했다. 그때마다 그는 이해할 수 있었다. 당연히 그는 그녀가 찾아낸 수사 내용을 다른 사람들 앞에서 프레젠테이션 하도록 배려해줄 수 있었다. 모든 팀원들로부터 그녀가 인정받기를 바랐다. 그는 그녀를 다시 빤히 쳐다보았지만 그녀는 줄곧 토르켈만 바라보았다. 순간 불안감이 그를 엄습했다. 그들은 단시간에 좋은 관계로 발전했다. 제니퍼와 그는. 그것도 아주 좋은 관계로. 그녀는 이번 기회로 인해 얼마나 행복한지 여러 번 말하곤 했다. 그도 기뻤다. 그 이유에 대해서 그는 곰곰이 생각해보지 않았지만 새로운 여자 동료와 함께 일한다는 것이 좋았다. 그녀는 조심스럽게 행동해야 할 것이다. 솔직히 말해서 명백한 서열은 아니라도 그녀는 빌리의 아랫사람이 아닌가! 그런데 지금 행위는 무지에서 나온 것일까? 이런 돌발적인 행위는 무엇일까? 중요한 정보인데도 그녀는 그에게 알리지 않고 숨긴 것이다. 그들이 함께 조사에 임했는데도. 무엇 때문에? 그녀의 야망을 과소평가한 것일까? 팀 내에서 수사관으로서 그녀의 존재를 증명하려고 하는 것일까? 최고의 수사관이 되고 싶은 것일까? 다른 각도에서 보자면 가령 새로운 반야가 등장한 것인가?

"여자에 대한 신원은 아직 밝혀진 게 없었습니다." 빌리의 시선을 알아채지 못한 제니퍼는 다음 말을 이었다. "발견된 차량은 외스테르순드에서 그 전날에 빌린 거예요. 파트리시아 웰톤이라는 이름의 여자가 빌린 걸로요. 하지만 파트리시아 웰톤은 실제로 존재하지 않았습니다."

"어떻게 존재하지 않았다는 거지?" 반야가 물었다.

"그런 여자는 없었어요." 제니퍼는 다시 한 번 분명히 밝혔다. "신원을 위장한 거예요. 그녀가 누군지 아무도 모릅니다. 경찰의 프로토콜에 따르면 그녀는 영어를 쓰고 미국 면허증을 가지고 있었다고 합니다."

"하지만 미국에서는 그녀의 행방불명 신고가 접수되지 않았어요."

제니퍼는 고개를 끄덕였다. "저희가 경찰보고서를 믿고 조사해봤지만 미국에는 이런 생년월일과 면허증번호를 지닌 파트리시아 웰톤은 없었어요. 물론 이 보고서 기록은 좀 이상할 정도로 상세했습니다."

제니퍼가 설명을 중단하고는 복사 자료를 탁자에 올려놓았다. 다른 사람들은 손을 뻗어 복사 자료를 집어 들었다. 토르켈은 자료를 죽 훑어보았다.

"전부 다 다시 한 번 정확하게 재조사해보게." 그가 말하면서 반야와 제니퍼, 빌리를 쳐다보았다. "그 여자가 어떻게 그리고 어디에서 왔는지 조사해보고, 이 사고에 대한 모든 걸 모아보게. 사진도. 부검에 관한 프로토콜이나 아주 세부적인 것까지 전부 다. 그리고 제니퍼, 그 여자가 언제 발견되었지?"

"10월 31일 아침에요."

"그럼 장소는?"

제니퍼는 자리에서 일어나 벽에 걸린 지도 쪽으로 걸어갔다. 그녀는 펜을 들고서 E14번 도로 옆의 작은 지역을 중심으로 빨간색 동그라미를 그렸다.

"여기예요. 그 여자가 차의 컨트롤을 상실하는 바람에 무덤 속으로 뛰어들었던 곳이."

"그 후 차가 화염에 휩싸였나?" 반야가 물었다.

"예."

잠자코 반야는 자료를 넘겨 보았다. 다른 차량과 충돌이 없었는데도 사고 시 그냥 화염에 휩싸여 폭발했다는 것이 이상했다. 영화에서는 그런 일이 상시적인 일이겠으나 실제로는 절대로 그렇지 않았다. 이 사고는 사실상 의심스러웠다.

"우리가 한번 추측해보면 이 여자가 가짜 면허증으로 사고를 낸 때와, 여섯 명의 사망자들이 프옐의 집단무덤에 묻힌 때가 동일하다는 거예요."

토르켈은 더 이상 말할 필요가 없었다. 이 두 사건이 서로 아무런 관계가 없어 보이지 않았지만 아직 확실한 증거는 없었다.

그러므로 팀원들에게 갑자기 아주 새로운 과제가 생겼다.

"나랑 잠시 얘기 좀 할 수 있나?"

제니퍼가 회의실을 나가려고 하자 빌리가 그녀를 붙들었다. 방금 전에 일어난 일로 인해 앞으로도 언제든 괴로울지 모른다는 걸, 그는 잘 알고 있었다. 그럴 바에야 곧바로 그녀와 대화를 나누는 것이 나았다. 그리고 떨쳐버리고 싶었다.

"물론입니다. 무슨 일인데요?" 제니퍼는 회의 마지막에 이르러 토르켈에게 들은 칭찬 때문에 아직도 얼굴이 상기되어 있었다. 그녀가 빌리 쪽으로 돌아보았다. 그의 표정이 그다지 밝지 않았다.

"나한테는 왜 불에 탄 차에 관해서 미리 말하지 않았지?"

"그게 무슨 말씀이세요?"

제니퍼의 입에서는 영문을 모르겠다는 투의 말이 흘러나왔다.

"우리가 함께 일할 때요." 빌리가 분명한 어조로 말했다. "자네가 자료를 발표하기 전에. 왜 나한테 한마디도 안 한 거지? 그 사건에 대해서?"

"선배님과 얘기한 것처럼, 사건이 일어난 시간을 기점으로 차량

관계있는 모든 걸 찾아본 거예요. 그러다 이 사건을 알게 되었고요."

"그런데 그걸 나한테 미리 설명해주어야 한다는 생각은 안 했나?"

"예. 제가 반드시 그래야 하나요?"

"그럼 어떻게 생각하지?"

제니퍼는 어깨를 으쓱거리며 이해하지 못하겠다는 듯이 빌리를 바라보았다. "선배님은 호텔이랑 유스호스텔을 맡았죠. 거기서 만약 선배님이 뭔가 발견했다면 저한텐 그 사실을 말 안 했을 거 같은데요? 제 생각에는 팀원들과 함께 있을 때 말하고 듣는 게 가장 중요한 것 같아요."

빌리는 더 이상 대꾸하지 않았다. 그녀가 한 말이 틀리지 않았기 때문이다. 팀이 정규적으로 함께 자리를 하는 것도 바로 그 이유 때문이었다. 각자 자력으로 수사한 후에 다 같이 모인 자리에서 그 결과와 정보를 공유하는 것이다. 바로 이런 식으로 제니퍼가 행동했던 것이다. 갑자기 그가 이토록 예민해진 이유는 무엇일까? 빌리는 이 일로 왈가불가한 것에 대해 후회했다.

"하지만 제가 다른 정보를 더 발견하게 된다면 먼저 선배님한테 얘기할게요." 제니퍼는 그의 침묵을 잘못 이해한 것 같았다.

"아니, 그럴 필요 없어요." 빌리가 나지막한 목소리로 대답했다. 그는 그녀의 눈을 피해 복도 쪽으로 시선을 돌렸다.

"정말로요? 우리가 알아낸 내용을 선배님이 대신 프레젠테이션 한다고 해도 괜찮아요."

"아니, 진짜로 그럴 필요 없어요." 빌리는 하는 수 없이 억지로 그녀와 눈을 마주쳤다. 그러고는 미소 지어 보였다. 그녀를 질책한 일을 조금이라도 무마시키기 위해서였다.

"정말로 확실해요?" 제니퍼는 아직도 확신이 들지 않은 것 같았다.

"확실하고말고. 내가 잘못 생각한 것 같아. 미안."

"그럼 다 오케이인가요?"

"응."

"그럼 다행이에요. 전 정말로 실수 같은 것 하고 싶지 않아요. 누굴 화나게 만들 생각도 없고요."

"걱정 말아요, 정말로."

제니퍼는 회의실을 나서기 전에 다정한 미소를 지어 보였다. 빌리는 약간 걱정스러운 얼굴로 서 있었다. 그가 무슨 말을 한 것일까? 도대체 왜 그런 생각을 한 것일까? 제니퍼가 그에게 맨 처음으로 정보를 알려주지 않았다는 이유만으로 그는 기분이 상했다. 어떤 식으로든지 그가 위협을 느꼈다는 것은 그에게는 당연한 반응이었다. 예전에 반야가 그들 중 누가 최고의 경찰관인지에 대해 말했던 적이 있었는데, 그 말이 생각보다 깊은 상처로 남았다. 지금까지 그는 이일을 잘 극복했다고 생각했다. 모든 것을 반야와 잘 해결했다고. 그는 자신이 가장 잘할 수 있는 일을 맡았고 팀원들은 저마다 다양하지만 동일한 수준의 과제를 맡았다고 생각했다. 그는 그렇게 믿었다. 하지만 이렇게 제니퍼와 일로 부딪치게 되었다. 그리고 그는 FBI에 지원하지도 않았다. 이것은 작은 시그널이었다.

자신의 능력을 의심하는 것일까? 혹은 점점 경찰관으로서 싫증을 느끼는 것은 아닐까? 모든 사람들이 그를 적대시한다고 말이다. 이런 생각은 하면 안 될 것이다. 어떤 경우에도. 그러기에 그는 너무

젊으며 직업을 매우 좋아했다. 오히려 다시 한 번 새로 시작하는 것이 더 나을지도 모른다. 특별살인사건전담반을 떠나서 다른 부서로 옮겨가는 것은 어떨까?

✠

발데마르 리트너는 오른쪽으로 몸을 돌려, 협탁 위 탁상시계를 쳐다보았다. 사무실로 다시 들어갈 시간이 되었는지 알기 위해서였다. 그가 집에 왔던 때는 점심시간이었다. 먼저 부엌으로 들어가 콘플레이크와 요구르트를 먹고서 침대에 누웠다. 그는 매우 피곤했다. 그 이유는 그도 몰랐다. 여느 때처럼 긴 시간 동안 잠을 푹 잤는데도 개운한 느낌이 들지 않았다. 몸 상태가 번아웃 직전인 것 같았지만 그는 그럴 리가 없다고 생각했다. 예전처럼 그렇게 많은 일을 하지 않았다. 그와 반대였다. 스트레스를 받거나 압박감에 시달리지 않았다. 그런데도 기운이 없었고 등짝 부분에 지속적인 통증을 느꼈다. 몸에 무리가 온 것일까? 애당초 근육통으로 고생한 적은 없었다. 그는 방을 나와 텅 비고 조용한 거실로 갔다. 몇 달 전부터 집 안은 더 텅 비고 더 조용해진 것 같았다. 반야가 미국으로 가기 때문이다.

반야는 이미 오래전부터 그와 안나와 함께 살지 않았지만 자주 집에 찾아왔다. 목요일마다 그들은 함께 모여 저녁을 먹었다. 꼭 그렇지 않았더라도 반야는 지나가는 길에 별다른 일없이 들렀다가 잠시

TV를 본다거나 커피를 마시며 간식을 먹고 가기도 했다. 그녀가 우연히 근처에 올 일이 있을 때에는 종종 사무실로 전화를 걸어 함께 점심 식사를 할 수 있을지 묻곤 했다. 하지만 이런 반야의 방문은 곧 없을지도 모른다. 딸이 머나먼 곳으로 장기간 떠나기 때문이다. 그리고 발데마르는 평생토록 가장 가치가 있다고 여겼던 것을 잃어버릴지도 모른다. 딸과의 친밀한 관계를 말이다.

물론 그는 그녀가 미국에서 교육 받을 수 있기를 기대했다. 딸이 얼마나 자랑스러운지 모른다. 그녀가 특별살인사건전담반에서 처음으로 일하기 시작했을 때에는 세상이 온통 기쁨과 자부심으로 가득했다. 이제는 마음이 걱정거리로 뒤범벅이 되었다. 그리고 그는 그녀가 떠나간다고 생각만 해도 가슴이 무너지는 것 같았다. 그녀가 몇 달 후에나 떠나게 될 텐데도.

그는 혼자 남고 싶지 않았다. 다시 사랑과 친밀감이 식어가는 것 같았다. 안나와 그는 잘 지내는 편이었고 그들은 여전히 서로 사랑했다. 그리고 그가 미래를 계획할 때 그가 계획한 것을 그녀도 열망했다. 안나는 언제나 자신의 생각이 따로 있었다. 하지만 그와 반야의 관계는 특별했다. 그들은 처음부터 사이가 가까웠다. 그녀가 어릴 때 그는 안나보다 훨씬 더 강한 인내심으로 그녀를 대했다. 기꺼이 그녀와 함께 놀아주었으며 그녀의 요구 사항에 다 맞춰줬다. 그러면 안나는 엄마가 못 해주는 일을 해주었다고 그에게 고마워했다. 다른 남자들은 사무실에 앉아 십대 딸들에 대해 불평을 해대며 딸과 말다툼을 했다거나 화가 치밀어 올랐던 경험담을 늘어놓곤 했다. 자신들이 마치 별세계에 사는 사람 같다고 불만을 토로했던 것이다. 반면에 발데마르는 반야에게 그런 불만을 느낀 적이 전혀 없었다. 그는 언제나 딸과 대화로 풀었다. 그녀와 서로 상의하여 합의하에 결정했다. 그녀는 언제나 또래아이들에 비해 성숙했던 것 같았다. 그럼에도 불구하고 그는 항상 그들의 관계에 금이 가지 않도록 조심했고 그만큼 관계가 아주 중요하다는 것을 염두에 두었다. 반야가 사춘기를 맞았을 때에는 안나와 매일같이 다투곤 했다. 그러므로 안나는 결정을 내리고 규칙을 정해야 할 경우 대부분 그에게 일임했다. 대체로 보면, 안나와 반야는 그 관계가 복잡했다. 그 둘 사이에는 격론하는 일이 없었으며 심한 말도 오가지 않았지만 그렇다고 둘 사이가 썩 가까운 것은 아니었다.

반야는 언제나 파파걸이었다. 그리고 이제 그녀는 그를 떠나게 될지도 모른다.

그녀가 그런 계획을 설명했을 때 그에게 맨 먼저 떠오른 생각은 무엇이었던가? 그것은 그녀가 이렇게 가도록 내버려두면 안 된다는 것이었다. 그녀가 가지 못하게 붙잡고 싶었다. 어떤 방법을 써서라도 그녀를 잡아놓고 싶었다. 그의 기억으로 처음에는 일부러 거짓말을 했다. 미국행을 계획하다니 참 좋은 생각이라고 말했던 것이다. 그리고 그다음 몇 주 동안에는 줄곧 속으로 그녀가 시험에서 떨어지기만을 바라며 남몰래 괴로워했다. 이윽고 그는 그녀가 미국행을 얼마나 원하고 있는지 그 자신도 깨달아 알게 되었다. 미국에서 교육을 받으면 그녀뿐만 아니라 그 또한 행복하게 될 거라고 말이다. 그 뒤로 그는 딸의 부재가 두려울지언정 딸이 모든 시험을 잘 통과하도록 온 마음을 다해 빌었다.

그는 침울한 생각을 떨쳐내고는 부엌으로 들어갔다. 물 한 컵을 마신 그는 다시 시계를 바라보았다. 이제는 정말로 집에서 나가야 할 시간이었다. 그가 유리컵을 식기세척기에 넣은 후 현관에서 신발을 신으려고 하는데 핸드폰이 울렸다. 여비서 안니카였다. 그가 핸드폰 통화 버튼을 누르자, 장황하면서도 다급한 목소리가 들려왔다. 안니카가 무슨 말을 하는지 그는 잘 이해가 되지 않았다. 그녀는 매우 흥분한 상태인 것 같았다. 그래서 그는 그녀의 말을 잘못 들은 것이었기를 바랐다. 그녀가 말을 끝내자 그는 그녀에게 조금 진정하고 다시 한 번 설명해달라고 부탁했다. 그는 단호한 목소리를 내려고 마음을 가다듬어야만 했다. 안니카는 숨을 깊이 들이쉬고는 바로 확인시켜주었다. 그녀가 맨 처음에 한 말이 맞는다는 것을. 경찰이 사무실에 들이닥쳐서는 몇 년 전 자료를 싹 다 요구했다는 것. 그러니 그에게 가능한 한 서둘러 사무실로 와야 한다는 것이다. 발데마르는 곧 가겠노라고 말하고는 전화를 끊었다.

그는 현관에 우두커니 서서 생각을 가다듬어보았다. 경찰이 사무실로 찾아왔다면 분명 바로 그 일 때문일지도 모른다. 하지만 왜 이제 와서 새삼 찾아온 것일까? 무엇 때문에 다시?

지금까지 그는 가까스로 위기를 모면했다.

그 당시에 그는 지름길을 선택했다.

사전조사는 중단되었다. 증거 부족으로.

그는 가족을 사랑하기에 그 일을 저질렀다.

물론 그 일은 실수였다. 그야말로 실수였다. 그는 그 일을 묻어둔 뒤 잊어버리고 아예 생각하지 않았다.

그냥 가족에게 뭔가 해주고 싶었다. 그렇지 않았다면 그는 그런 일을 하지 않았을 것이다.

경찰이 입증 가능성을 자신했으니 다시 찾아왔을 것이다. 경찰에서 어떻게 알아낸 것일까?

그는 죄를 저지르지 않았다. 그저 유혹에 빠진 것이다. 아주 단순했다. 그는 지름길을 선택했다.

적막함을 깨고 벨소리가 울렸다. 그 소리에 발데마르는 기겁했다. 문 쪽이었다. 이 시간에 누가 초인종을 누른 것일까? 낮 시간에는 주로 집에 아무도 없는데. 그는 현관문을 열어주면서도 머릿속으로는 딴생각만 했다. 하지만 몇 분 지나지 않아 그는 현실에 부딪치고 말았다.

그는 그녀를 알아보았다.

경제사범 단속반 소속 잉그리드 에릭손을.

그녀는 미소를 지어 보였다.

✤

아침 회의가 있은 후 다들 해야 할 일이 많았다. 빌리는 파트리시아 웰톤이 어디에서 그리고 언제 왔는지 알아내야만 했다. 모두 알다시피, 이번 일은 잘된다고 해도 시간 소모가 엄청날 테고 최악의 경우에는 아예 해결을 못 할지도 모른다. 파트리시아 웰톤이 기차

혹은 자동차로 여행을 왔다면 그녀의 흔적을 찾을 수 없을 것이다. 하지만 적어도 시도는 해야만 한다. 그는 제니퍼에게 도와달라고 부탁했다. 그녀는 기꺼이 그렇게 하겠다고 말했다. 빌리는 그녀가 뜻밖에 발견하게 된 모든 사실을 반드시 그에게 전달하지 않아도 된다고 강조해서 말했다. 그리고 자신의 행동에 대해 다시 한 번 미안하다고 밝혔다. 그녀는 눈을 찡긋하며 괜찮다고 대답했다.

그들은 텅 빈 레스토랑에 마주 보고 앉았다. 핸드폰과 노트북을 가지고서. 그리고 그들은 시스템상으로 볼 때 0점에서 다시 시작했다. 그들이 알고 있는 사실은 무엇일까? 많지 않았다. 알고 있는 사실이라면, 파트리시아 웰튼이 2003년 10월 30일 아침에 외스테르순드에서 차 한 대를 렌트했다는 것밖에 없었다. 그녀가 이 도시에 어떻게 왔을까? 오레 외스테르순드 공항에는 스웨덴이나 노르웨이 노선 비행기만 이착륙한다. 그렇다면 파트리시아 웰튼은 오슬로 항공편이나 국내 항공편, 철도편을 타고 왔을 것이다. 빌리와 제니퍼는 먼저 스웨덴 국내 항공편을 추적하기로 결정했다. 왜냐면 어떤 식으로든지 이 여자는 이곳에 온 것이 틀림없었기 때문이다. 그들은 가장 큰 공항 두 군데부터 뒤지기 시작했다. 제니퍼는 스톡홀름 내 공항을, 빌리는 예테보리 란드베테르 공항을 조사하기로 했다.

그들은 출발하기 전에 주방에서 커피가 든 보온병을 들고 나왔다. 그리고 싱크대에서 초콜릿 과자 한 줄을 뒤적뒤적 찾아냈다.

그들은 먹은 음식물에 대해서는 주방 식탁 위, 메모지에 기록했다. 이곳에 도착한 첫날 밤에 마츠와 클라라가 일러주었다. "여러분이 원하는 건 뭐든 가져가도 됩니다. 하지만 꼭 기록해주세요."

다시 레스토랑으로 돌아온 그들은 커피를 한 잔씩 따른 후 탁자를 사이에 두고 마주 앉아 서로 빤히 쳐다보았다. 빌리는 나지막이 한 숨을 쉬었다. "자, 그럼 시작합시다."

그들은 서로의 잔을 들어 건배했다. 그러고는 10월 30일과 그전 주에 스톡홀름과 예테보리에서 비행한 모든 항공사와 접촉했다. 이는 승객 리스트를 얻기 위한 것이었다. 이를 위해서 그들은 수많은 관료주의적인 장애물을 넘어야만 할 것이다. 만약 그들이 성공한다면 수천만 명의 탑승객 명단을 획득하게 될 것이다. 하지만 자료가 더 이상 존재하지 않을 수도 있다.

"정말로 시시포스처럼 헛수고하는 것 같아요."라고 제니퍼가 말하자 빌리는 노트북 너머로 그녀를 쳐다보며 미소 지었다. 그는 시시포스가 누구이며 무슨 의미가 있는지 알지 못했다. 그리스 신화에 나오는 인물인 것 같았지만 제니퍼에게 무슨 뜻인지 물어볼 마음은 전혀 없었다.

토르켈은 미국에서 누가 와서 도와줄 수 있는지 궁금했다. 파트리시아 웰톤의 신원을 제대로 알아내기 위해서였다. 자동차 렌트사에 비치된 복사본을 보면 그녀가 사용한 운전면허증은 정말로 진짜 같았다. 전문적인 위조범의 소행이었다. 만약 그녀가 이 가짜 이름을 이미 사용한 적이 있다면 미국 관청에서 그녀의 진짜 이름을 찾아낼 수 있도록 그를 도와줄 수 있을 것이다. 단 그녀가 정말로 미국인일 경우에 한해서다. 물론 그녀는 다른 나라 출신으로 미국 여권을 사용했을 가능성도 있다. 하지만 어떤 각도에서 수사를 시작하든 그는 이 일을 해야만 했다.

　토르켈 혼자 미국으로 건너가 이 일에 능통한 전문가를 찾기에는 좀 무리수가 있었다. 그를 위해 사건을 조사해줄 적당한 사람을 찾는다는 것이 쉽지 않았다. 그러므로 그는 각 나라의 사법경찰과 공조 수사를 하는 국제경찰 조직, IPO와 접촉을 시도했다. 뵈르예 달베리가 전화를 받았다. 토르켈은 그를 잘 알고 있었다. 그들은 일과 사생활에 대해 몇 마디 인사를 나누었다. 그리고 뵈르예는 파트리시아 웰톤 사건에 대해 할 수 있는 일이 있을지 살펴보고 조만간 다시 연락하겠다고 말했다. 토르켈은 그에게 감사를 표하고는 전화를 끊었다. 지금은 더 이상 할 수 있는 일이 없었다. 그는 방을 나서 복도로 향했다. 우르줄라의 방을 지나갔지만 발길을 멈추지는 않았다. 방에 우르줄라가 없다는 것을 알고 있었다. 우르줄라는 무덤으로 갔다. 어젯밤에 시신들이 발견된 장소를 다시 조사하기 시작했던 것이다. 어제에 이어 오늘도 조사 작업을 진행했다. 그래서 우르줄라가 그곳으로 간 것이다. IPO에 전화하기 전 토르켈은 프옐에서 더 광범위한 지역을 파볼 수 있도록 승인을 받아야 했다. 이는 네덜란드인들의 여행가방을 찾기 위해서다. 그는 상당한 저항을 예상했다. 강력하게 주장해야만 할 것이다. 하지만 놀랍게도 다시 한 번 그곳에 준설기를 배치하는 일에 승인이 너무 쉽게 떨어졌다. 이 일에 대해 그는 우르줄라에게 한마디도 발설하지 않았다. 그녀가 한 무더기의 원칙주의자들, 현혹되지 않는 자연주의자들 그리고 말 많은 신문기자들에게 무슨 말을 듣게 될지 몰랐기 때문이다. 이들에 대항해서 죽기 살기로 싸울 사람은 토르켈 자신이었다.

레스토랑으로 들어간 그는 제니퍼와 빌리가 서로 마주 앉아 있는 것을 보았다. 저마다 전화를 걸고 있었는데 둘 다 영어를 사용했다. 그는 식기장 쪽으로 가서 빈 잔을 꺼냈다. 탁자 쪽으로 어슬렁거리며 걸어간 그는 잔에 커피를 따랐다. 그러고는 그들이 무슨 말을 할지 기다렸다. 그들을 도와주어야 할 일이 무엇인지.

회의가 끝난 후에 반야는 화재 차량에 대해 조사하기로 마음먹었다. 자동차 렌트 서류를 전부 다 받았다. 자동차사고에 대한 경찰조사서는 모범적인 문서였다. 우르줄라가 이것을 보았다면 아마 이상할 정도로 모범적인 문서라고 말할지도 모르겠다. 이런 생각을 하니 저절로 웃음이 나왔다. 하지만 반야는 동료들의 생각과 달리 이곳 경찰에 좀 더 신뢰가 갔다. 모든 지방 경찰관이 희망 없는 아마추어에다 평균 6세 아동의 사고력을 갖고 있다고 생각하는 사람이 아니라면 누구나 우르줄라가 생각하는 것보다 더 신뢰가 갈 것이다.

반야는 오레행 비행기를 타기로 결심했다. 경찰 프로토콜은 객관적이었다. 하지만 언제나 그렇듯이 개인적으로 좀 더 많은 것을 알아내야만 한다. 특히나 2003년도에 그곳 경찰서에서 근무했던 사람들이 아직도 그곳에 있다면 말이다. 경찰보고서 복사본을 챙겨 넣은 후 반야는 재킷을 입고 입구 쪽으로 성큼성큼 걸어갔다.

"어디 가나?"

깜짝 놀란 그녀는 뒤를 돌아보았다. 세바스찬이었다. 그는 입구 오른쪽 옆에 있는 소파에 푹 파묻힌 채 앉아 있었다. 손에는 뭔가 너덜거리는 가십거리 신문을 들고 있었다. 그가 그 신문을 옆에 내려놓았을 때 반야는 반쯤 빈칸을 채운 낱말퍼즐을 볼 수 있었다. 그의 모습은 오로지 불만으로 꽉 차 있는 듯이 보였다.

"오레에 가요." 그녀가 말했다.

"왜?"

"어쩌면 자동차사고에 대해 더 많은 걸 알아낼지도 몰라서요."

"같이 가도 될까?"

그의 목소리에는 간절함이 묻어났다. 반야는 그가 평소 쓰지 않는 말투여서 더 관심이 갔다. 보통 때 같으면 세바스찬은 "나도 가지!" 하고 말했을 것이다. 이것이 그의 말투였다. 하지만 흰데 사건이나 그때 발생했던 모든 일로 인해서 그는 변해버렸다. 그녀의 생각에는, 그가 부드러워진 것 같았다. 죽자고 덤비는 일이 훨씬 줄었다. 어쨌든 그녀에게는. 그녀는 그의 의견에 아무런 반대를 하지 않았다. 그가 오레로 함께 가겠다는 말에도 아무런 반대를 하지 않았다.

"지루하지 않을까요?" 그녀가 너덜너덜해진 신문을 힐끔 내려다보며 물었다.

"아니. 나는 하루 종일 이집트 태양신만 생각하래도 생각할 수 있지. 물론 잠시 외출할 수만 있다면."

반야는 고개를 끄덕였다. "그럼 빨리 서둘러야 해요."

"2분 후에 다시 여기로 올게." 세바스찬이 대답했다. 그가 자리에서 일어나 서둘러 방으로 가려고 할 때 그녀는 그의 미소에 담긴 뜻이 고마움이란 것을 느낄 수 있었다.

이곳에서 벌어지는 일이 그에게는 지루하게만 느껴졌지만 이제는 그런 생각이 아예 사라져버렸다. 그는 지금까지 온몸으로 불안감과 불편함을 느끼고 있었다. 그가 아는 치료법은 오로지 하나밖에 없었지만 이곳에서 그와 잠자리를 같이할 사람은 아무도 없었다. 오죽했으면 아주 잠깐 클라라가 생각났겠는가. 물론 염소수염의 남편으로부터 두 발자국 이상 떨어진 그녀를 본 적이 없었다. 그녀에게는 건강한 자연스러움과 옷차림에서 풍기는 아우라가 있었는데 그는 이런 모습이 굉장히 역겹게 느껴졌다. 아마도 반야와 소풍 가듯이 오레에 다녀오면 가장 심한 절망감은 완화될 수 있을 것이다. 그렇지 않으면 그는 이곳에서 그 어떤 이상적인 일도 하지 못할 것이다.

여섯 구의 해골과 한 번의 자동차사고.

그가 능력을 발휘할 수 있는 일은 아무것도 없었다. 도대체 그는 무엇을 해야 하는가? 비가 그치고 이곳에 금빛의 가을 날씨답게 햇빛이 비친다 해도 그는 밖으로 나갈 생각이 들지 않았다. 한 30분쯤 강가를 따라 산책을 하기는 했다. 풍경을 둘러보았지만 그것으로 그만이었다. 자연 체험이라는 어처구니없는 말이 전혀 이해가 되지 않았다. 그는 이렇게 크고 텅 빈 풍경이 과대평가를 받고 있다고 생각했다. 지금 둘러본 곳보다 더 많은 곳을 둘러본다고 해도 좋을 게 뭐가 있을까? 당연히 폭포는 장엄하고 산은 드라마틱할 수 있다지만 그런 것들은 그에게 아무런 의미도 없었다. 그 어떤 풍경도 그에게 말을 걸어주지 않는다. 미국에서 살았을 때 그는 이곳저곳 돌아다니며 여행을 한 적이 있었다. 그랜드 캐니언을 보았고 로키 산맥과 나이아가라 폭포를 보았다. 사람들이 "오!" 혹은 "와!" 하고 탄성을 지르며 감탄의 소리를 자아내는 것을 들었다. 다들 이러한 웅대한 자연 앞에서 우리 인간이 얼마나 보잘것없는지 깨닫게 되었다고 하는 말을.

마치 자연이 우리 인간에게 뭔가 긍정적인 것이라도 되는 양 그렇게들 말했다.

멍청이들.

그는 방문 옆에 있는 옷걸이에서 윗도리를 내려서 입고는 입구로 다시 걸어갔다. 반야에게로.

그들은 차를 타고 가는 내내 거의 말 한마디 하지 않았지만 세바스찬은 아무렇지도 않았다. 적대적으로 느끼지도 않았고 배다적으로 느끼지도 않았으며 싸늘하다고 생각하지도 않았다. 오히려 두 사람 사이에는 침묵이 자연스러웠다. 그들은 초를 다투며 수다를 떨 필요가 없었다. 간혹 그들은 눈에 띄는 것에 대해 코멘트를 하곤 했다. 대부분 반야가 하는 편이었다. 그녀가 하는 말도 거의 지나치면서 본 자연경관에 관한 것이었다. 그녀는 프옐에서 한번 트레킹을 하고 싶다는 말을 꺼냈다. 아비스코에서 시작해서 헤마반까지, 왕의 길이라고 불리는 쿵스레덴 전 구간을 보고 싶다고. 시간을 내야겠다는 말도 했다. 배낭과 텐트와 모기장을 준비할 거라고 하면서. 그 구간을 다 둘러볼 예정이라는 것이다. 하지만 그녀가 이 계획을 실행하려면 한참 기다려야 한다고 했다. 미국에 갔다 와야 하기 때문에.

세바스찬은 반야의 얘기를 흘려들었다. 그는 그녀의 미국 체류에 대해 말하고 싶지 않았다. 그는 그녀와 함께 여기저기를 둘러보며 낯선 곳에서도 서로 안정감을 느낄 수 있는 지금 이 순간을 누리고 싶었기 때문이다. 더군다나 그는 이미 결정을 내렸다. 그녀가 미국에 가지 못하도록 말이다. 아직 정확한 계획은 세우지 않았다. 하지만 머릿속에서는 뭔가 단초가 될 만한 아이디어가 잡혀가고 있었다. 물론 이 생각은 아직 완벽한 것이 아니다.

"쿵스레덴 트레킹은 급하지 않지." 그는 이 말만 했다. 그러고는 조금 불안한 눈길로 창밖을 내다보았다. 그녀가 그의 생각을 알아챌까 두려웠던 것이다. 여하튼 반야는 사람들이 무슨 거짓부렁을 하는지, 무슨 생각을 숨기는지 꿰뚫어 보는 굉장한 능력의 소유자 경찰이 아닌가!

차가 오레 가까이 도착하자 왼쪽으로 드넓은 스키 활강장과 리프트가 나타났다. 그러자 반야가 "스키 탈 줄 아세요?" 하고 물었다.

"아니, 그대는?"

"자주 타지는 않아요. 특별히 잘 타지도 않고. 하지만 끝까지 타고 내려올 수는 있어요."

"스키를 아버지한테 배웠나?"

반야는 순간 고개를 오른쪽으로 홱 돌리고는 의아한 눈길로 세바스찬을 쳐다보았다. 그의 목소리에 뭔가…… 긴장감이 감돌았던 것일까? 세바스찬은 창밖만 내다보았다.

"예. 근데 왜 물어보세요?"

"아! 그냥." 세바스찬이 어깨를 으쓱하며 대답했다. "부모가 자녀한테 해줄 수 있는 일이 뭔지 나도 알아야 할 것 같아서."

자녀와 함께 할 수 있는 일에는 수영이 있다고 생각하자 그는 오른손에 경련이 이는 것을 느꼈다. 그는 손가락을 쫙 펴고는 옆 차창에 어깨를 기댔다. 이제는 정말 정신을 바짝 차려야만 했다. 요즘 꾸는 꿈 때문에 자신을 컨트롤하기 힘들었지만 지금은 그 생각을 떠올리면 안 된다. 지금 이 자리에서는. 반야와 함께 차를 타고 가는 이 마당에. 프옐에서 죽은 아이들이 그를 아무리 집요하게 괴롭힌다고 해도 언제나 세바스찬은 자신의 생각을 잘 가다듬었다. 이는 그의 성공과 위대함의 한 축이었다. 그는 지능을 잘 활용할 줄 알았으며 이 지능을 남용하는 일이 단 한 번도 없었다. 오히려 자신을 위해 매번 잘 활용하도록 노력했다. 절대적으로 자기 관리에 철저했던 것이다. 그렇게 함으로써 그가 뜻하는 바를 이루었다.

"왜 결혼은 안 하셨어요?" 돌연 반야가 이런 질문을 던졌다. 막 웅장한 산을 지나가려는 참이었다.

세바스찬은 몸이 뻣뻣하게 굳는 것 같았다. 그는 생각을 가다듬고 컨트롤할 수 있지만 반야와 대화할 때에는 그렇지 않았다. 그가 하려던 대답들이 쏜살같이 머리를 스쳐 지나갔다. 결혼은 할 생각이 전혀 없다고 말해야 할까? 이것은 좋지 않은 대답일지도 모른다. 오히려 불신을 주고 그녀를 막 대하는 것처럼 느끼게 할지도 모른다. 거짓말을 할까? 거짓말은 나중에 반야에게 욕을 먹게 될 수도 있고 또 다른 불필요한 질문을 듣게 될 수도 있다. 거짓말은 안 된다. 진실을 말하자. 그는 진실을 말하기로 결정했다. 어쨌든 지금 당장은 그렇게 해야 할 것이다.

"아니, 한 번 했지."

"그게 언제인데요?"

"98년도."

"그럼 언제 이혼하신 거예요?"

세바스찬은 잠시 주저했지만 막다른 골목에 선 느낌이 들었다. 진실을 말하자.

"이혼한 건 아니고. 아내가 죽었어."

반야는 아무 말도 하지 않았다. 세바스찬은 줄곧 앞쪽만 쳐다보았다. 이 얘기는 토르켈도 모르는 얘기였다. 아마도 한참 만에 베스테로스에서 토르켈과 다시 만났을 때였을 것이다. 당시에 자세한 것은 말하지 않았다. 지금도 말할 생각은 없다.

더 이상 자세한 것에 대해서는 아는 사람이 아무도 없다.

모든 사실에 대해서는 아무도 알지 못한다.

만약 반야가 계속해서 캐묻는다면 그는 거짓말을 해야 할 것이다.

아니면?

그는 난생처음으로 사연을 털어놓아야만 하는 것일까? 모든 것을 털어놓아야 할까? 릴리와 자비네에 대해서. 그리고 그들을 집어삼킨 파도에 대해서. 그리움에 대해서. 두려움에 관해서. 그 일로 삶이 얼마나 산산조각이 나버렸는지에 대해서. 그가 그 뒤 줄곧 얼마나 공허한 삶을 살아왔는지에 대해서.

아마도 그가 이 모든 것을 털어놓는다면 반야와 그의 사이는 더욱 가까워지고 끈끈해질 수 있을지 모른다. 그러면 장점이 더 많을 거라고 생각은 하고 있다. 그러나 그는 마음이 내키지 않았다.

그는 원하지 않았다.

두 번째 관계를 돈독히 하려고 첫딸을 이용하고 싶지는 않았다. 그의 생각에 그것은 잘못된 것이다. 자비네를 이용하고 그녀의 죽음에서 자신에게 유리한 점을 끌어내려고 한다면? 반야의 동정심에 호소하고 그녀와 가까워지기 위해서는 자비네를 도구로 이용해야만 한다.

그는 그러고 싶지 않았다.

그는 그렇게 할 수 없었다.

"유감입니다." 반야가 나지막한 목소리로 말했다.

세바스찬은 그저 고개만 끄덕였다. 그녀가 더 이상 묻지 않기만을 속으로 빌면서……

"아내분은 어떻게 돌아가셨어요?"

세바스찬은 한숨을 쉬었다. 이 대화를 끝내야만 했다. 과거를 미화해서도 안 되겠지만 엉뚱한 방향으로 대화가 흘러가서도 안 될 것이다. 얘기를 계속 끌고 가면 결코 안 된다. 다음에 다른 장소에 가서도 이 얘기가 나오면 절대로 안 될 것이다. 절대로. 이 얘기를 여기서 끝내야만 한다.

영원히.

그는 그녀 쪽을 돌아보았다. "아내가 죽었다는데, 그것으로 충분한 거 아닌가? 뭘 더 알고 싶은 거지? 부검 결과라도 듣고 싶은 건가?"

반야는 잠시 동안 그를 힐끗 곁눈으로 살펴보다 도로 쪽으로 눈길을 돌렸다. 그녀는 그저 관심을 보이려고 한 것뿐이었다. 하지만 지뢰밭에 들어간 것이 틀림없었다. 그녀가 어떤 의도를 갖고 있었던 간에 말이다.

"죄송해요, 일부러 여쭌 건 아니에요."

"아니, 일부러 그런 것 같은데."

반야는 아무런 대답도 하지 않았다. 그녀가 무슨 말을 더 할 수 있을까? 세바스찬은 효과적으로 대화를 끝낼 수 있었다. 둘은 아무 말도 하지 않고 계속 자동차를 타고 갔다.

"우리가 맞게 왔나? 확실하지?" 자동차에서 내릴 때 세바스찬이 물었다.

반야는 그의 의심 섞인 발언을 너무나 잘 이해할 수 있었다. 갈색 단독주택 1층에는 미용실이나 작은 피자가게가 있을 줄 알았다. 하지만 GPS를 확인하며 와 보니 그렇지 않았다. 건물 전면에는 경찰서 현판이 걸려 있었다.

"건물 전체를 다 사용하지는 않는 것 같군." 세바스찬은 벽에 화려하게 걸린 보험회사 로고를 가리키며 확신하는 투로 말했다. "불쌍한 인간들. 도대체 몇 명이 여기서 일하고 있는 거지?"

"모르겠어요." 반야가 문을 밀며 대답했다.

입구 오른편에는 작게 프런트가 있었다. 왼편에는 벽에 의자가 몇 개 붙어 있고 그 앞에 탁자가 하나 놓여 있었다. 그 위에는 일간지와 경찰소식지가 흩어져 있었다. 앞쪽 정면에는 일종의 사무실처럼 보이는 곳으로 통하는 문이 있었고 그 옆에는 위층으로 올라가는 계단이 있었다. 반야와 세바스찬은 프런트로 다가갔다. 반야는 그들이 누구이며 약속하고 왔다고 설명했다.

프런트에 있던 여자는 고개를 까딱했다. "케네스!" 그녀가 계단 쪽에 대고 누군가를 부르더니 다시 손님들 쪽으로 고개를 돌리고는 미소를 지었다. 세바스찬은 그녀의 미소에 화답했다. 그녀는 몇 살이나 되었을까? 마흔 살, 아니 어쩌면 마흔다섯 살 정도는 되었을지 모른다. 흑갈색 짧은 머리에, 광대뼈가 크고 입술은 얄팍한 편이다. 단정하게 잘 다림질한 제복 블라우스 속, 가슴은 상당히 풍만해 보였다. 세바스찬은 프런트 위로 몸을 약간 숙이고는 그녀가 결혼반지를 끼지 않았다는 것을 확인했다.

"곧 올 거예요." 위층에서 발소리가 들리자마자 여자가 말했다. 곧 서른다섯 살가량의 남자가 계단을 내려와서는 그들에게 케네스 홀틴이라고 자신을 소개했다.

"두 분을 위해 모든 것을 다 찾아놓았습니다." 그가 설명하면서 그들을 계단 쪽으로 안내했다. 위층으로 올라가자 계단 오른편으로 책상이 세 개 있었다. 케네스는 그들을 데리고 왼편으로 꺾어 아주 작은 다용도실로 들어갔다. 경찰들이 휴식을 취하는 장소였다. 한쪽 모퉁이에는 노란색 체크무늬 방수포 식탁보가 깔린 탁자가 하나 있었다. 그 옆 좁은 공간에는 냉장고가 쏙 들어가 있었고 그 위에는 전자레인지가 놓여 있었다. 식기세척기 옆에는 커피머신이 있었으며 찻잔 몇 개가 놓인 건조대도 있었다. 생선 냄새가 빠져나가지 못하고 실내에 진동했다.

"커피 한잔하시겠습니까? 아니면 다른 거라도?" 케네스가 반쯤 커피가 들어 있는 온열판 위 커피포트를 고갯짓으로 가리키며 물었다.

"다른 거는 뭐가 있죠?" 세바스찬이 되물었다.

"뭐라고 하셨습니까?"

"커피 말고 다른 게 있다면서요? 그 다른 게 뭡니까?" 세바스찬이 다시 물었다.

"음. 그러니까 차, 물, 아마 과일……." 케네스가 탁자 위 사과 쟁반

쪽을 손짓하며 알려주었다.

"아니에요. 감사합니다. 우리는 아무것도 안 먹어도 됩니다." 반야가 세바스찬에게 경고하는 시선을 보내며 둘의 대화에 끼어들었다. 하지만 이미 다시 관심을 상실한 세바스찬은 거부하는 표정을 지으며 화면에 크게 뜬 웹 사이트를 뚫어져라 쳐다보았다. 모니터가 탁자 위쪽 벽에 걸려 있었다. 케네스는 고개를 끄덕이며 그녀가 말한 대로 아무것도 내놓지 않았다. 반야는 의자에 앉아 탁자에 쌓인 서류를 앞으로 끌어당겼다. 그리고 읽기 시작했다.

경찰에 전화가 걸려온 것은 10월 31일 아침이었다. 8시 57분에 경찰들은 사고 현장에 집결했고 불탄 자동차 운전석에서 죽은 사람을 발견했다.

"여기 한번 둘러보고 오세요." 서류를 읽던 반야가 고개를 들고 세바스찬을 쳐다보았다. "저를 도와주러 여기 같이 온 거 아닌가요?"

"아니. 우울한 프옐을 벗어나고 싶어서 따라온 건데."

세바스찬이 밖으로 나갔다. 반야는 한숨을 푹 내쉬며 서류를 다시 살펴보았다.

자동차 안 여자 시신은 나이와 성별을 식별할 수 없을 정도로 완전히 타버렸다. 번호판 덕분에 차량이 렌터카라는 것을 알 수 있었다. 미국 켄터키에 사는 파트리시아 웰톤이 외스테르순드에서 렌트한 차였다. 그때 경찰은 그녀의 신원을 명확하게 밝히기 위해 가족이나 치과의사의 소견서 등 다른 자료들을 찾으려고 수소문했다. 그 결과 밝혀진 바로는 파트리시아 웰톤이라는 여자가 켄터키에 존재하지 않는다는 것이었다. 흔적도 없었다. 운전면허증이 위조된 것이었다는 것뿐 그 밖의 다른 것은 밝혀진 바가 없었다. 그럼에도 불구하고 한 가지 사실은 분명했다. 자동차에서 죽은 여자는 파트리시아 웰톤이라고 불리는 여자라는 것. 그 당시 자동차를 렌트한 여자는 이 여자밖에 없었다. 하지만 그것을 증명할 길이 전혀 없었다.

서류철에는 사고 현장을 찍은 사진이 잔뜩 들어 있었다. 반야는 사진들을 잠시 동안 살펴보고는 가져가기로 결심했다. 우르줄라가 사진들을 본다면 자신보다 더욱 잘 파악할 것 같았기 때문이다.

자동차는 견인되었고 기술적인 검사를 받았다. 반야는 프로토콜을 넘겨 보았다. 자동차 자체만으로는 밝혀진 것이 아무것도 없있다. 자동차가 왜 길을 벗어났는지 전혀 설명이 되지 않았다. 브레이크와 핸들은 의심할 여지없이 잘 작동했다.

사고 현장 조사에서도 자동차가 어떻게 도랑에 빠졌는지 그 어떤 흔적도 나오지 않았다. 야생동물로 인한 사고라든지 타이어 펑크로 인한 사고라든지, 그 어떤 흔적도 나오지 않았다. 브레이크를 밟은 자국이나 방향을 꺾은 자국이 없다는 것은 졸음운전이나 급작스러운 발병을 의심해볼 수 있었다. 그래서 자동차에 대한 컨트롤을 상실한 것으로.

반야는 다시 서류를 넘겨 보았다.

부검 내용을 보니 자동차가 불에 탈 때 여자가 살았는지 죽었는지 확인할 도리가 없었다. 이론적으로 볼 때 그녀는 이미 그전에 심장마비로 고통을 받았을 것이다.

반야는 다시 기술적 검사 보고서를 넘겨 보았다. 보고서 제일 마지막에 자동차에서 발견된 물건 목록이 적혀 있었다. 목록은 아주 짧았다. 믿을 수 없을 정도로 짧았다. 트렁크가 비어 있었다. 반야는 깜짝 놀라서 주춤했다. 여자가 외국 여행을 다니면서 여행가방 하나 없다는 것이 희한한 일이었지만 그렇다고 반드시 여행가방을 들고 다녀야 한다는 법은 없을 것이다. 하지만 여자는 자동차를 렌트할 때 면허증을 보였고 미리 돈도 냈다. 그렇다면 핸드백이나 적어도 지갑은 있어야 하는 것이 아닐까? 그런데도 자동차나 그녀의 몸 그 어디에서도 물건이 나오지 않았다. 반야는 메모지를 가져와서 다음과 같이 글을 한 줄 썼다.

운전면허증 혹은 돈은?

그리고 반야는 모든 보고서를 처음부터 다시 읽어보기 시작했다. 이번에는 바로 옆에 메모지를 두고 읽었다. 보고서를 두 번째로 읽으면서 그녀는 질문하고 싶은 부분이 있으면 그곳에 밑줄을 그었다. 그러고 나서 케네스를 불러 답변을 요청했다.

20분 후에 반야는 사고를 신고하고 나중에 자동차를 견인한 사람들의 이름을 알 수 있었다. 그녀는 케네스에게 감사를 표하고는 그녀가 이곳에서 가져가고 싶은 서류를 전부 모아서 계단 밑으로 내려왔다.

세반스찬이 프런트에 서 있었다. 프런트 안쪽 여자는 큰 소리로 웃더니 명함 뒷면에 뭔가를 적어넣었다. 그녀의 핸드폰 번호일 거라고 반야는 추측했다. 여경이 세바스찬에게 윙크를 하며 명함을 건넸기 때문이다.

"볼일 다 보셨나요?" 반야가 세바스찬을 지나쳐 가면서 물었다.

"응. 그대는?"

반야는 대답하지 않았다. 그 대신에 문을 열고 밖으로 나갔다. 그녀는 자동차를 타러 가며 상쾌한 가을 공기를 마시려고 몇 번 숨을 크게 들이마셨다. 경찰서 다용도실 생선 냄새와 산소가 부족한 탁한 공기를 더 이상 마시지 않아 좋았다. 그와 동시에 심호흡은 그녀가 너무 성급하게 흥분하지 않도록 도와주는 효과가 있었다. 너무 멍청한 짓이라고 그녀는 스스로를 설득했다. 바보 같은 짓이라고. 애당초 세바스찬의 여성 편력은 그녀가 신경 쓸 일이 아니다. 하지만 그가 만나는 여자마다 잠자리를 같이하려고 집착하는 것을 보면 반야는 정말로 역겨웠다. 불편했다. 그녀는 그가 좀 창피하다는 생각이 들었다. 그와 동시에 그의 태도에서는 뭔가 깊은 슬픔이 느껴졌다. 슬픔과 절망. 도대체 그는 무엇이 부족하단 말인가? 저렇게 덧없는 관계를 맺으면 공허함이 채워질까? 세바스찬 베르크만은 지금 특별살인사건전담반에 소속되어 있다. 그런데도 이러한 불편한 일들이 일어나곤 한다. 하지만 반야는 이런 점에 대해서 그와 직접 논쟁할 생각이 없다. 그녀는 토르켈에게 말할 작정이다. 그가 세바스찬을 어떻게 할 것인지 결정할 것이다.

세바스찬이 문을 열고 밖으로 나왔을 때 프런트에서 여자가 또 웃으며 "조만간 만나요!" 하고 그의 뒤에 대고 크게 말하는 소리가 새어 나왔다. 그러자 곧장 그는 여자에게 히죽거리며 반응을 보였다.

"이제 우리 뭘 해야 하는 거지?" 그가 조수석 문을 열면서 반야에게 물었다.

"주소를 하나 알아 왔어요." 반야는 자동차를 돌아 운전석으로 가면서 대답했다.

"누구 주소?"

"차량을 발견했던 사람 주소요."

"왜 우리가 그자를 찾아가야 하는 거지?"

"그 사람이 차량을 발견했으니까요."

반야는 운전석 문을 열고서 차에 올랐다. 세바스찬은 선 채로 반야와 나눈 짧은 대화를 다시 한 번 곰곰히 생각해보았다. 반야가 화가 나 보였다. 케네스가 그녀를 실망시켰기에 그럴 수도 있다지만 아마도 항상 그랬던 것처럼 원인 제공은 자신일 것이다.

"보딜 때문인가?" 그가 물었다. 때마침 스키 언덕 밑 터널을 빠져나온 반야는 E14번 도로로 진입하기 위해 좌회전 차량들 사이로 끼어들려고 기다리고 있었다.

"보딜이 누구예요?"

"프런트에 있던 여자. 자네가 싫다고 하면 그 여자랑 안 잘 거야."

반야는 큰 도로로 핸들을 꺾은 후 액셀러레이터를 밟았다. 그 바람에 제한속도를 초속 15킬로미터 이상 초과하고 말았다. 이 남자는 정말로 알 수 없는 사람이었다. 그녀는 성생활에 대해 누구에게 컨트롤 받고 싶다는 생각을 단 한 번도 해본 적이 없었다. 그녀가 신뢰하는 빌리도 그녀에게 구구절절 자세한 얘기를 듣지 못했으며 이런 얘기 자체를 나눈 적이 없었다. 하지만 이러한 도덕적 망설임은 분명히 평범한 사람에게는 효과가 있었다. 물론 세바스찬 베르크만은 아무런 거리낌 없이 넘어설 테지만.

"누가 누구랑 자든지 말든지 내가 왜 관심을 갖는다고 생각하는 거죠?" 반야가 호기심에 가득 찬 눈빛으로 물었다.

"왜냐면 자네가 화가 났으니까요."

"그렇지 않은데요."

세바스찬은 고개를 끄덕였다. 게임은 이것으로 끝났다. 그들은 전체 게임을 다 끝낸 것이다. 결과는 여느 때와 같았다. 그들은 더 이상 얘기하지 않았다. 반야는 자동차 라디오를 크게 틀었다.

엠틀란드 P4에 곰이 나타났다는 소식이 흘러나왔다.

그리고는 로저 폰타레의 노래가 흘러나왔다.

그들은 아무 말 없이 차를 타고 달려갔다.

⚜

레나르트는 하루 종일 린다 안더숀을 일부러 피해 다녔다. 대성공이었다. 물론 그들이 큰 사무 공간을 같이 썼기에 그것은 그리 쉬운 일이 아니었다. 스투레는 린다에게 신신당부했다. 레나르트가 연락하지 않는다면 그녀가 먼저 말을 걸어야 한다고. 그녀는 2시 정도가 되어야 들를 수 있었기 때문이다. 레나르트는 핑계를 대며 대화를 피했다. 시내에서 약속이 있다는 식으로. 실제로 그는 라디오방송국 복도를 이리저리 돌아다니면서 이 상황을 어떻게 헤쳐 나갈지 골몰했다. 기자로서 린다는 나무랄 데가 하나도 없는 사람이다. 그녀는 능력이 있는 데다 일도 열심히 한다. 하지만 그는 그녀를 믿을 수가 없었다. 자칫 일이 조금이라도 틀어지고 만다면 레나르트가 방어 작전을 짤 틈도 없이 스투레의 귀에 먼저 들어갈 것이다. 그와 달리 일이 잘된다면 어떻게 될 것인가? 스투레는 왜 갑자기 쉬베카의 얘기에 지나친 관심을 보이는 것일까? 이것도 레나르트를 불안하게 만드는 요소이다. 그가 성공리에 일을 마쳐도 그의 상사는 다른 사람을 칭찬할 가능성이 크다. 만약 일이 실패로 돌아간다면 책임은 뒷전이 될 것이다. 제일로 좋은 것은 스투레가 이번 일에 절반의 관심만 보이는 것이다. 지나친 간섭은 하지 말되, 그렇다고 완전히 관심을 끊어서도 안 된다. 레나르트는 이번과 같은 논란의 여지가 있는 사건에 가능한 한 린다가 가까이 가지 못하도록 조치를 취해야겠다고 마음먹었다. 가장 안전한 방법은 무엇일까? 그녀에게 관청의 레지스터를 조사하도록 맡기는 것이다. 경찰, 이민청과 세무서 쪽으로. 이 과제를 아주 꼼꼼하게 끝내려면 아마도 그녀는 며칠씩 걸릴 것이다. 그렇게만 되면 다른 일은 그녀에게 넘겨주지 않아도 된다.

레나르트 자신은 비공식적인 일에 집중할 수 있을 것이다. 비밀리에 벌어진 사건을 조사할 수 있다. 그리고 이 사건에 연루된 사람들에 집중할 수 있다. 어쩌면 사건의 실마리가 풀릴 것으로 보인다. 한 가지라도 있다면.

자신의 계획에 만족한 그는 작은 카페로 들어가 입구 쪽에 앉았다. 커피를 마시고 린다에게 전화를 걸었다. 그녀는 기분이 좋은 것 같았다. 그런데 그녀가 이미 혐의자의 이름을 다 알고 있었다. 더욱이 쉬베카라는 이름도 정확히 발음했다. 그는 스투레가 그녀에게 모든 자료를 아주 확실하게 넘겨주었다는 것을 단박에 알았다. 30분 내로 그녀와 만나기로 약속했다. 그는 사무실로 가는 길이라고 둘러댔다.

그는 전화를 끊고는 사람이 거의 없는 카페 안을 둘러보았다. 카페 안은 현대적이면서도 한번쯤 찾고 싶은 곳으로 꾸미려고 누군가 노력한 흔적이 엿보였다. 독창적인 안락의자, 라운지 소파 그리고 무늬가 커다란 카펫으로 장식되어 있었다. 유감스러운 일이지만 이러한 세심한 실내 장식과 달리 메뉴로는 타넌 맛의 커피와 포장용 빵과 평이한 인스턴트식품이 버젓이 나왔다.

어쩌면 산책을 하는 것이 더 나을지도 모르겠다고 레나르트는 생각했다. 만약 린다가 커피 한잔하려고 이리로 온다면 그를 보게 될 것이다. 그렇다면 너무나 당황스러운 일이 되고 만다. 회전문으로 나간 그는 아스팔트로 된 유턴장소로 향했다. 하늘은 찌뿌둥했다. 그는 비가 내리지 않기를 바랐다. 셔츠만 입고 나왔다는 것을 깨달았기 때문이다. 하지만 사무실로 올라가 재킷을 가져올 생각은 눈곱만큼도 없다. 그는 그 대형 사무실을 정말로 증오한다. 차라리 감기에 걸리는 것이 백번 낫다.

그는 필름하우스 방향에 있는 게르데트역 쪽으로 계속 걸어갔다. 누리끼리하고 키 큰 잔디가 펼쳐진 넓은 들판이 나올 때까지. 한 지점에서 그는 핸드폰을 꺼내 들었다. 안타깝게도 그는 경찰서에 잘 알고 지내는 경관이 없었다. 트롤레 헤르만손과 통화할 수만 있다면 제일 좋을 텐데! 그는 몇 해 전 경찰 업무에서 손을 뗐지만 옛 동료와 여전히 좋은 인맥을 유지하고 있을지도 모른다. 트롤레가 살아만 있다면. 예전에 그는 레나르트를 위해 믿기지 않을 만큼 큰 도움을 주었다. 하지만 트롤레는 죽었다. 지난여름에 자동차 트렁크에서 살해된 채로 발견되었다. 그가 어떻게 살해되었는지 아는 사람은 아무도 없었지만 힌데 사건에 연루됐던 것으로 보였다. 그 사건은 7월 이삼 주 동안 신문 지면을 장식한 사건이었다. 트롤레가 무슨 일을 해야만 했는지에 대해 경찰은 말할 수도 없었고, 말하려고 하지도 않았다. 하지만 레나르트는 추측할 수 있었다. 경찰이 실제로 그 이유를 알지 못하기 때문에 허튼소리만 늘어놓았다는 걸 말이다. 어쨌든 레나르트는 그 당시에 크게 놀랐다. 트롤레에게 일을 맡기는 사람들이 어쩜 그리 많았던지. 그는 레나르트를 위해서뿐만 아니라 엑스프레센과 칼라 팍타 방송사를 위해서도 일했다. 하지만 그가 에드워드 힌데 사건에만 연루된 점은 레나르트로서는 이해할 수 없었다. 레나르트가 아는 한 그는 살인자를 교도소에 보내거나 세상을 구하는 데에는 관심이 없었기 때문이다. 그의 관심은 오로지 돈뿐이었다. 돈 말고 다른 것은 오래전에 포기한 사람이었다.

레나르트는 트롤레의 핸드폰 번호에 눈길이 갔다. 번호는 그가 경찰들과 만났을 때 저장해놓은 것이었다. 물론 그는 트롤레에게 두 번 다시 전화할 수 없다는 것을 알고 있다. 그럼에도 불구하고 이 번호를 결코 지우고 싶지 않았다. 그와 마지막이라는 아쉬움만 남았다. 가혹한 일이었다. 작년 크리스마스 때 돌아가신 할아버지의 전화번호도 마찬가지였다.

어쩐지 이러한 전화번호는 모두 추억과도 같은 것이었다.

한동안 머뭇거리다가 레나르트는 경찰들의 전화번호 중 만나고 싶은 사람 2번에게 전화하기로 했다. 아니타 룬드. 원래 그녀와 인간 관계를 유지하기란 매우 어려웠다. 그녀는 문제를 해결하기보다 노상 문제를 일으키는 사람이었다. 그녀가 문제를 일으키는 동기는 돈도, 모험심도 아니었다. 분노와 노여움 때문이었다. 그러므로 그녀가 주는 정보는 쉽게 가치를 판단할 수가 없었다. 그녀는 진실을 파헤치려고 하기보다 개인적인 복수에 더 많은 관심을 갖고 있었기 때문이다. 하지만 지금 그에게는 다른 대안이 없었다.

연결음이 세 번 울리자 그녀가 전화를 받았다.

그리고 전화기 너머에서 들려오는 목소리는 기분이 나쁜 듯했다.

"원하는 게 뭐죠?"

"뭐, 그냥 수다 좀 떨고 싶어서요." 레나르트는 최대한 자연스러운 말투를 내려고 애썼다.

"난 일하는 중이에요. 방해받고 싶지 않아요!"

"그렇게 바쁜데 전화는 왜 받나 몰라?"

"그렇게 하도록 교육을 잘 받았으니까요."

레나르트는 웃음이 나왔다. 아니타를 상대하려면 달변가여야 한다. 이것은 그동안 그가 터득한 사안이었다.

"아니타, 스스로에 대해서 아무 얘기나 다 할 수 있을 테지만 교육을 잘 받았다고는 하지 말아요."

"맞아요, 나는 괴물이에요." 아니타는 반어법을 쓸 생각 없이 그의 말에 찬성했다. "그걸 상관이나 다른 사람들이 기자님한테 증언해줄 수 있을 겁니다. 원하는 게 뭐죠?"

"경관님 만나는 거요. 경관님과 만날 일이 있어요."

하지만 아니타는 별 반응이 없었다.

"아니요, 나는 기자님이랑 함께 일하고 싶지 않습니다. 기자님은 생각이 짧아요. 그래서 기자님한테 얻을 게 별로 없습니다."

"그렇지 않아요. 그건 경관님도 잘 알잖아요."

"아하! 말씀대로라면 내가 어떤 이익을 얻을 수 있다는 거죠?"

"그 누구도 모르는 사실을 알게 될 겁니다. 경관님도 그런 거 좋아하잖아요, 안 그런가요?"

"아닙니다. 당신이나 그런 걸 좋아하죠. 기자잖아요. 기자님은 내가 일하는 데 전화 걸어서 방해하는 사람 중 한 명일 뿐입니다."

"내 말 좀 들어봐요, 아니타." 레나르트는 목소리를 낮추어서 말했다. 이 일이 얼마나 심각한지 강조하기 위해서였다. "이 사건이 맘에 들 겁니다. 정말로요."

그녀는 아무런 말도 하지 않았다. 레나르트는 무엇이 더 중요한지 그녀가 고심하는 듯한 소리만 들을 수 있었다. 그녀의 호기심 혹은 그를 돕고 싶지 않은 적대감이 느껴졌다. 그가 적절히 대화를 잘 이끌어나간 것이다.

"다시 생각해봐야 될 것 같습니다. 전화드리겠습니다." 마침내 그녀가 대답했다.

이것은 바라던 대답이 아니다. 이것만으로는 충분하지 않다.

"그러지 말고. 한 시간 안으로 만납시다. 일단 내 얘기 들어보고 그때 가서 경관님 맘에 안 든다고 해도 상관없지 않습니까. 그러니 적어도 말씀드릴 기회는 주세요."

그녀가 대답하기까지 시간이 한참 걸렸다. 레나르트가 다른 대안을 고심할 정도로 시간이 걸렸다. 그런데 문제는 그에게 다른 대안이 전혀 없다는 것이었다. 급기야 트롤레를 대신할 만한 사람을 찾아야겠다는 생각마저 들었다.

"3시쯤 항상 만나던 곳에서 만나요." 아니타가 말했다.

"좋아요!"

레나르트는 통화를 끝내고는 주위를 돌아보았다. 그는 깜박하고 프리함넨 항구까지 걸어왔다. 날씨가 추웠다. 비가 가볍게 흩뿌리기 시작했다. 상쾌했던 날씨였는데 어느새 하늘이 점점 흐려지더니 위협적으로 변해갔다. 레나르트는 방향을 바꾸었다. 발걸음이 점점 빨라졌다. 먼저 린다와 얘기를 나누고 그다음에 아니타를 만나러 약속 장소로 가면 된다.

그리고 이번에는 재킷을 가져갈 것이다.

✠

반야는 삐딱하게 기운 두 문기둥 사이로 자동차를 몰아 움푹 파인 진흙탕, 자동차 바퀴 자국을 따라갔다. 그러자 외롭게 서 있는 집 앞, 마당이 나왔다. 그녀는 시동을 껐다. 잠시 동안 세바스찬과 그녀는 차에 앉아 집 주변을 살펴보았다.

오른쪽으로는, 넓은 마당 중간쯤에 초록색 이층집이 보였다. 예전에는 아마도 집 창틀과 문틀이 흰색이었을 것이다. 지금은 색이 바래서 군데군데 각목이 거무칙칙해졌다. 습기 때문에 곰팡이가 덕지덕지 피어 있었다. 각목에 바른 페인트칠도 여기저기 크게 떨어져나가서 각목이 그대로 맨살을 드러냈다.

이 집에 딸린 마당은 고철 하치장을 연상시켰다. 반야는 적어도 모터썰매 세 대를 발견했다. 썰매는 모두 상태가 좋아 보였다. 각목을 세우고 그 위에 덮개를 씌운 간이형 주차장은 바람 때문에 심하게 망가져 보였다. 그 앞에는 쉐보레 트럭 한 대, 상자 모양의 흰 차한 대와 분홍색 볼보242 한 대가 서로 어울리지 않은 조합을 이루고 있었다. 간이형 주차장과 좀 더 큰 창고 사이에는 다양한 기계가 나란히 서 있었다. 창고는 헛간 같아 보였는데 당장이라도 무너질 것같았다. 작두, 잔디 깎는 기계, 눈 프레이즈반이 각각 한 대씩 있었으며 초록색 대형 덮개를 씌운 모양 없는 이상한 기계도 있었다. 창고벽에는 얼음드릴과 전지가위를 기대놓았다. 마당 다른 쪽에는 기계로 팬 장작이 쌓여 있었고 그 뒤편으로는 트램펄린이 보였다. 그 위에는 지난해 가을 낙엽이 수북했다. 트램펄린 뒤에는 덮개가 반쯤 벗겨진 모페드와 크로스바이크가 보였다. 무성한 잔디와 웃자란 덤불 사이사이에는 정원용 기계와 더 작은 기계가 나뒹굴었다. 창고 앞에는 노르웨이산 엘크하운드 개가 굵은 줄에 묶여 있었다. 반야가 마당으로 차를 몰고 들어가자 엘크하운드가 벌떡 일어나 짖기 시작했다.

반야와 세바스찬은 자동차에서 내린 후 집 가까이 다가갔다. 그들이 집 앞에 닿기 전 벌컥 현관문이 열리더니 한 남자가 베란다로 나왔다. 장거리 운전사 모자를 쓴 남자는 긴 머리를 물결치듯 나풀거리며 모습을 드러냈다. 얼굴에는 온통 수염이 덥수룩했다. 수염이 바로 눈 밑까지 났기에 남자의 나이를 가늠하기가 불가능했다. 그는 빨간색 체크무늬 플란넬셔츠와 주머니가 주렁주렁 달린 초록색 통바지 차림에 허름한 장화를 신고 있었다.

반야와 세바스찬은 걸음을 멈추었다. 남자는 계단을 내려와 개에게 소리쳤다. 조용히 하라고. 그런데도 개가 짖어대자 그가 반야와 세바스찬 쪽으로 걸어갔다.

"무슨 일로 오셨소?"

"하랄드 오로프손 되십니까?"

반야는 자신과 세바스찬을 소개했다. 그리고 신분증을 그의 눈앞까지 바짝 들이밀었다. 하랄드는 신분증 따위 쳐다볼 생각도 하지 않았다.

"2003년 10월에 불탄 도요타를 발견한 적 있죠, 맞죠?"

"아마 그럴 거요."

"우리는 그 일로 선생과 얘기 좀 나누고 싶어서 왔습니다."

"아하!"

하랄드는 반야 옆쪽으로 침을 뱉으며 한 손을 바지 주머니 깊숙이 찔러 넣었다. 그는 가끔 축구공을 내려다보며 발로 까불까불 건드리는 바람에 모자챙이 눈을 가릴 정도였다. 그가 지금 이 상황을 몹시 불편해한다는 것은 굳이 심리학자가 아니더라도 눈치챌 수 있는 일이었다.

"선생은 10월 31일 아침에 차를 발견했어요." 반야는 메모지를 내밀며 말했다. "차를 발견하고 나서 어떻게 하셨죠?"

"당연히 경찰에 신고했죠."

"차 쪽으로 가깝게 가보았나요?"

하랄드는 손을 올려 여러 번 수염을 만지작거렸다. 그래서 그런지 그가 질문에 대해 골똘히 생각한다는 것을 알 수 있었다. 그는 대답이 중요하다는 것을 너무나 잘 알고 먼저 기억을 더듬어보았다. 왜냐면 그 사건은 오래된 일이었기 때문이다. 이들은 얼마나 알고 찾아온 걸까? 전동차 쪽으로 가보았느냐는 질문은 일종의 테스트가 아닐까? 그는 여러 차례 경찰과 만났다. 그때마다 대체로 잘 빠져나올 수 있었다. 경찰이 무엇을 알고 있으며 어떤 대답을 듣고 싶어 하는지 알아낼 때까지 그는 책임을 회피하는 식으로 간단히 대답했다. 별 어려움 없이 적절한 대답만 내놓았다. 하지만 이들은 진짜 스톡홀름 사람들이었다. 게다가 특별살인사건전담반 소속이기도 했다. 이들이 한참 전에 일어난 차량 화재사건에 관심을 갖는 이유가 도대체 무엇인지 짐작조차 못 했으며 그 이유를 물어보고 싶은 생각은 추호도 없었다. 그는 좀 더 과묵하고 북스웨덴어가 어눌한 사람처럼 말하기로 마음먹었다. 이들이 어떤 선입견이 있는지 확인하기 위해서다. 이들이 묻는 질문에는 대답할 것이다. 책임을 회피하는 식으로 그리고 간단하게. 오랜 책략을 끝까지 써볼 생각이다. 물론 이들은 반박할 것이다. 그렇다면 그는 어쩔 도리 없이 서서히 진실을 따라야 할지도 모른다. 하지만 지금 당장은 아니라고 결론을 내렸다.

"예."

그는 고개를 끄덕이며 대답했다. 마치 이제 막 머릿속에 사건 당일 아침이 떠오른 것처럼.

"예, 그 밑으로 내려가보았습니다."

"경찰에 전화하기 전이었나요?" 반야가 물었다.

"예."

"근데 왜 내려갔습니까?"

모자를 쓴 채로 고개를 쳐든 하랄드는 처음으로 반야의 눈을 바라보았다.

"누구 다친 사람이 있나 보려고요."

이것은 절반의 진실이었다. 질문은 빠르게 진행되었다. 그는 이제부터 거짓말을 해야 할 상황에 이르렀다고 생각했다.

"차에 손을 댔습니까?"

갈수록 더 심도 있는 질문이 나왔다. 그는 진실과 거짓의 경계선에 서서 균형을 맞추고 있었다.

"아닌 것 같습니다."

그가 약간 책임을 회피하는 눈초리로 대답했다. 거짓을 들키지 않고 진실을 얘기하는 것처럼 보이기 위해서였다.

"댔습니까, 안 댔습니까?"

그녀가 좀 더 바짝 추궁했다.

"벌써 9년이나 지난 일입니다."

"그 뒤로 불탄 차 안에 여자 시신이 있는 걸 몇 번이나 봤소?" 이번에는 여자 옆에 있던 나이 든 남자가 자극적인 질문을 했다. "그냥 한 번만 세어봐도 전혀 없었을 것 같은데. 내 말이 맞지 않소?"

하랄드는 남자 쪽으로 고개를 돌렸다. 이름이 베르크만이라고 했던가? 그동안 그는 아무 말도 하지 않고 서 있기만 했다. 이것은 무엇을 뜻하는 것일까? 그의 질문은 그냥 하는 소리가 아니었다. 하랄드는 절반의 진실과 거짓의 책략을 이 남자가 바로바로 꿰뚫어 본다는 것을 느꼈다. 이럴 때에는 둘 중 하나를 선택해야 한다. 진실 혹은 그럴듯한 거짓. 그는 좀 더 진실 된 모습을 보여주기로 결심했다.

"그거야 그렇죠."

"여자는 완전히 까맣게 숯덩이가 되었을 텐데, 굳이 맥을 짚자고 내려가봤을 리는 없을 테고. 안 그렇소?"

"그렇겠죠."

"그렇다면 차에 가까이 다가갔는지 어쨌는지 기억해내기란 어렵지 않을 텐데?"

"그럴 거요."

"그렇다면 차에 손댔소?"

거짓말을 해야 할 찰나였다. 그래서 하랄드는 "아닙니다." 하고 대답했다.

"확실하오?"

하랄드는 힘껏 고개를 끄덕여 보였다. 그는 별안간 다시 한 번 모든 일을 되돌아보는 것같이 행동했다.

"난 그저 차 주변만 둘러보았어요. 차 밖으로 튕겨 나온 사람은 없는지 확인하려고요. 그러니까 내가 손을 댔다면 차체일 겁니다."

그는 갑자기 아무 말도 하지 않았다. 세바스찬은 남자가 뭔가 아주 연관성이 깊은 문장으로 말을 하고 난 후 더 이상 할 말이 없어졌나 보라고 생각했다. 오로프손은 다시 침을 퉤 뱉고는 발치를 내려다보았다.

반야는 탐구하듯이 그를 관찰했다. 마지막 대답은 그가 지금까지 한 대답과 완전히 딴판이었다. 곰곰이 생각해보고 진위 여부를 밝혀야 할 진술이었다. 그는 그들이 물어본 것보다 더 많은 사실에 대해 답한 것이다. 거의 알리바이인 것처럼. 그는 여전히 발치만 내려다보았다. 그녀는 그가 무기를 소지하고 있는지 물어보고 싶었다. 만약 그렇다면 어떤 종류를 소지하고 있는지도. 그런데 그때 세바스찬이 끼어들었다.

"자녀가 있습니까?"

하랄드는 상당히 놀란 눈으로 그를 빤히 쳐다보았다.

"없습니다."

"그러면 저건 뭐죠?" 세바스찬이 고갯짓으로 트램펄린을 가리키며 물었다. "내가 보기에 선생은 저런 물건이 있을 필요가 없는 타입 같은데."

"이웃들이 오면 놀고 싶어 해서." 하랄드가 어깨를 으쓱하며 대답했다. "인터넷에 팔아야 할 것 같긴 한데."

세바스찬은 주위를 둘러보았다. 저 멀리 그 어디에도 다른 집들이 보이지 않았다. "이웃이 어디 있다고?"

"더 멀리 삽니다." 하랄드가 손으로 세바스찬 등 뒤쪽, 전혀 알 수 없는 방향을 가리켰다.

반야 쪽을 돌아본 세바스찬은 그녀도 그와 같은 생각이라는 것을 확인했다.

"저 사람, 거짓말하는 거 봐."

외딴집에서 차를 돌려 나온 반야는 다시 큰 도로로 들어섰다.

"나도 알아. 어쨌든 트램펄린하고 무슨 관계가 있는 것 같은데."

"사 온 걸까요?"

세바스찬은 어깨를 으쓱했다. "아마 직접 산 건 아닐 거야. 마당에 있는 물건들 모두 영수증 제시하라고 하면 못 하겠지?"

반야는 고개를 끄덕였다. 도둑질한 물건이거나 불법으로 취득한 장물이거나. 항상 그랬듯이. 제일 먼저 사고 현장에 도착한 사람은 미해결된 의문점에 대답할 수 있는 사람일 것이다.

"차에 핸드백 같은 게 없었어요." 그녀는 재빨리 세바스찬을 쳐다보았다. "돈지갑도 없었고."

"다 타버렸을 수도 있지."

물론 그럴 수 있다. 하지만 반야는 믿을 수 없었다. 그녀는 차량 화재 건을 다시 한 번 면밀하게 조사해야겠다고 생각했다. 만약 차에 핸드백이나 지갑이 있었다면 타고 남은 흔적이라도 분명히 나와야 할 테니까.

"오레 경찰 자료는 뒷좌석에 놔뒀어요. 우리가 놓친 지문이 차에서 발견되었는지 한번 살펴봐주세요."

뒷좌석 쪽으로 몸을 돌린 세바스찬은 저쪽 깊숙이 밀려난 서류철에 간신히 손이 닿았다. "그리고 빌리한테 저자의 무기 소지 여부도 한번 조사해보라고 해야겠어." 세바스찬이 다시 몸을 돌려 앉아 서류철을 열어 보며 말했다.

"당연히 소지하고 있지 않을까요? 여기에서 사냥하는 모든 바보들은."

"단순 권총이 아닐지도 모르니까 그래."

반야는 고개를 끄덕거렸다. 갑자기 그녀는 기뻤다. 무기 소지 여부를 하랄드에게 직접 묻지 않았기 때문이다. 그랬다면 그자는 가택수사에 발끈했을지도 모른다. 그리고 나중에 다시 찾아가면 그자가 이미 쥐도 새도 모르게 무기를 없애버릴 수도 있다. 지금은 경찰에서 무기를 찾으러 갈 거라는 사실을 그자는 꿈에도 모를 것이다. 처음에는 상당히 불필요하게 생각했던 오레 여행이 뜻밖에도 좋은 결과를 내게 되었다.

반야의 핸드폰 벨소리가 울렸다. 그녀가 핸드폰 화면을 내려다보았다.

안나다.

잠깐 동안 그녀는 핸드폰을 받아야 할지 말아야 할지 고심해보았다. 차라리 세바스찬과 이 사건에 대해 더 논의해보고 싶었다. 엄마는 그저 그녀와 수다를 떨고 싶거나, 그녀에게 뭔가 압력을 가하기 위해서 전화했을지 모른다. 어쨌든 그녀는 지금 엄마와 수다 떨고 싶은 마음이 없었다. 다른 일은 생각하고 싶지 않았다.

"전화 안 받아?" 세바스찬이 그녀의 핸드폰을 쳐다보면서 물었다. "안나네? 엄마잖아?"

"맞아요."

"왜 전화 안 받아?"

반야는 한숨을 쉬었다. 얼마나 비참한 심리학자의 질문인지! '내 게 당신의 어린 시절에 대해서 말해보세요'와 같은 질문이었다. 돌 아가는 길 내내 세바스찬은 안나와 그녀의 관계를 추측해보며 심리 학적으로 정리하려 들지도 모른다. 그보다는 지금 전화를 받는 편이 더 나을 것이다.

"엄마!"

결국 그녀는 진지하면서도 밝은 목소리로 통화를 시작했다.

그녀는 엄마의 목소리를 듣자마자 무슨 일이 일어났다는 것을 직 감했다. 뭔가 심각한 일이.

"스톡홀름으로 돌아가고 싶단 말이지?"

토르켈은 그 말을 잘못 들었기를 바라면서 분명한 어조로 물었다. 반야는 불안한 상태로 방에 들어와 그를 기다렸다. 아버지의 체포, 아니면 적어도 경찰서 호송이란 사실만으로도 그녀는 이미 스트레 스를 잔뜩 받은 상태였다. 안나는 어찌 된 까닭인지 자세한 상황을 설명해주지 않았다. 토르켈은 제발 가지 말라는 눈빛으로 직설적인 질문을 한 것이다. 그러면서 그녀 때문에 그가 곤란하게 될 거라는 느낌도 풍겼지만 그녀는 아랑곳하지 않았다. 게다가 그는 의도적이 든 그렇지 않든 간에 그녀를 분명히 오해하고 있었다.

"가고 싶어서 가는 게 아니에요. 가야만 해서 가는 겁니다." 그녀가 마지막 말을 힘주어 강조했다.

"왜?"

반야는 머뭇거렸다. 이 일이 어떻게 하다 발생하게 되었는지 언젠가 설명해야 될 테지만 지금은 때가 아니었다. 먼저 좀 더 자세한 내용을 알고 싶었다. 그녀는 단 한 번도 아버지를 의심한 적이 없었는데, 하물며 비난할 생각은 더더욱 없었다. 만약 토르켈에게 솔직히 털어놓는다고 해도 질문만 줄줄이 받을 뿐이었다.

이유가 무엇일까?

어떤 일을 계기로 아버지가 혐의를 받은 것일까?

그녀가 상상하는 최악의 일은 아버지가 실제로 무슨 사고를 쳤을지도 모른다는 것이다.

누군가 다른 사람에게 아버지의 일을 설명하려면 이러한 질문에 대해 어떻게 대답할지 그녀 자신도 그 일을 잘 알고 있어야만 한다.

"집안일입니다."

토르켈은 그 말에 놀라 멈칫했다. 그녀는 실망감이 갑자기 배려로 전환되는 그의 모습을 보게 될 거라고 생각했다. 미국에 가면 그가 그리울 거라는 생각도 문득 들었다. 토르켈과 같은 멘토를 어디 가서 또 만날 수 있으랴 싶었기에.

"무슨 일이 있는 거야?" 그가 무척 걱정스럽게 물었다.

"죄송합니다. 더 이상 말씀드릴 수 없습니다. 하지만 그만큼 중요한 일이어서 스톡홀름으로 돌아간다는 걸 이해해주세요."

토르켈은 최고의 수사관을 유심히 살펴보았다. 그녀에게 뭔가 힘든 일이 있어 보였다. 그 점은 의심의 여지가 없었다. 그녀의 엄마나 아버지에게 무슨 일이 일어났음이 분명했다. 그가 아는 한 그녀의 가족은 그들이 다였다. 발데마르의 암이 재발된 일은 아니기를 바랐다. 반야의 아버지가 폐암을 이겨낸 것은 그리 오래된 일이 아니었다. 어쨌든 토르켈은 반야가 바른대로 얘기해주리라 믿었다. 그가 아는 한 그녀는 의무감이 투철한 사람에 속했기 때문이다. 지금껏 반야는 그 어떤 수사도 등한시하지 않았다. 그녀는 사생활을 직업보다 후순위에 두는 사람이다. 그는 그녀가 원하는 대로 갔다 오라고 해야 하는 것이 마땅한 조치였다.

"어떤 식으로든지 내가 도울 수 있는 방법은 없을까?" 그는 조금이라도 그녀의 긴장감을 풀어줄 수 있다는 믿음에 이런 질문을 던졌다. 수사에서 하차하는 것은 그녀의 입장에서도 쉬운 결정은 아닐 것이다. 결국 개인적으로 뭔가 심각한 일이 일어났음에 틀림이 없다. 토르켈은 그녀가 비밀을 털어놓았으면 하고 바랐지만 그렇다고 그녀에게 압박을 가할 생각은 없었다.

반야는 고개를 내저었다. "어쨌든 지금은 없습니다. 감사합니다. 팀장님 입장을 곤란하게 해드려서 정말 죄송합니다."

"우리는 어떤 식으로든지 수사를 마무리 지을 수 있으니까. 자네는 자네한테 더 중요한 일이나 신경 쓰도록."

반야는 고개를 끄덕여 보이고는 발걸음을 돌렸다. 문 앞에서 그녀는 뒤를 돌아보았다.

"짐 싸는 동안 다른 분께 비행기표 예매 좀 부탁해주실 수 있나요?"

"물론이지. 내가 해결함세."

반야는 웃는 얼굴로 토르켈을 바라보았다. 그녀의 웃음은 입꼬리에만 머물렀다. 그녀는 쫓기는 것 같아 보였다. 티켓 예매 때문에 비서 크리스텔에게 전화를 걸기 위해 전화기를 손에 드는 동안 토르켈은 확신이 들었다. 그녀가 쫓기는 것이 분명하다고. 잠시 후 그는 누군가 문 사이로 다가서는 것을 언뜻 보았다. 어쩌면 반야가 자초지종을 설명하려고 다시 온 것이 아닐까. 그는 뒤를 돌아보았다. 뜻밖에 세바스찬이었다. 그는 문 사이에 기대서 있었다.

"반야가 떠나려고 하나요? 맞아요?"

"응. 두 사람 함께 외출하고 오더니 도대체 무슨 일이 생긴 건가?"

"내 탓이 아닙니다!"

토르켈은 깜짝 놀라 멈칫했다. 그러면서도 세바스찬의 대답이 그렇게 허무맹랑한 것이 아니라는 것을 느꼈다. 세바스찬이 다시 합류한 지 채 2개월도 되지 않았다. 그가 함께 일하겠다고 결정한 이유로 추정되는 것은 곧 수사팀을 하차할 반야 때문이었다.

"난 그런 뜻으로 말한 게 아니고."

"그렇게 들렸는데."

"집안에 무슨 일이 생겼다는 식으로 반야가 말하기에. 자네가 혹시나 그 이상 뭔가 알고 있는 것은 없는지 물어본 것뿐일세."

세바스찬은 고개를 절레절레 내저었다. "반야가 엄마한테 걸려온 전화를 받고. 엄마와 몇 분간 통화를 했는데, 그러고 나더니 반야가 말 한마디 없이 속도를 내서 돌아온 거요."

"무슨 일인지 짐작 가는 게 없나?"

세바스찬은 다시 한 번 고개를 내저으며 방 안으로 들어왔다. 그는 자신이 하려는 말이 합당한 말이 아니라는 것을 다 안다는 듯이 토르켈에게 속삭였다.

"나도 함께 가려고."

토르켈은 깜짝 놀라 멈칫하며 아까 반야를 바라보던 낯빛으로 세바스찬을 바라보았다. 이번에도 자신이 잘못 이해했기를 바랐다.

"자네, 무슨 뚱딴지같은 소리를 하는 건가?"

"내가 함께 가려고. 스톡홀름까지." 세바스찬은 오해를 사지 않기 위해 분명한 어조로 말했다. 외스테르순드에도 따라가고 싶다고.

"왜지?"

세바스찬은 대답할 말을 서둘러 생각해보았다. 이곳에서는 결코 잘 수 없다고 말할까? 수사가 너무 부담이 되니 좀 거리를 두고 싶다고 말할까? 프옐 스테이션이 지루하다고 말할까? 이 지역과 이번 사건이. 그는 짧은 멘트를 날리기로 마음먹었다.

"이 빌어먹을 프옐을 뜨고 싶으니까."

"왜? 아무하고도 잠자리를 못 했기 때문인가?"

"정확합니다. 잠자리 상대를 찾기 위해서라면 이런 결정 얼마든지 할 겁니다."

세바스찬은 이런 말을 하면서도 거의 진실에 가까운 생각을 말했다는 것에 놀랐다. 다행히 토르켈은 원래 그가 의미했던 바와 달리 반어법으로 받아들였다.

"미안하네. 지금은 그게 어려워." 토르켈이 한숨을 쉬었다. "반야를 보냈는데 자네마저 빠지게 할 수는 없어."

"여기서 내가 무슨 소용 가치가 있다고 그러지? 한번 진지하게 생각해보게." 세바스찬이 물었다. "고산지대에서 여섯 구의 해골이 나왔는데. 이번 사건을 해결하는 데 내가 뭘 얼마나 알아냈다고?"

토르켈은 세바스찬을 바라보았다. 오랜 동료의 말이 옳다는 것을 알고 있었다. 세바스찬은 이 시점에 사실상 없어도 되는 사람이었다. 게다가 별다른 일이 없다면 머지않아 팀은 다시 스톡홀름으로 돌아가 수사를 계속해야만 한다. 그는 땅이 꺼져라 한숨을 내쉬었다.

"알겠네. 그럼 내가 티켓을 예매해주지."

"내가 정말로 필요하다면 전화만 하세요."라고 대답한 세바스찬은 방을 나왔다. 이곳을 떠나고 싶다는 욕구는 처음 속으로 생각했던 것보다 더 커졌다. 이제 그는 반야에게 설명하면 된다. 그도 함께 갈 계획이라고. 그렇게 하면 그녀가 기뻐할지 모른다는 생각을 완전히 배제하지는 않았다.

✛

그는 기분이 나빴다.

커피 잔에는 손도 대지 않은 채 탁자에 그대로 두었다. 내용물은 벌써 다 식어버렸다. 그 옆에는 코냑과 간소세지와 치즈가 들어간 빵이 있었다. 그는 일단 두 입 정도 먹었다. 그러면서 재떨이에 네 번째 담배를 눌러 끄자 연기가 더 이상 피어오르지 않았다. 그는 한숨 소리처럼 들리는 소리를 크게 질러댔다. 가스레인지 옆 맞은편에 있던 쩨포가 놀란 듯이 머리를 쳐들었다. 하랄드 오로프손은 웬만하면 한숨을 쉬지 않기 때문이다.

자리에서 일어난 그는 붉은색과 흰색 무늬의 코르크 발판을 지나

부엌 의자 쪽으로 갔다. 그리고 창문을 열기 위해 몸을 숙였다. 담배 네 개비를 피웠더니 집 안에 연기가 자욱했다. 개는 머리를 이리저리 돌리며 눈으로만 그의 행동을 좇았다. 하랄드는 활짝 연 창문가에 서서 상쾌한 공기를 폐부 깊숙이 들이마셨다. 그런 다음 가스레인지 위 싱크대 중 하나를 열고는 유리잔을 꺼냈다. 유리잔에 수돗물을 가득 받은 후, 식기세척기 옆에 선 채로 단숨에 들이켰다.

그는 기분이 나빴다.

하랄드는 이미 꽤 자주 경찰과 부딪칠 일이 많았다. 이러한 이유로 인해 주변 지역 어느 집 차고에 도둑이 들거나 어느 집 모터썰매가 사라졌다고 신고를 받으면 경찰은 매번 그의 집에 찾아왔다. 경찰은 집 주위를 한 바퀴 돌아보고 헛간을 수색했다. 그때마다 그가 하는 말은 한결같았다. 경찰은 부당한 압력을 행사하면 안 된다, 경찰이 찾아오면 항상 반갑다, 하는 식으로.

경찰은 매번 허탕을 쳤다. 그렇다고 그가 그 사건들과 아무런 관련이 없다는 의미는 아니었다. 경찰들이 찾는 물건은 대부분 그들이 찾으러 나서기 전부터 미리 하랄드가 집 안에 숨겨놓았다. 경찰에서 매번 그의 죄를 입증할 수 없었던 것은 그가 교활하기 때문이었다. 교활하고, 시종일관 변함없는 모습에 인내심이 강한 사람이었다. 20년 전쯤 이 집을 구입했을 때 그는 제일 먼저 작은 준설기를 가져다 헛간 바닥부터 팠다. 바닥을 다 파니 8제곱미터쯤 되는 빈 공간이 생겼다. 사람이 똑바로 서 있을 만한 공간이었다. 그는 이 공간을 '저장실'이라고 불렀고, 이곳을 오르내릴 수 있게 가파른 계단을 낸 뒤 널빤지로 덮고는 커다란 천카펫을 깔아놓았다. 그 위로는 눈 프레이즈반을 올려놓았다. 그래서 그런지 지금까지 어느 누구도 그 입구를 보지 못했다. 하랄드는 집으로 들고 온 모든 물건을 먼저 저장실에 내려놓았다. 그곳에서 그는 쥐도 새도 모르게 하고 싶은 일을 처리했다. 장물을 상태 그대로 보존하거나, 모조리 분해해서 개조하거나 페인트칠을 새로 했다. 가능성은 다양했다. 하랄드는 돈벌이가 큰 쪽으로 결정했다. 모터썰매는 대부분 돈이 좀 되었다. 물론 모터썰매를 개조해서 처음 상태를 전혀 알아보지 못하도록 만들려면 품이 많이 들었다. 시간이 필요했다. 하랄드는 저장실이 좋았다. 도구와 기계, 차량으로 사업을 벌였다. 예술품도 아니고, 보석도 아닌 그런 쓰레기 같은 것을 가지고서 말이다. 그와 손잡고 거래하는 노르웨이 청년 중 몇몇이 몇 년 전에 한번은 트램펄린을 가져왔다. 그를 위한 선물이라고 하면서. 그리고 그것을 팔면 5000은 받을 거라고 했다. 적어도. 게다가 이 물건을 어디에서 가져온 것인지 절대로 들키지 않을 거라고도 덧붙였다. 결국 그는 그 선물을 받았다. 하지만 그가 이베이에서 찾아본 결과 트램펄린은 대부분 1000 미만으로 팔렸다. 그래서 그는 트램펄린을 내놓지 않았던 것이다.

지금까지 그가 싸게 판매한 것들 중 그 어떤 것도 추후에 화근이 된 것은 없었다. 경찰은 장물 거래에 방해 요소였지만 그 이상은 아니었다. 경찰이 다시 출동하긴 했어도 보통 그 때문에 시간을 소비할 필요는 없었다. 하지만 이번에는 달랐다.

그는 한동안 서서 떠나가는 자동차를 살폈다. 그러다 안으로 들어가서 커피 물을 끓였다. 무슨 상황인지 불편하고 어리둥절했다. 그는 혼자 있기 싫어서 강아지 쩨포를 데려왔다. 빵에 잼을 바르고 커피를 탔다. 그리고 담배를 피우기 시작했다.

차량을 발견한 것이 벌써 9년 전 일이었다. 수사의 연장선상에서 길가에 선 채 간단한 심문을 받았을 때, 아무도 그를 눈여겨보지 않았다. 그때 그는 진실에 부합하도록 진술했다. 길을 지나가다가 연기가 피어오르는 것을 보았다고. 그래서 가던 길을 멈추고 살펴보았더니 도랑 속에 자동차가 있었다고. 하랄드는 그 사고와 관련된 것 말고는 다른 얘기를 들은 적이 없었다. 그런데 특별살인사건전담반이 찾아온 것이다. 그들은 사고에는 도통 관심이 없었다. 그보다는 살인에 초점을 맞추었다. 여자가 자동차에서 살해되었다고? 그럴 수도 있을 것이다. 그 사건에 대해 그는 조언하면 절대 안 된다. 추측하건대 경찰은 모터썰매 도난사건보다 살인사건에 더 치중할 것이다. 그들이 이 사건에 그가 관련되어 있다는 것을 알아낸다면 모든 것을 더 철저히 조사할 것이다.

그렇게 된다면 모든 것이 끝장날 것이다.

그렇다면 경찰이 저장실을 찾아낼 것이다.

그렇다면 그에게는 더 이상 남는 것이 없을 것이다.

그러니 어떤 일이 있어도 경찰 수사망에 걸리지 않도록 손을 써야만 한다. 그것은 아주 간단했다.

그럼에도 불구하고 그는 머뭇거렸다.

그는 경찰이 살인사건을 해결하는 데 도움이 될 만한 물건이라면 어떤 것도 훼손할 마음이 없었다. 그는 법의 테두리를 벗어나 활동하긴 했으나 비도덕적인 인간은 아니었다. 약간의 장물을 취득할 뿐. 절대로 누구를 사주하지는 않았다. 범죄를 일으킬 용기는 없었다. 그는 사고가 발생한 곳에서 뭔가 약간의 이득을 취득하는 것뿐이다. 그가 아니어도 누군가 다른 사람이 그런 짓을 했을 것이다. 이것은 일종의 사업이었다. 사람을 죽이는 것과는 차원이 다른 일이었다.

하지만 경찰에서 그 차량에서 일어난 살인사건의 용의자를 찾아다녔는데도 여태까지 성과를 거두지 못했다면 앞으로 용의자를 찾는다는 것은 불가능할지도 모른다. 불에 탄 자동차에서 하랄드가 건진 물건들은 분명히 더 이상 결정적인 단서가 되지 못할 것이다.

이제 그는 결정을 내렸다. 그리고 유리잔을 식기세척기에 넣고는 부엌을 나왔다. 그는 배낭과 핸드백이 어디에 있는지 너무나 잘 알고 있었다.

⚜

안전 수칙 방송. 편도 비행. 비행기는 활주로를 달리며 속도를 높이더니 하늘로 날아올랐다. 반야는 창가 자리에 앉아 저 아래로 점점 멀어져가는 도시를 유심히 살펴보았다. 세바스찬이 힐끗힐끗 그녀를 훔쳐보았다. 그녀가 그의 동반을 기쁘다고 말하기에는 좀 과장된 측면이 있어 보였다. 하지만 그가 스톡홀름에 함께 가는 것을 그녀는 기꺼이 받아들였다. 물론 그 이유가 알고 싶었다. 세바스찬은 토르켈에게 했던 말을 다시 반복했다. 이 지겨운 프옐을 떠나고 싶다고.

빌리는 그들을 외스테르순드 공항까지 차로 바래다주었다. 그도 반야가 갑작스레 떠나는 이유를 그녀에게 들었지만 그녀의 말대로 그저 집안일이라는 것만 알았다. 빌리는 더 이상 캐묻지 않았지만 그가 약간 실망하고 있음을 세바스찬은 느낄 수 있었다. 반야가 그에게 어떤 일인지 자세히 털어놓지 않았기에. 세바스찬은 두 사람의 관계가 눈에 띄게 변해가고 있다는 것을 알았다. 헌데 사건으로 인해 협력하는 과정에서 둘 사이에 무슨 갈등이 생긴 것이다. 세바스찬은 그렇게 확신했다. 무슨 일이 있었는지는 전혀 알 수 없었지만 아직도 그 일이 두 사람 사이에 작용하고 있는 것 같았다.

반야가 괜찮다고 말했는데도 빌리는 출국장까지 따라 들어왔다. 세바스찬은 빌리의 행동이 타당하다고 여겼다. 그들이 탑승 수속을 마치고 반야가 화장실에 가자, 빌리가 세바스찬에게 물었다.

"그런데 왜 반야랑 같이 가는 거죠?"

세바스찬은 그의 목소리에 실린 약간 의심스러운 기운을 느낄 수 있었다. 그리고 그의 단어 선택으로 볼 때 빌리는 세바스찬의 행동이 반야와 틀림없이 관계가 있을 거라고 추측하는 것 같았다.

"나 따라가는 거 아닌데. 같은 비행기를 탈 뿐이지."

"이유가 뭐죠?"

"그냥 말동무가 있다고 보면 좋지 않겠나?"

빌리는 날카로운 눈초리로 그를 쳐다보면서 마치 아이와 얘기할 때 하는 것처럼 한숨을 내쉬었다.

"내 말은, 무엇 때문에 갑자기 수사에서 하차하느냐 하는 겁니다.

반야랑 전혀 관계가 없다면, 뭐죠?"

그의 질문에 대해 세바스찬은 평소에도 자주 하는 간단한 대답을 생각해냈다. 물론 빌리가 그의 대답을 믿을 리 없겠지만.

빌리는 더 집요하게 물었다. "반야가 무슨 일이 생겼다고 설명해주던가요?"

"반야가?"

"예."

"아니, 아무 말도 안 했는데."

이번에는 확실했다. 빌리는 그의 말을 믿지 않았다.

반야가 돌아온 후에 그들은 작별인사를 나누었다. 세바스찬의 입으로 굳이 묘사하자면 짧으면서도 힘겨운 포옹이었다. 그는 보안검색대에서 마지막으로 뒤를 돌아보았다. 어느새 빌리는 가버리고 없었다.

이제 비행기는 궤도에 진입했다. 안전벨트 착용 표시등이 꺼졌지만 반야도 세바스찬도 안전벨트를 풀지 않았다. 반야는 여전히 그에게 반쯤 등을 돌리고 앉아 있었다. 그가 아무런 시도를 하지 않는한, 그녀는 비행 내내 그에게 등을 돌리고 갈 작정인 듯싶었다.

"빌리랑 무슨 일 있는 거 아냐?"

즉각적인 반응이 나왔다. 그녀가 돌아보았다.

"그게 무슨 말이에요?"

"예전만큼 사이가 좋은 것 같지 않아 보여서 그래."

"그래 보이나요?"

"응. 내가 잘못 본 걸까?"

반야는 아무런 대꾸도 하지 않았다. 예전 같았으면 그녀는 그의 말을 무시해버렸을 것이다. 그냥 예라고 대답하는 선에서 대화를 끝내곤 했다. 그를 조용히 시키면서도, 그의 말이 맞는다는 것을 결코 인정하지 않으려고. 하지만 지금은 예전과 달랐다.

"아니에요. 관계가 조금 안 좋아졌어요."

"근데, 왜?"

반야는 주저하다가 한번쯤 진지하게 말해보기로 했다. 그녀는 안전벨트 끈이 최대한 늘어나도록 세바스찬 쪽으로 몸을 돌렸다.

"빌리한테 그랬거든요. 내가 그 사람보다 더 유능한 경찰이라고."

세바스찬은 아무 말 없이 고개만 끄덕였다. 이러한 문장으로 말하는 것은 직업상 협력을 아주 미묘하게 망칠 수 있었다.

"내가 바보 같았죠." 반야가 그의 생각을 읽을 수 있다는 듯이 계속해서 말했다. "아무 말 안 하셔도 돼요."

"그래. 정말로 바보 같은 말이었네." 세바스찬이 미소 지으며 대답했다. "사실이지만 바보 같았어."

"나도 알아요……."

반야가 한숨을 푹 내쉬었다. 빌리와의 힘든 관계가 그녀에게 부담으로 다가온다는 것은 분명한 사실이었다.

세바스찬은 되도록 편안한 자세로 앉아보았다. 그는 자신감이 생겨서 반야에게 찬찬히 설명했다. 그녀가 더 유능하다는 것을 빌리 또한 잘 알고 있다고. 그럼에도 불구하고 지금까지 빌리는 그녀와의 관계가 무척 중요했다. 그녀와 경쟁하기 위해서였다. 하지만 어느 순간 그의 생각에 변화가 왔다. 왠지 모르게 그는 서열상 자신의 위치에 만족할 줄 모르고 그녀와 자신을 자꾸 비교하게 되었다. 그리고 이제 더 이상 그녀에게 지고 싶지 않았던 것이다. 관계를 다시 회복하려면 어떻게 해야 하느냐고 반야가 물었다. 세바스찬은 그녀를 위로할 수 있는 거짓말과 가혹한 진실 사이에서 하나를 선택해야 했다. 그는 후자로 결정했다.

"할 수 있는 게 아무것도 없어요. 자신이 그 사람보다 더 낫다고 말했으니. 그 말을 도로 주워 담을 수는 없어. 이제는 빌리가 제 입장을 밝혀야 해. 그리고 자네도 빌리한테."

반야는 화를 꾹 참으면서 고개를 끄덕였다. 그의 대답은 그녀가 바라던 바가 아니었다. 누구나 그렇듯이 해결책을 제시해주기 바랐다. 모든 것을 원래대로 되돌릴 수 있는 마법의 단어를 듣고 싶었던 것이다. 하지만 아무런 해답을 얻지 못했다. 세바스찬은 그녀를 애정 어린 눈빛으로 지켜보았다. 그는 그녀를 위로하는 마음에서 그녀의 어깨를 살포시 잡았다. 이제는 조심스럽게 얘기를 계속 풀어나가야 한다. 그들은 다시 대화를 나누었다. 개인적인 대화를. 어떤 식으로든지. 직업과 관련된 얘기를 나누더라도. 어쨌든 간에. 그의 진전된 모습을 더 많이 보이고자 한다면 그는 이러한 실오라기 하나라도 잡아야만 한다.

"스톡홀름에 가면 내가 빌리와 얘기 한번 해볼게, 나중에."

"고맙지만 괜찮아요. 그럴 필요 없어요. 그냥 지금처럼 이렇게 얘기만 해도 나한테는 큰 도움이 됐어요."

세바스찬은 재빨리 다시 곰곰이 생각해보았다. 그녀는 방금 그가 다가갈 수 있도록 작은 틈을 열어주었다. 일이 아닌 사생활로. 어쩌면 그가 너무 속단하고 앞서가는 것인지도 모르겠지만 그 정도 위험은 감수할 만한 일이다.

"집안에 무슨 일이 생겼는지 말해준다면 더 도움 줄 수 있는데."

반야는 꿈쩍도 하지 않고 그를 빤히 쳐다보았다. 그가 약점을 잡아 우위를 점하려고 배려하는 척하는 것은 아닌지 찬찬히 살펴보았다. 그의 눈빛에 옛 세바스찬의 모습이 비치는 것은 아닌지 살펴보았지만 그런 모습은 보이지 않았다.

"아버지가 체포됐어요." 그녀가 말했다. 놀랍게도 걱정이 조금 덜어진 것 같았다. 가족 얘기를 하자마자 누군가와 짐을 나눠 진 듯이.

"뭐라고? 도대체 왜?"

"나도 모르겠어요. 엄마도 그 이유를 모른대요."

세바스찬은 등골이 서늘했다.

그것을 경제사범 건일 거라고 생각지 않을 수 없었다. 경찰은 상당히 신속하게 대응했을 것이다. 그들이 부담스러운 물증을 찾았다면 말이다. 몇 달 전에 트롤레 헤르만손이 발데마르 뒤를 파헤친 적이 있었다. 세바스찬의 지시에 따라. 그가 발데마르와 반야의 관계를 깨기로 결심했을 때였다. 하지만 그는 물증을 없애달라고 엘리노에게 부탁했다. 그녀는 그의 부탁대로 했을 텐데!

설마 그녀 스스로 일을 처리한 거라면?

그런 이유로 발데마르가 체포된 거라면?

그런데 그녀는 무슨 이유로 그렇게 한 것일까?

엘리노는 바로 그런 인간일 수도 있다. 갑작스럽게 머릿속에 그녀가 충분히 그럴 수 있다는 생각이 들었다. 그러고 보니 언젠가 그녀가 발데마르에 대해 물어본 적이 있었다. 그녀는 반야에 대해서도 뭔가 알고 있는 것일까? 세바스찬은 트롤레의 서류에 반야 내용이 있었는지 곰곰이 생각해보았다.

기억이 나지 않았다.

엘리노가 서류를 익명으로 넘겼다면 다행일 텐데. 우편으로 경찰에 보냈다면. 혹은 이름을 대지 않고 그냥 가져다주었거나.

그게 가장 좋은데…….

여하튼 엘리노가 문제다. 예상하건대 상황이 좋지 않았다. 아마도 그녀는 서류를 가져다주면서 자신이 누군지 밝혔을 것이다. 그뿐만 아니라 한술 더 떠서 그녀가 지금까지 한 일과 앞으로 하게 될 일을 자랑스러워했을지도 모른다. 정말 일이 이 지경까지 왔다면 그에게 해가 될 수 있지 않을까? 반야가 이 사실을 알게 된다면? 아마도 그렇게 되지는 않을 것 같다. 반야는 물론 경찰이지만 조만간 휴직 상태가 될 것이다. 그러므로 수사 중에 정보 제공자의 이름이 제삼자에게 전달되지는 않을 게 분명하다.

"왜 그렇게 아무 말도 없으세요?"

반야의 목소리에 세바스찬은 정신이 돌아왔다.

"응……. 내가 뭐 도울 길이 없을까 싶어 머리 좀 굴리느라. 어쨌든 경찰서에 아는 사람이 많으니까."

"고맙습니다. 하지만 개입하시는 건 제가 원치 않아요. 우리 일이니까 우리 가족끼리 해결하려고요."

그녀는 다시 등을 돌렸다. 작은 창밖으로 구름을 내다보았다. 구름은 마치 언덕이 많은 얼음산 같아 보였다.

⚜

개인적인 이유였다.

반야는 개인적인 이유로 전담반을 떠났다.

우르줄라는 급하게 핸들을 꺾어 좁은 아스팔트 도로로 들어섰다. 그녀는 GPS를 보고 1, 2킬로미터를 달리다가 좌회전한 것이다. 애당초 분노는 누굴 향한 것이 아니었다. 그럼에도 불구하고 그녀는 찹찹했다. 남편이 떠났으니까. 게다가 딸마저 남편만 따르고 이해했다.

이것이 개인적인 이유가 아니라면 뭐란 말인가?

뭔가 설명해야 할 것이 너무 많지 않은가?

그래, 당연하다. 그리고 토르켈만큼 그녀의 마음을 이해해주는 사람은 없을 것이다. 그가 이 사실을 알고 있다면 말이다. 이런 우르줄라와 반야의 차이는 어디에 있는 것일까? 우르줄라는 아무 설명도 하지 않고 일하고 있다는 것. 이것은 정말 좋은 현상 아닌가. 하지만 이번 경우는 아니었다.

토르켈이 프옐에서 그녀를 불러들였다. 그녀는 지방 전문가들과 공동으로 현장을 샅샅이 뒤지고 있었던 터였다. 자갈과 흙을 체로 거르듯이 샅샅이 뒤졌지만, 수사에 중요한 단서 하나 찾지 못했다. 그리고 준설기가 도착했다. 우르줄라는 어디부터 파야 할지 준설기기사에게 일러주었다. 그 뒤로 세 번쯤 다른 곳을 파도록 지시했지만 헛수고였다. 현장을 아무리 파도 결과물이 나오지 않았다. 바로 그때쯤 다른 곳으로 출동해야 한다고 토르켈이 연락해왔다. 그런데 그녀는 미친 듯이 화가 났다. 그것은 반야의 일인데 왜 우르줄라가 가야 한단 말인가? 한 폐차장으로 가서 차량 견인 업무를 보는 남자에게 예전에 발생한 자동차사고 내역을 조사해야 한다고 했다.

제니퍼와 빌리는 파트리시아 웰톤이 어떻게 스웨덴으로 오게 되었는지 알아내기 위해 여전히 골머리를 앓고 있었다. 토르켈은 유럽경찰과 국제경찰에 접촉하고 있었다. 2003년 가을에 행방불명된 가족이나, 어른 둘과 아이 둘에 관한 서류를 다양하게 조사하고 있었다. 지금까지 토르켈은 세 가지 유사 사건과 관련한 정보를 받았는데 전부 기록으로 남길 만한 자료였다.

토르켈도 문제였다. 우르줄라가 어떻게 고백해야 할지 그것도 민감한 일이었다. 그는 그녀가 돌아오기만 기다렸다. 스톡홀름을 벗어나 출동할 때면 언제나 그랬듯이 그전처럼 이번에도 모든 것이 동일하게 진행되기를 바랐다. 스웨덴 방방곡곡 여러 호텔을 돌며 달콤한 밤을 보냈던 것처럼. 그는 그녀를 갖고 싶었다. 그녀의 육체를. 하지만 그것이 전부는 아니었다. 그는 더 많은 것을 원했다. 하지만 지금 그녀는 그의 그리움을 부담스럽고 불편하게 여겼다. 오늘 밤 그에게 달려가는 것이 그녀에게는 가장 쉬운 일일지 모른다. 그의 방에서 섹스를 하는 것이. 동이 트면 그녀의 방으로 다시 살금살금 돌아가는 것이. 예전에 그랬던 것처럼 행동하는 것이 가장 편한 일일지 모른다. 그녀에게는 손해 볼 일이 없을 테니까.

하지만 그녀는 그렇게 할 수 없었다.

원하지도 않았다.

토르켈은 그녀가 남편과 헤어져 살고 있다는 것을 전혀 몰랐다. 하지만 그녀의 머릿속에 자꾸 여러 가지 상상이 떠올랐다. 그녀의 생활이 애인이자 미래를 함께하고 싶어 하는 상관 때문에 어쩌면 더 복잡하게 얽힐지 모른다고. 우르줄라는 그를 통제하고 싶었다. 이런 생각이 들 때쯤 GPS가 목적지에 도착했음을 알려주었다. 그녀는 열린 철문을 통과하여 폐차장 안으로 차를 몰았다.

우르줄라는 회색 방갈로 앞에 차를 세웠다. 지붕 위 방갈로 간판을 보았더니 그녀가 도착한 곳이 '함마렌과 아들 빌의 주식회사'라는 것을 확인할 수 있었다. 그녀는 시동을 껐다. 그러고는 토르켈이 준 서류철을 조수석에서 집어 들었다. 그녀는 차에서 내린 후 주변을 둘러보았다.

우르줄라가 지금 막 도착한 곳에서는 폐차장 모습이 보이지 않았다. 앞으로 어떤 모습이 펼쳐질지 가늠조차 되지 않았다. 그녀는 수명이 다한 자동차가 어떻게 분해되는지 생각해본 적이 없었던 것이다. 하지만 조금 상상해보면 자동차를 낱낱이 분해한 뒤 네모 납작하게 눌러 고철로 만들 것 같다. 그러고는 재활용할 수 있도록 어딘가로 보낼 것 같고.

폐차할 차량이 몇 미터씩이나 탑처럼 쌓인 모습은 미국 영화에서나 나올 법한 장면이 아닐까! 그야말로 실제 모습은 영화의 한 장면 같았다. 높은 골함석 울타리에 철조망을 두른 넓디넓은 마당에는 자동차로 꽉 들어차 있었다. 상상 가능한 모든 색상과 모델들이. 줄을 맞춰 쌓여 있는데, 줄마다 10에서 12미터씩 높게 쌓여 있었다. 맨 아래쪽 자동차들은 위로 쌓인 자동차들 무게 때문에 찌그러져 있었다. 짐작건대 그녀 바로 옆줄에만 백 대가 넘는 자동차가 쌓여 있는 것 같았다. 이런 줄이 끝없이 이어진 듯했다. 수천 대의 자동차가 폐차장에서 마지막 휴식을 취하고 있었다.

문이 열렸다가 닫히는 소리가 나자 그녀는 정신을 가다듬었다. 우르줄라는 회색 방갈로 쪽으로 걸어갔다. 그쪽에서 한 남자가 다가왔다. 그는 50대 중반쯤 되어 보였고 오렌지 색상의 작업복을 걸쳤는데 맥주병처럼 배가 불룩 나왔다. 머리에는 덕지덕지 때가 탄 챙모자를 썼고, 모자에는 회사명이 씌어 있었다. 모자 밑으로는 희끗희끗한 앞머리가 몇 가닥 삐져나와 있었다. 얼굴은 둥근 편이었다. 좁은 미간에 눈이 파랬고, 코는 펑퍼짐했으며, 입가는 희끗했다. 그가 웃자 롤 담배가 눈에 띄었다.

"아, 어서 오세요, 어서 오세요. 뭘 도와드릴까요?"

우르줄라는 이름을 밝히고 그에게 경찰신분증을 보여주었다. 남자는 이름을 밝히지도 않은 채 신분증에 눈길 한번 주지 않았다.

"우르줄라, 인어공주에 나오는 이름 아닌가요? 사악한 오징어 말입니다?"

"그럴 수도 있겠죠." 우르줄라는 깜짝 놀랐다. 예상치 못한 첫 질문이었기 때문이다. 더구나 그녀는 인어공주에 어떤 이름이 나오는지 아는 바가 전혀 없었다.

"맞아요, 그렇게 나와요." 남자가 고개를 끄덕이며 확인차 다시 말했다. "그게 만화영화로 나왔을 때 우리 애들이 어려서요. 그 비디오

테이프를 얼마나 돌려봤는지 몰라요. 맞아요, 당시에 VHS시스템이었으니까."

우르줄라는 폐차장 주인에게 어떻게 반응해야 할지 생각해보았다. 이름이 무엇이든 간에 다리가 여덟 개 달린 연체동물과 비교당하는 소리를 듣고 좋다고 할 여자가 몇이나 되겠느냐고 해볼까? 아니면 곧바로 찾아온 목적을 제시해야 할까? 그때 마침 남자가 산업용 장갑을 벗더니 악수를 청했다. 우르줄라는 고개를 내저었다.

"아비드 함마렌이 내 이름이오. 막강한 법의 긴 다리를 위해 도대체 내가 도와야 할 일이 뭐요?" 그가 물었다. 이 역시 예상치 못한 질문이었다. 경찰에게 대놓고 이런 표현을 사용한 사람이 있었던가? 그래, 이자가 아버지 함마렌이거나 그 아들일 것이다. 우르줄라는 불신을 드러낸 그의 표정을 보며 확신했다.

"우린 2003년 스토르본 지역에서 발생한 사고를 수사 중입니다. 10월 31일에 발생한."

"아……."

"차 한 대가 불에 탔습니다. 사망한 사람도 한 명 있고."

우르줄라가 서류철을 펼치고는 사진을 빼내 들었다. 현장에서 경찰이 찍은 것이었다. 그녀는 그 사진을 아비드의 눈앞으로 내밀었다.

"맞아요, 맞아. 우리가 맡았어요. 내 기억이 맞는다면 렌터카였을 거요."

"예, 정확합니다."

"이 차를 회수하려는 건 아니지요?" 아비드는 우르줄라가 내민 사진을 다시 쳐다보며 말했다. "경찰이 조사를 다 마쳤다기에 우리가 이 차를 여기로 끌고 왔거든요."

우르줄라는 줄줄이 늘어선 자동차들을 힐끗 쳐다보았다. 사고 차량이 아직도 여기에 있다고 하기에는 실제로 불가능해 보였다.

"혹시 아직도 이 차가 여기에 있나요?" 그녀가 물었다.

"예, 아마 있을 겁니다." 아비드가 모자를 벗고 머리를 긁으며 대답했다. "문제는 어디에 있느냐 하는 거죠."

"찾아줄 수 있나요?"

"예. 가능할 것 같은데요."

도로 모자를 쓴 아비드는 홱 뒤를 돌더니 회색빛 사무실로 들어갔다. 우르줄라는 바깥, 마당에 서서 기다리며 흙이 얼마나 오염되었을지 안 봐도 생생하다. 눈비가 내리면 이 모든 자동차에 있던 납, 수은, 프레온, 기름이 흙으로 스며들 것이다. 아버지 함마렌과 아들 회사가 언젠가 이 차량들을 다 치우고 문을 닫는다면 이곳은 체르노빌처럼 오염된 지역으로 남을 것이다. 이윽고 문소리가 다시 나자 그녀는 생각을 멈추었다.

"찾았어요." 아비드 함마렌이 소리쳤다. 우르줄라가 웃음을 참지 못하는 것을 보자 그는 매우 기뻤다.

5분 후, 그들은 회색 도요타 고물차 앞에 섰다. 고물차는 총 6층 더미 속 맨 밑에서 두 번째 줄에 있는 자동차였다. 그 차에 밝은 푸른색 볼보 242의 보잘것없는 잔해가 묻어 있었다. 우르줄라는 좀 더 가까이 다가가서 상당히 찌부러지고 녹슨, 불탄 고물차를 살펴보았다.

"한동안 부품을 다 떼어냈어요." 아비드가 그녀의 등 뒤에서 설명했다. "그런 뒤 그냥 여기에다 놔뒀고요."

"재활용할 만한 부품이 뭐 좀 있었습니까?" 우르줄라가 그의 예상치 못한 설명에 당황해서 물었다.

"있었죠. 엔진이 이상하게 멀쩡했어요. 차 내부가 불에 탔는데도 말이죠."

우르줄라는 산산조각 난 옆 차창을 통해 안을 들여다보았다. 아비드의 말이 옳았다. 승용차는 비바람을 그대로 맞으며 폐차장에 방치되어 있었는데도 불구하고 내부가 완전히 불에 탔었다는 것을 한눈에 알 수 있었다. 우르줄라는 차체를 한번 둘러보았다. 차 상태가 어떤지 정확히 확인하기 위해서였다. 그녀는 차 상태와 서류철에 있는 사진들을 같이 보려고 꺼내 들었다. 토르켈에게 처음 받았을 때에는 대충 넘겨 보았지만 지금 좀 더 정확하게 관찰해보니 분명했다. 불은 차 안에서 붙어 순식간에 번진 것이다. 그럼에도 불구하고 일부에만. 방풍전면유리 앞, 보닛에 칠한 니스가 1미터쯤 불에 탔지만 차 앞쪽은 멀쩡했다. 트렁크에도 불길이 닿지 않았다. 주유통이 폭발했거나 기름이 샜다면 이렇게 멀쩡하진 않았을 것이다.

우르줄라는 자동차 뒤쪽으로 돌아가서 무릎을 꿇고 살펴보았다. 아비드는 그녀를 흥미롭다는 듯 관찰했다. 연이어 그녀는 푸른색 볼보의 트렁크 아래쪽으로 몸을 바짝 숙이고 도요타 차량 밑바닥을 올려다보았다. 모든 것이 멀쩡했다. 물론 전부 다 살펴본 것은 아니었지만 이렇게 본 것만으로도 충분했다. 그녀는 자동차 밖으로 나와 일어섰다.

"주유통이 망가졌네." 그녀가 혼잣말을 하며 사진과 서류철을 내려놓은 곳으로 걸어갔다.

"그게 뭘 의미합니까?" 아비드가 호기심 가득한 눈빛으로 물으면서 그녀를 따라갔다.

우르줄라는 곧바로 대답하지 않았다. 그녀는 다시 현장 사진들을 넘겨 보았다. 자동차 사진을 보면 주행 중에 이미 기름이 샜을 것으로 추정된다. 주행 중에 혹시 주유통이 돌부리에 부딪혀 망가졌다면 말이다. 그녀의 생각에 이것은 보나 마나 분명했다. 사고로 인해 불이 났다고는 생각할 수 없는 일이었다. 누군가 자동차에 탔던 여자의 신원을 알 수 없도록 손을 쓴 것이 분명했다.

그녀는 또다시 사진들을 쓱쓱 넘겨 보았다. 이제야 토르켈이 반야 대신에 자신을 폐차장으로 보낸 것이 아주 만족스러웠다. 자동차가 아직 여기 있기에 정확히 말하자면 추가 현장 조사가 가능했다. 그녀는 사진들을 더 정확하게 살펴보았다. 사진마다 트렁크가 열려 있었다. 물론 트렁크는 충격에 의해 열렸을지 모른다. 하지만 우르줄라의 생각으로는 자동차가 도랑에 빠졌을 때 누군가 차 옆에 있었던 것이 분명했다. 그렇다면 그녀는 지금 이 장소에서 곧바로 정확히 조사해볼 수 있다.

그녀는 또다시 도요타 뒤편으로 갔다. 아비드는 흥미로운 듯이 그녀 뒤를 졸졸 따라다녔다.

"뭘 찾고 계세요?" 그가 조심스레 물었다.

"예." 그녀가 트렁크 손잡이 쪽을 살펴보면서 대답했다. 트렁크 문이 활짝 다 열려 있었다. 자동차가 이렇게 오랫동안 바깥에 있었기에 우르줄라는 세부적인 것까지 모두 확신할 수 없었지만 열쇠 구멍에 미세한 흠집이 나 있을 거라고 믿었다. 물론 흠집은 사고로 인한 것이 아닐 것이다. 아마도 누군가 흠집을 냈을 것이다. 우르줄라는 토르켈이 알려준 정보 내용을 떠올리며 아비드가 있는 쪽으로 고개를 돌렸다.

"혹시 하랄드 오로프손 아십니까?"

"까마귀요? 예."

우르줄라는 그가 위협적인 새의 종을 보호하는 데 적극 참여하는 사람이라고 이런 별명을 얻은 것 같지는 않았다.

"왜 그 사람을 그렇게 부르는 거죠?"

그녀는 아비드를 조금 난감하게 하는 질문을 한 듯했다.

"다른 사람을 흉보려는 게 아니고……."

"그런 거 같은데요."

"그 사람은 무슨 일을 해도 벌 받은 적이 없어서요." 아비드가 거의 사과한다는 뜻으로 말했다. "그 사람 흉볼 생각은 전혀 없어요. 하지만 내 말뜻은…… 그가 그 긴 손가락을 마구 놀린다는 거예요."

"도둑질을 하는군요." 우르줄라가 한마디로 정리했다.

"그 사람은……." 아비드는 좀 더 괜찮은 단어를 찾으려고 하는 것 같았지만 끝내 찾지 못했다. 결국 그는 어깨를 으쓱하더니 고개를 끄덕였다. "맞아요. 도둑질해요. 훔친 물건은 다시 내다 팔고요."

갑자기 우르줄라는 배 속이 살살 간지러운 것 같았다. 수사를 진척시킬 만한 단서를 찾을 때마다 이런 느낌을 받았다. 이제 그녀는 하랄드 오로프손이 트렁크에서 무엇을 훔쳤는지 알아내야 한다.

✚

"난 잠시 쉴게요."

제니퍼는 노트북 너머 맞은편을 바라보았다. 맞은편에 앉았던 빌리가 막 일어나 의자를 탁자 안으로 밀어 넣고는 노트북을 닫았기 때문이다.

"그러세요."라고 대답한 그녀는 빠른 걸음으로 레스토랑을 나가는 그의 뒷모습을 지켜보았다. 잠시 동안 쉬었다 하자고 하면 그녀도 반대할 생각은 전혀 없었을 텐데! 그녀는 이 일이 얼마나 지루한 일인지 이제야 알았기 때문이다. 항공사 담당자를 찾아서 탑승객 명단을 보내달라고 설득해야 한다. 연이어 명단을 가지고 사람을 일일이 걸러내는 단선적인 작업을 해야 한다. 그녀가 특별살인사건전담반에 들어오기 전, 즉 옘틀란드로 함께 가자고 토르켈의 제안을 받기 전에는 이러한 임무를 다른 동료와 나누어 할 거라고 믿었다. 하지만 지금 그녀 옆에는 아무도 없다. 오로지 그녀와 빌리뿐. 그리고 지금은 분명히 그녀밖에 없다.

제니퍼는 시계를 힐끗 쳐다보았다. 두 시간만 있으면 저녁 먹을 때다. 잠깐 쉬는 것도 좋을 테지만 지금 파트리시아 웰톤이 어떤 경로로 이곳에 왔는지 알아보는 사람은 아무도 없다. 토르켈도 회의실을 들여다보기만 할 뿐 그냥 지나칠 것이다.

빌리는 방으로 돌아가 노트북을 창가 쪽, 탁자에 내려놓았다. 툭하면 제니퍼 혼자 조사하게 놔두는 것 같아 미안한 마음이 들었다. 반야와 세바스찬을 외스테르순드 공항까지 차로 데려다준 뒤에도 제니퍼 혼자 조사하게 놔두었다. 그는 집중이 잘되지 않았다. 생각이 온 종일 반야 쪽으로만 뻗어갔다.

반야가 수사에서 하차하기로 결정했다.

집에 무슨 일이 생긴 게 분명하다.

그것은 아주 심각한 일로 보였다. 그것이 아니라면 그녀가 집에 간다고 수사에서 하차할 리 없을 테니까. 무슨 일인지 그녀는 말하고 싶어 하지 않았다. 그런 상황을 그는 이해할 수 있다. 언제나 그래 왔다. 그녀는 상황에 대해 스스로가 먼저 확인하고 싶어 했다. 어느 정도 해결 가능성이 있는지, 어떻게 손이라도 써볼 수 있는지 등을 사전에 알고자 했다. 그런 다음에야 그녀는 남들에게 어느 선까지 알려야 할지를 결정했다. 그렇다. 그는 그런 그녀의 성격을 아주 잘 알고 있다.

그가 특히 이상하다고 생각하는 것은, 세바스찬의 행동이었다. 반야가 하차를 결정하자마자 세바스찬이 자신도 다짜고짜 함께 가겠다고 어이없는 결정을 내린 것이다.

이유가 무엇일까?

토르켈은 그의 행동을 전혀 이상하게 여기지 않는 것 같다. 세바스찬이 이번 수사에서 별로 할 일이 없다는 식으로. 물론 이는 맞는 말이었다. 그렇다면 왜 세바스찬은 그전에 떠나지 않았을까? 그가 갑작스레 출발하면서 반야와 하등 관련이 없는 양 행동하는 이유는 또 무엇일까? 그보다 더 중요한 것은, 그의 갑작스런 출발이 반야와 관련이 있어 보였다는 것이다.

무엇 때문에?

다른 사람의 감정 따위 아랑곳하지 않는 세바스찬 베르크만이 무엇 때문에 갑자기 여자 동료를 돌봐주려고 하는 것일까? 그가 그녀와 잠자리를 같이하고 싶다 하더라도, 둘 사이에서는 결코 그런 일이 벌어질 수 없다는 것을 세바스찬 자신도 진작 깨달았을 텐데.

그렇다면 무엇 때문에?

그렇다. 토르켈은 이번 일에 드러난 이상한 점이나 빌리가 알게 된 사실을 전혀 감지하지 못했다. 반야와 세바스찬 사이에 어떤 연결고리가 있다는 것을. 반야의 어머니, 안나 에릭손은 에드워드 힌데의 명단에 잠정적인 희생자로 올라 있었다.

무엇 때문에?

이 같은 생각이 머릿속을 떠나지 않았다. 그 명단을 본 뒤로 그는 이번 일이 심상치 않다는 것을 느꼈다. 잠시라도 이 일에 매달려야 한다는 강박감마저 생겼다. 조만간 이런 의문점들에 대해 해답을 찾고 싶었다.

그는 탁자 앞에 앉아 노트북을 열고는 화면을 뚫어져라 쳐다보았다. 그러면서 당시의 생각을 정리해보려고 노력했다.

그가 알고 있는 것은 무엇일까?

무엇부터 시작해야 할까?

맨 처음부터 해보자.

힌데의 리스트에 있던 모든 여자는 세바스찬과 성관계를 맺은 여자다. 그렇다면 세바스찬과 반야의 어머니도 잠자리를 같이했을 것이다.

도대체 언제?

베스테로스에서 세바스찬은 주소가 적힌 메모지를 빌리에게 건네준 적이 있었다. 안나 에릭손이 예전에 살았던 곳이었다. 헤거스텐 지역 바사롭스베겐 17번지였다. 이것이 유일한 단서였다. 그때 세바스찬을 위해 알아낸 것이 있었다. 안나 에릭손이 1970년대 후반부터 이 주소지에 더 이상 살지 않았다는 것. 세바스찬이 30년이나 지난 후에야 그녀의 주소지를 찾은 이유는 무엇일까? 그 뒤 서로 연락을 끊고 살았다면, 안나가 반야의 어머니라는 사실을 세바스찬은 모를 것이다. 그렇지 않다면 그가 반야에게 직접 주소를 물어보면 될 일이었다.

빌리는 한숨이 나왔다. 아무리 생각해봐도 답은 나오지 않고 새로운 질문만 쌓여갔다.

세바스찬이 반야의 어머니를 다시 찾으려고 한 이유는 무엇일까?

빌리가 알기로, 그는 예전에 알던 사람과 관계를 다시 시작하고 싶어 하는 사람이 절대로 아니다. 세바스찬을 둘러싼 소문이 맞는다면 오히려 그와 정반대였다. 세바스찬은 반복되는 만남을 언제든 그만둘 수 있는 사람이다. 그렇다면 30년도 훨씬 지난 지금, 그가 안나 에릭손과 다시 만나려고 하는 이유는 무엇 때문일까?

빌리는 세바스찬을 구글에서 찾아 첫 페이지를 열어보았다. 위키피디아. 야코브 세바스찬 베르크만. 1958년에 태어났다. 그에 대한 간단한 소개와 경력이 나와 있다. 1979년 11월, 캐롤라이나 대학에서 풀브라이트 장학금을 받았다. 세바스찬은 70년대 말에 안나 에릭손과 잠자리를 같이 한 것이다. 그 외 수많은 다른 여자들과도.

하지만 적절한 이유가 있어야만 한다. 30년이 지났는데도 세바스찬이 유독 이 여자를 찾아야 했던 중요한 이유가. 그사이에 둘이 다시 만났던 것은 아닐까? 아니면 그가 미국에 있었을 때 안나 에릭손이 그와 만나려고 했던 것은 아닐까? 물론 헛수고였을 테지만. 세바스찬이 반야의 어머니를 안다고 그녀나 그가 얘기한 적이 있었나? 그에 대해 머릿속에 떠오르는 것이 하나도 없었다.

아마도 세바스찬은 반야가 안나의 딸이란 것을 상당히 나중에 가서야 알았을 것이다. 하지만 그가 어떻게 그 사실을 알게 되었을까? 그리고 이렇게 오랜 시간이 흐른 지금 다시 반야의 어머니를 만나려고 하는 이유는 무엇일까?

빌리는 다시 한숨을 내쉬었다. 메모지만 뚫어져라 내려다보았다. 도대체 자신이 알고 있는 사실은 무엇일까? 그는 별 쓸데없는 실마리만 붙들고 있었다. 그 밖에 또 무엇이 있을까?

세바스찬은 힌데에게 반야 대신에 자신을 인질로 삼으라고 했다.

세바스찬은 다시 특별살인사건전담반에 들어오려고 갖은 애를 다 썼다.

세바스찬은 반야에게 일이 생기자 그녀를 따라 스톡홀름에 가기로 했다.

그리고 빌리는 또 다른 사실을 알고 있었다. 반야가 1980년 7월에 태어났다는 사실을.

밖에서 문을 두드리는 소리가 났다. 빌리는 깜짝 놀라 몸을 움찔거렸다. 그가 뭐라고 대답하기도 전에 제니퍼가 흐뭇한 미소를 지으며 안으로 들어왔다.

"파트리시아 웰톤이 누군지 찾았어요."

⚜

레나르트는 상트 에릭스가탄 거리에 있는 빙고장으로 들어갔다. 이 술집은 다시 젊어질 수 있는 휴식 장소 같아 보였다. 천장 형광등이나, 소나무 바닥에 났던 무수한 담배꽁초 자국과 흠집이 싹 사라졌다. 벽마다 새로 페인트를 칠했고 바닥에는 멋진 문양의 카펫이 깔려 있었는데, 카펫은 내부의 현대적이고 둥근 가구 색상과 잘 어울렸다. 작은 조명이 군데군데 많이 설치되었는데, 조명 불빛이 새하얀 탁자와 진녹색 벽을 무대인 양 단아하게 비추었다. 한가운데에 몇 줄로 길게 늘어선 수많은 빙고 기계만 아니라면 실내 장식은 빙고장이라기보다 현대적 분위기의 레스토랑이나 클럽에 더 알맞은 장식이었다. 다양한 색상의 밝은 화면과, 그 앞 편안한 의자에 앉아 빙고에 집중하는 게이머들은 언뜻 보면 사이언스 픽션 영화에 나오는 사령탑처럼 보였다. 꽤 나이 많은 사람들이 빙고게임을 즐기고 있었다. 아무리 시설을 현대적으로 꾸몄다고 해도 드나드는 사람은 어차피 그 사람이 그 사람이었다. 따지고 보면 사람들이 더 젊어지지는 않았다. 그와 반대로 이곳을 드나드는 사람들은 나이가 더 들고, 허리가 더 꼬부라지고, 머리가 더 세어 보였다. 담배도 더 많이 피우는 것 같았다. 아마도 레나르트가 이곳에서 가장 나이가 어린 사람처럼 보일 것이다. 밝은 조명이 쏟아지는 무대에 앉아, 바로 옆 기계에서 나오는 빙고공 번호를 불러주는 폴로셔츠 차림의 남자만이 그와 비슷한 나이대로 보였다. 가장 나이가 어린 축에 들다니 묘한 느낌이 들었다. 스톡홀름 카페나 레스토랑에 가면 레나르트는 늙었다는 생각을 할 때가 자주 있었다. 그런데 이곳에서는 그가 가장 젊은 사람이라니. 바로 이런 이유 때문에 아니타가 이곳을 자주 찾는 게 아닐까 하는 생각이 머리를 스쳤다. 회춘하고 싶은 마음에.

레나르트는 빙고장 안쪽에 자리를 잡았다. 도로 쪽에서 보면 광고판 때문에 잘 보이지 않는 자리에. 빙고게임은 묘한 마성이 있다. 돈을 많이 쓰고도 흐뭇한 마음으로 편한 시간을 보낼 수 있으니 말이다. 레나르트는 빙고판을 들여다보았다. 기계에 돈을 넣고 시작하면 사회자가 방금 부른 번호와 일치시킬 수 있을 것만 같았다.

24.

2와 4.

잠시 그는 상상 속에서 빙고게임을 한판 해보려고 하는데 그녀가 들어오는 모습이 보였다. 늘 그렇듯이 아니타 룬드는 갈색 치마에 너무나 두꺼운 풀오버를 입고 다닌다. 과체중을 조금이나마 가리기 위한 거라고 그는 추측했다. 그녀는 갈색 머리를 하나로 쫑긋 묶었다. 화장 솜씨가 좋은 듯했다. 물론 어딘가 너무 진하거나 너무 밝았다. 그녀는 우아하게 보이려고 애썼는데, 정작 어떻게 해야 우아하게 보이는지 잘 모르는 것 같았다. 애당초 아니타가 어떤 성격인지 말하기는 어렵다. 그녀는 원대한 계획을 세우곤 하지만 정작 달성하는 방법을 정확히 모르는 것 같았다.

그녀는 경찰 행정부 인사 담당 부서에서 일했는데 툭하면 동료와 싸움이 붙었다. 어쩔 수 없이 여러 차례 자리를 옮겨 다니다 마침내 재교육 부서의 행정 관리자란 직책을 맡게 되었다. 언뜻 보기에는 그럴듯했지만 별로 중요하지 않은 자리였다. 도장이나 찍고 몇 가지 신청서를 기록하거나 실제 책임권자에게 신청서를 보내는 일이다. 그녀가 자리에 툴툴거리는 이유를 레나르트는 어느 정도 이해할 수 있었다. 그녀의 삶이 원하는 대로 흘러가지 않으니 그럴 만했다. 그녀는 언제나 자신이 옳다고 생각하는 전형적인 인물인데 말이다.

언제나 다른 사람 때문에 일이 잘 안 된다고 믿는 그런 사람.

시스템상 잘못된 점은 무수히 잘 찾아내지만 정작 자기 자신에 대해서는 잘 모르는 그런 사람이다.

대부분 정보원이 그랬다. 레나르트는 정치 쪽 경력을 쌓기 시작할 무렵, 사람들은 잘못을 보면 세상에 꼭 알린다고 믿었다. 왜냐면 사람들은 도덕심을 가지고 세상이 잘못된 방향으로 흘러가지 않도록 애를 쓰기 때문이라고 믿었던 것이다. 유감스럽게도 실상은 그렇지 않았다. 대부분 사람들의 동기는 더 간단했다. 예를 들면 돈이나 근처에 가지도 말아야 할 부정, 복수. 이것이 실상이었다.

마침내 아니타가 그를 발견했다. 그녀가 그의 옆에 와서 앉자 그는 미소를 지어 보였다.

"어서 와요, 아니타?"

"벌써 왔네요, 레나르트?"

"쉬는 시간에 이런 데 와도 되나 봐요?"

그녀는 화면 옆, 작은 탁자에 밝은 갈색 핸드백을 내려놓으며 그를 쳐다보았다. "되죠. 기자님, 그거 알아요? 직업 때문에 어쩔 수 없다는 거? 누가 전화하면 난 성호를 긋죠. 매번요. 한 가지 좋은 점은, 가끔씩 뭔가 얻을 게 있을 때가 있다는 거예요."

그녀는 마치 게임을 시작해보려는 듯이 빙고판을 뚫어져라 쳐다보았다.

"나도 그렇게 되도록 노력해봐야겠네요." 레나르트는 목소리에 다정함을 잃지 않으려고 애쓰며 말했다.

아니타는 곧바로 본론부터 꺼냈다. "지금 알고 있는 중요한 일이란 대체 뭐죠?"

"비밀리에 진행 중인 망명사건이에요. 행방불명된 아프가니스탄인 두 명에 관한. 그 둘이 어디에 있는지 아무도 모릅니다. 아무도 신경조차 안 쓰고요."

"정보기관에서는 안 그럴 텐데요."

레나르트는 당황스러운 눈빛으로 그녀를 쳐다보았다. 그도 이런 생각을 한 바 있었지만 비밀리에 도장을 찍어준 부서가 존재했기 때문이다.

"어째서 보안경찰 세포가 그 일에 관여한다고 믿는 거죠?"

"그게 아니라면 또 누가 있겠어요? 아프가니스탄인이라면 아마 무슬림일 겁니다. 잘 아실 텐데요. 심각한 일인 경우에는 세포가 깊숙이 관여한다는 걸요. 국내 안전에 위협이 된다면 말이죠."

"국가 기밀 정보기관이 어떤 일을 하는지 따위, 나한테는 설명할 필요가 없어요." 레나르트가 웃으며 말했다.

"아니, 기자님은 내가 필요 없어요? 그런 거예요?" 별안간 아니타가 단호한 어조로 말했다. "자, 이제부터 내가 하려는 얘기 귀 기울여서 잘 들어야 해요. 안 그러면 우리 일은 여기서 끝입니다."

그녀는 자신의 권력을 과시하려는 양 의자에 등을 기대고 앉았다.

젠장! 이 여자가 왜 이리 까다롭게 구는지!

"당연히 경관님 말씀 잘 들어야지요. 제발 용서해주세요." 그는 용서를 구하는 목소리가 분명하게 들리지 않을까봐 힘주어 말했다.

아니타는 다시 몸을 앞으로 내밀었다. 그녀는 좀 진정된 것처럼 보였다. 하지만 레나르트는 순간순간 그녀가 다시 폭발할 수 있음을 잘 알고 있었다.

"기자님, 구체적인 정황을 알고 있기나 한 거예요?" 그녀가 아까보다는 더 부드러운 말투로 물었다.

레나르트는 고개를 끄덕이며 A4 서류를 내밀었다. 서류에는 그가 아는 모든 것이 요약되어 있었다. 서류를 집어 든 그녀는 짧은 내용을 대강 훑어보았다. 레나르트는 폴로셔츠를 입은 남자 쪽을 바라보았다.

번호 47.

4-7.

번호 36.

3-6.

"기자님이 이겼나요?" 아니타가 바로 앞, 탁자에 서류를 내려놓으며 농담을 던졌다.

"그건 전적으로 경관님 손에 달렸죠." 그가 신소리를 했다.

하지만 그녀는 웃지 않았다.

"난 모르겠어요. 내 생각으로는 뭔가 약한 것 같아요. 우리나라엔 이민자가 넘치고 넘쳐요, 안 그래요? 그중 한둘이 사라졌다고 해서 그게 무슨 큰일인지 모르겠네요."

그녀는 서류를 레나르트에게 돌려주고는 다른 곳으로 눈길을 돌렸다.

번호 17.

1-7.

"물론 이런 일을 비밀로 한다는 건 당연히 이상하게 보여요." 그녀는 한동안 아무 말 없이 있다가 말문을 열었다. "하지만 그렇게 이상한 것도 아니에요."

"그게 무슨 말인가요?"

"사건에 관심을 갖고 봐도 그렇게 이상하진 않다는 거죠."

"내가 경관님 관심을 다른 방법으로 일깨워드려도 될까요?" 레나르트는 다시 물었지만, 순간 희망이 오그라들어 아예 사라지고 말 것 같다는 느낌을 지울 수 없었다.

"글쎄요, 잘 모르겠네요. 우리 세계를 잘 아시잖아요? 내 쪽이 위험부담이 더 커요. 하지만 한번 해볼 만한 일이라면 기자님은 열매를 얻게 되겠죠."

레나르트는 한숨을 푹 내쉬었다. 일이 생각대로 돌아가지 않았다.

번호 52.

5-2.

희끗희끗한 파마머리에 푸른색 블라우스를 입은 한 여자가 두 자리 앞줄에서 큰 소리로 "빙고!"를 외쳤다.

"우리가 정보원을 전적으로 믿는 건 아니에요. 나도 그렇고." 레나르트는 다시 한 번 시도해보고자 얘기를 꺼냈다. "하지만 제 쪽에서 경관님한테 유용한 정보를 드릴 수 있지 않을까요?"

"전혀 그렇게 생각하지 않는데요."

그제야 그녀는 그를 향해 처음으로 활짝 웃었다. 그는 그 이유를 정확히 알았다. 그녀는 권력을 향유하는 것이다. 다른 사람들이 쩔쩔매고 매달리는 듯한 느낌보다 더 좋은 것은 그녀에게 없었다.

"기자님은 여태 커피 한잔 마시잔 소리도 없고. 설득력 있는 언어를 구사할 수 있도록 애 좀 더 쓰셔야 되겠어요, 리서치 씨."

아니타는 핸드백을 집어 들고는 자리에서 일어났다. "아마도 기자님은 빙고 하실 때가 더 행복하지 않을까 싶네요."

잔뜩 화가 난 레나르트는 프리드헴스플란 지하철역 쪽으로 걸어갔다. 아니타 없이 공무를 봐야 할 것 같은 압박을 느꼈다. 좀 더 파고 들어가야 하고, 알 권리를 위해 정보를 더 얻어야 한다. 그렇다면 그가 이 사건에 관심이 있다고 기관에 먼저 알려야 하는 것은 아닐까? 아니다. 그것은 좋은 방법이 아니다. 하미드와 자이드의 행방불명에 뭔가 의혹이 있다면 그 일을 조사한다는 소식이 경찰 내부에 퍼지게 될 테고 관련자들은 경고를 받을 것이다. 만약의 사태에 대비할 수 있도록 시간을 벌어야 한다. 레나르트는 지금까지 뼈저린 경험을 한 적이 있었기에 좀 더 구체적인 증거를 제시할 수 있어야 기관에 압력을 행사할 수 있음을 안다. 아무도 부정도 무시도 못 할 근거를 찾아야 한다. 범죄 사실을 입증하고 모든 핑계가 거짓임을 밝힐 수 있는 그런 정보를. 여기에 부합하는 것이 저널리즘이다.

지금까지 그가 갖고 있는 정보는 기밀 사안에 관한 것과 한동안 관심 받지 못하고 방치된 이상한 사건에 관한 것뿐이었다. 이것만으로는 너무 부족하다. 쉬베카에게 정보를 더 알아내야만 한다. 특히 자이드의 아내에게. 그가 더 깊게 파고든다면 중요한 정보를 알아낼 수 있을 것이다. 그는 제발 그렇게 되기를 희망했다.

쉬베카는 부엌에 앉아 새 핸드폰의 사용설명서를 읽어보았다. 전화번호를 어떻게 저장하는지, 게임을 어떻게 다운받는지, 유심칩을 어떻게 끼우는지 등을 꼼꼼히 읽어 내려갔다. 애당초 그녀는 이러한 기능 중 하나만 필요했다. 주로 통화 기능이었는데 그것도 한두 통화 정도였다. 두 아들과 통화하거나 방송국 기자 레나르트와 통화하는 것이었다. 어쩌면 핸드폰 번호를 어학코스와 일터의 몇몇 여자 친구에게도 알려주겠지만 그 밖에는 알려줄 사람이 없었다. 가까운 주변 사람들 중, 혼자 아이 키우는 여자에게 핸드폰 소유를 필수라고 보는 사람은 아무도 없었다. 그녀도 그 사실을 잘 알았다. 그러므로 지금까지 핸드폰을 사지 않은 것이다. 꼭 필요했는데도. 그녀는 사람들이 수용할 수 있는 한계가 어디까지인지 그것을 이미 확인했다. 불필요하게 한계를 자극하는 일은 바보 같은 짓일 것이다. 하지만 지금 그녀가 읽고 있는 12개국 언어로 된 두껍고 작은 설명서는 분명히 말하고 있다. 이 모든 가능성을 안다는 것은 흥미진진한 일이라고. 쉬베카가 이 가능성을 절대로 사용하지 않게 되더라도.

집전화가 울렸다. 레나르트 스트리드였다. 그의 목소리는 평소보다 더 피곤하게 들렸다.

"안녕하세요, 칸 씨. 별일 없으시죠?"

"예, 잘 지내고 있어요. 고맙습니다."

"그럼 용건부터 말씀드릴게요. 시간 괜찮으시면 내일 찾아뵐까 합니다."

쉬베카는 당황스러웠다. "여기로 오신다고요? 우리 집에?"

"예. 그럴까 합니다. 만나야 할 일이 있어서요. 두 아드님도요. 그리고 자이드의 아내분도 만날까 합니다."

쉬베카는 가슴이 서늘해지는 느낌을 받았다. 이런 상황은 전혀 짐작도 못 한 것이었다. "그건 안 돼요." 그녀가 반사적으로 대답했다.

"뭐라고요, 안 된다고요?"

레나르트가 이해할 수 없다는 듯이 되물었다.

"뭐라고 설명해야 할지 잘 모르겠지만. 내 생각으로는 옳지 않은 일 같아서요." 그녀가 풀이 죽은 목소리로 대답했다.

"옳지 않다뇨?"

쉬베카는 머뭇거렸다. 어떻게 설명해야 좋을까? 말뜻을 어떻게 이해시킬 수 있을까? 그는 스웨덴 사람이었다. 스웨덴 사람들은 언제든지 사람들을 집에 초대할 수 있다.

"기자님이랑 단둘이 있으면 안 된다는 말입니다." 마침내 그녀가 말했다.

그의 한숨 소리가 들렸다. 그녀는 그의 뜻에 부합할 만한 말이 전혀 없다는 것을 깨달았다. 하지만 이것은 지켜야 할 원칙이었다. 이런 원칙이 그에게는 분명히 이상하게 보일지라도.

"좋습니다. 이해합니다." 레나르트가 그녀를 안심시키기 위해 말했다. "시내에서 만나는 게 더 좋은가요?"

"예, 그게 더 나아요."

"하지만 언젠가는 두 아드님과 자이드의 아내분을 만나야만 합니다. 반드시 그래야 해요."

쉬베카는 뭐라고 대답해야만 할지 잘 몰랐다. 자신이 시작한 이 일이 얼마나 힘든 일인지 예전에는 상상도 하지 못했다. 그저 레나르트를 한번 만나면 그것으로 그만이고 일이 다 잘 끝날 거라고 생각했던 것이다. 방송국 기자가 남편에게 무슨 일이 일어났는지 알아내어 마법과 같은 방법으로 모든 것을 해결해줄 거라고. 이제야 비로소 그녀는 이러한 여행이 정말로 시작되었음을 깨닫게 되었다.

"그 점에 대해서는 한번 생각해볼게요. 원래는 이렇게 될 줄 전혀 몰랐거든요."

"하지만 반드시 필요한 일입니다. 안 그러면 이 일을 더 이상 진행할 수 없습니다."

그의 말대로 반드시 만나야만 하다니! 별안간 그녀는 온몸에 힘이 완전히 빠진 듯한 느낌을 받았다. 그렇게 오랫동안 꿈꿔왔던 일이 이제 마침내 이루어졌구나 하고 얼마나 기뻐했던가! 하지만 그 기쁨은 한순간에 물거품이 되었다. 누군가 그녀의 말에 귀 기울여주고 이해해주었다는 기쁨이 이제는…… 이제는 예기치 않은 결과에 대한 대가를 치러야 하는 것으로 바뀌어버렸다.

"내일 다시 통화해요. 내가 전화드릴게요. 핸드폰 샀어요."

"좋아요. 번호 좀 알려주세요."

"아직 통화가 안 돼요."

"통화가 되든, 안 되든 번호랑은 관계가 없어요." 레나르트는 아이를 도와주는 듯한 목소리로 설명했다. "번호는 서류에 씌어 있을 거예요."

"나도 알아요. 그런데 서류가 너무 많아서……."

또다시 그의 한숨 소리가 들렸다.

"좋아요. 그럼 나한테 전화해요. 그러면 어차피 당신 번호가 뜰 테니까. 내 번호는 알고 있죠?"

"예, 편지에 씌어 있으니까. 제가 전화할게요."

"그럼 전화 주세요." 그는 그녀가 느끼는 것보다 더 지친 목소리로 말했다. "늦어도 내일까지."

그가 전화를 끊었다. 쉬베카는 끊긴 전화기를 손에 들고서 한동안 멍하니 서 있었다. 그러고는 부엌으로 들어갔다. 그녀는 의자에 앉아, 새로운 가능성을 의미하는 새 핸드폰을 뚫어져라 바라보았다. 아직 믿어서는 안 된다.

그녀는 무엇을 믿었던 것일까? 당연히 그녀가 세운 계획은 언젠가 주변 사람들과 충돌하게 될 것이다. 그녀가 그렇게 오랜 세월 동안 머릿속에 맴돌던 질문에 대한 답을 찾으려면 충돌은 불가피한 일이다. 진실을 알고자 하는 의지의 발현 때문에 아무리 고통스러워도 주변에 고백해야만 한다. 특히 주변 사람들이 어떻게 생각하든 상관없이. 대부분 주변 사람들 눈에는 그녀가 너무나…… 스웨덴적으로 보일 것이다. 하지만 그녀는 두 아들이 걱정스러웠다. 둘 다 나이 많은 아프가니스탄 사람들 중에서 롤모델을 찾고 있기 때문이다. 아이들에게는 이런 사람이 옛 고향과 아버지를 연결해주는 고리 같았다. 쉬베카는 자신의 행동 때문에 아이들과의 관계가 망가지는 것을 원하지 않았다.

앞으로 어떻게 해야 할까?

하미드가 옆에 있었다면 뭐라고 조언했을지 곰곰이 생각해보았다. 그는 언제나 현명하게 처신했다. 특히 그녀가 의심할 때에는. 그녀는 그의 말과 생각을 따라잡지 못했다. 지금도 그녀는 그의 현명한 말과 생각이 꼭 필요했다.

현관 밖 초인종이 울렸다. 몇 초 지나지 않아 열쇠 구멍에 열쇠 꽂히는 소리가 들렸다. 그녀는 메란이 왔다고 생각했다. 아이는 항상 똑같이 했다. 처음에는 초인종을 누르고 그다음에는 열쇠로 문을 땄다. 그와 반대로 에이어는 오랫동안 폭풍같이 초인종을 마구 눌러댔다. 그녀가 문을 열어줄 때까지. 메란은 달랐다. 아이가 말하고 싶어하는 것은, "엄마, 나 왔어요. 혼자서도 잘 들어오죠."이다.

그녀는 현관 쪽으로 가서 아이가 들어오는 것을 보았다. 키가 크고 마른 소년은 집에 온 것을 기뻐했다. 아이는 가방을 현관에 놓고서 신발을 벗었다.

"운동회 어땠어?"

"그냥 그랬어요. 레반이랑 나 때문에 애들이 길을 잃었거든요."

"얼마나 오래 길 찾아 헤맨 거야?"

"아마 30분쯤? 더구나 내가 바보같이 점심을 사물함에 놓고 온 거예요. 배고파 죽는 줄 알았어요."

아이는 그녀의 볼에 뽀뽀하고는 부엌으로 갔다.

"이건 뭐예요?" 아이가 탁자에 놓인 핸드폰을 보자 기이하다는 듯이 물었다.

"핸드폰." 쉬베카가 사실대로 대답했다.

"누구 거예요?"

"엄마 거."

메란은 대수롭지 않은 듯 힐끔 쳐다보았다. 아이가 핸드폰을 들어 살펴보기 전까지 그 시선이 무엇을 의미하는지 정확히 알 수 없었다. 저렴하고, 아주 오래된 모델. 아이는 곧바로 흥미를 잃더니 핸드폰을 도로 내려놓았다.

"엄마, 그걸 어디에다 사용할지 정확히 생각해보셔야 해요." 아이가 이렇게 말하고는 거실로 가서 TV를 켰다. 언제나 그랬던 것처럼 청소년 방송을 틀었다. 쉬베카는 아이를 바라보았다. 메란은 어느새 훌쩍 컸다. 한 남자가 되어가고 있었다. 가끔씩 세월이 어찌 그리 빨리 흘러가는지 그녀는 소스라치게 놀라기만 할 뿐이었다.

"차 한잔 끓여줄게." 그녀가 아이 뒤에서 소리쳤다.

"고맙습니다." 아이 목소리가 TV 소리와 마구 뒤섞여 부엌까지 들렸다. 쉬베카는 커피포트에 물을 붓고 스위치를 올렸다. 그리고 아무 말 없이 서 있었다. 방금 전에 무슨 생각을 하고 있었던 것일까? 나쁜 여자라는 죄책감이 들었다. 사랑하는 사람들 뒤에서 아무도 모르는 비밀을 숨기고 있었으니 말이다.

이것은 올바른 일이 아니다.

전혀.

그렇다면 계속 진행할 수 없는 일이다. 너무 위험한 길이니까. 거짓말은 갈수록 눈덩이처럼 불어날 것이다. 두 아들과도 거리가 턱없이 멀어질 것이다.

그녀는 결정을 내렸다. 숨을 한 번 크게 내쉰 쉬베카는 소파에 앉아 있는 아들의 모습을 쳐다보면서 아들이 있는 쪽으로 갔다. 아들에게 말하는 것이 생각만 하는 것보다 더 쉬울 것 같았다.

"엄마가 우리 아들한테 꼭 설명해주어야 할 일이 좀 있어." 메란은 그녀를 의아한 눈빛으로 쳐다보았다. 문뜩 그녀는 아들이 훌쩍 큰 것 같다는 생각에 다시 한 번 놀랐다. 아들은 더 이상 아이가 아니었다. 그래서 그녀는 아들을 존중하는 눈빛으로 바라보며 그 옆에 앉아 아들의 손을 잡았다. 아들은 모든 것을 알아야만 한다. 그러면 아들의 조언을 귀담아들을 수 있을 것이다.

"아버지 일에 대한 거야."

그녀는 메란이 어느새 몸을 납작 웅크리고 있다는 것을 알았다. 메란은 아버지가 행방불명된 후로 아버지 얘기를 별로 하고 싶어 하지 않았다. 그것 때문에 쉬베카는 오랫동안 걱정했지만 시간이 흐르자 아들이 아들만의 방식으로 슬픔을 표현했다는 것을 이해하게 되었다. 다른 남자들이 항상 그렇게 하듯이.

하미드.

행방불명되었지만 여전히 미해결 상태로 남은 남편에 대해.

쉬베카는 설명하기 시작했다. 모든 것을 털어놓았다.

TV는 계속 틀어놓은 상태였지만 두 사람은 상관하지 않았다.

✝

　하랄드 오로프손이 스트레스를 받고 있는 일은 아주 사소한 것들 때문이다. 대부분 그가 마음 쓰는 일에 대해서는 차근차근 자신만의 시스템에 따라 평온한 마음 상태로 해결해왔다. 물론 이러한 일처리는 많은 사람들에게 큰 감동을 주었다. 평온한 마음 상태를 깨고 일 때문에 마음고생을 해야 한다는 것은 생각도 할 수 없는 일이었다. 그는 자기만의 방법론을 준수하고 조용하게 사고할 줄 아는 그런 사람이기 때문이다. 그래서 그런지 이번 일은 낯설면서도 불편한 느낌이 들었고 그 탓에 맥박이 더 빨라지고 호흡도 가빠졌다.

　그는 배낭들을 찾을 수 없었다.

　이제부터 물건 보관 시스템을 아주 정확하게 기억해내야 한다. 마당이 아무리 폭탄 맞은 쓰레기장처럼 보여도 하랄드는 물건의 출처가 어디이며 그 물건이 어디에 있는지 정확히 찾아냈다. 이 업계에서 이렇게 뒤죽박죽인 상태는 결코 허용될 수 없는 일이었다. 물건이 아무 데나 놓여 있다면 애당초 그 출처가 어디인지 파악하기란 어려운 일이었다. 헛간도 마찬가지다. 하지만 헛간이 물건으로 꽉 차 있음에도 불구하고, 모든 물건을 아무 생각 없이 마구 쌓아놓은 것처럼 보일지라도, 여기에는 반드시 계획적인 시스템이 있었다.

　눈에 띄는 물건이나 손에 닿는 물건은 마당에 그대로 놓인 물건과 마찬가지로 혐의가 있는 물건이 아니었다. 좀 더 깊숙한 곳에 보관하면 할수록 그 물건은 범죄와 연관성이 많은 물건이었다. 그리고 어떤 일이 있어도 발견되면 안 될 만한 물건은 헛간에 두었다. 사고 차량에서 가져온 배낭 두 개도 처음에는 그곳에다 두었는데 그 뒤 이곳저곳으로 옮겨다녔던 모양이다. 결국 배낭은 쉽게 찾을 수 없는 물건이 되어버렸다.

하지만 물건들이 있긴 하다.

찾는 게 문제다.

그는 하는 수 없이 헛간에서 종일 시간을 보내며 일일이 뒤지고 또 뒤져보았다. 그러는 동안 두 배낭이 이곳에 더 이상 없다는 확신이 들었다. 그렇다면 도대체 어디에 놔둔 것일까? 이미 그것들을 처분한 것일까? 그가 기억하기로 배낭에는 값나갈 만한 것은 아무것도 없었다. 도대체 배낭을 어디에 놔두었을까? 그가 배낭을 찾을 수 없다면 경찰이 불시에 들이닥쳐서 찾더라도 찾을 수 없을지 모른다. 그렇다면 아무런 상관이 없다. 게다가 경찰들이 다시 찾아올 거라고 누가 말한 적이 있던가? 그는 그들이 묻는 대로 대답해주었고 그들은 돌아갈 때 만족스런 얼굴빛을 지었다.

그는 헛간에서 나와 마당으로 향했다. 석양빛에 눈이 부셨다. 주인이 나타나자 강아지 쩨포가 엎드렸다가 일어나더니 목줄이 팽팽해질 때까지 그에게 다가왔다. 하랄드가 몇 걸음 다가가서 개를 쓰다듬어주자 개는 연신 보채며 그에게 안기려고 했다. 그는 오늘 오전에 개를 데리고 산책을 나가지 못했다. 지금이 적당한 시간이 아닐까. 숲을 한 바퀴 도는 것이 하랄드와 쩨포에게 큰 도움이 될 것이다. 집으로 들어간 하랄드는 산책용 목줄을 가지고 나와서 휘파람으로 쩨포를 불렀다.

몇 발자국 내딛지 않아 하랄드는 지금의 평온함이 얼마나 좋은지 몰랐다. 조용함. 숲에서 들려오는 소리 말고는 그 어떤 소리도 나지 않았다. 그는 여러 차례 심호흡을 했다. 그런데 방금 느꼈던 홀가분함이 어느새 사라져버렸다. 쓸데없이 다시금 불안감이 스며들었다. 이제 그만 오래된 사건과 불행을 안겨다줄 배낭을 몽땅 잊고 싶었다. 그는 모든 기억을 낱낱이 털어버리고 싶은 마음에 어깨를 웅크리며 만족스럽게 다시 한 번 숨을 크게 내쉬었다. 요즘에는 저녁이 되면 상당히 추웠다. 낮에도 해가 그렇게 따사롭지는 않았다. 지난 주말에 내린 비는 올해 마지막 비가 될 것이다. 다음에 내린다면 아마도 눈으로 오지 않을까.

그는 개를 데리고 짙푸른 소나무 숲을 따라 걸었다. 쩨포는 멈춰서서 킁킁대며 냄새를 맡다가 흔적을 따라 그에게 다시 돌아왔다. 개는 시간이 흐를수록 오랫동안 사라졌다 나타나곤 했지만 쩨포나 하랄드 모두 매우 만족스러웠다. 잠시 후에 그는 날이 점점 저물어간다는 것을 느꼈다. 이제는 돌아갈 시간이다.

"쩨포야."

개가 돌아오지 않았다. 하랄드는 다시 한 번 불러보았다. 하지만 쩨포는 나타나지 않았다. 하랄드는 그 자리에 서서 무슨 소리가 나는지 귀를 기울여보았지만 나무가 흔들리는 소리만 나지막이 들려왔다. 저절로 욕이 나왔다. 그는 개가 다른 발자국을 쫓아가다가 돌아오는 길을 잃었다고 생각했다. 쩨포가 보고 들을 수 있는 영역을 벗어나 사라져버린 것 같았다.

"쩨포!" 그가 다시 소리쳤다. 이번에는 더 큰 소리로. 그는 아무 소리라도 나길 바라며 귀를 기울였다. 개가 짖는 소리라든지 풀숲에서 바스락거리는 소리라든지, 개가 곧 뛰어올 거라고 예측할 수 있는 소리. 그가 세 번째로 소리쳐 부르려고 할 때 문뜩 떠오르는 생각이 있었다.

다락방에 있을지도 모른다.

배낭들이 다락방에 있을지도.

그는 배낭을 어디에 보관했는지 정확히 기억해냈지만 그곳에 둔 이유는 전혀 생각이 나지 않았다. 보통 집에 두는 일은 없었다. 절대로. 뜻밖에 누군가 마당에 놓인 장물을 볼 경우, 하랄드는 이론상 그럴 법하게 차근차근 설명하면 그만이었다. 누군가 저도 모르는 사이에 그것을 그곳에 두고 갔더라 하는 식으로. 그런데 집 안에 놓인 장물을 볼 경우, 해명은 어려워진다. 그러므로 가져온 물건은 문지방을 넘어 안으로 들여놓으면 절대로 안 된다. 그 배낭들로 인해 난처한 상황에 처하면 안 될 테니까. 지금까지 아무도 그 물건을 찾지 않았으니 그 물건의 존재 여부조차 잊었던 것 같다. 하지만 특별살인 사건전담반이 그 배낭에 관심을 갖고 있다면 그것은 그 물건을 처분해야 할 중요한 사유가 된다. 쩨포가 돌아오기만 하면.

"쩨포!" 그가 있는 힘껏 소리쳤다. "이놈의 개 왜 또 이러는 거야!" 그가 쩨포 때문에 상황이 더 심각해진 것처럼 투덜거렸다. 하지만 아무런 소리가 나지 않았다. 하랄드는 주변을 돌아다니며 미친 듯이 10분 동안 부르짖었다. 그러자 마침내 근처에서 딱딱 소리를 내며 개가 그를 향해 쏜살같이 뛰어왔다. 쩨포는 꼬리를 살랑살랑 흔들면서 산책길에 얼마나 좋은 것을 찾았는지 알려주고자 눈을 빛내며 주

둥이를 연신 핥았다. 하랄드는 개에게 목줄을 씌워 묶고는 숲을 쏜 살같이 빠져나왔다.

이윽고 집에 도착한 그는 쩨포를 마당에 묶어놓고는 서둘러 집 안, 다락방으로 올라갔다. 배낭 두 개는 그가 생각해낸 것처럼 정확히 그 자리에 놓여 있었다.

하랄드는 화재로 인해 약간 그슬린 두 배낭을 끄집어냈다. 사진기처럼 기억력이 정확하든 말든 그것은 상관없는 일이었다. 그는 기억해냈다는 것만으로도 기뻤다. 이제는 이 일을 끝낼 수 있을 것이다. 그는 다락방 채광창을 통해 배낭을 내던지고는 불을 끄고 다시 밑으로 내려왔다. 한 배낭의 내용물 중 일부가 밖으로 삐져나왔다. 그 외불에 탄 장갑도. 이런 물건들을 보관한 이유가 무엇이었을까? 매번 그랬지만 이런 물건들은 쓰레기와 함께 영원히 사라져야 한다. 부엌 아래쪽에서 그는 칸막이 문을 열었다. 겉보기에는 빗자루 같은 것을 보관하는 청소함 같았다. 그는 그 속에서 성냥과 인화물질이 든 양철통을 꺼냈다. 밤이 되려면 아직 멀었지만 밖은 이미 어두워진 상태였다. 하랄드는 내일까지 기다렸다가 배낭을 없애야 하는 건 아닌지 곰곰이 생각해보았다. 밤에 불을 밝힌다면 오히려 혐의를 받는 것은 아닐까? 그는 근심을 떨쳐버렸다. 걱정할 필요가 없지 않을까 하는 생각이 들었다. 누가 불길을 본다는 말인가? 이윽고 그는 헛간을 지나 뒷마당 쪽으로 향했다. 쩨포는 목줄이 팽팽해질 때까지 호기심 어린 눈으로 그를 따라갔다. 잔디밭 사이, 자갈과 진흙으로 뒤덮인 차량 진입로까지 하랄드는 배낭들을 던졌다. 그는 인화물질이 든 양철통의 안전마개를 열고 그 물질을 검붉은 폴리에스테르 위에

듬뿍 뿌렸다. 그러고는 마개를 도로 닫고서 성냥을 그었다.

몇 초 내에 모든 것이 동시에 발생할 것이다.

화염이 치솟는 순간 쩨포가 짖기 시작했다. 1초 후 자동차 한 대가 그를 향해 헤드라이트를 밝혔다. 자동차는 진입로를 통해 안으로 들어왔다. 그는 어안이 벙벙해서 자동차부터 쳐다본 뒤 발치에서 타고 있는 배낭들을 내려다보았다. 그다음으로 시동이 꺼진 자동차를 바라보았다. 헤드라이트도 꺼진 상태였다. 불길 때문에 눈을 찡그린 하랄드는 그 앞으로 뚜벅뚜벅 다가오는 형체를 바라보았다.

"하랄드 오로프손?" 여자 목소리였다. 뒤이어 다른 한 사람이 달려들며 불을 끄려고 했다. 쩨포가 다시 짖기 시작했고 하랄드는 몇 발자국 뒤로 물러섰다.

너무나 아쉽다!

경찰로 추정되는 여자가 15분만 늦게 왔다면 잿더미와 그을음만 발견했을 텐데. 그리고 그는 이런 상황에 빠지지 않았을 텐데.

그가 배낭을 어디에 두었는지 아예 잊어버렸더라면 이런 상황에 빠지지 않았을 것을.

이렇게 많은 가정만. 너무나 많은 가정이.

그는 이 상황에서 벗어날 수 없음을 깨달았다.

✤

"자동차사고부터 시작해볼까요?"

토르켈은 맞은편 의자에 잔뜩 웅크리고 앉은 하랄드 오로프손을 관찰했다. 하랄드는 양손을 꼭 맞잡고 고개를 숙인 채 바닥만 멍하니 내려다보았다.

"이제부터는 큰 소리로 명확하게 대답해야 합니다." 토르켈은 그들 사이, 탁자에 있는 핸드폰을 가리키며 설명했다. "대화 내용을 녹음하고 있기 때문입니다." 하랄드가 그의 손짓을 바라보지도 않자 그는 다시 분명히 말했다. 하랄드는 그저 고개만 끄덕했다.

우르줄라가 토르켈에게 전화를 걸어 무엇을 찾았는지 보고했다. 또한 하랄드 오로프손을 심문하도록 데려가겠다고 밝혔다. 이 남자를 프엘 스테이션으로 데려가는 것이 가장 나을 것 같다고 결정한 것이다.

마침내 우르줄라가 토르켈의 방으로 들어가자 그는 하랄드 오로프손을 한쪽 접이의자에 앉혔고, 우르줄라는 토르켈과 맞은편 의자에 앉았다. 그녀는 배낭을 SKL로 보내기 전에 직접 조사하고 싶었지만 토르켈이 하랄드를 심문하는 데 참여하라고 지시했다. 여느 때 같았으면 반야와 그가 해야 할 일이었지만 지금은 반야가 없기에 반드시…… 도대체 그가 원하는 게 뭐란 말인가? 물론 그녀 대신 두 번째로 가능한 해결책이 있긴 하다. 일도 잘하고 앞날이 촉망되는 제니퍼가 있다. 하지만 손발이 척척 맞아야 하는 중요한 상황에 부르기엔 그녀는 너무 신참이 아닐까? 그러면 빌리는…… 빌리는……. 결국 우르줄라가 그녀의 뜻과 상관없이 그와 함께 심문을 진행해야 한다. 토르켈은 외로이 하룻밤을 더 기다려야만 한다는 걸 알고 있었지만 그리움은 너무 컸다. 그렇지만 무엇보다 수사가 우선이었다.

"우리한테 그날 아침 일에 대해 설명해주실 수 있나요?" 토르켈이 물었다. 하랄드가 심문을 당하는 것이 아니라 대화하는 것으로 믿을 수 있도록 토르켈이 호기심과 관심 가득한 목소리로 말을 걸었다.

하랄드는 어깨를 움츠렸다. "그곳을 지나던 길이었어요." 그가 여전히 시선을 바닥에 고정한 채로 나지막한 목소리로 말했다.

"죄송합니다만." 토르켈이 그의 말을 중단시켰다. "제발 좀 큰 소리로 말씀해주세요?"

하랄드는 고개를 들고 그를 바라보았다. "난 지나던 길이었어요."

"어디서 오는 길이었죠?" 우르줄라가 물었다.

하랄드는 그녀 쪽으로 고개를 돌렸다. "네?"

"그전에 어디 갔다 오는 길이었냐고요?"

"노르웨이 국경에서 멀지 않은 데 사는 누굴…… 아는데. 그 집에서 가끔 자고 와요."

"누가 사나요?"

"예."

"여잔가요?"

"예."

"여자 이름은 뭐죠?"

"헨니요. 헨니 페터슨."

그는 토르켈에게 주소와 전화번호를 불러주었다. 앞으로 일이 어떻게 돌아가든 상관이 없었다. 어차피 이들이 그녀를 만나려고 할 테니까. 하지만 그녀는 2003년 10월 30일부터 31일 밤에 그가 그녀의 집에서 자고 갔는지 어쨌는지 기억하지 못할 것이다.

"어쨌든 난 그날 아침에 집으로 돌아가는 중이었어요." 토르켈이 그의 진술을 받아 적자마자 부탁하지도 않았는데 하랄드는 서둘러 얘기를 끌어갔다. "강 쪽에서 연기가 나는 걸 보고 차를 세웠고. 그곳에 차가 있었어요."

"그리고 어떻게 하셨습니까?" 토르켈이 물었다. 그는 이미 알고 있었지만 질문을 받은 사람이 겪은 일을 가능한 한 직접 재현하는 것이 더 나았다.

"난 누구 다친 사람이 없나 싶어서 살펴보려고 밑으로 내려갔어요. 그랬더니 차 안에 여자가 죽은 채로 앉아 있는 게 보였습니다."

"그리고 어떻게 하셨습니까?" 우르줄라가 토르켈의 메아리인 양 똑같은 말로 물었다.

하랄드는 침을 꿀꺽 삼켰다. 우르줄라의 눈빛은 토르켈보다 더 강렬했다. 속을 파고들듯이. 자비로운 구석이라고는 전혀 없었다. 그녀는 그의 집 마당에 들이닥쳤다. 배낭을 보았고. 그들의 질문은 지극히 형식적인 것이었다. 하랄드는 알고 있었다. 이 두 경찰이 그가 무슨 일을 했는지 다 알고 있다는 것을.

"핸드백을 발견했어요. 아니, 더 정확히 말하자면 남은 거였습니다. 핸드백은 차 문 바로 근처에 있었는데 차창이 이미 깨져 있었고. ……그래서 가져온 거예요."

우르줄라가 무의식적으로 고개를 끄덕이자, 하랄드는 이들이 사실을 대부분 알고 있다고 확신했다.

"그리고 뭘 했나요?"

하랄드가 머뭇거리자 토르켈이 욕실에서 유리잔에 물을 받아 건네주었다. 그는 대답을 잠시 멈추고 물을 한 모금 마셨다.

"그리고 내 차로 갔어요. 연장을 가지고 가서는 트렁크 문을 부수고 그 안에 들어 있던 물건을 가져왔습니다." 그는 유리잔을 탁자에 조심스레 내려놓으면서 대답했다. 이들과 눈을 마주치고 싶지 않았기 때문이다.

우르줄라는 그를 빤히 볼수록 굉장한 혐오가 일었다. 그녀는 많은 일을 경험했기에 보통 이런 사람들을 봐도 잘 놀라지 않는 편이었다. 하지만 눈앞에 있는 이 수염투성이 남자에게는 뭔가 그녀를 아주 크게 자극하는 것이 있었다. 그는 까맣게 탄 여자의 시체가 있는 자동차를 발견했는데도 먼저 제 뱃속을 채울 생각부터 한 것이다. 도둑질하는 것. 정확히 이런 짓을 하랄드 오로프손이 한 것이다. 양은 많지 않았지만 도둑질은 도둑질이었다. 타인의 불행을 목격하고도 이런 식으로 제 잇속부터 챙기는 인간을 너그럽게 대해줄 이유는 전혀 없었다. 눈곱만치도.

"그 안에 뭐가 들었습디까?" 토르켈이 물었다. 그도 오로프손에게 그녀와 같은 감정을 느꼈지만 섣불리 드러내지 않았다.

"배낭 두 개요."

"다른 거는 없었소?"

"없었어요."

"텐트가 있지 않았나요?" 우르줄라가 불쑥 끼어들었다.

"없었어요."

토르켈은 그녀가 무엇을 찾으려고 하는지 알아차렸다. 네 명의 사망자가 프옐의 어디에서 야영을 했는지 아직 몰랐던 것이다.

"이 두 배낭은." 토르켈이 다음 말을 이었다. "이번에 약간 불에 탄 거죠?"

"예. 죄송합니다."

하랄드는 두 경찰을 바라보았다. 그의 눈빛은 그의 목소리만큼이나 솔직한 심정이 묻어났다. 그가 만약 사고 차량에서 도둑질만 하지 않았다면 우르줄라는 그에게 동정심을 느꼈을 것이다.

"배낭에 주소나 뭐 그 비슷한 거라도 표시된 게 있었나요? 처음 발견했을 때에요."

"잘 모르겠어요."

"한번 생각해보세요. 깃발이라든지 그 비슷한 거요. 차주에 대한 정보가 될 만한 거요."

"모르겠어요."

우르줄라는 몸을 앞으로 쑥 내밀고는 팔로 탁자를 짚었다. 하랄드가 자신을 쳐다볼 때까지 기다렸다. 몇 초쯤 걸렸다.

이윽고 그가 그녀와 눈을 맞추자 그녀가 설명했다. "그러니까요. 모든 간접 증거에 의하면 차량 내 화재는 사건 후에 발생한 것으로 보여요. 누군가 일부러 불을 지른 것 같아요. 가능한 한 증거를 없애기 위해서겠죠."

그녀는 자신이 말할 때마다 하랄드의 몸이 잔뜩 움츠러드는 것을 보았다.

"아니면 운전석에 앉았던 여자 때문에 그랬을지 모르죠. 입 다물게 하려고. 즉 불이 났을 때 여자가 살아 있었다고 가정해보면……."

그녀는 말끝을 흐리며 가상 시나리오와 그 결과를 하랄드가 상상하도록 여지를 남겨주었다. 분명히 그녀의 작전은 효과가 있었다. 그의 얼굴은 점점 더 창백해졌고, 유리잔을 입에 댔을 때에는 손도 약간 떨었다. 물론 우르줄라가 마지막으로 내뱉은 말은 억측이었다. 화재가 발생했을 때 여자는 이미 사망한 상태였을 것이다. 왜냐면 부검 결과에서 그녀가 연기를 들이마셨다는 얘기가 전혀 없었기 때문이다. 하지만 이 점을 하랄드 오로프손이 알 턱이 없었다.

"불이 붙기 시작했을 때에도 여자가 살아 있었다면 이건 살인사건이라고밖에 볼 수 없어요." 우르줄라가 하랄드를 뚫어지게 쳐다보며 말끝을 맺었다.

"난 아무 짓도 안 했어요." 하랄드가 본능적으로 토르켈 쪽으로 몸을 돌렸다.

이러한 방향으로 얘기를 몰고 가자고 사전에 서로 약속한 적이 없음에도 불구하고 우르줄라와 토르켈은 하랄드에게 못된 여자 경찰과 선량한 남자 경찰의 역할을 척척 해나갔다. 우르줄라는 이런 식으로 계속 말해보자고 마음먹었다.

"아마도 여자는 의식을 잃고 앉아 있었을 거예요. 그런데 선생이 핸드백과 배낭을 가져가려고 하자 갑자기 여자가 깨어났겠죠? 그리고…… 제 생각엔 어쩌면 선생이 소스라치게 놀랐을 거 같은데."

"아니에요!"

"선생, 차에서 다른 것도 가지고 왔습니까?" 토르켈이 차분한 목소리로 물었다. 하랄드가 협조를 넘어서 지금은 공포에 휩싸여 있었다. 이 점을 이용해야만 했다.

"아니에요. 다른 건 손 안 댔어요. 맹세코. 핸드백하고 배낭 두 개예요. 그리고 경찰을 불렀어요."

"우리는 선생 집을 이 잡듯이 뒤질 겁니다. 만약 지금도 거짓으로 일관하고 있다면……."

토르켈은 다음 말을 잇지 않았지만 하랄드는 그가 무슨 말을 하려는지 너무나 잘 이해했다. 그가 이해한 바로는 모든 것이 끝장난다는 뜻이었다. 모든 것이 끝이라고. 경찰은 저장실을 찾아낼 것이다. 그러면 그는 독 안에 든 쥐였다. 그럼에도 불구하고 그는 그와 아무런 상관도 없는 이 살인사건에 엮이고 싶지 않았다.

"거짓말이 아닙니다!" 그의 눈길이 둘 사이를 왔다 갔다 하다가 우르줄라에게 머물렀다. 그의 생각에 그 누구보다 그녀를 반드시 설득시켜야만 할 것 같았다. "다른 건 절대로 손대지 않았습니다! 핸드백이랑 배낭 두 개뿐. 차는 내가 가봤을 때 이미 불타고 있었다고요."

토르켈과 우르줄라는 아무 말도 하지 않았다.

"맹세할 수 있어요." 하랄드는 다시 한 번 말하더니 입을 다물었다.

그들은 그를 믿었다.

✦

가족의 일원으로 그녀가 크로노베리 구치소에 도착하니 묘한 기분이 들었다. 반야는 직업상 이곳을 자주 들락거렸지만 이렇게 생판 다른 이유로 오게 될 줄이야 상상도 하지 못했다. 별안간 구치소 높은 담벼락이 그녀 위로 와르르 무너져 내릴 것 같았다. 접견실로 가는 걸음걸음이 그전 걸음보다 점점 더 무거워져갔다. 드디어 도착했다. 잔 구스타프슨이 유리벽 안쪽에 앉아 있었다. 그는 그녀를 알아보고 고개를 숙여 인사했다.

"특별살인사건전담반에서 누가 나올 줄 몰랐는데요?"

"그건 아니에요."

반야는 다른 말을 하지 않았다. 잔은 궁금한 눈빛으로 그녀를 바라보았다. 어찌 된 일인지 그녀의 목소리가 영 딴판이었다. 뭔가 일이 생긴 것이 틀림없어 보였다.

"아버지 뵈러 왔어요." 그녀가 조그만 목소리로 다음 말을 이었다. "아버지가 여기 계신다고 해서."

잔은 그녀를 빤히 바라보다가 갑자기 머리가 띵했다.

리트너를 말하는 것일까?

그 이름을 명단에서 분명히 봤을 텐데도 생각이 미치지 못했다. 리트너.

리트너란 이름을 쓰는 사람이 몇이나 될까? 그리 많지 않다. 잔이 알기로, 특별살인사건전담반 소속의 멋진 금발 여경과 23호실에 있는 남자밖에 없었다.

발데마르 리트너.

그는 몇 시간 전에 수감되었다. 경제사범 담당 잉그리드 에릭손의 지시로. 그녀는 잔이 이름을 기억하고 부를 수 있는 몇 안 되는 경찰

중 한 사람이다. 그는 반야에게 아버지의 이름이 무엇인지 물었다. 어쩌면 아닐지도 모른다.

"발데마르 리트너가 아버지 되십니까?"

반야는 고개를 살짝 끄덕이더니 신경질적으로 머리를 쥐어뜯었다. 갑자기 잔의 눈에는 그녀가 어린 소녀처럼 보였다. 도와줄 사람 하나 없는 어린 소녀. 돌연 그는 그녀가 측은해 보였다.

"아버지를 뵐 수 있을까요?"

"유감스럽지만 어려울 것 같습니다." 잔은 시계를 곁눈질하며 가능한 한 감정을 이입해서 대답했다. "알다시피 5시가 지나야 가능합니다. 그리고 어떤 규정을 따라야 할지 아직 불분명한 상태입니다."

"아버지한테 면회 금지가 떨어졌나요?"

잔은 서류철을 넘겨 보았다. 이미 무슨 내용인지 다 알고 있음에도 불구하고. 잉그리드 에릭손이 모든 것을 금지했다.

면회도 금지, 편지도 금지, 컴퓨터도 금지, 접견 등 모든 것이 금지였다.

그녀는 매번 그렇게 했다.

보안상의 이유로 잔은 좀 더 서류를 넘겨다 본 후에야 반야를 쳐다보았다.

"맞습니다. 유감입니다. 모든 게 금지입니다."

"정말로 믿는 건 아니죠? 내가 수사를 방해하거나 영향력을 행사할 거라고?"

"그건 아닙니다. 하지만 유감스럽게도 내가 무엇을 믿느냐 하는 게 여기서는 중요하지 않습니다." 그가 미안한 마음으로 대답했다.

"결정 내리는 건 내가 아닙니다. 잉그리드 에릭손 수사관이나 검사를 만나봐야 할 겁니다."

면회가 에릭손이나 검사의 손에 달렸다는 말에 반야의 얼굴빛이 당황하는 빛으로 돌변했다. 어쩔 수 없이 잔은 이 상황을 아주 정확하게 설명해야만 했다. 그들은 늘 강력하고 아주 완벽했다. 특별살인사건전담반 소속 사람들은. 그들은 보통 구치소에 와서 공포에 질려 창백해진 얼굴빛으로 있지 않는다. 물론 그와 같은 사람에게 매달리는 일도 없다. 하지만 반야의 속수무책인 상태는 그의 동정심을 자극했다. 이러한 그녀의 모습은 처음이다. 그래서 그는 강력하게 대응해야겠다고 느끼기보다는 오히려 불편하다고 느꼈다.

"혹시 잉그리드 수사관 전화번호 있어요?" 마지막으로 그녀가 물었다.

그는 있다고 말하며 그 전화번호를 포스트잇에 적어주었다.

그가 메모지를 건네주자 반야는 고맙다며 고개를 숙여 인사했다.

"고마워요, 잔."

그녀가 그의 이름을 알고 있었다.

"잘되기 바랍니다." 그가 진심을 담아 대답했다. 그녀를 격려해주고 싶은 마음에.

반야는 뒤를 돌아 건물 밖으로 나갔다. 문이 닫히기 바로 전 그녀가 가방에서 핸드폰을 꺼냈는데, 그 모습을 잔은 계속 지켜보았다.

문이 닫혔다.

구치소 경비로서 10년 동안 일하며 그는 이미 많은 것을 경험했다. 하지만 이번은 아주 색다른 경험이었다.

반야는 먼저 잉그리드 에릭손에게 전화를 걸었다. 담당 여경에게 용건부터 말할 작정이었다. 하지만 곧바로 음성 사서함으로 넘어갔다. 잉그리드가 핸드폰을 꺼놓은 모양이었다. 반야는 짧은 메시지를 남겼다. 가능한 한 빨리 자신에게 전화를 부탁한다는 말만 남겼다. 용건이 무엇인지는 말하지 않았다. 어차피 잉그리드는 반야가 아버지 일 때문에 전화했을 거라고 짐작할 것이다. 그래도 반야는 무엇 때문에 전화를 부탁하는지 그에 대해서는 설명하지 않았다. 그런 말을 한다는 것이 힘들었기 때문이다. 다음으로 그녀는 검사 스티그 벤베리에게 전화를 걸었다. 잉그리드 에릭손의 이름은 처음 듣는 이름이었지만 벤베리의 이름은 일 때문에 자주 듣는 이름이었다. 그에 대한 평판이 좋았다. 그래서 몇 년 전에 그가 경제사범 담당 검사로 발령받아 갔을 때 아쉬워하는 동료들이 꽤 있었을 정도였다. 그녀도 또렷이 기억이 났다.

벤베리는 연결음 두 번 만에 전화를 받았다. 반야는 핸드폰 너머로 아이들 소리를 듣고는 그가 집에 있다는 것을 알았다. 그의 목소리는 스트레스를 잔뜩 받은 듯 들려왔는데, 그녀가 경찰임을 밝히자 그제야 조금 목소리가 누그러지는 것 같았다. 그녀가 어떤 사건 때문에 전화를 걸었을 거라고 그는 짐작했다. 그래서 곧바로 어떤 일을 도와야 하는지 물었다.

그녀는 그에게 용건을 말했다.

그의 편안했던 목소리 톤이 금세 사라졌다.

"그건 안 될 일입니다. 경관님도 잘 알고 계시잖아요?"

그의 목소리에서는 방금 전만 해도 들을 수 없었던 심각함이 묻어 났다. 쉬운 일이 아니다! 만약 그녀가 그에게 지나친 부탁을 하게 된 다면 규정을 위반하는 일이 되기 때문에 평정심을 잃지 말아야 했 다. 아무리 마음 깊이 바라는 일이라고 하더라도. 차라리 아버지 면 회를 신청하는 공문을 검사 앞으로 띄우는 것이 최선일지도 모른다. 이런저런 규정 때문에. 하지만 지금은 불가능하다. 그녀는 아무 말 이나 내뱉으면 안 되며 아주 정중하게 부탁해야만 한다.

"저도 압니다. 이게 상당히 들어주기 어려운 요청이라는 걸요." 그 녀가 조심스레 말했다. "하지만 정말로 아버지를 다급하게 만나야만 합니다."

그녀는 한숨을 길게 내쉬었다.

"이미 들으셨을지 모르겠는데, 저는 옘틀란드 집단 사체유기사건 에서 핵심적인 역할을 하고 있습니다." 반야는 새로운 전술을 시도 해보고자 다음 말을 이었다. 그가 피의자의 딸에게 도움을 주기 싫 다면 경찰에게는 도움을 줄지도 모를 일이다. "아버지한테 무슨 일 이 일어났는지 알아야만 합니다. 그래야 지금 맡은 사건을 계속 이 어갈 수가 있습니다."

"특별살인사건전담반에서 일합니까? 토르켈 회글룬트 밑에서요?"

"예, 그 팀원입니다."

그녀는 벤베리가 잠시 주저한다는 것을 느낄 수 있었다. 어쩌면 그녀가 그 마음의 문을 열 수 있을지도 모른다.

"토르켈 팀장님 아세요?" 그녀는 애써 중립적인 태도로 물었다.

"알아요. 하지만 그게 경관님한테 도움이 될 거라고는 생각지 마세요."

문이 쉽게 열렸다가 금세 닫혀버렸다. 하지만 반야는 포기하지 않았다. 그녀는 문을 열어보려고 다시 시도했다. 조심스레, 검사의 화를 돋우지 않고서.

"물론 교도관이 동석해도 괜찮습니다. 모든 조건을 수용할 의사가 있습니다."

"금지령은 담당 수사관이 내린 거예요. 수사관의 결정입니다."

"물론 알고 있어요. 하지만 금지령에 가끔씩 예외도 있잖아요. 책임 검사로서 예외를 허락해주실 수 있을 것 같아요."

벤베리는 아무 말도 하지 않았다. 하지만 그는 전화를 끊지 않았다. 계속 그 상태로. 그와 얘기를 나누는 동안에는 그녀에게 아직 기회가 있다.

"이미 말씀드렸듯이 이게 말도 안 되는 요청이라는 건 저도 압니다. 하지만 솔직히 말해서 수사관이 검사님을 곤란에 빠트릴 일은 없지 않을까요? 만약 일이 생긴다면 제가 일자리를 잃겠죠. 여기서 위험을 감수해야 할 사람은 저 하나밖에 없습니다."

잠시 그녀는 FBI 교육 건을 생각해보았다. 이번 일이 그 기회를 잡는 데 부정적인 영향을 미칠 수 있을까? 왜 하필 지금 이 생각이 떠오르는 것일까? 지금은 더 중요한 일만 생각해야 한다. 그녀에게 가장 중요한 사람을.

아버지.

아버지 일에만 집중해야 한다. 자기 자신이 아니라. 핸드폰 너머로 갑자기 아이들 소리가 들리지 않았다. 아마도 그가 방해받지 않고

통화하기 위해 다른 방으로 옮긴 모양이었다.

"토르켈 팀장더러 전화하라고 전해주세요. 경관님 일에 관해서 얘기해보겠습니다. 이게 내가 생각할 수 있는 유일한 방법이에요." 이윽고 벤베리가 말했다.

"알겠습니다. 감사합니다! 검사님한테 바로 전화드리라고 할게요. 약속합니다. 팀장이 전화드릴 거예요." 반야는 기쁜 마음에 들뜬 목소리로 말했다.

"하지만 교도관 한 명이 동석할 겁니다. 10분 동안에요. 길어도."

"예, 좋아요. 물론이에요. 정말 감사합니다."

"일이 잘되면 토르켈 팀장한테 감사해야 할 겁니다."

그러고는 그가 전화를 끊었다. 반야는 핸드폰을 손에 쥔 채로 우두커니 서 있었다. 첫 번째 장애물을 넘었다. 그리고 이제 토르켈과 대화를 나누어야 했다. 그녀는 그에게 무슨 말로 시작해야 할지 곰곰이 생각해보았다. 이런 말을 해야 할 줄은 꿈에도 생각지 못했다.

여보세요, 토르켈 팀장님.

도움이 필요해요.

아버지가 체포됐어요.

발데마르는 교도관이 자신을 데리러 오자 깜짝 놀랐다. 그는 내일까지 모든 것이 금지일 줄 알았다. 그가 어찌 구치소 내부의 진행 상황을 짐작이나 할 수 있었을까. 딱딱한 침대, 같은 자리에 너무나 오랫동안 앉아 있었더니 다리가 뻣뻣하게 굳어버린 것 같았다. 첫발을 디디자 다리가 휘청거릴 정도였다. 교도관은 민숭민숭한 초록색 복도를 지나 심문실로 그를 데려다주었다. 여기는 발데마르가 이전에도 앉아본 곳이었다. 그는 같은 탁자 앞, 같은 의자에 앉아 기다리라는 말을 들었다. 다리의 뻣뻣함은 차츰 풀려갔지만 그 대신 허리 디스크에 이상이 왔다. 이제는 늙고 기운이 다 빠졌구나 싶었다. 갈수록 더 심하게. 이 공간에 앉아 있든 말든 정신적으로는 더 이상 온전하지 않다는 느낌을 받았다. 그 생각들은 쏜살같이 지나갔다. 너무나 빨리. 당시 여경이 나타나 첫 번째 심문이 시작됐을 때.

그가 들어온 것처럼 그녀도 작은 방으로 들어왔다.

그는 이제 또다시 심문을 받아야 한다.

아마도 그를 당황하게 만드는 게 그녀의 전략 중 하나인 모양이다.

확실히.

그는 정신을 바짝 차리고 근본 문제에 집중해야만 했다. 밖에서 잠음이 들리자 그는 허리를 꼿꼿하게 펴고 앉았다. 가능한 한 말을 적게 할 것이다. 그것이 그의 전략이다. 지난번에도 그 전략이 통했다. 이번에도 그렇게 될 것이다.

그러는 사이에 육중한 문이 열렸다. 그는 교도관 뒤로 한 사람이 따라오는 것을 볼 수 있었는데 순간 거의 까무러칠 뻔했다. 이런 일은 절대 있을 수도, 있어서도 안 되는 것 아닌가! 잠시 교도관이 문가 쪽에 서자, 그 사람은 발데마르 시야에서 사라졌다. 그는 헛것을 봤기를 소망했다. 교도관이 안으로 들어올 때에는 다른 사람이 없기를! 혹은 경제사범 담당인 여수사관이 서 있기를. 오로지 그녀만 아니라면.

하지만 잠시 후 그는 그녀를 보았다. 정말로 그녀임을 알아차렸다.

그녀가 이곳에 있다는 것을. 그 자신처럼 그녀도 창백한 얼굴빛과 당황한 기색이 역력했다. 그녀의 시선은 그를 향하고 있었는데 그는 그녀의 표정이 어떤지는 파악할 수 없었다. 그는 과감하게 웃으려고 했으나 그래 봤자 아무런 소용이 없다는 것을 알았다. 이곳, 이 공간에서, 이러한 상황에서 웃는다는 것은 의미 없는 일이었다.

"잘 지내지, 반야?" 그는 마음속에 떠오르는 대로 인사했다.

그녀는 대답하지 않았다. 아무 말 없이 안으로 들어와서는 그 앞, 빈자리로 왔다. 하지만 자리에 앉지 않고 우두커니 서 있었다. 발데마르는 이 면회를 거부해야 할까 하고 고심했다. 교도관에게 다시 독방으로 데려다달라고 청해야 할지. 아마도 그러면 모든 것이 더 쉬워질 것이다.

그녀를 위해서.

그를 위해서가 아니었다.

이제 그는 패배자였다. 그것을 알고 있었다. 그가 선택한 지름길이 그를 잘못된 곳으로 이끌었다. 그녀는 그를 절대로 용서하지 않을 것이다. 만약 그가 상황을 설명한다면 그녀가 이해할지도 모른다. 하지만 자신도 이해하지 못한 부분을 어떻게 그녀에게 설명한단 말인가?

"아버지, 무슨 일 벌이신 거죠?" 그녀가 다짜고짜 물었다.

그는 시선을 떨구고는 손만 빤히 내려다보았다. 손마저 늙어 보였다. 피부는 쭈글쭈글 주름지고 힘줄은 울퉁불퉁. 아마도 그녀는 그의 손을 이제 절대로 잡아주지 않을 것이다.

교도관이 문을 닫고서 탁자로 왔다. 그는 예의를 갖추어 설명했다.

"말씀드린 것처럼 시간은 10분입니다. 나는 여기 있을 겁니다."

반야는 고개를 끄덕여 보였다. 교도관은 구석으로 가서 등받이 없는 의자에 앉았다. 그는 몸에 힘을 뺀 채로 벽에 등을 기대고는 애써 무관심한 것처럼 보이려고 했다.

발데마르는 앞에 선 딸을 올려다보았다.

"아버지, 무슨 일 벌이신 거냐고요?" 그녀가 반복해서 물었다. 이번에는 좀 더 강한 어조였다.

발데마르는 바른대로 말하지 않을 수 없다는 것을 느꼈다.

"얼마나 바보 같은지, 두렵기만 하다."

그녀는 의자를 빼서 그 위로 철퍼덕 주저앉았다. 그녀는 그를 관찰했다. 그는 지난 며칠 동안 팍삭 늙은 것 같았다. 그녀는 너무나 많은 것을 말하고 싶었다. 너무나 많은 질문이 있었다. 그녀가 알아야만 하는 너무나 많은 것들이. 하지만 동석한 교도관 때문에 그는 모든 질문에 답하지 않을 것이다. 그렇게 하는 것이 훨씬 나을 것이다. 면회는 그녀가 생각했던 것 이상의 것을 느끼게 해주었다. 그녀는 정보 수집을 위해 중립적인 질문으로 넘어가야만 한다.

"아버지, 변호사 있어요?"

"아니." 그는 고개를 가로저으며 대답했다. "사무실에서 한 명 보내주겠다고 하는데 아버지가 거절했다."

"도대체 왜요?"

"나도 모르겠어. 네가 이 사실을 알게 될 거라고 생각했던 것 같아. 난 그러고 싶지 않거든."

여전히 그는 그녀의 눈을 쳐다볼 용기가 나지 않았다.

"어차피 난 얘기를 듣게 될 거예요. 아버지, 도대체 무슨 생각을 하신 거예요? 비밀로 할 수 있다고 생각하셨어요? 아버지 딸이 경찰이에요!"

발데마르는 고개를 내저었다. 그는 철저하게 이 일을 비밀에 붙일 수 있다고 믿었다. 지금껏 그가 원하는 대로 잘 돌아갔기에.

"경찰이 몇 년 전 나를 심문했다가 사전조사가 중단된 적이 있었어. 그래서 이번에도 그랬으면 좋겠다고 바랐지." 그는 그녀 쪽을 바라보면서 설명했다. "네가 이 일에 대해 아무것도 몰랐으면 하고."

반야는 얼굴이 더 창백해졌다. 그런 말은 정말로 듣고 싶지 않았다. 그의 바람대로 그녀도 몰랐기를 바랐다. 이러한 불합리한 상황이 삶에서 단 한 번의 잘못이기를 바랐다. 잘못이 바로잡혀서, 처음 잘못이 생겨난 세상에서 깨끗이 사라지기를. 물론 예전 수사에 대해 들었기에 이러한 망상이 지금 당장 더 심해진 것은 아니었다.

"도대체 무슨 일이 있었던 거예요?" 그녀는 놀랍게도 아주 태연하게 질문을 던졌다.

그는 그녀를 잘 알고 있었다. 그녀가 이곳에 들어설 때 어떤 느낌이 들었을지도. 이제 그 느낌은 사라져갈 것이다. 반야는 점차 화가 치밀어 오를 것이다.

"그때나 지금이나 똑같아. 횡령, 사기, 탈세……."

"그럼 소송은 중단되었나요?"

"응, 하지만 그들이 말하기로는 새 증거를 찾을 거라는 거야."

그는 더 이상 말하지 않았다. 하고 싶지 않았다. 하지만 그는 그녀를 알고 있었다. 어떤 증거를 말하는 것인지 그녀가 꼭 물어볼 거라는 것을, 그는 잘 알았다. 어차피 그녀가 조만간 찾아낼 것이다. 그렇다면 그녀가 그에게 얘기를 듣는 것이 더 낫다.

"닥테아 회사에 대한 거야." 그가 조용히 말했다.

그녀는 몸을 앞으로 내밀었다. 마치 그를 모르는 사람인 양 빤히 쳐다보았다. 그녀의 눈빛에 처음 보는 뭔가가 서려 있었다.

"아버지가 닥테아 사건에 연루된 거예요?"

"난 뭐가 뭔지 잘 몰라." 그가 고개를 절레절레 흔들며 대답했다. 애당초 무슨 일이 일어났는지 그 자신도 제대로 파악하기 불가능한 사건이었다. 그 모든 일이 얼마나 큰일이었는지. "내가 나쁜 놈들을 믿었던 것 같다."

그는 그녀의 손을 잡으려고 손을 뻗었다. 그녀는 그의 손을 뿌리쳤다. 그는 그들을 호기심 어린 눈으로 관찰하는 교도관 쪽을 곁눈으로 힐끔 쳐다보았다. 그녀는 설명을 요구했고, 그는 정확히 해명할지 말지 고민했다.

"난 우리 모두한테 이득이 되기를 원했어, 딸."

그는 이러한 핑계가 어떻게 들릴지 제 목소리에 귀를 기울여 들어보았다.

틀린 얘기는 아니었다.

"우리는 항상 잘 살았잖아요." 그녀가 날카로운 말투로 대답했다.

그녀 말이 맞았다. 언제나. 그들에게 부족한 것이 있었다면 그것은 무엇이었을까? 물질적인 것. 물건. 실제로 그런 것은 중요하지 않았다. 그가 지금 잃어버릴지도 모를 반야를 대체할 수 있는 것은 아무것도 없었다. 그는 매사에 아무런 문제가 없는 그런 아버지가 되기를 원했다. 다른 아버지들이 그렇듯이 가족에게 아버지로서 윤택한 삶을 살게 해주고 싶었다. 가족이 자랑스러워하는 그런 아버지로.

"네 말이 맞다. 하지만 네 엄마는 여름별장을 원했잖니, 너한테는 집이 필요하고……."

그가 다음 말을 잇기 직전에 그녀가 벌컥 화를 냈다.

"집이라고요?! 아버지는 이번 일에 나를 끌어들이려고 그러시는 거예요? 아버지가 날 사랑하기 때문에 여기에 앉게 된 거라고 지금 나한테 말하고 싶은 거냐고요?"

"반야, 제발, 그게 아니야. 그런 의미가 아니야."

"그게 아니면 무슨 말이에요?"

그녀의 쏘아보는 눈초리에 그는 자신이 점점 작아지는 것 같았다. 쥐구멍이라도 있으면 들어가고 싶었다. 그는 아무런 가치가 없었다. 거짓말쟁이, 사기꾼. 그는 자신의 상황을 어떤 식으로든지 그녀에게 이해시켜야만 했다. 그것이 훨씬 더 나을 것이다. 그가 어떻게 꾐에 빠졌는지. 어떻게 홀렸는지. 그가 어떻게 이 일에 관계하게 되었는지, 그리고 이 일이 불법이라는 것을 여태껏 한 번도 생각해보지 못했던 점에 대해서. 그는 이 모든 것을 얘기하고 싶었으나 적당한 말을 찾지 못했다.

"모르겠다." 그는 이 말만 반복했다. "난 정말 몰라, 반야."

모든 것이 혼란 그 자체였다. 그가 지금 할 수 있는 유일한 말이 진부하게 느껴졌다.

"난 널 사랑한다. 아주 많이 사랑해. 그리고 아버지가 원하는 것은……." 그는 말을 하다 말고는 뺨으로 흘러내리는 눈물을 닦았다.

"아버지는 너한테 뭐든 다 주고 싶었어."

"제가 언제 다 달라고 했어요?"

그녀의 목소리에서 배어나오는 냉정함은 소름이 끼칠 정도였다. 그 목소리는 무자비한 벌레가 가슴속을 파고드는 것 같았다. 그의 숨통을 조이는 느낌이었다.

그의 사랑은 이제 그녀에게 아무런 의미가 없었다.

그게 어떻게 가능할까? 예전에는 그의 사랑이 그녀에게 전부였다. 그는 그것을 잘 알고 있었다. 하지만 그가 그녀를 속였다. 가장 나쁜 방법으로. 그녀 모르게 사기를 쳤고 몇 년이 지난 지금 그는 그녀가 믿었던 사람과는 딴판으로 변해버렸다. 그녀를 속였다. 그런 짓을 하다니. 그녀는 솔직한 사람이고 다른 사람도 솔직하기를 원하는 사람이다. 일은 아주 간단하다. 그녀를 다시 얻으려면 그가 지금 어떻게 해야 할지 그는 너무나 잘 알고 있었다. 하지만 그녀에게 진실을 알려주는 대신에 그는 다시 거짓을 늘어놓았다.

"절대로 불법적인 일엔 손대지 않았다."

"그럼 무슨 일을 했다는 거예요?"

그녀가 자신을 꿰뚫어 보고 있다는 것을 그는 알았다. 자신은 그녀 앞에 펼쳐진 책장 같았다. 그럼에도 불구하고 그는 핑계를 대어 이 상황을 모면하려고 애썼다. 이것밖에 달리 할 수 있는 것이 없었다.

"내가 약간 정도를 넘어선 행동을 했던 것 같다. 돕지 말았어야 할 사람들을 도왔으니까."

"아버지가 무슨 일을 하긴 하셨군요." 그녀가 확정된 사안처럼 말했다. 그 목소리에 감정이라고는 눈곱만큼도 없었다. 그녀가 날씨를 말할 때와 같은 톤이었다.

그녀가 조용히 의자를 뒤로 빼고서 자리에서 일어나자, 발데마르는 말없이 애원하는 눈빛으로 그녀를 바라보았다.

"무슨 일인지 모르겠지만 반드시 처벌 받으실 거예요. 사고를 치셨으니까요."

그녀는 몸을 휙 돌리고서 문 쪽으로 걸어갔다.

"반야, 제발 잠깐만." 그가 절망적으로 소리쳤다.

"10분 됐어요." 반야가 말했다.

교도관이 시계를 보더니 고개를 내저었다.

"아닙니다. 아직 3분 더 남았습니다."

반야는 교도관 쪽을 바라보았다. 발데바르는 딸이 자신에게 3분을 더 할애해주기를 바랐다.

180초.

180초는 긴 시간이다.

"고맙지만 난 저분을 더 이상 보고 싶지 않아요." 이 말만 남기고 그녀는 방을 나갔다.

발데마르는 얼굴을 양손으로 감쌌다. 이런 상황이 앞으로 다시없기를 바랐다. 딸이 자신을 전혀 이해해줄 수 없는 그런 상황이.

✠

메란은 분노로 심장이 쿵쿵 뛰었고 얼굴이 확 달아올랐다. 아이는
난리를 쳤다. 아이가 방문을 세게 꽝 닫자 벽에 걸린 가족사진이 뚝
떨어졌다. 아이는 침대에 누워 천장만 빤히 바라보았다. 엄마와 여
태 이렇게 다퉈본 적은 한 번도 없었다. 레반과 몰래 담배를 피우다
가 엄마한테 들켰을 때조차도. 단 한 번도. 하지만 이번에는 달랐다.
엄마가 에이어와 자신을 속였다. 엄마는 우리를 사랑하기에 비밀로
했다고 말했다. 우리를 보호하기 위한 거라며. 하지만 이것은 이유
가 안 된다는 걸 메란은 잘 알고 있었다.

메멜이 말한 그대로였다.

'네 엄마는 정신이 나갔다. 아버지가 엄마의 척추나 마찬가지였으
니까. 척추가 없다면 사람은 중심을 잡지 못하잖니. 네가 엄마를 도
와야 해, 이해하지?'

메란은 완고하고 나이 든 어른 앞에서 매번 엄마를 방어하곤 했
다. 엄마가 제 역할을 못 한다고 믿는 그런 노인 앞에서. 쉬베카가
자식들을 위해서 뭐든 다 해주고 있으며 늘 정성을 다한다고 그에
게 설명했다. 아이들만을 위해 사는 최고의 엄마라고. 엄마가 직업
교육을 받고 일하는 것이 다 우리를 더 잘 키우기 위한 거라고. 엄마
는 우리 때문에 스웨덴어도 배웠다고 말이다. 하지만 이제 모든 것
이 분명해졌다. 메멜의 말이 다 옳았다.

엄마는 정말로 큰 혼란에 빠져 있다.

설명이 필요 없었다. 엄마는 너무나 엉뚱한 길로 들어섰다. 엄마가
사회복지관과 경찰서, 신문사에 수도 없이 편지를 보냈다고 했을 때
메란은 아무 말도 하지 않았다. 엄마 사연이 경찰에게 관심 밖이라

는 것을 알면서도 말없이 엄마 옆에 서서 엄마 얘기에 귀를 기울였다. 엄마가 경찰서에 편지로 보낸 하미드의 얘기에. 제복을 입은 사람들에게 엄마는 쓸데없이 흥분하는 낙타 몰이꾼 정도로 보였을 것이다. 하지만 아이는 한마디도 하지 않았다. 항상 엄마 편이었기에.

결국 엄마는 엄마 마음대로 하고 자신을 속인 것이다.

다시 돌아누운 아이는 생일선물로 받은 MP3 플레이어를 집었다. 귀에 이어폰을 꽂았다. 하우스뮤직을 좋아했는데, 아비치가 가장 마음에 들었다. '레벨스'를 들으며 볼륨을 높였다. 음악을 들으니 이번 일이 더 분명해졌다. 음악을 통해 모든 것이 더 명확해지고 투명해지는 것 같았다. 분노도 더 쉽게 극복할 수 있었다. 음악을 들으면 삶이 마치 그림처럼 보인다. 더 이상 고통도 없다. 아이는 엄마의 삶이 쉽지 않다는 것을 안다. 엄마는 최선을 다했다.

하지만 엄마는 혼란에 빠진 게 분명하다. 지난번 일로 그것을 명확히 증명한 것이나 다름없었다.

물론 엄마가 스웨덴어를 잘 배웠다는 것이나, 자기와 에이어 그리고 친구를 도울 수 있다는 것은 좋은 일이다. 하지만 좋은 점만 있는 것은 아니었다. 메멜의 말이 옳았기 때문이다. 왜냐면 엄마는 언어만 배운 것이 아니었기 때문이다. 엄마는 다른 것도 배웠다. 이런 사실이 메멜과 다른 남자들에게는 마음에 들지 않는 일이다. 정말로 마음에 들지 않는 일이다.

그들은 걱정한다.

그들 자신의 아내들을.

아내들이 엄마처럼 조만간 혼란에 빠질지도 모른다는 것 때문에.

메란은 메멜을 좋아했다. 노인은 자주 아이의 어깨를 토닥여주며 옛 고향과 하미드에 대한 얘기를 들려주곤 했다. 아이를 이슬람 사원으로 데려갈 때마다 어떻게 하면 마음을 정갈히 하고 기도 준비를 할 수 있는지 몸소 보여주기도 했다.

그럼에도 불구하고 메란은 언제나 엄마 편에 섰다. 하지만 엄마는 방송국 관계자인 한 남자와 만났다. 혼자서. 스웨덴 남자와. 아이가 엄마를 위해서 할 수 있는 일은 다 하는데도.

분노가 다시금 치밀어 올랐다. 아비치의 노래가 이 분노를 가라앉히지 못했다. 스웨덴 남자 때문에! 스웨덴 사람들은 엄마를 위해 한 일이 아무것도 없었다. 오히려 정반대였다. 그들은 책임져야 한다. 아버지가 이 나라에서 행방불명이 되었는데 아무도 신경 쓰지 않았다. 안전하다는 스웨덴에서. 위험하다는 아프가니스탄이 아니었다. 이 나라로 오던 길에 행방불명된 것도 아니었다. 이 나라에서 사라졌다. 살 수 있도록 허용해주었기에 항상 고마워해야 할 이 나라에서. 이것은 엄청난 거짓이다. 스웨덴이 안전하지 않다는 것. 어쨌든 이것은 아이가 아는 사람들에게는 해당되지 않는 일이다. 그들은 끊임없이 불안전한 상황 속에서 살아간다. 이 나라에 살아도 되는 것일까, 아니면 살지 말아야 하는 것일까? 어느 날 갑자기 이곳에서 추방당하는 것은 아닐까? 더 심할 경우 아버지가 그랬듯이 그냥 행방불명되는 것은 아닐까? 메란은 문득 한 가지 생각이 떠올랐다. 아버지가 행방불명었는데도 불구하고 이민청 담당자가 그들을 추방하려고 했던 것을. 그때 담당자가 뜬금없이 찾아와서 가족을 비행기에 태워 보내버릴지 모른다는 우려에 쉬베카는 잔뜩 겁을 먹었다.

정말로 엄청난 거짓이었다. 아이는 거짓말쟁이를 증오했다.

그런데 엄마가 거짓말을 했다.

메란은 숨을 길게 내쉬고 레벨스를 다시 틀었다. 마음을 진정시키고 싶었다. 하지만 얼마 있지 않아 엄마가 문틈 사이로 모습을 나타내는 바람에 아이는 마음을 추스를 수 없었다. 울어서 빨갛게 달아오른 아들을 그녀는 갈색 눈으로 빤히 바라보았다.

"용서해라, 메란." 그녀가 부드러운 목소리로 말했다. "엄마 들어가도 괜찮겠니?"

메란은 대답하지 않았다. 이어폰으로 노래를 들으며 엄마를 물끄러미 쳐다만 보았다. 그녀는 침대 위, 아이 옆으로 가서 앉았다. 아이는 그녀가 다가오는 것을 거부하지 않았다. 배에서 따뜻한 엄마의 손길을 느꼈다. 이는 음악보다 더 아이를 편안하게 해주었다.

"메란, 이어폰 좀 빼주련?" 그녀가 아들에게 간청했다.

그녀는 아프가니스탄에서 쓰는 파슈토어로 말했다. 보통 때 아들이 좋아하는 언어였다. 평소 그녀는 스웨덴어로 아이들과 대화하고 싶어 했다. 그녀 때문에. 이것은 그녀가 만든 규칙 중 하나였다. 하지만 오늘은 파슈토어로 말하고 싶었다. 아이는 그 이유를 알고 있었다. 엄마가 말하는 내용을 아이들에게 전부 이해시켜야 할 경우 엄마는 매번 그렇게 했다. 파슈토어로 말할 때 엄마 목소리는 평소보다 더 분명하게 울려 퍼졌다. 아이는 하는 수 없이 이어폰을 귀에서 뺐지만 여전히 씩씩거렸다.

"너 화내는 거, 엄마는 이해해." 그녀가 조용한 목소리로 말했다. "하지만 네가 알아야 할 게 있어. 엄마는 널 다치게 하고 싶지 않다는 거야. 그 점에 대해서 너한테 어떻게 설명해야 할지 솔직히 엄만 잘 모르겠어."

아이는 엄마를 빤히 쳐다보았다. 아이가 입을 열자 성난 목소리가 튀어나왔다. "왜 파슈토어를 매일 쓰면 안 되는 거죠?"

그녀는 깜짝 놀랐다. 이러한 질문이 나올지 짐작도 못 했다.

"엄마 생각엔 스웨덴어 쓰는 게 더 좋을 거 같아서. 우리가 스웨덴에 사니까."

"하지만 우린 스웨덴 사람이 아니잖아요. 엄마가 스웨덴 사람이라고 믿는 게 아니라면요."

쉬베카는 아이의 손을 잡았다. "메란, 그렇게 화내지 마. 엄만 그 남자가 우릴 도와줄 거라고 믿어."

"어떻게요?"

"엄마도 잘 몰라. 하지만 무슨 일이 있었는지 알아야만 해. 아버지 한테 도대체 무슨 일이 있었는지 알아야 한다고."

"아버지는 집을 나간 거예요, 엄마. 나갔다고요! 엄마는 그걸 아직도 이해 못 한 거예요?" 아이가 거의 악을 쓰듯 소리쳤다.

쉬베카는 아이의 손을 꽉 잡았다.

아이는 엄마의 부드러운 손길을 느꼈지만 하고 싶은 말을 마저 내뱉었다. "엄마가 그 사실을 받아들이지 않는다면 엄마한테 좋을 게 하나도 없어요! 엄마만 차츰 이상해질 거예요. 그리고 저도."

"지금은 그럴 수 없어. 엄만 아버지를 잘 알아. 네 모습에서 아버지 모습도 보여. 매일같이 엄만 아버지를 생각해. 네가 이해해주면 안 되겠니? 엄마가 아버지를 이대로 포기할 수 없다는 걸 말이야. 아버지를 포기하란 건 엄마더러 더 이상 숨 쉬지 말란 것과 같은 거야. 더 이상 사랑하지 말란 것이기도 하고."

갑자기 그녀는 울기 시작했다. 메란은 엄마가 우는 모습을 오랜만에 보았다. 하미드가 행방불명이 됐을 당시 그녀는 하루 종일 울었다. 하지만 어느 날부턴가 그녀는 더 이상 눈물을 보이지 않았다. 눈물이 다 말라버린 것처럼.

아이는 엄마를 달래보기로 했다. 일어나 앉아 엄마의 눈을 자세히 들여다보았다. 아이는 엄마를 정말 사랑한다. 하지만 그렇게 하면 안 된다는 것을 엄마가 깨달아야만 한다.

"저도 아버지가 보고 싶어요, 엄마. 하지만 엄마더러 아버지 찾지 말라고, 다들 그래요. 그게 엄마한테 더 좋은 일이라고 나도 매번 말했잖아요. 엄마더러 제발 바보 같은 짓 하지 말래요. 엄마, 나한테 말도 안 하고 스웨덴 남자 또 만날 거예요?"

"엄만 그 남자가 우릴 도와줄 거라고 믿는다."

"그만 좀 하세요, 엄마. 그 사람들 중 누가 우릴 도와줬어요? 그 남자는 왜 다른 사람들과 다를 거라고 생각하는 거죠? 엄마는 우리 모두를 바보로 만들 셈이죠?" 아이는 갑자기 말을 뚝 끊더니 그녀를 쏘아보았다. "엄마는 바보가 아니잖아요, 엄마. 내가 알아요."

쉬베카는 고개를 끄덕이며 잡고 있던 아이의 손을 놓았다.

"네 말이 맞아, 메란. 조만간 엄만 네 말을 들을 거야. 그땐 네가 모든 걸 결정해. 네 말을 따르겠다고 약속할게. 엄마가 아버지 말을 들었던 것처럼. 하지만 그전에 넌 그 남자를 만나야 해. 스웨덴 사람을. 그 남자 얘기를 들어야 너도 뭔가 결정할 수 있을 게 아니겠니?"

그녀는 이런 식으로 아들과 말한 적이 한 번도 없었다. 동등한 위치에 있는 사람과 말하듯이. 아이는 이제 어떻게 말해야 할지 잘 알고 있었다. 엄마를 사랑스럽게 바라보았다.

"그 남자한테 내일 오라고 하세요."

"이걸 에이어한테도 설명해야 할까?"

메란은 고개를 내저었다. "아니요, 걔는 아직 너무 어려요."

"하지만 넌 이제 어리지 않아. 더 이상은."

"당연하죠, 엄마. 난 이제 어리지 않아요."

쉬베카는 방을 나올 때 조심스레 아들에게 미소를 지어 보였다. 메란은 여전히 침대에 앉아 있었다. 더 이상 음악을 듣고 싶지 않았다. 아이는 오늘 한층 성장했다. 그걸 알았기에 음악이 필요 없었다. 뭔가를 극복해낸 것 같은 느낌이었다. 엄마가 넘겨준 책임감을 받을 준비가 되어 있는 것일까? 아이는 구속에서 벗어나고 싶었다. 그러나 더 이상 어린애가 아니라는 생각 때문에 조금은 두렵기도 했다.

아이는 방에서 나가 엄마를 관찰했다. 엄마는 방금 부엌으로 들어가 뭔가를 준비했다. 에이어가 집에 오면 언제나 그랬던 것처럼 따뜻한 음식을 내놓으려고 하는 것이다. 모든 것이 평소와 같이 돌아갔다. 하지만 동시에 더 이상은 예전 같지 않았다.

그녀는 아들과 생각이 다를 거라고 믿었다. 메란은 모든 일을 잊어버리고 싶어 한다고. 하지만 실상은 달랐다. 그들은 상실에 대해 서로 다른 생각을 갖고 접근했다. 그녀는 전화를 하고 편지를 쓰면서 상의한 것이고, 아들은 아무 말도 하지 않은 것이다. 그녀는 바깥 세상에 호소했으나, 아들은 마음속으로만 생각했다. 그 결과 아들은 점점 남자가 되어갔다. 떨쳐버릴 수 없는 고통이 아들을 더 강하게 만들었다.

여자들은 운다. 남자들은 아니다.

쉬베카는 뒤를 돌아보며 아들에게 미소를 지었다. 화답하듯이 아들도 조용히 미소를 지어 보였다.

그녀는 비밀이 많다.

아이도. 하지만 그 비밀은 과거 속에 깊이 파묻혀 있었다.

이제부터라도 그 비밀을 끄집어내야 할까?

아니면 비밀을 그대로 묻어두어야 할 것인가? 아이 자신도 잘 몰랐다.

하지만 아이는 그 남자를 절대로 잊지 못할 것이다. 말할 때 걸걸한 목소리를 내던 남자.

아버지가 메란에게 늘 조심하라고 말했던 그 남자.

요셉.

✤

반야는 구치소 관계자용 화장실로 들어갔다. 화장실을 이용하려고 들어간 것이 아니라 잠시 동안 휴식을 취하려고 들어간 것이다. 위가 갑자기 쥐어짜는 것처럼 아파오자 그녀는 변기 뚜껑을 내리고 그 위에 미동도 없이 앉아 있었다. 갑자기 목구멍으로 올라온 토사물이 두 다리 사이로 쏟아져 내렸다. 그녀는 노리끼리한 토사물을 멍하니 내려다보았다. 입에서 위산 냄새가 났다. 그녀는 또 토악질이 시작될 같아서 자동으로 몸을 푹 숙였다. 교도관이 그녀를 밖으로 나가게 해줘야 비로소 그녀는 구치소를 나갈 수 있었다. 그는 먼저 발데마르부터 독방에 데려다주어야 했다. 그러려면 시간이 좀 걸릴 것이다. 그녀는 서둘 필요가 없었다. 먹은 것을 다 토해낸다고 해도 상관없을 시간이다.

더 이상 아무런 의미가 없었다.

머리에 떠오르는 것은 발데마르에 대한 기억이었다. 그것 말고는 아무것도 생각나지 않았다. 그녀가 그토록 만나기를 고대했던 이곳에 있는 그의 모습만이. 그녀는 방금 전 그로부터 얘기를 들었다. 발데마르는 무죄가 아니었다. 그를 만나기 전에는 그럴 리가 없다고 생각했지만 지금은 확실했다. 그는 진실을 외면했다. 그녀는 이러한 언행을 분명히 목격했다. 직업상 그동안 너무나 자주 봐왔던 그런 모습을.

그는 뭔가 정도를 넘어선 행동을 했다고 말했다. 언제나 정확하게 행동했던 그가.

입에서 나는 위산 냄새와 맛은 그녀에게 적합한 것 같았다. 이렇게 모욕적인 오늘 같은 날에는 아주 잘 어울리는 냄새와 맛이었다. 그녀는 차라리 이곳에다 위를 완전히 비우고 싶었다. 모든 것을 떨쳐버리고 싶었으니까.

하지만 다시 토해보려고 했지만 헛구역질만 나왔다. 결국 그녀는 손가락 두 개를 목구멍으로 넣었다. 위가 완전히 비었다고 느껴질 때까지 몇 번이고 손가락을 목구멍으로 넣었다. 신발과 바짓가랑이가 더러워졌지만 그녀는 신경 쓰지 않았다. 오히려 자유로운 듯한 느낌을 받았다. 이제 몸을 컨트롤할 수 있을 것만 같았다. 오늘 그녀가 모두 삼켜야만 했던 오물로부터 육체가 가벼워지고 깨끗해진 것 같았다. 정말로 기분 좋은 느낌이었다.

이런 느낌을 오래전에 잊고 살았다. 상당히 오래전에. 하지만 당시에는 이런 느낌에 푹 빠져 살지 않았던가!

컨트롤을 잃고 컨트롤을 찾고.

이것으로 인한 만족감과 수치스러움.

그녀는 몸을 앞으로 숙이고 바닥에 토해놓은 내용물을 빤히 내려다보았다.

그녀가 열일곱 살이었을 때 이런 상황이 시작되었다. 그때 그녀는 외스테르말름에 있는 엔실다 고등학교에 다녔다. 머리가 좋아서 이해력이 빨랐다. 그래서 그녀는 공부하는 것을 좋아했고 학교 성적에도 문제가 전혀 없었다.

문제는 다른 데 있었다.

사회적인 것.

그녀의 눈에는 학교에 다니는 학생들이 다 부잣집 애들인 데다 예쁘며 어디 하나 나무랄 데 없이 완벽해 보였다. 그녀가 전혀 모르는, 문서화되지 않은 규칙과 코드가 너무나 많았다. 그녀는 친구를 원했다. 한 명의 친구를. 그녀는 그 속에 속하고 싶었다. 하지만 도저히 속할 수가 없었다. 그녀가 하는 일은 매번 잘못 돌아갔다. 아무리 노력해도 언제나 외톨이로 남았다. 그러다 그녀는 집으로 가는 길에

군것질을 하기 시작했다. 자신을 달래기 위한 궁여지책으로. 달달한 과자, 칩 등. 갈수록 더 많이. 그녀에게 친구는 소금과 설탕, 기름진 것이었다. 그녀는 갈수록 단것을 더 찾았다.

동시에 그녀는 몸속으로 쏟아져 들어오는 쓰레기에 대해서도 두려움을 느꼈다. 그리고 이로 인해 가냘프고 완벽한 몸매를 바라지 말아야 한다는 생각에 갈수록 기분은 더 나빠져만 갔다. 결국 그녀는 먹은 것을 자꾸만 토해냈다. 더 이상 살이 찌지 않도록 하기 위해서였다. 처음엔 그런 행동이 위험하다고 생각지 않았다. 극도로 자주 일어나는 일은 아니라서 상당히 완벽한 조합이라고 생각했다. 맛있는 걸 먹고 곧바로 다시 토해내는 것.

하지만 점점 정도를 넘어섰다. 언젠가부터 그녀는 먹는 것 말고는 다른 것을 생각할 수조차 없는 상태로 전락해버렸다. 그리고 가능한 한 빨리 토해내려고 했다. 이것이 그녀에게는 유일하게 중요한 일이었다.

어느 날인가 그녀는 조간신문 다엔스 니헤테르를 읽다 식장애에 대한 기사를 보았다. 음식을 먹고 바로 토해내는 식장애를 다룬 기사였다. 다른 기사는 그저 스쳐 지나갔지만 그 텍스트를 읽고는 그녀 자신에 대해 새로이 알게 되었다. 부작용에 대한 내용도 읽었다. 생리가 불규칙하게 되고 심지어는 아예 나오지 않을 수도 있다는 내용이었다. 치아가 손상될지 모른다는 구절도 있었다. 그녀는 화장실로 뛰어가 거울 앞에서 자신의 모습을 하나씩 뜯어보았다. 예민해진 그녀는 혓바닥과 앞니를 살펴보았다. 왜냐면 치아 법랑질에 울퉁불퉁한 것부터 생긴다고 했기 때문이다. 그녀는 특별히 이상한 것을 찾지 못했지만 치아에 어떤 촉감이 느껴져야 이상한 건지는 알 수가 없었다. 사실 생리가 섣달 전부터 나오지 않았다. 모든 것이 맞아떨어졌다. 그 후 그녀는 화장실에서 먹은 것을 토해내고 울음을 터트렸다.

그녀는 아팠다.

그녀는 외톨이였을 뿐만 아니라 몸에 병이 났다.

더군다나 다른 사람들의 도움이 없으면 이런 병을 극복하는 사람은 소수라고 신문에 씌어 있었다.

그녀는 발데마르에게 털어놓기로 결심했다. 그래서 사무실로 찾아갔다. 그녀가 그때 어떻게 그런 용기를 냈는지 지금도 알 수 없는 일이었다. 그녀는 발데마르에게 그간의 사정을 솔직히 말했다. 그는 그날 바로 휴가를 내고 그녀와 산책을 나갔다. 반야는 땅으로 꺼지고 싶은 심정이었지만 그는 그녀로 하여금 솔직히 털어놓을 수 있도록 배려해주었다. 조심스럽게. 하나씩 하나씩.

정말로 그녀가 다 털어놓았을 때에는 그가 그녀 편이 되어주었고 그녀가 언제나 바라던 그런 아버지가 되어주었다. 그날의 일은 정말로 감격적이었다.

2주 후에 그녀가 다른 곳으로 전학 갈 수 있도록 그는 신경 써주었다. 1학기가 막 지난 때였는데 2학기부터 그녀는 쇠드라 라틴에서 새로 공부할 수 있었다. 그는 모든 것을 배려해주었다. 식장애 소녀를 위해 여름에는 2주 동안 요양을 보내주었다. 그녀가 다음 단계를 준비할 수 있도록 하기 위해서. 그는 최고의 의료진을 찾아다녔는데 어느 의료진이든 그녀와 맞지 않다 싶으면 곧바로 새로운 의료진을 찾았다.

그는 그녀를 치료했다.

신중함과 사랑으로.

이랬던 아버지의 모습은 방금 전 좁은 공간에서 만난 사람과는 도무지 일치되지 않았다. 열일곱 살의 나이에 그녀는 그에게 가슴 아픈 비밀을 털어놓았다. 이는 용기가 필요했다. 그는 쉰다섯 살인데 왜 그녀와 같은 행동을 할 수 없는 것일까? 무작정 숨기려고만 하는 아버지와 반대로, 그녀는 용기를 내어 그의 앞에 나타났고 그에게 모든 것을 설명했다.

이게 그녀를 더 슬프게 만든다.

이는 실망도 아니고 굴욕도 아니다. 이보다 더 심각한 것이 있다. 그것은 그녀가 아버지에게 완전히 버림받았다는 느낌이었다.

지금 당장 그녀는 혼자 세상을 헤쳐 나가야만 한다. 그녀가 그를 정말로 필요로 할 때 그가 항상 옆에 있을 거라는 확신은 이제 사라졌다.

아버지.

그는 이런 식으로 행동해서는 절대로 안 된다.

절대로.

반야는 벌떡 일어섰다. 역겨운 토사물을 밟지 않고 넘어갔다. 그녀는 도망가고 싶었다. 모든 것이 너무 더러웠다. 이 공간, 악취, 위산 냄새로부터 달아나고 싶었다.

그녀는 안나가 사는 집으로 갈까 싶었지만 그러면 오히려 더 고달플 것 같았다. 안나는 그녀보다 더 많은 도움이 필요할 것이고 질문을 끝없이 퍼부어댈 것이다. 반야는 엄마에게 도움을 줄 수도 없으며 엄마의 질문에 대답해줄 수도 없다. 안나는 친구가 아주 많다. 딸보다 더 가까이 있어줄 여자 친구들이. 필요하다면 그들은 오늘 저녁이라도 엄마에게 달려갈 것이다.

그녀는 세수를 하고 입을 헹구었다. 연이어 신발과 바지에 묻은 토사물을 닦아냈다. 어느 정도 깨끗해졌다. 그제야 그녀는 미국과 FBI가 중요하다는 것을 알았다. 예전보다 더 중요해진 것이다. 이는 단순히 교육의 기회로 작용하기 때문에 그런 것만은 아니다. 이는 가야만 하는 여행지였다. 이제 그녀는 혼자이기 때문에.

이제 그녀는 정말로 어른이 된 것 같았다.

FBI 교육에 선발되었다는 소식을 듣게 되면 곧장 떠날 것이다.

교육이 시작되기 전이라도. 그녀는 곧바로 떠날 것이다. 특별살인사건전담반에서도. 모든 것에서 벗어날 것이다. 홀로서기 위해서라면.

바로 지금부터.

✤

토르켈은 회의실에 마지막까지 남았다. 갈수록 이런 일이 반복되었다. 그래서 그런지 회의 시간에도 늦게 도착했을 뿐만 아니라 기분도 좋지 않았고 몸도 피곤했다. 그는 반야의 전화에 소스라치게 놀랐지만 그녀가 부탁하는 대로 해주었다. 검사에게 그녀에 대해 좋게 말했다. 그러고는 다시 악셀 베버에게 전화 연락을 취했다. 그 리포터는 자동차사고와 불에 타 숨진 여성과 관련해서 시체가 발견된 프뢸 현장을 보도한 적이 있었다. 사고 지역과 발견 장소가 어떤 식으로 연관되어 있는지 보도한 것이다. 토르켈은 그 내용을 알고 있었지만 그 사실에 대해 그에게 직접 말할 수는 없었다. 하지만 베버가 이 모든 사건에 대해 이미 정보를 제공했다는 사실은 놀라운 일이 아닐 수 없다. 물론 저널리스트는 렌터카나 운전석에 앉았던 사람에 대한 것, 파트리시아 웰톤의 신분이 가짜였다는 것 등에 대해서 분명히 아는 바가 없었지만 말이다. 다행히도 베버는 오로프손의 집에서 나온 장물에 대해서도 아는 바가 없었다. 그가 그 사실을 알게 된다면 조만간 신랄한 비판의 기사를 쏟아낼 것이다. 연이어 토르켈은 헤드빅 헤드만에게 연락을 취하려고 시도했지만 헛수고였다. 빠른 시일 내에 그녀는 수하에 있는 수사관들의 입단속을 잘 시켜야만 할 것이다.

"우르줄라." 그가 자리에 앉자마자 말을 걸었다. 하루 종일 일이 제대로 돌아가지 않은 이유는 무엇이었을까?

"오로프손의 집에서 나온 물건들을 린케핑으로 보내기 전에 조사부터 해봤어요." 하고 우르줄라가 설명하면서 노트북을 열었다. "조사 결과는 우리가 공동으로 사용하는 네트워크 파일에 올려놨어요. 하지만 여러분을 위해 다시 한 번 설명드릴게요."

제니퍼와 토르켈은 탁자에 준비된 A4용지 묶음을 각각 하나씩 가져갔다. 빌리는 노트북으로 서류 파일을 열어보았다.

"여러분도 알다시피 특히 핸드백에 흥미로운 게 있었어요. 핸드백에 Liz McGo······ 뭐라고 기록된 운전면허증 잔해가 있었거든요."

"자네 둘은 뭐 진전된 게 있나?" 토르켈이 그녀의 말을 중단시키며 빌리 쪽으로 몸을 돌렸다. 그는 노트북 화면을 보다 토르켈을 향해 눈을 들었다.

"그렇다고 할 수도 있고, 아니라고 할 수도 있는데요. 지금 저희 얘기를 해야만 합니까?"

"아니. 우르줄라, 일단 계속 말해봐요." 토르켈이 말했다.

"그것 말고는 핸드백에 들은 게 별로 없었어요. 핸드백이 차 안에 있어서 그랬는지 배낭보다 더 불에 탔더라고요. 불에 탄 데 아니면 완전히 녹았더군요. 여러분이 보시는 바와 같이 흔하디흔한 물건들을 확인할 수 있었는데요, 예를 들어 화장품, 머리빗, 열쇠, 지갑이었어요. 지갑에는 불에 타고 남은 돈이 있었죠. 크로네랑 달러, 스웨덴 동전 몇 개랑요. 또 크레디트카드로 추정되는 잔해도 있었고. 하지만 이걸로는 아무것도 알아낼 수가 없었어요. 아마도 검사실 SKL에서 뭔가 알아낼 거예요."

"그럼 배낭은?" 토르켈이 참지 못하고 불쑥 질문을 던졌다.

"그것들은 트렁크에 있었고요. 그래서 그런지 상대적으로 손상이 덜 됐어요. 하랄드 오로프손이 배낭을 태우려고 했지만 겉만 살짝 타다 만 것으로 보여요. 배낭에는 둘 다 주로 옷가지가 들어 있었는데. 남자 거랑 여자 거, 두 아이들 거였어요. 남자아이랑 여자아이 같아요. 이 중 몇 군데엔 총자국과 핏자국이 있었어요. 아이들 옷에도."

"프옐에서 사망한 사람들이에요." 제니퍼가 추가 설명을 했다.

우르줄라는 고개를 끄덕여 보였다. "침대보랑 베갯잇, 위생용품이랑 장난감, 동화책이 들어 있었어요. 스웨덴어로 된 거요. 그게 전부예요."

"지문은요?" 이 질문은 빌리로부터 나온 것이었다.

우르줄라는 고개를 내저었다. "오래전 사고라 지방 성분이 없어졌어요."

"이름이나 다른 건 없었나? 신분을 확인할 수 있는 걸로?" 토르켈은 우르줄라가 이런 종류의 중요한 장물에 대해 뭔가 숨기고 있으리라고는 생각지 않았지만 확인차 질문을 던졌다.

그러자 실제로 그녀는 다시 고개를 절레절레 흔들었다. "아무것도 없었어요. 하지만 SKL 동료들이 아주 획기적인 방법을 써서 물건의 겉면을 검사해볼 거예요. 그쪽에 희망을 걸어봐야 할 것 같아요."

"이 옷가지를 공개해야 하는 건 아닐까? 이걸 알아보는 사람이 나올지 확인하는 차원에서."

"그렇게 해볼 수는 있겠지만 딱히 눈에 띄는 게 없어요. 상당히 평범한 옷들이에요."

"그럼 아이들 옷에 이름 같은 건 없었습니까?" 제니퍼가 물었다.

"전혀."

"하지만 보통 애들 옷에는 이름을 새겨주지 않나요?" 제니퍼가 물었다.

우르줄라는 곰곰이 생각해보았다. 그녀는 '벨라'라는 이름을 옷에 새겨준 적이 없었다. 물론 유치원이나 학교에서 요청이 왔을지 모르지만 기억에 없다. 그럼 미카엘이 그녀 대신 이름을 새겨주었을까?

그럴 리 없다. 왜냐면 그녀가 딸의 옷가지를 가끔씩 빨아주었기 때문이다. 그때마다 분명히 눈에 띄는 것이 아무것도 없었지 않았나?

"혹시 라벨 같은 거는 확인하셨습니까?"

우르줄라는 전남편과 딸에 대한 생각을 접고는 제니퍼를 바라보았다. 그녀는 신입이라 정신을 바짝 차리고 있었다. 신입은 공명심이 강하고 자기 자신을 증명하고 싶어 했다. 그녀에게 친절하게 대해야 할 것 같다.

"예. 모든 라벨을 꼼꼼히 확인했지요." 우르줄라는 조용히 설명했다. "전부 다. 어른들 옷도."

"침대보는." 토르켈이 예의 바르게 말하는 그녀의 대답에 끼어들었다. 그리고 제니퍼에게 때가 되면 넌지시 귀띔해주어야겠다고 생각했다. 우르줄라의 능력을 공공연하게 확인하려 하지 말라고. "일반적으로 텐트에 깔려고 가져가지 않잖아."

"하지만 유스호스텔에 침대보가 있잖아요." 제니퍼가 반대 의견을 냈다.

"우린 이런 경우를 다 체크해봤어요." 빌리가 말했다.

"그렇다면 그 문제를 다시 한 번 체크해주게." 토르켈이 부탁했다.

"침낭이나 텐트나 코펠 같은 건 전혀 없었어요. 텐트를 쳤다는 흔적이 없어 보였단 거죠." 우르줄라가 정리해서 말했다.

토르켈은 한숨을 내쉬었다. 이 사람들은 도대체 어디에서 온 것일까? 그들이 머문 곳은 어디일까? 프옐에서 무엇을 하고 다닌 것인지? 그들이 죽은 이유는? 그들은 도대체 누구였는지? 토르켈은 갑자기 아는 바가 아무것도 없는 것처럼 느껴졌다. 도착한 첫날과 다를 바가 없어 보였다. 그는 맞은편에 앉은 제니퍼와 빌리에게 뭔가를 재촉하는 듯이 고갯짓을 했다. 그들이 더 많은 것을 말해줄 수 있기를 바라는 마음으로.

"우르줄라 선배한테 운전면허증에 대한 인포메이션을 받고 우린 서로 일을 분담했습니다." 빌리가 말문을 열었다. 그러고는 자리에서 일어나 화이트보드 쪽으로 걸어갔다. 그는 현장 사진들을 옆쪽으로 밀었는데 화이트보드에 글 쓸 자리를 비우기 위해서였다.

"제니퍼는 파트리시아 웰톤 쪽을 맡았습니다. 왜냐면 제니퍼가 파트리시아를 탑승객 리스트에서 찾았거든요." 그가 계속해서 자리를 비우면서 말했다. "여기서부터 시작하면 제일 좋겠네요."

그는 검정 마커펜을 집어 들고는 화이트보드에 쓸 준비를 했다. 제니퍼는 서류를 들여다보았다.

"파트리시아 웰톤은 2003년 10월 29일 오후에 비행기를 탔어요. 프랑크푸르트에서 스톡홀름으로 오는 비행기였죠. 5시 좀 전에 비행기는 알란다 공항에 도착했습니다. 우리가 추측하기로는 그녀가 스톡홀름 중앙역에서 외스테르순드로 가는 밤차를 탄 것 같아요."

"그럼 그 여자가 프랑크푸르트까지는 뭘 이용했나?" 토르켈이 물었다.

"그건 우리도 모르겠어요. 하지만 그녀는 티켓을 한 장 더 갖고 있었습니다. 10월 31일 자 트론헤임에서 오슬로까지 가는 티켓이었어요. 근데 그녀가 그 비행기를 안 탄 거예요. 이게 우리가 알아낸 전부입니다."

"좋아요." 토르켈이 칭찬했다. "IPO 뵈르예 달베리가 아직 파트리시아 웰톤에 대해 알아낸 게 없다고 하는데. 명부 파악을 못 해서 그렇다는군. 단 하나 파트리시아란 가명이 그전에는 사용된 적이 없다는 겁니다."

"이번에는 Liz McGo…… 뭐라는 이름에 대해 말씀드리겠습니다." 빌리가 다음 보고로 넘어갔다. "우르줄라 선배가 웰톤의 차에 있던 핸드백에서 운전면허증을 발견한 후, 우리는 프랑크푸르트에서 수사를 시작했어요. 그리고 실제로 리즈 맥고든이라는 여자를 찾았습니다. 10월 28일에 그곳으로 가봤죠."

토르켈은 벌떡 일어섰다. 그는 에너지가 샘솟는 것을 느꼈다. 이는 정말로 좋은 새로운 소식이었다. 그들은 서서히 흔적을 쫓아가고 있었다. 그는 화이트보드에 빌리가 쓴 글자를 바라보았다.

"그렇다면 파트리시아 웰톤이 프랑크푸르트를 출발하기에 앞서 그녀가 하루 먼저 왔다는 거군." 토르켈이 단언하는 투로 말했다.

"예…… 에……."

빌리가 당황하는 눈치를 보이자 토르켈이 알아차렸다. 예상과 달리, 빌리는 확신하지 못하는 것 같았다.

"그래도 팀장님이 뵈르예 쪽에 전화 한번 하셔야 할 거예요." 빌리가 거의 미안해하며 말했다. "리즈 맥고든이라는 여자는 존재하지 않았으니까요. 그런 여자는 없었어요."

"하지만 도대체……!" 토르켈은 도로 의자에 풀썩 주저앉았다. 그러면서 빌리의 말이 무슨 뜻인지 생각해보려고 애썼다. 두 개의 여자 이름. 두 개의 위조 여권. 이런 일은 토르켈도 여태까지 전혀 경험하지 못했던 일이었다. 도대체 무슨 일이 일어났던 것일까?

"그 여자는 어디서 온 거지?" 우르줄라가 물었다.

"워싱턴에서요." 제니퍼가 대답했고, 빌리가 화이트보드에 이를 받아 적었다. "델타 항공을 타고 왔어요. 여자가 프랑크푸르트에서 비행기를 갈아탔는지에 대해서는, 받은 정보가 없지만요. 여자는 돌아오는 비행기 표를 갖고 있었습니다. 11월 1일 오슬로에서요."

"그럼 여자가 그곳까지 어떻게 갔단 거야?"

"그걸 모르겠어요."

토르켈은 실망감과 피곤함을 떨쳐냈다. 그는 자리에서 일어나 회의실 곳곳을 돌아다니기 시작했다.

"결국 리즈 맥고든은 10월 28일에 미국에서 프랑크푸르트로 갔다는 거고. 파트리시아 웰튼은 29일에 프랑크푸르트에서 비행기 타고 스톡홀름으로 와서 연이어 30일에 차를 렌트해서 외스테르순드로 갔다는 거고. 31일에는 파트리시아가 트론헤임에서 비행기 타고 오슬로까지 가려고 한 거였어. 그리고 31일에는 리즈 맥고든이 오슬로에서 워싱턴으로 돌아가는 티켓을 한 장 예약했다는 얘긴데."

말을 멈춘 토르켈은 빌리가 화이트보드에 적어놓은 정보와 관련하여 다시 의견을 구해보고자 했다.

"파트리시아 웰튼과 리즈 맥고든은 동일인이 아닐까?"

회의실에는 침묵이 흘렀고 토르켈은 다음 말을 이었다. "하지만 파트리시아 혹은 리즈는 트론헤임으로 가지 않았다. 왜냐면 그녀는 차를 타고 가다 도랑에 빠졌고 연이어 누군가 차에 불을 질렀기 때문이다. 트렁크에는 배낭이 두 개 있었는데 그것들의 주인은 이번 프옐에서 발견된 해골일 가능성이 상당히 높다. 이 점에 대해 다들 어떻게 생각하나?"

"그들이 프옐에서 네 명을 총으로 쏘아 죽인 게 아닐까요?" 제니퍼가 말했다.

"아니면 그녀가 이 살인사건에 연루됐을 수도 있고요." 우르줄라가 다른 가능성을 언급했다. "우리는 자동차 안에서 무기를 발견하지 못했어요."

우르줄라의 말은 확증된 것처럼 들렸다. 하지만 토르켈은 고개를 가로저으며 대답하는 그녀를 향해 의문에 가득 찬 눈빛을 보냈다.

"어쩌면 경찰에서 그걸 손에 넣은 건 아닐까요?" 빌리의 새로운 의견이었다.

"내 생각에는, 그랬다면 우리한테 말하지 않았을까?" 우르줄라가 대답했다.

"어쩌면 여자가 무기를 이미 치웠을지 모르죠." 제니퍼가 자신의 생각을 말했다. "여자가 굉장한 프로 같던데."

토르켈은 회의 분위기에 변화가 이는 모습에 너무나 기뻤다. 다들 사건에 상당한 열의를 보였다. 그들은 적극적으로 물었으며 즉각적으로 대답했다. 가설과 이론을 세우고 다지며 한층 강화시켰다. 리즈 맥고든은 존재하지 않는 인물로 보였지만 그녀의 등장은 수사에 새로운 생기를 불어넣었다. 이제는 지금까지 나온 가설과 이론에 집중하며 새로운 아이디어를 더 발전시켜야 한다.

"일단 리즈와 파트리시아가 동일인이라는 지점에서 한번 시작해봅시다. 그녀는 미국에서 왔고 유럽에서 새로운 이름을 썼을 거예요. 엠틀란드 프옐로 여행을 온 다음에 가족으로 추정되는 사람들을 총으로 살해했을 거고. 그러고 나서 미국으로 다시 돌아가려고 한 게 아닐까? 모든 게 닷새 안에 벌어진 일이고. 그녀는 총합 스물네 시간이 안 되게 이 지역에 머물렀을 거야. 그런데 이 네 명이 그동안 어디에 있었는지 몰랐을 텐데. 그녀가 어떻게 이 사람들을 발견했을까?"

"그녀가 그들이 어디에 있었는지 사전에 알았을지도 모르죠."

"하지만 어떻게?"

"어쩌면 그녀가 이 네 명과 아는 사이가 아닐까요?" 제니퍼가 의견을 제시했다. "이 네 명도 미국인일지 몰라요."

"배낭에 스웨덴 동화책이 들어 있었잖아." 빌리가 반대 의견을 내놓았다.

"하지만 그 당시에 행방불명된 스웨덴 사람들은 없었어요."

모든 팀원들이 빌리가 걸어놓은 지도 쪽으로 눈길을 돌렸다. 정말로 엄청나게 광활한 지역이었다. 제니퍼가 눈으로만 지도를 보며 말했다.

"그들은 누군가와 텐트를 쳤을 겁니다. 아마 그자가 그들이 머문 장소를 파트리시아한테 알려주었을 거고요. 그건 남자일 수도 있고, 여자일 수도 있을 텐데, 어쨌든 그자는 살인을 저지르고 땅을 팔 수 있도록 파트리시아를 도와주었을 거예요."

다시 침묵이 흘렀다. 새로운 이론, 새로운 생각이 나왔다. 다들 제니퍼가 한 말이 무슨 뜻인지 머릿속에 그려보았다. 이 이론의 장점과 단점을 분석해보려고 시도했다.

범인의 수가 더 늘었다.

"우리가 텐트를 발견 못 한 이유를 이걸로 설명할 수도 있을 것 같습니다." 제니퍼가 다음 말을 이었다. "파트리시아는 배낭 두 개를, 그녀를 도와준 사람은 텐트를 수거했을 거예요."

"뭣 때문에 그렇게 한 거지?" 우르줄라가 질문을 던졌다. 제니퍼의 가정은 뭔가 앞뒤가 들어맞지 않은 구석이 있었다. "서로 다른 방향으로 사라졌나?"

"그들은 프옐을 함께 떠날 수 있었을 텐데요. 어떤 이유에서인가 트론헤임으로 향하는 길에 서로 다투었을 수도 있고. 도와준 사람이 파트리시아를 죽이고 혼자 길을 떠났을 수도 있고요."

"그랬다면 차에서 텐트가 나왔어야 되는 거 아냐? 왜 그자가 배낭만 놔두고 갔을까?"

이 점에 대해서는 제니퍼도 대답이 없었다. 우르줄라의 말은 확실히 신빙성이 있어 보였다.

빌리는 다시 사건의 흔적을 더듬었다. "누군가 그들을 살해했다는 건 어쨌든 확실합니다. 그런데 그 산지에서 조력자가 아니었다면……."

"정말로 한 명이 더 있었다면." 우르줄라가 그의 말에 끼어들었다.

"……누군가 또 다른 사람이 있었을지도 몰라요." 빌리가 우르줄라의 의견에 개의치 않고 다음 말을 이어갔다.

"세 번째 범인." 우르줄라는 말을 하면서도 뭔가 석연찮은 느낌을 비쳤다.

팀 내에 잠시 감돌던 에너지가 그녀의 말이 들리자 순식간에 사라졌다. 이따금 이런 일이 발생했다. 사건이 너무 혼란스러울 경우에.

너무 심각했다. 갑자기 모든 것이 가능했다가 어느 순간 아무것도 개연성이 없어 보였다. 토르켈은 반야의 빈자리를 깨달았다. 이러한 상황에서 그녀를 대신할 사람은 아무도 없었다. 그녀는 지금 가장 중요한 일에만 집중하고 그 밖의 다른 일을 미뤄놓고 있다. 반야가 팀에 얼마나 중요한 인물인지 토르켈은 뼈저리게 느꼈다. 그는 그녀의 일이 잘 해결되기를 마음속으로 빌었다. 그녀의 아버지가 무죄로 풀려나서 그녀가 복귀할 수 있도록 말이다.

"한 명인지, 두 명 혹은 세 명인지, 텐트를 쳤는지 안 쳤는지, 무기가 있었는지 없었는지. 지금까지 확실하게 안다고 믿었던 것들에 대해 재차 확인해야 되지 않을까?" 그는 회의를 좀 더 의미 있는 방향으로 끌고 가기 위해 질문을 던졌다.

방 안은 이상하리만큼 조용했다.

"우리가 확실하게 알고 있는 건 없지 않나?"

"우리가 알고 있는 건…… 우리가 알고 있는 건." 빌리가 화이트보드를 가리켰다. "많지 않아요."

"우메오 법의학 연구소에서 아주아주 간단한 임시 보고를 보내왔어요." 우르줄라가 탁자 위, 그녀 앞에 놓인 작은 서류철에서 한 문구를 보며 말했다. "연구소에서 두 네덜란드인에 대해 치과의사의 소견서를 받았대요. 아마도 그게 우리의 의혹을 씻어줄 수 있을 것 같아요. 우리가 발견한 사람은 얀과 프람케 바커이고요."

"뭐…… 좋아요." 토르켈은 우르줄라가 순전히 개인적으로만 알고 있는 게 있었다는 사실에 실망감을 숨길 수 없었다.

"정말 죄송합니다. 난 그래도 상대적으로 확실하다고 생각되는 것만 보고하고 싶었어요."

"나도 알아. 나도 잘 알지. 다만……."

토르켈은 말끝을 맺지 못했다. 그는 더 이상 회의를 진행할 수 없다는 것을 느꼈다. 오늘 밤에는 할 수 없었다. 그는 다음 날 일정을 한번 훑어본 후에 회의를 마쳤다.

그는 홀로 남겨지자, 탁자에 턱을 괸 채로 앉아 있었다. 시선은 화이트보드에 쏠려 있었다. 빌리가 생각하는 사건 발생 시간에 따라 다양한 핵심 단어를 연상시키는, 다양한 사진과 다양한 색상의 화살표가 보였다. 그들이 알고 있는 것은 단 한 가지 사실이었다. 두 개의 위조 여권을 지닌 여자라는 것. 그녀는 그 여권으로 9월 11일 테러 이후에도 미국을 들락날락할 수 있을 정도로 상당한 프로였다. 토르켈은 긴 한숨이 나왔다. 그는 몹시 불쾌했다. 이번 수사가 그저 복잡하게 꼬인 정도가 아니라 아예 희망이 없을 만큼 배배 꼬였기 때문에.

✤

세바스찬은 막 정리 중에 있었다. 엘리노를 연상시키는 거라면 뭐든지 집에서 치우고 싶었다. 그는 꽃부터 갖다 버렸다. 딸기향과 바닐라향이 나는 메스꺼운 초는 그녀가 꾸준히 사다놓은 것들이었는데 이것 역시 꽃과 함께 쓰레기통 신세가 되었다. 그녀가 거실 빈자리마다 뜨개질해 깔아놓은 작은 러그들도 세바스찬은 몽땅 수합했다. 그는 거실을 말끔히 치우고 싶었다. 볼품없는 작은 도자기 모형 밑에 깔아놓은 수작업 허섭스레기도 남김없이 다 없애버리고 싶었다. 그가 다 치우려고 하는 물건은 대부분 엘리노가 열심히 쌓아놓은 것이기도 했지만, 일부는 그전부터 있었던 것이기도 했다. 그녀는 집을 '예쁘게 꾸밀' 물건을 찾는다며 장롱과 서랍장을 모조리 뒤집어놓곤 했다. 그녀가 찾아놓은 물건들로 인해 그는 릴리를 떠올렸다. 릴리는 전혀 '모던'하지도 않았고 '디자인에 흥미가 있지'도 않았다. 이 두 단어는 엘리노가 자신을 일컬어 하는 말이었다. 이와 반대로 릴리는 집을 좀 더 포근하면서도 아늑하게 꾸미려고 하지 않았던가!

그는 이런 생각을 떨쳐버리고 싶었다. 과거에 골몰하다 보면 절대로 좋은 기분으로 끝나지 않았다. 결국 그는 다시 엘리노 생각에 매달렸다. 불안감은 최악이었다. 실제로 엘리노가 발데마르의 문제에 불을 댕겼다면 사실이 검증되기도 전에 일이 꽤 뒤틀려버린 것이다.

세바스찬이 커다란 회색 러그를 걷어내려는 찰라 현관 초인종이 울렸다. 그는 하던 일을 멈추었다. 호랑이도 제 말 하면 온다더니! 그는 엘리노가 왔다고 생각했다. 이 시간에 초인종을 누를 사람이 아무도 떠오르지 않았다. 아무리 생각해봐도 그녀 말고는 초인종을 누를 사람이 없었다.

일단 그는 그녀가 돌아갈 때까지 그냥 쥐 죽은 듯이 있기로 했다. 이런 반응이 확실히 잘 먹힐지 모르겠지만 그녀는 문을 열 때까지 초인종을 누를 사람이다. 게다가 이런 그의 행동은 약간 비겁해 보였다. 차라리 그녀가 그에게는 얼마나 하찮은 존재인지를 보여주는 것이 더 나을지도 모른다. 그가 그녀로부터 자유롭고 싶은 것은 집뿐만 아니라 자신의 인생 전체였다.

현관 초인종이 다시 울렸다. 엘리노를 안으로 들어오라고 할 마음은 전혀 없었다. 결국 집 안에서 그녀의 흔적을 말끔히 없앴다는 것을 그녀는 직접 목격하지 못할 것이다. 그는 그녀를 화나게 만들 작정이다. 그가 집에 있음에도 불구하고 그녀를 무시하고 있음을 그녀에게 알리는 것으로. 그러면 얼마나 기분이 좋아질지! 그는 서둘러 스테레오 기기가 있는 곳으로 가서 라디오 스위치를 켰다. 하모니 104.7. 그녀가 좋아하는 방송이다. 세바스찬은 속으로 웃었다. 그가 혼자 집에 있다는 사실과, 그녀가 집 안으로 들어오지 못하는 상황에서도 '그녀가 좋아하는' 방송이 흘러나온다는 사실은 그녀를 엄청나게 자극할 것이다. 그는 라디오 볼륨을 더 크게 높였다. 셀린 디온의 'My heart will go on'이 울려 퍼졌다. 신들이 그에게 자비를 베풀어주는 기분이 들었다. 엘리노는 이 노래를 좋아했다. 그는 볼륨을 끝까지 높여 온 집이 떠내려가도록 음악 소리를 크게 틀었다. 분명히 음악 소리는 복도 계단까지 울려 퍼질 것이다. 셀린의 노랫소리가 최고조로 울려 나왔다. 세바스찬은 서 있던 곳에서 가장 가까운 소파에 앉아 고개를 뒤로 젖힌 채 눈을 감았다. 그는 귀도 닫을 수 있다면 그러고 싶은 심정이었다. 이러한 고리타분한 감상에 젖은 노래를 들어야 한다는 것이 명줄을 단축시킬 것 같은 불쾌한 기분을 들게 했다. 현관 초인종이 계속 울린다 해도 더 이상 들리지 않았다. 하지만 엘리노가 여전히 집 앞에 서 있을 거란 생각이 들었다. 그녀는 그렇게 쉽게 무너질 사람이 아니다. 그는 집에 있다는 사실을 더 자극적으로 강조하기 위해 후렴구를 따라 부르기로 결심했다. 그는 약간은 머뭇거리며 부르기 시작했다. 청소년기가 지나고는 노래를 부르지 않았다. 그런데도 그는 노래 부르기에 몰두했다. 노랫소리는 정말로 끔찍했지만 그는 아랑곳하지 않았다. 어차피 이것은 그가 음악을 얼마나 접했는가에 관한 문제가 아니었기 때문이다. 그는 엘리노의 화를 부채질하고 싶었다. 거친 목소리로 온 힘을 다해 먹따는 소리를 냈다.

"Near far wherever you are……!"

노래가 끝날 때까지. 연이어 조용한 상태에서 다시 초인종이 울리는 소리가 들렸다. 그는 이 순간을 누리고 싶었다. 새로운 노래가 시작되었다. 그는 이 노래를 알지 못했지만 동경하는 마음이 생겨나기를 희망했다.

아주 크고 고통스러운 동경심.

혹시 그가 지금 상황을 잘못 판단한 것은 아닐까? 그녀를 그리워하는 마음으로 고독에 잠겨 그녀가 좋아하는 노래를 듣고 있다는 식으로 오해하게 되면 어쩌지? 제기랄! 그녀는 절대로 그냥 가지 않을 것이다. 그녀가 안으로 들어오기 전에는. 그녀는 마치 구원자인 것처럼 무조건 안으로 들어와 그를 구해주려고 할 것이다. 그는 조금 전까지 의식을 잃었다가 깨어난 사람인 양 자리에서 벌떡 일어났다. 그리고 스테레오 기기들 쪽으로 잰걸음으로 가서 라디오 스위치를 껐다.

"저기요, 안에서 뭐 하세요?" 문을 통해 목소리가 밀려 들어왔다.

세바스찬은 문 쪽을 물끄러미 쳐다보았다. 그는 귀를 기울여보았다. 갑자기 온몸이 싸늘했다. 목소리의 주인공은 엘리노가 아니라 반야였다.

"나가요." 그가 소리치며 통로를 지나 현관문 쪽으로 황급히 달려갔다. 그는 문을 열어주기 전에 잠시 동안 숨을 가다듬었다. 돌연 모든 것이 불안하게 느껴졌기 때문이다. 정말로 반야가 온 것일까? 혹시 잘못 들은 것은 아닐까? 셸린의 노래가 3분 동안은 족히 고막을 혹사시켰기에.

"반야, 반야 맞아요?" 그가 조심스럽게 물었다.

"예!" 그녀가 곧바로 대답했다.

그녀였다. 현관문 밖에 서 있는 사람은. 그는 환한 얼굴로 문을 열었지만 그 기쁨은 곧바로 녹아버렸다. 그 앞에 서 있는 사람은 반야였지만 얼굴을 보니 난생처음 보는 사람 같았다. 새하얗게 질린 얼굴이 쓰러지기 일보 직전 같아 보였다.

"무슨 일이야?" 그가 걱정스런 목소리로 물었다. 그녀는 정말로 가엾어 보였다.

"지금 같이 얘기할 사람이 필요해요."

'그래서 나에게 왔구나!'

"들어와요." 그가 말하면서 한 발자국 옆으로 비켜섰다.

그녀가 안으로 들어섰다. 얼굴은 땀으로 온통 뒤범벅이었다.

'이 세상 모든 사람들 중 넌 날 선택했구나. 너랑 얘기할 사람이 필요한 지금!'

세바스찬은 밝게 미소 짓지 않으려고 애를 썼다. 미소는 지금 그녀에게 전혀 도움이 될 수 없다. 당연히 그도 뽐내거나 만족해하는 미소를 지으면 안 될 것이다. 결국 그는 심각하면서도 진지한 표정을 지었다.

"우리 반야가 온다면야 언제든지 환영이야. 잘 지냈지?"

그녀는 그를 탐구하듯이 훑어보았다. "방금 전까지 뭐 하신 거예요? 내가 초인종 눌렀을 때?"

세바스찬은 잠시 동안 할 말을 잃었다. "내가…… 응…… 청소…… 했어."

반야는 이상하다는 듯이 그를 빤히 살펴보았다. 그녀는 웃지 않을 수 없었다. 웃지 말라는 법은 없으니까.

"청소하는데 노래를 다 부르시네요?"

그는 억지로 고개를 끄덕여 보였다. 그게 아니라면 그가 도대체 무엇을 하고 있었다고 말할 수 있을까? 진실을 말한다면? 그와 헤어질 여자를 화나게 할 작정이었다고? 그것도 반야의 아버지를 구치소로 보낸 여자를? 이런 말이 그녀의 마음에는 들지 않을 것이다.

"의외네요." 그녀가 아까보다는 더 편안한 목소리로 말했다. "난 이집에 일하는 아줌마가 있을 거라고 생각했거든요. 집주인과 잠자리도 같이하는."

약간의 수다가 그녀의 마음을 진정시키는 데 도움이 되는 것 같았다. 그래서 그는 계속 말하기로 했다. 그녀의 기분이 좋아지도록. 그녀가 이 집에 있다가 갈 수 있도록. 그는 그녀에게 무슨 일이 있었는지 알아내야만 한다.

"음악 듣고 있으면 다른 일엔 신경을 끌 수가 있거든."

"셀린 디온의 노래로요?"

"그럼. 청소하는 동안엔 그 여자 노래가 최고지. 우리 반야는 이런 사소하게 괴팍한 행동하는 거 없나?"

그녀는 고개를 끄덕거렸다. "있죠. 하지만 이렇게 큰 소리로 노래 부르지는 않아요."

그는 마음이 한결 가벼워져서 어깨를 쫙 폈다. "잘 알잖아, 내가 좀 그렇다는 거. 행동이 항상 좀 과하지, 안 그래? 그런데 오늘 처음으로 우리 집에 왔네?"

그는 그녀의 얼굴빛이 조금 원래대로 돌아왔다는 것을 알 수 있었다. 그녀보다 몇 걸음 앞서서 안으로 걸어 들어갔다. 그녀는 호기심을 갖고 집 안을 둘러보았다. 그녀의 호기심이 어떻다는 것은 그도 이미 잘 아는 것이었다.

"이렇게 큰 집에 사시는 줄 전혀 몰랐네요." 그녀가 느낀 바를 숨기지 않고 드러냈다.

"이미 말했잖아. 항상 좀 과하다고."

"유지할 수만 있다면야……."

"물론 그렇지. 예전엔 돈을 잘 벌었거든거든. 우리 이리로 들어갑시다."

그는 그녀를 거실 안, 커다란 창가 앞 소파 쪽으로 안내했다. 소파는 멋져 보였다. 엘리노가 그의 의견에 맞서서 소파의 위치를 옮겨 놓았다. 지금 갑자기 드는 생각으로는 소파의 위치가 아주 좋은 것 같았으며 덕분에 거실이 조금 더 넓어 보이는 것 같았다.

"앉아요. 커피 가져올테니까."

반야는 고개를 내저었다. "물 한잔이면 충분해요."

세바스찬이 서둘러 부엌으로 가는 동안 그녀는 소파에 앉았다. 그는 커피를 많이 만들고 그 안에 얼음을 넣었다. 그리고 레몬도 썰어 몇 조각 커피에 띄웠다. 이런 특이한 맛은 엘리노가 내던 것이었는데 지금 갑자기 그녀가 옳았다는 생각이 들었다. 그는 반야에게 가능한 한 좋은 인상을 심어주고 싶었다. 반야가 누군가와 얘기하고자 할 때 기꺼이 초인종을 누르고 싶은 집이 그의 집이었으면 좋겠다. 그는 커피와 물, 유리잔 두 개를 들고서 반야가 있는 거실로 갔다.

거실로 간 그는 소스라치게 놀랐다. 반야의 모습이 너무 작아 보였기 때문이다. 작고 상처받기 쉬울 것 같은 그런 모습. 그녀는 팔짱을 끼고 잔뜩 긴장한 채 심각한 얼굴로 앉아 있었다. 그녀가 현관에서 보여주었던 잠시 동안의 평온함은 온데간데없었다. 세바스찬은 그녀의 맞은편에 앉아 가능한 한 이성적이면서도 도움을 줄 수 있는 그런 눈빛을 띠려고 했다. 그는 두 유리잔에 물을 따라놓고서 잔을 들어 물 한 모금을 마셨다. 그러고는 뭐라고 말을 하기 전에 잠시 동안 기다렸다. 그의 생각으로는 이렇게 하는 것이 최선이었다. 어떤 사람은 이런 상황에서 침묵을 솔직함의 표시로 해석하기도 한다. 상대방의 말에 귀를 기울이려는 사람이 시간을 갖고 기다린다면 상대방에게 성심성의를 다하고 있다는 느낌을 줄 수 있다는 것이다.

"발데마르 씨 잘 계시지?" 이윽고 그가 물었다.

반야는 저도 모르게 고개를 끄덕였다.

"뵙기는 했고?"

그녀는 고개를 살래살래 흔들기만 했다. 세바스찬은 그녀의 눈에 눈물이 고이는 것을 보았다.

"마음 편안하게 하고. 어떤 상황인지 말해봐요. 나 남는 게 시간이거든. 우리 집에 물도 많고."

그녀는 그에게 감사의 눈빛을 던졌다.

"미결수로 수감된 아버지를 보고 왔어요."

"아버지가 구속됐나 보군."

"예. 구속되셨어요."

세바스찬은 이해할 수 있다는 듯이 고개를 끄덕여 보였다.

"그런데 무슨 죄를 지었지?"

"은닉, 사기, 횡령……." 그녀가 어깨를 으쓱했다. 마치 이 모든 것을 설명하고 싶은 마음이 전혀 없다는 듯이. "죄가 되죠." 그녀는 한마디 덧보태며 세바스찬을 빤히 바라보았다.

"확실하대?"

그녀는 조심스럽게 고개를 끄덕끄덕했다. 그녀가 사실이 아니기를 간절히 바라고 있다는 것을 그는 알 수 있었다.

"하지만 난 뭔가 이해가 잘 안 가요. 경제사범 단속반에서 예전에 아버지를 수사했잖아요. 재판도 중단했고. 물론 이제 와서 경찰이 아버지와 닥테아 사건의 연관성을 입증할 수 있을지 모르겠지만."

"어떻게?"

"그건 나도 모르죠. 새로운 증거가 무엇인지는."

아까까지만 해도 등골을 따라 오한이 스치더니, 지금은 위에 살짝 경련이 이는 것을 느꼈다.

경제사범 단속 경찰.

충분한 새로운 증거물.

닥테아.

엘리노. 그 밖에 다른 설명은 없었다. 하지만 이것이 발데마르에게 까지 증거를 추적해야 된다는 것을 필연적으로 의미하는 것은 아닐 것이다. 이 점에 대해 좀 더 근본적으로 생각해보기 위해 그는 마음을 가다듬었다. 지금 이 순간 마음이 편치 않았다. 문뜩 세바스찬은 너무 오래 입을 다물고 있었다는 생각이 들었다. 그는 반야가 믿어주기만을 바랐다. 그가 그녀로 인해 몹시 당황한 것이지, 이 드라마에 대한 그의 책임 때문에 골머리를 앓고 있는 것은 아니란 것을.

"좋은 소리로 들리지는 않는데." 그가 마침내 말을 꺼냈다. "혹시 경찰이 발견한 게 뭔지, 알고 있나?" 그는 조금이라도 책임감을 덜어낼 만한 자세한 상황을 듣고 싶었다.

반야는 고개를 마구 흔들었다. "검사 이름은 벤베리예요. 수사관은 잉그리드 에릭손이고. 혹시 둘 중 한 명이라도 아는 사람 있나요?"

"벤베리 검사는 들어봤어." 세바스찬이 나지막한 목소리로 대답했다. 그는 일어섰다. 마음이 뒤숭숭해졌다.

한편으로는 탁자 위로 올라가 춤이라도 추고 싶은 심정이었다.

다른 한편으로는 신경이 예민해지고 당황스러웠다.

트롤레의 도움을 받아 자신의 무대에서 발데마르와 한판 붙어보겠다는 예전의 계획이 마침내 현실이 된 것이다. 게다가 이 계획은 그 어떤 원대한 계획보다 훨씬 더 잘 돌아가는 것 같았다. 이것은 분명히 멋진 소식이었다. 이 게임에서 그의 역할이 드러나지 않은 한. 그는 무대에 올라가고 싶다. 발데마르는 무대에서 굴러떨어져야 한다. 그는 망해야 한다. 이제 세바스찬은 아주 신중하게 이 모든 것을 처리해야만 한다. 그는 부드러운 목소리로 말하기 시작했다.

"아마도 그에 대한 해명이 있을 거라고 봐. 아버지는 회계감사이자 상담사로 일하잖아, 안 그래?"

"예?"

"아마 아버지가 실제로 잘 모르는 상태에서 어떤 일에 관여했을 거야. 게다가 경제사범은 대부분 증거 대기가 어렵고."

'물론 트롤레가 제시한 증거는 아니야.'

그는 오래전에 서류를 꼼꼼하게 읽어보았다. 외국 계좌와 이름으로 인출된 것에 관한 내용이었다. 돈이 어디로 흘러갔는지에 관한 증거였다. 돈은 허수아비에게 지불되었다. 돈이란 돈은 전부. 발데마르는 파산했다.

세바스찬은 반야 쪽으로 몸을 내밀고는 그가 할 수 있는 최선의 충고를 했다. "반야가 아버지를 도와야 해. 아버지가 죄가 있든 없든 상관없이."

그녀는 고개를 끄덕이고는 더 이상 눈물을 참지 못했다. 세바스찬은 그녀의 아픔을 충분히 느낄 수 있었다.

하지만 그와 동시에 그는 행복했다.

그러면 안 되지만 행복감을 느꼈다.

"왜 아버지가 아무 말도 안 한 걸까요? 나한테 아무것도 설명 안한 이유가 도대체 뭘까요?" 그녀가 갑자기 질문을 던졌다.

"아마도 아버지는 그럴 용기가 없었던 거지."

"왜요? 아버지잖아요."

'이제는 더 이상 아니야.'

"그게 그렇게 이상한 것도 아니지." 세바스찬은 살짝 강조하는 투로 대답했다. 그러고는 자리에서 일어나서 티슈를 주려고 그녀에게 다가갔다. "아마도 아버지는 그냥 딸을 잃어버릴까봐 엄청 두려웠을 거야."

그는 갑자기 말을 끊었다. 발데마르를 인간적으로 보이게끔 말한 것은 아닐까? 그자를 너무 좋게 해석한 것은 아닐까? 그는 발데마르를 지나치게 비난해서는 안 된다는 것을 알고 있다. 왜냐하면 반야가 아버지에 대한 사랑이 여전했기 때문이다. 그녀는 아버지를 사랑한 만큼 실망도 컸던 것이다. 이러한 이유 때문에 그녀가 세바스찬 옆에 앉아 있는 것이다. 그는 이 점을 절대로 잊어서는 안 된다. 절대로.

그녀는 발데마르를 사랑한다.

세바스찬이 그런 그녀의 사랑을 아무리 원한다 해도 발데마르를 공격적으로 말해서는 절대로 안 될 것이다. 그렇다고 해서 그자를 너무 온화한 사람, 이해할 수 있는 사람으로 말해서도 안 될 것이다. 그러면 반야가 발데마르를 용서할 테니까. 장기적인 안목에서 이 둘 사이를 떼어놓으려면 그는 균형을 잘 잡아야만 한다. 둘 사이에 벌어진 틈을 노려야 하고, 그 틈을 서서히 더 넓혀나가야 한다. 그녀를 얻기 위해 온갖 수단을 다 동원해야 한다. 지금은 그녀가 미친 듯이 분노하고 발데마르에 대한 환상이 깨진 상태이지만 언젠가는 다시 그에게 돌아가려고 할 때가 올 것이다.

"아버지가 왜 설명 한번 안 했는지 나는 이해가 안 가요." 반야가 흐느꼈다. "그게 더 화가 나요. 날 속인 거잖아요."

세바스찬은 소파에 앉지 않고 서랍장으로 가서 티슈를 찾아 통째로 그녀 앞에 놓아주었다. 그녀는 뺨을 타고 흐르는 눈물을 닦고는 코를 팽 풀었다. 세바스찬은 그녀 옆에 앉았다. 그는 발데마르를 비인간적인 사람으로 몰아야만 한다. 그의 정체를 서서히 벌거벗겨야 한다. 반야에게 발데마르를 아버지가 아닌 범죄자로 보이게 만들어야 한다. 이것은 쉬운 일이 아닐 것이다. 하지만 누군가 해야 한다면 그 사람은 바로 세바스찬 베르크만일 것이다. 그는 이것을 잘 알고 있다. 하지만 먼저 그녀에게 다가가야 한다. 그가 인간미를 더해갈수록 발데마르는 인간미를 잃어갈 것이다.

"나한테 딸이 하나 있었어요." 그가 불쑥 얘기를 꺼냈다.

"네?" 반야가 눈물로 붉어진 눈을 들고 그를 의아하게 바라보았다.

"릴리, 아내와 나 사이에서. 이 사실은 아무한테도 얘기하지 않은 건데."

반야는 그를 빤히 쳐다보았다. "따님한테 무슨 일이 있었나요?"

"딸아이는 쓰나미로 죽었어요. 태국에서. 네 살 때."

"세상에!"

"파도가 밀려올 때 아이 손을 잡았는데 그만 아이를 잃고 말았어요. 아이가 내 손을 놓친 거지." 그는 가능한 한 온화한 눈빛으로 그녀를 바라보았다. "그래서 나도 누군가를 잃는다는 것이 어떤 마음인지 잘 알아."

"정말 유감이에요."

반야가 이 집 초인종을 눌렀을 때 그는 고작 동료일 뿐이었다.

이제 그도 믿음이 가는 아버지다.

이것은 올바른 방향으로 한 걸음 더 내디딘 것이나 다름없다.

✣

그들은 에이어에게 TV를 보라고 하고 잠시 나갔다 오겠다고 말했다. 아이는 그들이 왜 나가는지 묻고는 저도 같이 따라가겠다고 했지만 메란이 어린 남동생에게 엄한 목소리로 설명했다. TV 보고 있으라고. 엄마와 해야 할 일이 있다고. 혼자 TV 보고 있어야 한다고.

쉬베카는 메란의 단호한 목소리에 에이어만큼이나 놀랐다. 그 목소리는 그녀가 익히 알던 목소리가 아니라 협상의 여지가 전혀 없는 목소리였다. 그 덕분에 에이어는 더 이상 조르지 않고 소파에 다시 앉았다. 메란은 당황하는 엄마 쪽으로 눈길을 돌렸다.

"이제 우리 가요." 메란이 이렇게 말하고는 그녀보다 앞서 현관문 쪽으로 뚜벅뚜벅 걸어갔다.

그녀는 한마디 대답도 하지 않고서 그저 아이의 뒤를 따라갔다. 처음에는 자이드의 아내 멜리카에게 그녀 혼자 가려고 했다. 어려운 대화라고 생각했기 때문이다. 하지만 그녀가 메란에게 자초지종(레나르트가 만나고 싶어 한다는 말을 멜리카에게 하러 가려고 한다는 것)을 설명하자, 방금 전 에이어처럼 메란도 따라가겠다고 나섰던 것이다. 아이는 그녀가 하는 일이라면 전부 다 함께하려고 했다. 어쨌든 하미드와 그 저널리스트의 일이라면. 한편으로는 아이가 어떻게 이렇게 갑자기 성장해서 책임감을 갖게 되었는지 자랑스럽기만 했다. 다른 한편으로는 아이가 그녀를 더 이상 신뢰하지 않다는 느낌을 떨쳐버릴 수가 없었다. 이는 그녀에게 정말로 끔찍한 일이었다. 원래 그녀는 하미드에게 무슨 일이 일어난 건지 명명백백하게 밝혀내고 싶었다. 자기 자신뿐만 아니라 아이들을 위해서라도.

그들은 아무 말도 나누지 않은 채로 쌀쌀한 가을 저녁에 발걸음을 재촉했다. 해가 지니 훨씬 더 쌀쌀한 느낌이 들었다. 달력을 보면 겨울의 시작이 아직 몇 달 더 있어야 했지만 올해에는 추위가 일찍 찾아온 것 같았다. 그들은 왼쪽으로 길을 꺾었다. 높은 빌딩 사이로 언덕을 넘어 지름길로 갔다. 멜리카는 아들과 함께 린케뷔 지역 반대쪽 끝에 살았다. 그곳까지 걸어가면 약 15분 정도 걸릴 것이다. 쉬베카와 멜리카는 자주 만나지 못했다. 남편들이 행방불명된 직후에는 수시로 만났지만 지금은 만나봤자 서로 상처만 떠올리게 되었다. 처음에는 서로 의지하며 지냈다. 하지만 언젠가부터 그들은 만나기만 하면 무엇이 옳고 그른지에 관해 끝없는 언쟁을 벌였다. 물론 멜리카는 그 어떤 비밀스러운 낯선 사람의 방문을 일체 허락하지 않았고 제복 입은 경찰의 방문만 허락했다. 그리고 쉬베카가 이것에 대해 언급하면 그때부터 언쟁이 시작되었다. 멜리카의 의견은 항상 같았다. 쉬베카를 향해 음모와 수상한 일을 탐지하러 곳곳을 쑤시고 다닌다고 말했다. 쉬베카의 의견은 달랐다. 멜리카를 향해 자신과 함께 찾아내야 할 다양한 가능성을 보지 않으려 한다고 말했다.

그들은 서로 다른 모습으로 상실에 대해 반응했다. 멜리카의 시각에서는 그녀가 거주하는 이 새로운 나라가 모든 불행의 씨앗이었다. 그 바람에 그녀는 갈수록 더 소심해지면서 고향의 가치와 규범을 그리워했다. 쉬베카는 정반대였다. 그녀는 답을 찾고 싶어 했으며 적극적으로 행동했다. 스웨덴어를 더 열심히 배웠고 일하기 시작했으며 편지를 쓰거나 관청에 전화를 걸기 시작했다. 어떤 일이든 무작정 방관만 하는 것이 아니라 스스로 경험하려고 했다. 이 점에서 멜리카와 쉬베카는 기본적으로 그렇게 크게 다르지 않았다. 그래도 둘은 서로 양보하지 않았으며 그 바람에 항상 갈등을 겪었다. 서로 다른 길을 선택했을 뿐인데 한 치의 타협도 하지 않고 고집만 내세웠다.

잠시 후 멜리카가 거주하는 푸른 회색의 고층 건물에 다다랐을 무렵 쉬베카와 메란은 살짝 긴장했다. 얘기가 순조롭게 진행될 수 있을까? 그녀가 메란을 안으로 들이지 않는다면 메란은 밖에서 기다려야 하는 것일까? 그렇게 하는 것이 가장 쉬운 일일 것이다. 그들은 문 앞에 섰다. 메란이 엄마를 돌아보았다. 아이는 집 왼편에 있는 작은 놀이터의 텅 빈 그네를 가리켰다.

"저기서 아버지랑 그네 탄 적 있어요. 아버지가 행방불명되기 바로 전에요."

"엄마도 알아."

"그래서 그 뒤로는 여기 오기 싫어요."

쉬베카는 고개를 끄덕여 보였다. 그러고는 건물 위쪽을 올려다보았다. 대부분 창문에서 불빛이 흘러나왔다.

"이번 일이 아줌마한테는 마음에 안 들 거예요." 아이가 쉬베카의 생각을 읽기나 한 것처럼 말했다.

"엄마도 알아."

"멜리카 아줌마는 잊고 싶어 해요. 다른 사람들처럼요." 메란이 조심스레 설명을 덧붙이고는 갑자기 의기소침해졌다.

"메란. 멜리카 아줌마는 잊고 싶은 게 아닐 거야. 삶이 다시 정상으로 돌아가길 원하는 거지. 엄마도 그렇고. 우리는 그렇게 되게 하기 위해서 각자 다른 길을 선택했던 거야."

메란은 엄마의 손을 잡으며 엄마 얼굴을 빤히 올려다보았다. 아이의 아름다운 검은 눈동자에는 예전에 없던 슬픔이 서려 있었다.

"하지만 엄마, 다시는 정상으로 돌아가지 못해요."

그녀는 고개를 끄덕거렸다. "메란, 넌 참 영리한 아이야. 엄만 언제나 네 말에 귀 기울일 거야. 약속하마."

갑자기 아이는 엄마를 꼭 껴안았다. 참으로 좋은 느낌이 들었다. 그녀는 밤새도록 아이를 꼭 껴안고 있고 싶었다. 아이가 꼭 껴안아주었을 때 그녀는 아이도 자신과 같은 느낌이라는 것을 알았다.

이제 그들은 둘이 함께 헤쳐 나갈 수 있게 되었다.

그녀와 첫째 아들이.

하미드는 아들의 몸속에 살아 있다.

✤

빌리는 프옐 스테이션 앞 테라스로 나와 앉았다. 옆 산에는 커다랗고 노란 보름달이 걸려 있었는데 강과 자작나무 숲 위로 차갑게 내리비쳤다. 물 흐르는 소리 말고는 가끔씩 날카롭게 울어대는 맹금류 소리만 들려왔다. 그 밖에 다른 소리는 나지 않았다. 빌리는 조용함과 차가운 공기를 즐겼다. 밖으로 나온 다음부터는 온도계를 보지 않았다. 하지만 기온이 0도는 좀 넘을 것 같았다. 그래도 그는 전혀 신경 쓸 게 없었다. 옷을 두껍게 입고 나왔다. 애당초 그는 마이에게 전화를 걸기 위해 이곳으로 나온 것이었다. 전화하기에는 기분이 썩 좋지 않았지만 통화하다 보니 좋아졌다. 그녀와 통화를 하는 동안 이리저리 걸어 다녀도 걸리적거리는 것이 하나도 없었다.

통화는 15분쯤 걸렸다. 그는 수사에 대해 가능한 한 충분히 설명했다. 그녀는 그의 스톡홀름 부재중에 자신이 줄곧 해왔던 일에 대해 말했다. 그녀는 그를 보고 싶어 했다. 그가 없는 자리는 너무나 허전하고 지루하다고. 그래서 그녀는 그에게 언제 집에 돌아올지 아느냐고 물었다. 안타깝게도 그는 대답하지 못했다. 그도 그녀가 보고 싶다는 것만 얘기했다. 그녀는 어차피 보고 싶다는 말을 입에 달고 살기 때문에 그것보다는 그녀가 같이 살자는 얘기를 꺼낼까봐 그게 더 두려웠다. 이에 대해 그녀는 아무런 언급도 하지 않았다. 그는 같이 살자는 말이 단순히 그녀의 제안이라고만 생각했다. 그래서 그는 그녀의 제안에 좀 거리를 두었다. 그런데 지금은 자신이 그녀와 거리를 두기 바랐던 것을 깨닫고 양심의 가책을 느꼈다.

그녀가 그것을 눈치채기라도 한 듯이 갑자기 물었다. "내가 공항에서 말했던 거, 한번 생각해봤어요?"

"아니. 아직 거기까지 생각 못 했어……."

"하지만 난 그러고 싶어요."

그게 아니면 뭐란 말인가!

"난 그러고 싶어요. 자기 집에 들어가 살고 싶어."

"내 집에서?"

"내가 쇠데르말름으로 이사 갈 수 있어요."

"오케이……."

그녀가 이사를 다시 언급했던 일은 아주 만족스러웠다. 게다가 그는 이사에 그다지 반대하는 기색이 없었다. 그래서 그녀는 화제를 바꾸었다. 빌리의 짐작으로는, 그녀가 그의 오케이 소리를 '그래, 그럼 그렇게 하지 뭐. 이제 확실하게 정리된 거지?'라고 해석한 것 같았다. 하지만 그가 하고 싶은 말은 따로 있었지만 차마 입 밖으로 꺼낼 수는 없었다. '그래, 나도 알아. 우리 한번 생각해보자고.'라고. 그들은 몇 분 동안 더 수다를 떨고는 마지막으로 서로 보고 싶어 한다는 것을 다시 확인했다.

그리고 지금 그는 테라스에 앉아 물끄러미 달을 보고 있었다. 한참 동안. 머릿속에서 자꾸만 맴도는 마이의 이사 문제를 떨쳐버릴 수가 없었다.

갑자기 그는 근처 자갈길에서 발소리가 들려오는 것을 느끼고는 뒤를 돌아보았다. 제니퍼가 손에 쟁반을 들고 걸어왔다. 쟁반에는 맥주 두 캔과 차 두 잔이 놓여 있었다. 겨드랑이에는 담요 두 장을 끼고 있었다.

"여기요. 선배가 이곳 밖에 앉아 있는 걸 봤어요. 방해되나요?"

"천만에."

"맥주랑 차 가져왔는데, 선배가 뭘 더 좋아할지 몰라서요." 그녀가 쟁반을 내려놓으며 말했다.

"맥주 하나 주세요. 고마워."

"담요는요?"

그녀가 검은 갈색의 약간 거칠어 보이는 담요 두 장을 들고 있었는데, 더러운 노란색 바탕에는 스웨덴 여행연합의 로고가 또렷하게 새겨져 있었다. 빌리는 그녀의 나이가 생각보다 더 많다는 것을 느꼈다. 훨씬. 그는 담요 한 장을 집어 들고는 그녀의 어깨를 덮어주었다. 제니퍼도 그가 한 것처럼 그에게 똑같이 해주고는 그의 옆에 앉았다. 그는 맥주 한 모금을 마셨고, 그녀는 차를 홀짝홀짝 마시며 만족한다는 듯이 숨을 크게 내쉬었다. 그 숨이 하얀 입김으로 변했다.

"여기 밖에서 뭐 하는 거예요?" 그녀가 잠시 동안 말없이 앉아 있다가 물었다.

"아무것도 안 했어. 그냥 앉아서 이것저것 생각하고 있었지."

"수사에 대해서?"

"아니."

"아니라고요?"

"네, 아닙니다. 난 일손 놓으면 완전히 신경 끄고 살아. 그게 더 낫다는 생각이 들어서……."

제니퍼는 동의한다는 듯이 고개를 끄덕였다. 일거리를 집으로 싸들고 가면 안 된다는 것은 새로운 철학이 아니지만 여전히 설득력이 있는 얘기다. 그녀는 외스테르순드행 비행기를 탄 순간 줄곧 사건 말고는 다른 생각이 없었다. 저녁 회의가 끝나고 잠자리에 들어서

쉬려고 해보았지만 잘되지 않았다. 결국 그녀는 자리에서 일어나 따뜻한 음료를 가지러 나왔을 때, 마침 빌리가 밖에 앉아 있는 것을 보았다. 그래서 그녀도 지금 이곳에 나온 것이다. 그녀는 차를 한 모금 더 마셨다. 차가 어느새 식었다.

"선배, 엄청 뭔가에 몰두하는 것 같던데."

빌리는 고개를 끄덕거렸다. 그가 골똘히 생각하고 있었던 게 맞다.

세바스찬 베르크만이 정말로 반야의 아버지일까?

빌리는 아직 간접 증거를 살펴보지 못했다. 그는 모든 것을 새롭게 정리하고 싶었다. 그가 알고 있는 것과 추측하고 있는 것을. 무엇이 맞고 무엇이 그른지. 모든 장소, 시간, 진술을 재검토해야만 한다. 정말 상상도 할 수 없는 관계다. 세바스찬과 반야. 희미하지만 의혹이 있긴 있다. 그리고 그가 입증할 수 없는 추측들도. 생각이 꼬리에 꼬리를 물고 잇따랐다. 만약 그렇다면 한 가지 사실만은 확실히 말할 수 있다. 세바스찬만이 반야가 딸이란 걸, 안다는 것. 만약 반야가 그 사실을 알고 있다면 누군가 눈치챘을지도 모른다. 그녀가 아버지를 거의 신처럼 생각하기 때문이다. 그녀가 생각하고 믿는 아버지는 발데마르 같은 사람일 텐데…….

"선배가 에드워드 힌데를 총으로 쐈나요?"

빌리는 돌연 달빛이 비치는 현실로 돌아왔다. 그는 제니퍼 쪽을 돌아보았지만 그녀의 얼굴을 알아볼 수 없었다. 그녀는 겉옷에 달린 모자를 푹 뒤집어쓴 채로 찻잔을 입에 대고서 말했다.

"뭐라고? 아, 맞아."

"자주 이런 질문 들었을 거라는 거, 나도 알고는 있지만……. 어떤 기분이었어요?"

이 질문은 그녀가 알란다에서 빌리를 만나 그가 어떤 사람인지 알게 되었을 때 바로 들었던 것이다. 그녀는 아직까지 한 번도 무기를 꺼낸 적이 없었다. 머릿속으로 자주 상상한 적은 있었지만 말이다.

재빠른 결정들. 사냥과 긴장.

하지만 그녀는 이런 직업적 특성을 상상할 때마다 악당들이 알아서 두 손을 드는 식으로 그 끝을 맺었다. 그녀가 극복하고, 이기고, 무찌르는 것으로. 아무리 상상해도 절대로 총을 쏘는 장면으로는 이어지지 않았다. 그리고 실제로 누군가를 죽였던 일은 한 번도 없었다. 시시때때로 어쩔 수 없는 상황이라면 실제 총을 쏠 수 있을지 스스로에게 물어보곤 했다.

그녀는 여전히 아무 말 없이 옆에 앉아 있는 빌리 쪽을 돌아다보았다. 그가 진심으로 이 질문을 받아들였는지 혹은 건성으로만 대답하고 말 것인지 알아내려고 애를 써보았다. 아마도 전자에 해당하는 것 같았다. 마침내 그녀도 이 질문이 어떤 느낌을 주는지 깨달았다.

"어떤 기분이었냐고?"

스포츠 리포터가 묻는, 약간은 달갑지 않은 목소리였다.

"그런 뜻이 아니었어요. 내 말은요, 어떻게 그런 결정을 내렸느냐하는 거예요. 그걸 어떻게 견뎌낼 수 있었냐고요."

빌리는 곰곰이 생각해보았다. 그는 완전히 준비된 답이 없었다. 왜냐면 그가 기억하기로는 그에게 아무도 그런 질문을 한 적이 없었기 때문이다. 팀원 중 아무도. 토르켈조차도. 그의 건강 상태를 묻는 사람은 있었다. 그가 곧 다시 일을 시작할 수 있을지, 달리 행동할 수는 없었는지, 혹은 달리 선택의 여지가 없었는지. 하지만 아무도 그에게 어떤 느낌이 들었는지는 물어보지 않았다. 다들 진지한 질문은 하지 않았다. '잘 지내요?'나 '다 오케이죠?'와 같은 질문 말고는 별다른 질문이 없었다. 그들은 쇼크를 받거나 트라우마가 있는 사람들을 상대하는 법을 배웠다. 하지만 그런 교육과 상관없이 다들 빌리와 마주치면 꼬치꼬치 물어보지 않는 게 상책이라고 자연스럽게 생각하는 것 같았다. 이런 사태를 대비하기 위해서 경찰 내부에는 심리학자를 두기도 한다. 그가 그 일에 대해 집착할 때면 마이는 아예 입을 닫아버린다. 그들은 이런 일을 언급할 때에도 경험을 통해 어려움에서 벗어나는 데에만 초점을 맞추었다.

"놈이 반야를 죽이려 들었거든." 빌리가 어깨를 잔뜩 움츠리며 말했다. "그래서 난, 그럴 수밖에 없었어. 세바스찬 선생이 다쳤고 힌데가 반야를 살해하려고 했으니까. 나한테는 선택의 여지가 없었지."

"오로지 올바른 일이라서 그랬던 거라면 그렇게 간단히 할 수 있는 일은 아닐 거예요."

빌리는 그녀 쪽을 돌아보았다. 그는 방금 다른 선택의 여지가 없었다고 말했다. 대부분 사람들은 이 한마디면 족했을 것이다. 그는 자신이 할 수 있는 유일한 일을 했던 것이다. 하지만 제니퍼는 그 말만으로 만족하지 않았다. 그녀의 눈을 보고 그는 그녀의 관심이 얼마나 크고 진지한지 알 수 있었다. 그녀는 더 좋은 대답을 듣고 싶어 했다.

"나는 더 이상 그 일에 대해 생각하지 않아요." 마침내 그가 진지하게 설명했다. "생각하지 않고 있어."

"가능해요? 생각하지 않는다는 게?"

"나도 잘 모르겠어. 하지만 그렇게 돼."

빌리는 다시 하늘의 달을 묵묵히 올려다보았다. 이제 제니퍼가 만족하는 것 같았다. 그녀는 더 이상 묻지 않고 차를 한 모금 더 마시고는 찻잔을 쟁반에 내려놓았다. 그의 마지막 대답이 그녀에게 분명한 메시지를 준 것 같았다. 그가 그 일에 대해서 말하고 싶어 하지 않는다는 것을. 그는 정말로 그러고 싶었다. 처음부터. 그는 제니퍼가 좋았다. 그녀는 더 많은 것을 알고 싶어 하는 것 같았다. 한편으로는 센세이션한 일과 권력에 관해서. 다른 한편으로는 그에 관해서 알고 싶어 하는 것 같았다. 그렇다고 어디까지나 모든 사람들이 다그에 관해서 알고 싶어 하는 것은 아니었다.

"기분이 좋았어." 그가 나지막한 목소리로 중얼거리는 통에, 제니퍼는 그 말뜻을 이해하려고 그가 있는 쪽으로 몸을 숙여야만 할 정도였다. "그를 죽였던 일 말이야. 좋은 기분이었다고. 그래서 난 더 이상 그 일을 생각하고 싶지 않은 거지."

그는 그녀를 바라보지 않았다. 그의 시선은 달 쪽으로 향해 있었다. 그는 그녀가 아니라 자기 자신에게 말하는 것 같았다. 제니퍼는 아무런 대답도 하지 않았다. 그녀는 움직일 용기가 나지 않았다. 그가 혼자서 더 설명할 수 있도록 그를 방해하지 않았다.

"그자가 반야를 죽였더라도 내가 쏜 한 방에 그런 좋은 느낌을 받으면 안 되는 건데. 내가 그런 인간이라는 걸 전혀 모르고 살았던 거지. 난 그런 인간이 되고 싶진 않아요. 그게 두려워. 그래서 난 더 이상 그 일에 대해 생각하고 싶지 않은 거예요."

제니퍼는 무슨 말을 해주어야 할지 몰라 난감했다. 그녀는 아무 말도 하지 않아도 되기를 바랐고, 그리고 그렇게 믿었다. 빌리는 여전히 앞만 바라보았다. 그들이 미국 영화 속 주인공이었더라면 말없이 그녀가 그의 손을 잡고 위로해주었을 것이다. 하지만 미국 영화가 아니었다. 그녀는 그냥 조용히 앉아 있었다.

⚜

그들은 거실에 앉았다. 둘이 늦은 저녁에 집 앞으로 찾아오자 멜리카는 크게 놀란 눈치였다. 그런데도 그녀는 둘을 맞아주었다. 그녀가 홍차를 끓이는 동안에 둘은 검은 가죽소파에 앉아 있었다. 이 소파는 예전에 자이드가 자랑하던 가구였다. 잠시 후 멜리카는 쟁반에 찻주전자와 잔 세 개를 올리고서 부엌에서 나왔다. 바클라바(터키·그리스·중동에서 즐겨 먹는 맛 좋은 필로 도넛 과자_옮긴이) 한 접시도 들고 왔다.
"뭐 대접할 게 이것밖에 없네요. 죄송해요."
"이것만으로도 훌륭해." 쉬베카가 친절하게 대답했다.
멜리카는 찻잔을 내려놓으며 손님들을 찬찬히 살폈다. 그러면서 아름다운 도자기 주전자에서 김이 모락모락 나는 차를 잔에 따랐다. 차 따르는 소리 말고는 아무 소리도 나지 않았다. 메란이 침묵을 깨자 쉬베카는 곧바로 입을 열고 싶었다.

"엄마, 그거만 설명해야 해요."

쉬베카는 아들에게 감사하다는 듯이 고개를 끄덕였다. 그리고 멜리카와 눈을 마주치자 가능한 한 긴장하지 않으려고 애썼다. 그녀는 얘기할 준비가 되었다. 물론 얘기가 쉽지는 않을 테지만 말이다.

"자네 도움이 필요해."

"어디까지요?" 멜리카가 맞은편에 앉으며 물었다. 그녀는 자신의 잔에는 차를 따르지 않았다. 이것은 일종의 그녀의 의견을 나타낸 것이었다.

"TV 저널리스트와 얘기를 했어. 자이드 서방님과 남편에 대해서."

멜리카의 얼굴이 굳어졌다. 그녀가 줄곧 느꼈던 불편함이 완전히 언짢은 기분으로 바뀌었다.

그래도 쉬베카는 다음 말을 이었다. "그 사람은 나처럼 서방님과 남편 일을 이상하게 생각하거든. 무슨 일이 일어났는지."

그 이상 그녀는 말하지 않았다. 멜리카는 자리에서 벌떡 일어나더니 곧장 그녀 앞으로 다가섰다.

"이제 그만 좀 하세요, 쉬베카 형님! 그렇게 이상하고 낯선 남자 따위 필요 없어요."

"그런 거 아냐."

"아니긴 뭐가 아니에요. 형님은 형님만이 이 세상에서 가장 고상하게 슬퍼할 줄 아는 유일한 여자라고 생각하더니. 고작 남자 품에 뛰어들겠다는 거예요? 형님 말을 오냐오냐 해주는 그런 남자한테? 하지만 전요, 그런 거 관심도 없어요."

"어떤 남자 품에 뛰어들겠다는 게 아냐." 쉬베카는 감정을 자제하며 대답했다. "편지 쓴 거야. 전화 걸고. 그 사람이 내 말을 들어준 유일한 사람이야."

"남자가? 스웨덴 남자가? 생전 처음 보는 남자가?"

쉬베카는 풀이 죽은 채로 고개를 끄덕거렸다. 멜리카는 거실을 이리저리 마구 쏘다녔다. 쉬베카와 메란이 돌아가기 전에는 절대로 자리에 앉지 않을 것처럼 보였다.

"쉬베카 형님, 형님 말이 어떻게 들리는지 알기나 아세요?" 그녀가 닦달하듯 물었다. "얼마나 자주 그 남자를 만난 거죠? 둘이만 만난 건가요?"

쉬베카는 눈길을 아래로 떨구었다. 대화는 악몽으로 변질되어 파국으로 치달았다. 갑자기 그녀는 자신이 얼마나 바보 같았는지를 깨달았다. 멜리카가 이렇게 나올지 미리 짐작했어야 했는데!

"혼자서 그 남자와 만났냐고요? 그래서 그자가 그렇게 흥미롭던 가요?"

그녀는 보스 같은 목소리 톤으로 말을 뱉어내며 쉬베카를 쏘아보았다. 쉬베카의 인내심은 점점 한계에 이르렀다. 하지만 그녀는 지금 이 순간 침착해야 한다는 것을 알고 있었다. 절대로 멜리카를 자극해서는 안 된다는 것을. 충동적이고 자극적인 증오심은 이 일을 더 그르칠 수 있으니까.

"전혀 아니에요. 제가 같이 있었어요." 갑작스럽게 멜리카의 등 뒤로 메란의 침착한 목소리가 들렸다. "엄마도 뭐가 옳고 그른지 잘 알고 계세요."

좀 전에 쉬베카는 잠시 동안 넋을 놓고 있었다. 전혀 생각지 못했던 것이다. 아들이 그녀 옆에 있다는 사실을 까맣게 잊고 있었다. 쉬베카와 달리 메란은 전혀 동요하지 않았다. 아이는 계속해서 거짓말을 했다. 마치 평생토록 거짓말만 하고 살아온 아이처럼 능청스럽게.

"그분은 이성적인 사람 같았어요." 메란이 조용한 목소리로 부연 설명을 했다. 아이는 오늘 오후부터 예전과 다른 새로운 목소리로 말했다. 어쩌면 아이가 오래전부터 그런 톤의 목소리를 냈을지 모르지만 쉬베카는 오늘 처음 듣는 목소리 톤이었다. 그런 목소리가 아이의 내면에 잠들어 있다가 필요할 때를 기다리고 있었을지도 모른다.

쉬베카는 아무 말도 하지 않았다. 그녀는 아들의 모습이 너무도 인상적이기도 했고 그 모습에 압박감을 느끼기도 했다. 그녀는 메란의 거짓말이 갑자기 끊기지 않도록 무슨 말이라도 해야만 한다. 그런 반면, 메란이 뜬금없이 둘을 위해 만들어놓은 새로운 세계에서 그녀는 어떻게 해야 할지 막막하기만 했다. 아이는 새로운 역할에 아주 편안함을 느끼는 것 같았다.

"그분이 아줌마도 만나고 싶대요. 엄마와 나는 아줌마가 동의해주시길 간절히 바라고 있어요."

멜리카는 말없이 둘을 쳐다보았다. 마침내 쉬베카가 용기를 내어 다시 입을 열었다. 그녀는 아들의 평온한 모습을 롤모델로 삼았다.

"멜리카, 나도 알아. 자네가 생각하는 거, 내가 많은 오류를 저질렀다고. 하지만 이번엔 내가 정말 옳다고 믿어."

멜리카는 여전히 회의적인 것처럼 보였다. 하지만 그녀는 흥분을 가라앉혔다. 그녀에게 메란의 강력한 카리스마가 흥분을 가라앉히는 효과를 낸 것 같았다.

"난 그럴 수 없어요. 그 사람이 여자라면 수긍하겠지만. 남자를 만나고 싶진 않아요. 남편을 존중하기 때문에."

"이해해. 내가 레나르트 스트리드와 얘기해보고⋯⋯."

"제가 그분과 말해볼게요." 곧바로 메란이 엄마의 말을 정정했다. "그 자리에서 좋은 해결책을 찾을지 몰라요."

멜리카는 고개를 끄덕였다. 메란은 신뢰하는 눈빛으로 그녀에게 미소를 지어 보였다.

"고마워, 멜리카." 쉬베카가 말했다.

"아들한테나 고마워하세요." 그녀가 대답했다.

✥

세바스찬은 아래층 구석에 있는 이탈리아 레스토랑에 가서 음식을 시켜 왔다. 반야에게 뭐라도 먹여야 한다고 생각했다. 그래서 그는 부엌에 들어가 식탁을 차렸다. 접시에는 모두 멋진 상아색에 섬세한 은색 무늬가 새겨져 있었다. 묵직하고 고급스런 식기류도 식탁에 놓았다. 그리고 기다란 크리스털 잔들과 풍미 넘치는 음식 덕분에 입맛이 당기는 것이 반야도 거부할 수 없을 정도였다. 그동안에 밖은 이미 날이 저물었다. 세바스찬은 양초 몇 개에 불을 밝혔다. 그들은 맛있게 저녁을 먹었다. 나지막한 목소리로 서로를 신뢰하며 대화를 나누었다. 모르는 사람의 눈에는 그들이 마치 오랜 친구처럼 보일 것이다. 마치 함께한 많은 저녁 중에 오늘은 그의 집에서 식사를 하는 것처럼 보일 것이다. 이번이 처음인데도 말이다. 반야는 이 모든 것에 마음이 꽤 홀가분해졌다. 아버지가 미결수로 수감된 후로 그녀는 유리병 속에 홀로 남겨진 기분이 들었지만 지금은 갑자기 함께할 사람이 생긴 것 같았다. 제일 좋은 것은, 그녀가 다시는 떠나지 않는 것이다. 그레브 마그니가탄 지역 집 부엌에서 어떤 대가를 치르더라도 이 남자와 함께 머무는 것이다. 오늘 상상도 하지 못한 배려를 해준 이 남자와 함께. 그가 자신의 끔찍한 비극을 들려주었을 때 그의 모습은 정말로 진실해 보였다. 그는 융숭하게 손님 대접을 해주었다. 그는 그녀의 말에 귀를 기울여주었다.

세바스찬에게는 두 가지 버전이 존재하는 것 같았다. 하나는 옆에 있는 모든 사람들과 가차 없이 불협화음을 일으키는 그의 커다란 자아였다. 다른 하나는 가족을 모두 잃고도 고통과 싸워야만 하는 진실한 남자의 모습이었다. 그녀는 약간 창피한 생각이 들었다. 한편으로는 그녀가 자기 연민에 빠져서 미친 듯이 화를 냈기 때문이다. 다른 한편으로는 그녀의 다른 좋은 모습을 보여주지 못했기 때문이다. 그는 그녀에게 새로운 모습을 보여주었는데. 그녀는 누군가를 정말로 잃는다는 것이 어떤 건지 모른다. 발데마르의 배신은 힘들어도 언젠가 극복될 것이다. 그는 죽지 않았다. 그리고 그녀는 그와 함께하든 그렇지 않든 간에 삶을 지속할 수 있으며 그녀 자신이 그렇게 되도록 결정할 수 있다. 어쨌든 그녀는 완전히 혼자가 아니었다.

반야는 접시를 바라보았다. 프루티 디 마레 파스타(해물 스파게티_옮긴이)는 정말로 맛이 있어서 위험한 충동 같은 것을 유발시키지 않았다. 파스타는 그저 음식이었다. 그 밖에 심리적인 것과는 아무런 상관이 없는 음식일 뿐이었다. 좋은 음식.

세바스찬에게 거식증에 관해 말해주어야 할까?

그는 그녀에게 상실에 관해 말해주었다. 그의 비밀을 그녀와 나눈 것이다. 그럼에도 불구하고 그의 생각과 달리 그녀는 그의 비밀을 잘못 받아들였다. 서로의 연민을 놓고 경쟁할 수는 없기 때문이다. 게다가 병의 재발은 흔치 않은 일이었으며, 극단적인 상황에서 벗어나고자 하는 메커니즘이었다. 벌써 기분이 훨씬 나아진 상태였다.

세바스찬은 백포도주 한 병을 냉장고에서 꺼냈다. 그는 술을 마시지 않는다고 하면서 한잔하겠냐고 반야에게 물었다. 그들은 잔을 들고 건배했다. 와인은 마시기에 가장 적합한 온도였고 맛도 상큼하고 최상이었다. 삶도 항상 이럴 것이다. 그녀는 결정을 내렸다. 그에게 자신의 비밀을 털어놓기로 했다. 언젠가는. 하지만 지금은 아니다.

그녀는 자비네 얘기를 더 많이 듣고 싶었지만 상세히 물어봐도 좋을지 용기가 나지 않았다. 그녀는 그의 삶을 파헤쳐 그의 마음을 아프게 할 생각은 눈곱만큼도 없었다. 하지만 왠지 관심이 갔다. 자신 앞에 앉아 있는 세바스찬의 다른 버전을 알고 싶었다. 또한 수많은 여자가 그에게 반하는 이유가 무엇인지 갑자기 이해가 되었다.

그는 지금 그렇게 잘생겨 보이지 않았다. 체중은 좀 많이 나가는 편이었고 상당히 피곤해 보였다. 그는 외모를 높이 살 만큼 특별한 인상을 주지 않았다. 하지만 그는 관심을 끌었다. 매력적인 타입. 아마도 그의 비밀 때문일지도 모른다. 지금껏 반야는 한 번도 진지하게 그의 비밀을 생각해본 적이 없었다. 그녀의 생각이 세바스찬의 성격까지 파고들 때마다 반야는 그 생각을 떨쳐버리려고 했고 화마저 치밀어 올랐다. 그가 여자들을 이용한다고 생각했기에. 하지만 지금 그녀는 짐작할 수 있을 것 같았다. 그럼에도 불구하고 여자들이 그에게 다가가는 이유를 말이다. 그는 적합한 순간에 적합한 일들에 관해 말했을 것이다. 분명히 그녀들에게 관심 있다는 것과, 원한다는 감정을 잘 전달했을 것이다. 그것은 그가 오랫동안 완벽에 이르기까지 발전시킨 그만의 방법일 것이다.

일종의 테크닉.

속임수는 아니다.

갑자기 그녀는 까무러칠 만큼 의심이 들었다. 그가 그녀한테도 같은 계획을 갖고 있는 것은 아닌지? 와인, 관심 갖기, 사적인 얘기들.

속임수일지도 모른다.

그는 정말로 피도 눈물도 없는 사람일까? 그녀를 유혹하기 위해 이 모든 일을 계획한 것일까? 그녀는 아무 말도 하지 않고 식기를 식탁에 내려놓았다. 와인 덕분에 용기를 낸 그녀는 불쑥 물어보았다.

"나한테 이렇게 잘해주는 거 그냥 우연이 아닌 거죠? 나하고 자고 싶은 건가요?"

세바스찬은 음식을 씹다가 온몸이 뻣뻣하게 굳어졌다. 그녀가 착각하는 것일까? 그녀는 그의 목이 벌겋게 달아오르는 것을 보았다.

"자네, 날 정말로 그렇게 생각하나?"

"나도 모르겠어요. 그 분야에 워낙 악명이 높으신 분이라서요."

"맙소사……. 우리는 함께 일하는 사이 아닌가? 자네와 나. 잘 알고 있잖나. 비즈니스와 즐거움에 대해서."

그는 그녀를 빤히 바라보았다. 그의 회색 눈에서 뭔가 알 수 없는 빛이 비쳤다.

"그냥 물어보고 싶었어요. 선생님을 잘 모르겠거든요."

"왜?" 그도 역시 식기를 옆으로 내려놓으면서 앞으로 몸을 내밀고 물어보았다.

"너무 정상이니까요." 그녀가 어깨를 잔뜩 움츠리면서 대답했다. "친절해요. 이렇게 친절한 거 처음이에요."

그녀가 잔을 들어 그에게 건배를 청했다.

"어쨌든 아니에요. 그대와 자고 싶은 생각 추호도 없어요."

"좋아요. 나도 어차피 그럴 생각 없거든요."

"좋아. 그럼 이 문제는 다 해결되었네?" 그가 웃으면서 말했다. 그리고 다시 진지해졌다. "하지만 난 그대와 친구가 되고 싶어요."

"그러세요? 진지하네요. 그럼 나는 와인을 더 마시고 싶어요."

세바스찬은 그녀에게 와인을 따라주었다. 그녀는 다시 파스타를 먹는 데 집중했다. 마지막으로 이렇게 즐겁게 식사했던 때가 언제였을까. 기억나지 않았다.

세바스찬은 꼼짝하지 않고 자리에 앉아 그녀만 관찰했다. 친절하면서도, 사랑을 담아서. 그는 그녀가 이 식탁 앞에 앉은 뒤로 단 한 번도 발데마르를 생각하지 않았다고 맹세할 수 있었다.

새벽 2시. 와인 병이 거의 비었다. 그들은 한동안 함께 식사를 하며 가능한 한 모든 것에 대해 서로 대화를 나누었다. 세바스찬은 다른 화젯거리로 각자의 슬픔을 잊어버릴 수 있게 했다. 결국 그들은 복잡하지 않은 일에 대해서 떠들었다.

반야는 머리를 소파 등받이에 대고 축 늘어진 자세로 앉아 있었다. 오늘 일어난 일이 약간 몽롱한 듯 느껴졌다. 현재 상황은 더 또렷해지는데도. 아마 술기운 때문일 것이다. 하지만 꼭 그런 것만은 아니었다. 수다의 도움으로 발데마르와 거리를 두고 생각할 수 있게 되었다. 그녀는 집에 가고 싶지 않았다. 눈이 감겼다. 하지만 이 집에서 잘 수는 없다.

집으로 가는 것이 더 좋을 것이다.

아니, 집으로 가야만 한다.

하지만 그녀는 원하지 않았다. 그가 그녀를 유혹해준다면 훨씬 간단할 것 같았다. 그녀는 그와 절대로 섹스하고 싶지 않았다. 세바스찬이 매력적으로 보이지 않았다. 하지만 그녀는 결정을 내리지 못하는 것이 틀림없었다. 그냥 여기에 있고 싶었다. 뭔가 일이 터지게 된다면 어떤 시각에서 보든 간에 파국을 맞을 것이다. 그것을 잘 알고 있었다. 하지만 순간 그녀는 하마터면 원할 뻔했다.

그녀는 이러한 생각을 재빨리 떨쳐내려고 애를 썼다. 그것은 정말로 어이없는 일이었다. 구역질나는 일이다. 집에 가기 싫어서 누군가와 잠자리를 같이한다는 것은. 그녀는 너무 많이 취했다. 서둘러 소파에서 일어섰다. 그녀는 자신한테 화가 치밀어 올랐다.

"저 그만 갈게요."

세바스찬은 어리둥절한 표정을 지었다. 그녀의 갑작스런 변덕을 눈치채지 못했으니 말이다.

"그래요. 택시 불러줄까?"

"예, 부탁해요." 그녀가 마음을 조금 가라앉히며 소파 주위를 맴돌다가 신발을 신으러 현관으로 향했다.

"죄송해요. 이렇게 시간이 늦었다니 좀 놀랐어요."

"나도 이해해요." 그는 그녀의 뒤를 따라가서는 문틀에 기대섰다. "괜찮다면 여기서 자고 가도 되는데."

그녀는 자신이 그를 성난 눈빛으로 응시하고 있다는 것을 알았다. 그는 오해라는 듯이 웃었다.

"집에 잠잘 방이 하나 더 있거든. 손님 방. 오랫동안 비워두긴 했지만. 어때? 괜찮다면?"

아니다. 그녀는 가야만 한다. 동시에 그녀는 자신이 무엇을 기대하고 있는지 알고 있었다. 혼자 있으면 또다시 발데마르를 떠올릴 것이다. 그리고 아마도 식욕이 다시 찾아올지 모른다.

"아, 좋아요. 고마워요." 마침내 그녀 귀에 자신의 목소리가 들렸다.

세바스찬은 고개를 끄덕여 보이며 침대를 정리해주려고 자리를 떴다. 반야는 그 자리에 서서 방금 무슨 일이 일어났는지 곰곰이 생각해보았다. 혹시 그가 그녀를 유혹하려고 하는 것은 아닐까? 그녀가 그냥 집으로 가지 않은 이유는 무엇일까?

"새 칫솔 좀 찾아볼게." 그녀는 그가 외치는 소리를 들었다.

그녀는 지금 어떤 것도 생각하고 싶지 않다.

그냥 이 집에 머물고 싶다는 생각밖에는.

〔2권에 계속〕